Johanna Danninger • Greta Milán
The Wedding Project – Liebe hoch zwei

AF217012

Montlake
Romance

Das Buch

Als Maggie bei der Fernsehshow »The Wedding Project« auf den schüchternen Henry trifft, ist sie sich sicher: Dieser Mann ist ihr Schicksal! Deshalb gibt sie ihm vor laufender Kamera das Jawort und zieht mit ihm in ein schickes Haus in der Chicagoer Vorstadt, welches das Produktionsteam dem Ehepaar für die Zeit der Dreharbeiten zur Verfügung stellt.

Dumm nur, dass das Showkonzept auch ein Konkurrenzpaar vorsieht, das gleich nebenan einzieht. Ivana und Will sind attraktiv und geradezu nervenaufreibend selbstbewusst.

Zu allem Überfluss arbeiten Will und Maggie beide zu Hause und geraten ständig aneinander. Doch schon bald beginnt es heftig zwischen ihnen zu knistern. Und das, obwohl sie sich doch eigentlich auf ihre eigenen Ehepartner konzentrieren sollten …

Die Autorinnen

Zum ersten Mal begegnet sind sich Johanna Danninger und Greta Milán bei der Frankfurter Buchmesse im Herbst 2014, bei der beide Autorinnen ihre Debütromane »Vorhofflimmern« und »Julis Schmetterling« mit ihrem Verlag Montlake Romance vorstellten. Seither unterstützen sich die beiden gegenseitig in diversen Schreibprojekten. Die Idee für ein gemeinsames Buch entstand im Frühjahr 2017. Im März 2018 veröffentlichten Sie bei Montlake Romance erfolgreich »The Wedding Project«, ihren ersten Roman als Duo. Weitere Informationen auf www.johanna-danninger.de und www.greta-milan.de.

Johanna Danninger
Greta Milán

The
WEDDING
Project

Liebe²

Roman

Deutsche Erstveröffentlichung bei
Montlake Romance, Amazon Media EU S.à r.l.
5 Rue Plaetis, L-2338 Luxembourg
Oktober 2018
Copyright © der deutschsprachigen Ausgabe 2018
By Johanna Danninger • Greta Milán

Umschlaggestaltung: bürosüd⁰ München, www.buerosued.de
Umschlagmotiv: © ayarosfaii / Shutterstock; © dianameise/ Shutterstock;
© Luchenko Yana/ Shutterstock;
© Tiratus phaesuwan / Shutterstock; © Maridav / Shutterstock
Lektorat: Gisa Marehn
Korrektorat: Angelika Wiedmaier/DRSVS
Gedruckt durch:
Amazon Distribution GmbH, Amazonstraße 1, 04347 Leipzig /
Canon Deutschland Business Services GmbH, Ferdinand-Jühlke-Str. 7,
99095 Erfurt /
CPI books GmbH, Birkstraße 10, 25917 Leck

ISBN: 978-2-91980-362-0

www.montlake-romance.de

Prolog

Liebe auf das erste Jawort?
Hochzeit auf den ersten Blick?
Kann das funktionieren?

Welche Formel bestimmt,
ob ein Paar füreinander geschaffen ist?

Die Wissenschaft hat sie gefunden!
Ein Jahr ist nun vergangen, seit wir die ultimative Gleichung für
die große Liebe auf die Probe gestellt haben.
Mit einem phänomenalen Ergebnis, das Claire und John Bricks'
Herzen nach wie vor höherschlagen lässt.
Nun ist es an der Zeit, das Experiment zu wiederholen.

Und dafür suchen wir SIE!
Wird die Wissenschaft ein zweites Mal recht behalten?
Bewerben Sie sich jetzt für die Neuauflage
der romantischsten Doppelblindstudie aller Zeiten:
THE WEDDING PROJECT
Staffel 2

1

Maggie Moonlight eilte der Ruf voraus, eine wahre Expertin in Sachen Liebe zu sein. Schließlich hatte sie eine beachtliche Anzahl an Liebesromanen verfasst und erfreute sich zahlreicher Fans. Ihre verträumten, romantischen und leidenschaftlichen Geschichten erzählten von jungen, selbstbewussten Frauen, die das Herz ihres Angebeteten im Sturm eroberten.

Wahre, schicksalsgleiche Liebe – das war es, wofür Maggie lebte.

Es gab nur ein Problem, denn im wirklichen Leben hatte sie mit ihren zweiunddreißig Jahren keinen blassen Schimmer, wie es sich anfühlte, *wirklich* verliebt zu sein. Natürlich hatte sie eine vage Vorstellung davon. Immerhin blickte sie schon auf ein paar Beziehungen zurück. Doch nachdem sich auch ihr letzter Freund als echter Frosch erwiesen hatte, musste Maggie einsehen, dass ihre Gefühle allenfalls als verklärte Schwärmereien durchgingen.

Und seit diese Erkenntnis in ihr Bewusstsein gelangt war, litt sie an einer Schreibblockade, die sich gewaschen hatte.

Sie hatte wochenlang alles versucht, um dieses Martyrium zu überwinden und zurück zu ihrem Optimismus zu finden.

Schokolade, autogenes Training, Yoga. Sie war sogar *Joggen* gewesen, um endlich den Kopf freizukriegen. Aber nichts hatte funktioniert.

Kurzum: Sie war absolut verzweifelt gewesen. Denn sie wollte nicht als einsame alte Schachtel mit zwölf Katzen enden.

Und dann hatte ausgerechnet ihre Mutter, die sich das Elend nicht länger mit ansehen konnte, die Initiative ergriffen. Bis heute war Maggie sich nicht im Klaren, ob sie ihr dafür dankbar sein oder sie künftig mit Nichtachtung strafen sollte. Fakt war jedoch, dass ihre Lage ausweglos genug war, um dieses Experiment zu wagen.

»O Schätzchen, du siehst absolut hinreißend aus!«, rief Abigail Moonlight verzückt und tupfte sich eine Träne aus dem Augenwinkel. Im Grunde sah sie aus wie eine ältere, fülligere Version von Maggie. Große schokoladenbraune Augen dominierten das herzförmige Gesicht, das eingerahmt wurde von wilden, braunen Locken. Das grüne Kleid zog Abigails rundliche Figur etwas in die Länge und erinnerte an ein Burgfräulein aus dem Mittelalter.

Maggie schluckte schwer und warf einen verstohlenen Blick in den zwei Meter hohen Spiegel, der inmitten des neun Quadratmeter großen Zeltpavillons stand. Als sie die Braut betrachtete, die ihr ängstlich entgegensah, hätte sie am liebsten die Flucht ergriffen.

»Ich kann nicht glauben, dass ich tatsächlich einen wildfremden Mann heiraten werde«, murmelte sie und strich behutsam über das schneeweiße Kleid, das aus feinster Seide gearbeitet war. Zarte Spitze und funkelnde Applikationen zierten die Korsage, die in einen weit ausgestellten Rock überging. Das Weiß des Kleides harmonierte perfekt mit ihrem dunkelbraunen Haar, welches ein Stylist aufwendig frisiert hatte. Darin steckte ein hübscher, mit Strasssteinen und Perlen besetzter Kamm.

Ihre Mutter trat hinter sie und zupfte eine Strähne zurecht. »Ich habe keinerlei Zweifel daran, dass diese Show dich zu einer ganz außergewöhnlichen Geschichte inspirieren wird. Glaub mir, mein Schatz. Ich habe das im Gefühl.«

Maggie lachte trocken auf. »Hoffen wir es. Sonst bin ich erledigt.«

»O nein!« Abigail hob mahnend den Zeigefinger. »Du wirst jetzt nicht an deinen Abgabetermin denken, sondern diesen wundervollen Tag in vollen Zügen genießen. Gerade habe ich John und Claire Bricks gesehen. Sie wirken wahnsinnig glücklich, und du wirst das auch bald sein. Davon bin ich fest überzeugt.«

Maggie seufzte.

Etwas mehr als ein Jahr war es nun her, seit *The Wedding Project* Millionen Zuschauer vor die Fernseher gelockt hatte, die live mitverfolgten, wie Claire und John Bricks sich ineinander verliebten. Das Produktionsteam der Sendung hatte die beiden aufgrund einer geheimen wissenschaftlichen Formel gefunden, die ein Garant für die wahre Liebe sein sollte. Daneben hatte es noch ein anderes, nach dem Zufallsprinzip ausgewähltes Paar gegeben. Aber natürlich gab es erst im großen Showfinale die Auflösung, welches Paar zu welcher Konstellation zählte.

»Und wenn ich zu dem Zufallspaar gehöre und mein zukünftiger Ehemann ein totaler Honk ist?« Das war Maggies größte Angst. Sie brachte es nicht über sich, den Namen ihres Auserwählten laut auszusprechen.

Henry.

Allein wenn sie nur daran *dachte*, kam ihr immer dieser uralte Film mit Harrison Ford in den Sinn. Darin spielte er einen eiskalten, skrupellosen Anwalt, der durch eine Schussverletzung hilflos wie ein Kleinkind wurde und eine ganz neue Beziehung zu seiner Frau und seiner Tochter aufbauen musste.

Klar, die Romantikerin in ihr flippte jedes Mal total aus, wenn der Klassiker im Fernsehen lief. Trotzdem fand sie die Vorstellung eher gruselig, dass ihr Zukünftiger vielleicht einen ähnlichen Charakter wie der Protagonist *vor* besagtem Kopfschuss aufwies.

»Das kann überhaupt nicht sein«, schnurrte Abigail und riss sie zurück in die Gegenwart. Sie schüttelte entschieden den Kopf. »Diese Sendung ist dein Schicksal. Sonst hättest du dich wohl kaum unter Tausenden von Bewerberinnen für die zweite Staffel durchgesetzt.«

Gutes Argument!

Streng genommen hatte zwar nicht sie, sondern ihre Mutter die Bewerbung abgeschickt, aber nichtsdestotrotz hatte Maggie das Casting absolviert und war auserkoren worden.

Auch der Produktionsleiter der Show, ein kleiner, bärtiger Mann in den Fünfzigern namens Frank Stuart, hatte Maggie am Tag der Vertragsunterzeichnung immer wieder erklärt, welche Ehre ihr zuteilwurde. Offenbar glaubte seit dem letzten Sommer ganz Amerika, *The Wedding Project* sei das ultimative Heilmittel für einsame Herzen.

»Sei unbesorgt. Frank hat mir versprochen, dass beide Ehemänner in spe wahre Publikumsmagneten sind«, fuhr Abigail begeistert fort. »Außerdem habe ich die Karten befragt.«

O nein! Nicht die Karten.

Maggie presste die Lippen fest aufeinander, um den bissigen Kommentar zurückzuhalten, der unbedingt aus ihr herauswollte. Sie war ein aufgeschlossener Mensch und glaubte wirklich an sehr viele Dinge. Aber Tarotkarten gehörten gewiss nicht dazu.

Begeistert quietschte Abigail auf. »Das *Ass der Kelche*, Liebling. Wenn das kein Wink des Schicksals ist. Ich schwöre dir, der Mann deiner Träume wartet gleich da draußen auf dich. Er ist bestimmt eine Mischung aus *Kilian* und *Duncan*.«

Der verträumte Blick ihrer Mutter brachte Maggie zum Schmunzeln. »Wenn du schon meine Protagonisten miteinander vermischst, dann nimm wenigstens *Aiden* dazu.«

Abigail seufzte. »Für ihn hattest du schon immer die größte Schwäche.«

»Vermutlich, weil er mein Erster war«, erwiderte Maggie belustigt und spürte ein leichtes Flattern im Magen.

Tatsächlich bildete der fiktive Charakter aus ihrem Debütroman den Inbegriff ihres persönlichen Traummannes: klug, einfühlsam, rücksichtsvoll und wahnsinnig romantisch.

Unweigerlich fragte Maggie sich, ob ihr zukünftiger Ehemann genauso sein würde. Also wie Henry *nach* dem Kopfschuss.

Gott! Sie musste dringend an ein weniger blutrünstiges Szenario denken.

Da wurde die Zeltplane beiseitegeschoben und Frank erschien.

Dem Produktionsleiter standen Schweißperlen auf der Stirn, was angesichts der heißen Temperaturen wohl nicht weiter verwunderlich war. Im Gegensatz zum letzten Jahr hatte man nämlich nicht eine romantisch geschmückte Townhall für die Zeremonie vorgesehen, sondern inszenierte eine Sommerhochzeit im weitläufigen *Jackson Park*.

Franks Blick glitt über Maggie, während hinter ihm drei Stylisten hereinhuschten und begannen, an ihr herumzuzupfen, als wäre sie eine hirnlose Modepuppe. Zu guter Letzt drückte ihr eine Blondine einen Strauß weißer Rosen in die Hand.

Frank nickte zufrieden. »Wir wären so weit, meine Liebe.«

Maggies Pulsschlag beschleunigte sich. »In Ordnung.«

»Wenn gleich das Signal ertönt, kommst du bitte heraus und schreitest auf dem weißen Teppich entlang bis zur Tribüne. Schau auf keinen Fall in die Kameras und lächle, meine Liebe. *Lächle!*«

»Verstanden.«

Schon war Frank wieder verschwunden. Seine Crew folgte ihm auf dem Fuße.

Unsicher schaute Maggie zu ihrer Mutter, deren Augen verdächtig glitzerten.

Abigail tätschelte ihr die Wange. »Ich bin gleich da draußen, mein Engel.« Sie stellte sich auf die Zehenspitzen und drückte ihr einen Kuss auf die Wange. »Alles wird gut.«

Bevor Maggie noch etwas erwidern konnte, war sie ebenfalls aus dem Zelt geschlüpft.

Ein Gong ertönte. Das musste wohl das Signal sein.

Maggies Griff um die Blumen verstärkte sich, während sie mit zittrigen Beinen einen Schritt auf den Ausgang zu machte.

Wie von Zauberhand öffnete sich die Plane. Ein junger Mann von der Crew, der konzentriert in sein Headset lauschte, bedeutete ihr, stehen zu bleiben.

Maggie schob sich aus dem Zelt und hielt auf seinen stummen Befehl hin inne.

Wieder zerrte jemand an ihr herum. Ein Blick über die Schulter verriet ihr, dass eine Stylistin damit beschäftigt war, die Schleppe zu drapieren. Irgendwo hinter dem Zelt erklang eine zarte Geigenmelodie.

Angespannt musterte Maggie die Umgebung. Abgesehen von hohen Laubbäumen und dichten Büschen zu ihrer Rechten sowie der Zeltwand zur Linken gab es jedoch nicht viel zu sehen. Sie wusste nicht einmal, wie hoch die Sonne am Himmel stand. Allerdings kroch ihr mit einem Mal eine unsägliche Hitze in die Knochen. Die Luft war so schwül, dass sie kaum atmen konnte.

Die Stylistin tauchte vor ihr auf und puderte ihr so schnell die Nase, dass sie den Drang unterdrücken musste, herzhaft zu niesen.

»Es geht los«, flüsterte der Setmitarbeiter und nickte Maggie zu, damit sie sich auf den Weg machte.

Der aufmunternde Blick, auf den sie hoffte, blieb aus. Stattdessen fuchtelte er ungeduldig mit den Händen in der Luft herum, damit sie endlich losging.

Auf wackligen Beinen betrat Maggie den weißen Läufer, der sich scharf von dem saftigen Gras abhob. Unzählige rosafarbene Blüten waren darauf gestreut. Die hohen Absätze erschwerten ihr das Gehen auf dem weichen Untergrund, aber sie war wild entschlossen, ihr Ziel zu erreichen, ohne der Länge nach hinzuklatschen.

Sie straffte die Schultern, bog um die Ecke und erstarrte. Ihre Füße versagten ihr schlichtweg den Dienst, während sie mit schreckgeweiteten Augen die Kulisse auf sich wirken ließ.

Mindestens hundert festlich gekleidete Leute drehten sich zu ihr um und betrachteten sie mit verzückter Miene. Sie saßen auf mit weißen Hussen überzogenen Stühlen, die reihenweise vor einem riesigen Podest aufgebaut waren. Die Außenseiten der Stuhlreihen waren mit Blumen geschmückt. Diverse Blumensäulen und Bäumchen säumten ihren Wegesrand. Bei genauerem Hinsehen entdeckte Maggie Kameraobjektive, versteckt zwischen Blüten und weißen Stoffbahnen, die anmutig in der Sommerbrise wehten.

Einen Moment lang war Maggie irritiert, dass der Weg nicht zwischen den Gästen hindurchführte, sondern an der rechten Seite entlang. Aber das hatte womöglich logistische Gründe.

Ihr Blick flog abermals zu dem reich verzierten Podest. Es war riesig. Rechts und links war es ebenfalls mit Säulen ausgestattet. Im Hintergrund konnte sie den schmalen Flusslauf erkennen, der sich durch den Park wand. Die Sonne brach sich auf der Wasseroberfläche, welche dem Ambiente mit ihrem Glitzern eine fast schon märchenhafte Stimmung verlieh.

Frank hatte angedeutet, dass es bei dieser Staffel einige Veränderungen geben würde. Anfangs war Maggie sich nicht sicher gewesen, ob das etwas Gutes oder Schlechtes bedeutete.

Aber diese Location zählte definitiv zu den Verbesserungen. Eines Tages würde sie diese Szenerie in ein Happy End bannen. So viel stand fest.

»Geh schon weiter«, zischte ihr plötzlich jemand zu und erinnerte sie daran, dass sie immer noch ganz am Anfang ihres Laufstegs stand.

Ihre Füße setzten sich artig in Bewegung, während sie die Tribüne nach ihrem Bräutigam absuchte.

Drei Männer standen im Zentrum, zwei von ihnen in schwarzen Smokings. Der Mann in der Mitte trug einen silbergrauen Anzug. Ihn identifizierte Maggie zweifelsfrei als den Friedensrichter, der die Trauung vollziehen würde. In der Hand hielt er eine edle Ledermappe, und er blickte ihr andächtig entgegen.

Rechts neben ihm stand ein Mann, der Maggie an einen smarten Engländer erinnerte. Er hatte freundliche grüne Augen und dichtes braunes Haar. Ein schüchternes Lächeln lag auf seinen Lippen, während Maggie in Richtung Tribüne schritt.

Ob das ihr Bräutigam war? Oder doch eher der Trauzeuge?

Unschlüssig musterte Maggie den Mann auf der linken Seite. Ihr stockte der Atem. Er war ein echter Hüne, dessen dunkelblondes Haar im Licht der Sonne matt schimmerte. Seine azurblauen Augen lagen konzentriert auf ihr, während er sie mit schief gelegtem Kopf betrachtete.

Guter Gott! Der Typ sah tatsächlich ein bisschen aus wie *ihr* Aiden. Vergessen war Henry, der eiskalte Filmanwalt.

Maggie fühlte, wie sich ein strahlendes Lächeln in ihrem Gesicht ausbreitete. Sie beschleunigte sogar ein wenig die Schritte. Ihre Mutter hatte von Anfang an recht gehabt. *The Wedding Project* war ihr Schicksal. Sie spürte es mit jeder Faser ihres Herzens.

Ihr Bräutigam – er musste es einfach sein – hob leicht den linken Mundwinkel. Plötzlich wirkte er fast spöttisch.

Und dann schaute er weg.

Maggie runzelte die Stirn. Mittlerweile war sie an der Tribüne angelangt, zu der eine breite Treppe mit flachen Stufen hinaufführte. Nervös sah sie sich um ... und zuckte zusammen.

Direkt vor ihr stand eine Braut.

Maggie blinzelte irritiert. Für den Bruchteil einer Sekunde war sie felsenfest davon überzeugt, dass sie lediglich wieder in einen Spiegel schaute. Aber die blonden Strähnen, die das engelsgleiche Gesicht umrahmten, wiesen nicht die geringste Ähnlichkeit mit ihren dunklen Locken auf. Auch das Kleid sah vollkommen anders aus und offenbarte mit dem schlanken Schnitt perfekte Modelmaße.

Das durfte doch nicht wahr sein!

Wie vom Donner gerührt starrte Maggie die andere an. Sie verstand es einfach nicht. Warum noch eine Braut? War das hier so etwas wie ein zweites Casting? Noch irgendein Test, mit dem das Produktionsteam einen spannenden Staffelauftakt herbeiführen wollte?

Am Rande ihres Sichtfeldes registrierte Maggie eine Bewegung. Die beiden Smokings traten synchron einen Schritt nach vorn.

Da endlich kapierte sie es. Das war kein Test. Frank hatte eine verdammte *Doppelhochzeit* arrangiert, und sie alle hatten nicht die leiseste Ahnung gehabt.

Zumindest wirkte auch die Blondine überrascht. Sie fing sich jedoch schnell wieder und zwinkerte Maggie keck zu, ehe sie sich zur Tribüne drehte.

Wie auf Autopilot stellte Maggie sich neben sie. Die glückliche Seifenblase, in der sie bis vor wenigen Sekunden noch schwebte, war zerplatzt. Sie musste gar nicht erst nach oben sehen, sie wusste auch so, was jetzt folgte.

Sie bekam den smarten Engländer – und Blondie, Blondie bekam den Mann, der zumindest rein äußerlich ihr Traumprinz war.

~ *WILLIAM* ~

Will musste sehr mit sich kämpfen, um angesichts der schockierten Bräute nicht laut loszulachen. Er und der andere Bräutigam, Henry Cooper, waren wenigstens noch in der Maske vom Produktionsleiter auf die bevorstehende Doppelhochzeit vorbereitet worden. Die Bräute hatte man hingegen offensichtlich darüber im Dunkeln gelassen. Was sich Frank dabei gedacht hatte, war fraglich.

Analytisch musterte Will die Braut auf der rechten Seite, die soeben freudestrahlend die Stufen zu ihm hinaufstieg. Das war also Ivana, seine zukünftige Ehefrau, von der er bisher nicht mehr wusste als ihren Vornamen. Eine makellose Schönheit, wie direkt dem Laufsteg entsprungen. Ihre Gesichtszüge verliefen in perfekter Ebenmäßigkeit, und das figurbetonte Kleid verriet, dass es darunter genauso weiterging.

Ob nun aus Zufall oder Wissenschaft – beide Paare waren rein optisch harmonisch zusammengestellt worden.

Von Henry wusste er, dass die zweite Braut Maggie hieß. Sie war ein gutes Stück kleiner als Ivana, und obwohl sie ziemlich hübsch aussah, wirkte sie neben der blonden Schönheit doch recht unscheinbar. Auf den ersten Blick passte sie ziemlich gut zu Henry, den Will bei ihrem kurzen Gespräch als eher zurückhaltenden Charakter eingestuft hatte.

Der Standesbeamte nickte unmerklich, und nahezu synchron hielten Will und Henry ihrer jeweiligen Dame die Hand hin.

Ivana machte einen letzten Schritt auf Will zu. Sie schien überaus zufrieden mit seiner Erscheinung und ihr einnehmendes Lächeln ließ keine Sekunde nach. Er konnte auf die Schnelle nicht einschätzen, welche Persönlichkeit sich hinter den braunen Augen verbarg. Auf jeden Fall trat Ivana äußerst entschlossen und vollauf überzeugt von ihrem Entschluss auf, einen wildfremden Mann vor laufender Kamera zu heiraten.

Die beiden angehenden Ehepaare drehten sich zum Standesbeamten herum. Die Trauzeugen erhoben sich in der ersten Zuschauerreihe und bezogen ihre Stellung. Wills Trauzeuge Mark nickte ihm schmunzelnd zu und rückte seine Brille zurecht, um die gesamte Szene mit Argusaugen verfolgen zu können. Ivanas Trauzeugin sah aus, als würde sie anschließend ein Fotoshooting für ein exklusives Modelabel absolvieren. Sie überragte Mark um eine Handbreit, trug das rabenschwarze Haar als akkuraten Bob, aus dem sich nicht ein einziges Härchen aus der Reihe zu tanzen wagte, und war gekleidet in ein hautenges Minikleid, in dem sie sich lieber nicht bücken sollte.

Die Musik verklang, und der Standesbeamte intonierte umgehend mit schier heroischer Stimme seine Traurede.

Will hätte bei dem übertriebenen Tonfall gerne mit den Augen gerollt. Er hatte sich auf so einiges gefasst gemacht, aber der neue Rahmen von *The Wedding Project* übertraf seine Erwartungen tatsächlich bei Weitem. Die Macher der Show wollten ihrem Überraschungserfolg vom letzten Jahr ohne Zweifel mit aller Gewalt ein Krönchen aufsetzen. Es blieb also spannend, welche Superlative sie sich noch so ausgedacht hatten.

Unauffällig beobachtete Will das Konkurrenzpaar. Die Braut hielt verkrampft ihren Brautstrauß umklammert und starrte den Standesbeamten wie gebannt an. Ihre dunklen Augen verrieten, dass sie mit den Gedanken ganz woanders war. Henry erweckte gar den Eindruck, als würde er gleich in Ohnmacht fallen. Ihre Trauzeugen waren um einiges älter als das Brautpaar, vermutlich handelte es sich um Mutter und Vater der beiden.

Wirklich interessant. Der Sender hatte sich also große Mühe gegeben, zwei Paare zu bilden, die unterschiedlicher kaum sein konnten. Die Coopers nahmen dabei die Rolle der liebenswert schüchternen Romantiker ein, wohingegen ihm und Ivana wohl der Part der souverän extrovertierten … nun ja … seiner Braut nach zu urteilen … der Part der attraktiven Sexbomben zufiel.

Grundgütiger!

Vielleicht hatte er bei seiner Bewerbung doch eine Spur zu dick aufgetragen. Allerdings zeigte es auch auf, wie durchschaubar die Macher dieser Show im Grunde waren. Es war ein Leichtes gewesen, den Fragebogen entsprechend auszufüllen, um sich für die Sendung interessant zu machen. Ebenso leicht war ihm sein Schauspiel während des Castings gefallen. Blieb nur zu hoffen, dass er die Maskerade bis zum Ende der Show durchhalten konnte.

Der Standesbeamte schwadronierte weiter, und Will mühte sich ab, seinen möglichst ergriffenen Gesichtsausdruck zu wahren, obwohl ihm die Sätze beim einen Ohr hinein- und zum anderen gleich wieder hinaushuschten. Erst als die berühmten Worte an die Coopers gerichtet wurden, horchte er auf.

»Ich frage Sie, Maggie Moonlight …«

Will presste hastig die Lippen aufeinander. Wirklich? Maggie Moonlight? Das klang ja wie der Künstlername einer Stripperin!

Automatisch warf er einen prüfenden Blick auf die Trauzeugin und mutmaßliche Mutter, in deren Augenwinkel tatsächlich ein Tränchen der Rührung glitzerte. Wenn man seinem Kind einen solchen Namen gab, musste man entweder eine große Portion Humor besitzen oder ziemlich alternativ unterwegs sein. Dem merkwürdigen Kleid nach war wohl beides der Fall.

»Und ich frage Sie, Henry Cooper, ist es …«

Das Ja der Braut hatte Will scheinbar überhört. Eilig riss er sich zusammen und verfolgte mit wohlwollendem Lächeln den Ringtausch der Coopers.

Dann richtete der Standesbeamte seine würdevolle Miene auf Ivana und ihn.

»Ich frage Sie, Ivana Koslow, ist es Ihr eigener und freier Wille, den hier anwesenden William Scott zum Ehemann zu nehmen?«

»Ja!«, antwortete Ivana mit resoluter Selbstsicherheit und blickte mit gekonntem Wimpernschlag zu Will auf.

»Und ich frage Sie, William Scott, ist es Ihr eigener und freier Wille, die hier anwesende Ivana Koslow zur Ehefrau zu nehmen?«

Will zwängte sich einen verträumten Gesichtsausdruck auf und sah seiner Braut tief in die Augen. »Ja!«

Sie tauschten die Ringe, ohne ihren Blickkontakt zu unterbrechen. Spätestens jetzt wurde Will klar, dass Ivana nicht der großen Liebe wegen hier war. Das verzückte Lächeln auf ihren Lippen erreichte ihre Augen nicht einmal annähernd. In ihnen erkannte er nur knallharte Berechnung. Diese Frau gab sich große Mühe, den Kameras das zu zeigen, was die Zuschauer sehen wollten.

Perfekt, dachte er bei sich.

Im gleichen Moment hob der Standesbeamte dramatisch die Hände und sprach zu beiden Paaren: »Sie dürfen sich jetzt küssen!«

Ivana spitzte kaum merklich die Lippen und schloss die Augen. Etwas anderes hatte Will auch gar nicht erwartet. Er beugte sich zu ihr hinab und gab ihr ohne Zögern einen langen Kuss.

Die Hochzeitsgemeinde in seinem Rücken brach in tosenden Applaus aus. Will löste sich von dem wohl kältesten Kuss, den er je erlebt hatte, legte den Arm um Ivana und wandte sich mit ihr voller Stolz dem Publikum zu. Die Coopers taten es ihnen gleich, wenn auch nicht mit ganz so erhobenen Köpfen. Maggies geröteten Wangen nach war ihr Vermählungskuss nicht ganz so souverän abgelaufen.

Die ersten Klänge von Mendelssohns berühmtem Hochzeitsmarsch erklangen, und Frank schwenkte am Rand der Kulisse wild die Arme, was wohl bedeuten sollte, dass es Zeit war, die Bühne zu verlassen und diesmal nicht an der Seite entlang, sondern über den Mittelgang zu schreiten.

Will überließ den Coopers mit eleganter Geste den Vortritt. Die Menge raunte, während er Arm in Arm mit seiner schönen Angetrauten den weißen Teppich entlangschritt. Ivana und nicht zuletzt ihre Trauzeugin waren aber auch ein Blickfang.

Durch einen pompösen Rundbogen gelangten sie hinaus auf eine Fläche, wo im Schatten einiger hoher Bäume Stehtische mit weißen Hussen aufgebaut waren. Mehrere Kellnerinnen mit gläserbeladenen Tabletts warteten auf ihren Einsatz. Die Brautpaare wurden von Frank zum Ende des weißen Teppichs dirigiert und gegenüber voneinander aufgestellt. In Windeseile wurde einem jeden eine Champagnerflöte in die Hand gedrückt, damit jeder Gast im Vorbeigehen mit ihnen anstoßen konnte.

»Fabelhaft!«, frohlockte Frank immer wieder. »Einfach nur fabelhaft!«

Er wedelte die Trauzeugen aus dem Weg, und schon kam die Hochzeitsgesellschaft durch den Rundbogen geschwärmt.

Will bekam keine Gelegenheit, wenigstens ein paar Worte mit seiner Ehefrau zu wechseln, denn da wurden sie bereits mit Glückwünschen bombardiert und stießen in Fließbandregelmäßigkeit mit wildfremden Menschen auf ihre wundervolle Zukunft an. Zumindest waren Will sämtliche Gäste fremd. Ivana schien durchaus einige Bekannte zu dem Event eingeladen zu haben, aber da sie des Ansturms wegen auf

Small Talk verzichten mussten, konnte er nicht genau sagen, wie nahe sie diesen Leuten stand. Er fand nur heraus, dass Ivana mit unüberhörbar osteuropäischem Akzent sprach, wie es ihr Name ja bereits hatte vermuten lassen.

Kaum war der letzte Gast an ihnen vorbeigewackelt, rückte ihnen Frank mit einem Kameramann auf die Pelle.

»Stoßt doch gleich mal auf euer Liebesglück an!«, forderte er und rieb sich freudig die Hände.

Will nickte Ivana zu und erhob sein Glas.

»Auf unsere Zukunft«, säuselte er.

»Auf unsere Zukunft«, erwiderte sie.

Mit tiefstem Augenkontakt ließen sie die Gläser aneinanderklirren und genossen einen Schluck Champagner.

Frank war außer sich vor Entzücken. Er stieß den Kameramann in die Seite. »Spürst du das? Diese Vibes sind unglaublich! Schau bloß zu, dass du die richtig einfängst!«

Der Kameramann rollte mit den Augen, unterließ aber einen Kommentar. Frank hüstelte, um sich selbst wieder ein wenig zu beruhigen.

»Wie fühlt ihr euch?«, fragte er dann.

Ivana lächelte Will verträumt an. »Mir könnte es nicht besser gehen.«

»Dasselbe wollte ich auch gerade sagen«, meinte Will dazu.

»Meine Güte, da sprühen ja jetzt schon mächtig die Funken!«, rief Frank. Er klatschte in die Hände. »Gut. Jetzt mischt euch bitte noch ein wenig unter die Leute und genießt den Empfang, bevor wir zum romantischen Candle-Light-Dinner fahren.«

Er und der Kameramann vollzogen eine Hundertachtzig-Grad-Wendung und näherten sich den Coopers, die leicht verloren auf Position verharrt hatten, nachdem der Ansturm der Gratulanten vorüber war.

Will hob erneut sein Glas.

»Wir haben also *Vibes*«, sagte er schmunzelnd zu Ivana. »Meine Freunde nennen mich übrigens Will. Ich denke, das sollte meine Ehefrau auch tun.«

»Das wird sie gerne machen«, erklärte Ivana und streckte ihm die Hand hin. »Freut mich, dich kennenzulernen.«

Die beiden schüttelten sich die Hände und musterten sich einen Moment interessiert. Will war schon jetzt gespannt darauf, wie viel von Ivanas Charme übrig blieb, sobald keine Kameras mehr in der Nähe waren. Zugleich hatte er den Eindruck, dass sie sein eigenes Schauspiel ebenfalls längst durchschaut hatte. Der Handschlag hatte sich beinahe wie ein vertragliches Abkommen angefühlt.

Will bot seiner Braut galant einen Arm an. »Dem Produktionsleiter soll man bekanntlich nicht widersprechen.«

»Allerdings«, bestätigte sie und lächelte zufrieden. »Ich bin mir sicher, dass wir beide uns prächtig verstehen werden.«

Das bezweifelte Will keine einzige Sekunde. Er führte Ivana zu den Stehtischen. Hinter ihnen hörte er Frank noch schnaufen: »Nein, nein, nein! Nicht so schüchtern, Henry! Also – noch mal!«

INTERVIEW MIT DEN SCOTTS

Wie fühlst du dich gerade?

Ivana: Das ist alles so aufregend, dass ich gar nicht weiß, wie ich es beschreiben soll.

Will: Ich bin glücklich. Immerhin habe ich gerade geheiratet.

Was ging dir durch den Kopf, als du deine Braut/deinen Bräutigam zum ersten Mal gesehen hast?

Ivana: Dass er genau aussieht wie der Mann meiner Träume.

Will: Ich konnte kaum glauben, dass ich solch eine wunder schöne Ehefrau haben würde.

Wie gefiel dir die Trauungszeremonie?

Ivana: Ich fand die Idee mit der Doppelhochzeit grandios.

Will: Was soll ich sagen? Es war einfach perfekt.

Was denkst du, Zufall oder Wissenschaft?

Ivana: Ganz spontan? Wissenschaft.

Will: Nun, für diese Frage ist es noch etwas zu früh, oder?

2

~ MAGGIE ~

Der arme Henry zitterte so sehr, dass er beinahe den Champagner in seinem Glas verschüttete, während Frank ihn mit einem bitterbösen Blick taxierte.

»Du lieber Himmel!«, schimpfte der Produktionsleiter. »Es kann doch nicht so schwer sein, mit seiner eigenen Braut anzustoßen.«

Hilfe suchend schaute Henry zu Maggie, die ihm aufmunternd zulächelte. Es half nur leider nicht viel.

Henry war fix und fertig mit den Nerven. »Tut mir leid«, stotterte er und wischte sich mit der freien Hand verlegen über die verschwitzte Stirn. Er war so unendlich betrübt, dass Maggie den innigen Wunsch verspürte, ihn zu beschützen.

Gut, das waren zwar nicht die Gefühle, die sie sich erhofft hatte, wenn sie zum ersten Mal neben ihrem Ehemann stand. Aber immerhin war Henry ihr sympathisch. Damit konnte sie arbeiten.

»Frank«, sagte sie mit sanfter Stimme an den Produktionsleiter gewandt. »Würdest du uns eine Minute allein lassen, bitte?«

Missmutig schaute Frank zwischen ihr und Henry hin und her, ehe er genervt die Hände in die Luft warf. »Also schön! Eine Minute!«

Seinen Kameramann beauftragte er damit, ein paar Takes von den Gästen zu machen, bevor er zur Bar stapfte. Sobald er außer Hörweite war, schaute Maggie ihren Gatten vorsichtig an.

Der war damit beschäftigt, seine schwitzige Hand immer wieder am Stoff seines Smokings abzutrocknen. Als er bemerkte, dass Maggie ihn beobachtete, zuckte er zusammen. »Tut mir leid«, murmelte er wieder. »Ich bin nur so schrecklich nervös.«

Maggie lächelte. »Ich auch.«

Seine Augen wurden groß. »Wirklich? Das merkt man dir überhaupt nicht an.«

»Aber natürlich«, beteuerte Maggie und trat einen Schritt näher an ihn heran. »Schließlich haben wir gerade vor laufenden Kameras geheiratet.«

Offensichtlich hatte sie die falschen Worte gewählt, denn Henry sah plötzlich so aus, als würde er gleich aus den Latschen kippen.

»Die Aufregung geht bestimmt bald vorbei«, fuhr Maggie deshalb hastig fort. »Versuch einfach, dich zu entspannen, okay? Niemand wird dich beißen.«

»Entspannen?« Henry nickte mit dem Kopf wie ein Wackeldackel. »Gute Idee!«

»Atme tief durch«, murmelte Maggie mit betörend ruhiger Stimme, legte ihm behutsam die Hand auf den verkrampften Unterarm und fixierte ihn mit ihrem Blick. »Es wird alles gut. Vertrau mir.«

Zu ihrer Erleichterung schien das zu wirken. Sie konnte fühlen, wie sich Henrys angespannter Arm ein wenig unter ihrer Berührung lockerte.

»Wären die Herrschaften endlich so weit?«, rief Frank ungeduldig und näherte sich mit schnellen Schritten.

In Henrys Miene stieg erneut Panik auf, aber Maggie hielt den Blickkontakt aufrecht und atmete ruhig weiter, bis sie sicher war, dass er sich wieder gefangen hatte. Dann erst ließ sie ihn los und schenkte Frank ein dankbares Lächeln. »Ja, jetzt wird es klappen.«

Mit einer knappen Geste winkte Frank seinen Kameramann herbei. Und dieses Mal hatte er zum Glück nichts zu beanstanden, als die beiden auf ihre gemeinsame Zukunft anstießen.

Anschließend warf er einen Blick auf die Uhr. »In fünf Minuten machen wir uns auf den Weg zum Dinner. Genehmigt euch bis dahin noch einen Schluck Champagner.« Im Gehen rollte er mit den Augen und brummte: »Oder nehmt am besten gleich die ganze Flasche.«

Henry verzog das Gesicht, kippte aber artig seinen Schampus hinunter. Unterdessen schaute Maggie sich verstohlen um.

Zwei Tische weiter stand das andere Hochzeitspaar umringt von Gästen. Es war offensichtlich, dass die beiden sich pudelwohl fühlten. Sie wirkten wie ein Königspaar, das von seinem Fußvolk hofiert wurde.

Kein Zweifel, die beiden spielten in einer völlig anderen Liga, und sie passten einfach perfekt zueinander. Aber das musste ja nicht zwangsläufig bedeuten, dass sie sich am Ende der Staffel auch ineinander verliebt hatten. Und selbst wenn? Es war Maggie gleichgültig, ob sie die Show gewannen.

Hauptsache, Henry entpuppte sich als ihr persönlicher Traummann.

Plötzlich schaute William auf und runzelte leicht die Stirn, als hätte er ihre Musterung gespürt.

Eilig wandte Maggie sich ab, gerade rechtzeitig, um ihre Mutter aufzufangen, die ihr überschwänglich in die Arme stürmte. »Oh, mein Liebling. Wie wundervoll ihr dort oben zusammen ausgesehen habt.« Sie ließ Maggie los und küsste den verdatterten Henry auf beide Wangen. »Ich bin Maggies Mutter, aber du kannst mich selbstverständlich Abigail nennen.«

»Freut mich«, erwiderte Henry schüchtern und wurde rot wie eine Tomate, als sie einen Schritt zurücktrat und ihn mit geschürzten Lippen von oben bis unten betrachtete.

Maggie wusste genau, wonach ihre Mutter suchte, und konnte den Moment der Enttäuschung deutlich erkennen, als sie keine einzige Romanfigur in Henry wiederfand. Dennoch kehrte sogleich ein strahlendes Lächeln in ihr herzförmiges Gesicht zurück. »Das alles ist ja so aufregend.«

»Oh ja«, stimmte Henry ihr zu. »Aber ich habe großes Glück. Sie haben eine wundervolle Tochter, Abigail.«

Maggie klappte der Kiefer runter, während sich die Augen ihrer Mutter prompt mit Freudentränen füllten.

Allerdings kam sie nicht mehr dazu zu antworten, da sich Henrys Trauzeuge zu ihnen gesellte.

»Gestatten? Harvey Cooper«, verkündete dieser so breit grinsend, dass seine schmalen Lippen unter dem ergrauten Schnauzbart kaum mehr zu erkennen waren. Sein zur Seite gekämmtes Haar war ebenfalls grau, und im Gegensatz zu Henry besaß sein Bauch einen gewaltigen Umfang. Sie sahen einander überhaupt nicht ähnlich. Nur die grünen Augen schienen in der Familie zu liegen.

»Maggie, das ist mein Onkel«, fügte Henry erklärend hinzu, bevor sie und ihre Mutter saftige Schmatzer auf die Wangen kassierten.

»Sie müssen mächtig stolz auf Ihren Neffen sein«, sagte Abigail in dem Versuch, das vorangegangene Kompliment zurückzugeben.

Harvey lachte schallend. »Das soll wohl ein Scherz sein! Ich bin heilfroh, dass der Junge endlich unter die Haube kommt. Immerhin wird er in einem halben Jahr vierzig.«

Überrascht schaute Maggie ihren Gatten an. Sie hatte ihn viel jünger geschätzt.

»Bisher ist ihm noch jede Frau davongerannt«, fuhr Harvey lauthals fort und brüllte vor Lachen. Er sah aus wie ein debiler Gorilla. »Deshalb hat er diesmal gleich Nägel mit Köpfen gemacht. Wenigstens ist er nicht ganz so dämlich wie sein Vater. Gott hab ihn selig.«

Verlegen trat Henry von einem Fuß auf den anderen. »Wir sollten wohl langsam los. Ich möchte Frank nicht wütend machen. Nicht noch mehr, meine ich.«

»Natürlich.« Maggie drückte ihrer sichtlich empörten Mutter einen Kuss auf die Wange, übergab ihr den Champagner und versprach, sie so bald wie möglich anzurufen.

Als Harvey mit einem dreckigen Grinsen die Arme ausbreitete, kam Maggie seiner Einladung nur widerwillig nach. Er war ein Idiot, der seinen Neffen nur zu gern bloßstellte, daran hegte Maggie keinen Zweifel.

Eilig stellte Henry sein leeres Glas auf dem nächstbesten Stehtisch ab und bot ihr den Arm an. Er schien nicht schnell genug von seinem Onkel wegkommen zu können.

Am Ende des festlichen Buffets wartete Frank bereits im Beisein der Scotts. Er schien von den beiden überaus angetan zu sein, was angesichts ihres Selbstbewusstseins kein Wunder war.

Er lächelte sogar, als Maggie und Henry die drei erreichten.

Sie verließen den Park durch ein Seitentor, vor dem schon zwei glänzende schneeweiße Stretchlimousinen warteten.

Es überraschte Maggie nicht im Geringsten, dass Frank nach ein paar Aufnahmen in den Wagen der Scotts schlüpfte.

Eigentlich hatte sie gehofft, sie könnte sich während der Fahrt zu dem Restaurant, in dem das Candle-Light-Dinner stattfand, unter vier Augen mit Henry unterhalten. Denn mittlerweile brannten ihr unzählige Fragen auf der Zunge. Aber leider stieg ein Kameramann zu ihnen in den Fond des Wagens und hielt auf der ganzen Strecke unbeirrbar das Objektiv auf sie gerichtet.

Also verbrachten sie die Fahrt größtenteils schweigend, was Maggie allerdings nicht störte. Erfreut stellte sie fest, dass das Schweigen mit Henry sogar etwas Angenehmes hatte. Auch ihn schien es zu beruhigen, denn nach einer Weile brachte er sogar den Mut auf, die Hand nach ihr auszustrecken und ihre Finger ganz leicht zu umschließen. Dabei lächelte er sie so schüchtern an, dass sich Maggies Brust mit einer dezenten Wärme füllte.

Der Kameramann hingegen machte ein Gesicht, als hielte er Henry für den größten Loser auf dem Planeten.

Was hatte er denn erwartet? Leidenschaftliche Zungenspiele, oder was?

Offensichtlich deutete der Typ Maggies irritierten Blick genau richtig, denn er begann allen Ernstes zu nicken.

Maggie schnaubte, woraufhin Henry erschrocken zurückzuckte.

»Nicht! Das ist in Ordnung. Wirklich!«, versicherte sie ihm und griff entschlossen seine Hand.

»Oh, okay«, stammelte Henry, bevor er nun wieder verkrampfter aus dem Fenster sah.

Maggie unterdrückte ein frustriertes Seufzen und starrte zu ihrer Seite zum Fenster hinaus.

Eine ganze Weile fuhren sie entlang des Lake Michigan, bis sie schließlich vor einem Wolkenkratzer hielten. Der Kameramann krabbelte aus der Limousine und richtete die Kamera gleich wieder auf sie, als Henry ihr half auszusteigen.

»Wo sind wir hier?«, fragte Maggie verblüfft, da sie erwartet hatte, ein gemütliches Dinner in aller Abgeschiedenheit zu genießen, nicht aber, direkt im Chicagoer Luxusviertel zu landen.

Anstelle des Kameramannes antwortete Frank, der breit grinsend angeschlendert kam. »Na, was sagt ihr?«

Maggie hatte keine Ahnung, was sie zu dem erdrückenden Gebäude sagen sollte. Besonders romantisch sah es jedenfalls nicht aus. Und sehr diskret war dieser Ort ebenfalls nicht gewählt. Denn es war Samstag am frühen Abend. Es herrschte Hochbetrieb auf den Straßen, und innerhalb kürzester Zeit waren beide Brautpaare und das Produktionsteam umringt von Schaulustigen, die sie mit Fragen bombardierten: »Seid ihr von *The Wedding Project*?« »Wie heißt ihr?« Und am beliebtesten: »Warum habt ihr mich nicht genommen?«

William Scott und seine Frau winkten strahlend in die Menge. Auch Frank genoss die Aufmerksamkeit. »Alle Informationen zu der neuen Staffel gibt es in zwei Tagen auf unserem Sender«, erklärte er vollmundig. »Danke für euer Interesse. Will, Ivana, bitte gebt noch keine Autogramme.« Mit weit aufgerissenen Augen schlug er sich die Hand vor den Mund und nuschelte schelmisch: »Ups.«

Ja, ups! Da hatte er doch glatt die Namen seiner Favoriten verraten. So was Blödes aber auch.

»Kann dir egal sein«, sang Maggie leise vor sich hin. »Du willst nicht die Show, sondern nur den Mann.«

Wo steckte der überhaupt?

Verwirrt schaute Maggie sich um. Henry war etwas zur Seite gedrängt worden und guckte wie ein Reh im Scheinwerferlicht. Sie musste sich ein paar Meter durch das Gewühl schieben, um ihn sich wieder zu angeln. Dann zog sie ihn entschlossen zum Eingang des Gebäudes.

Im Foyer atmete sie tief durch und registrierte leicht genervt, dass William, Ivana und Frank samt Kamerateam ihnen äußert zufrieden dreinschauend gefolgt waren.

Ein Concierge begrüßte die Gesellschaft, während die Kameraleute sich an der Seite aufbauten. »Herzlich willkommen im *Three hundred sixty Degree Chicago*, wo Sie in rund dreihundert fantastischen Metern Höhe den beeindruckendsten und atemberaubendsten Ausblick über den Michigansee und die Chicagoer Innenstadt genießen können. In unserem exklusiven Café bieten wir Ihnen die erlesensten Speisen von feinster Qualität«, intonierte der junge Mann mit gewinnendem Lächeln, während sich Maggie bei all den Superlativen die Nackenhärchen aufstellten.

Zwei Hostessen mit Modelmaßen überreichten Ivana und Maggie gigantische Blumensträuße – vollgestopft mit exotischen Blüten –, während der Concierge ihnen nur das Beste für die gemeinsame Zukunft wünschte.

Du liebe Güte! Noch mehr Superlative.

Kaum hatte Maggie den Schock verkraftet, wurden sie in den Fahrstuhl gelotst. In halsbrecherischer Geschwindigkeit fuhren sie hinauf zum obersten Deck. Als sie dort ankamen, hing ihr der Magen in den Kniekehlen.

»Team eins nach links, Team zwei nach rechts«, kommandierte Frank und wies Maggie und Henry an, der brünetten Hostess zu folgen. Sie wurden von ihr zu einem Raum geleitet, der durch riesige Fenster eine unglaubliche Aussicht auf den Lake Michigan bot.

Das Timing hätte gar nicht perfekter sein können, denn obwohl die Sonne erst in gut zwei Stunden unterging, färbte sich der Himmel bereits in sanften Rosa- und Violetttönen, die am Horizont in ein sattes Orange übergingen.

Maggie gab es ungern zu, aber in diesem Fall waren die Superlative durchaus gerechtfertigt.

»Wenn Sie bitte Platz nehmen würden«, sagte die Brünette freundlich und deutete auf den reich geschmückten Tisch unmittelbar vor der Fensterfront.

Nur mühsam riss Maggie sich von der Aussicht los und schaute sich in dem kleinen Saal um, der durch zahlreiche Kerzen auf unterschiedlich hohen Kerzenständern beleuchtet wurde, obwohl es noch hell war. Auch auf dem Tisch, auf dem ein edles Leinentuch lag, standen Kerzen, umgeben von teurem Kristall und edlem Porzellan. Die üppigen Blumenarrangements vor den ansonsten kahlen Wänden verströmten einen betörenden Duft.

Ein leises Lächeln stahl sich auf Henrys Lippen, bevor er Maggie den Stuhl heranrückte. Sie zupfte ihr bauschiges Kleid zurecht und beobachtete aus dem Augenwinkel, wie der Kameramann ein Stativ aufbaute und die Kamera darauf fixierte.

Als er seine Einstellungen vorgenommen hatte, nickte er der Hostess zu, die an diesem Abend offenbar auch als Kellnerin fungierte. Sie reichte ihnen die Speisekarten.

»Mein Name ist Chloe, und ich freue mich, Sie hier bei uns bedienen zu dürfen«, säuselte sie und ratterte das Menü herunter, das hauptsächlich aus französischen Delikatessen bestand, von denen Maggie noch nie etwas gehört hatte.

Verunsichert schaute sie zu Henry, der gleichfalls leicht überfordert wirkte, jedoch nur höflich nickte, um seine Zustimmung zu signalisieren.

Als Chloe davongestöckelt war, breitete sich eine Stille aus, die sich nicht länger angenehm, sondern beklemmend anfühlte, weil das ganze Ambiente einen ungeheuren Erwartungsdruck verursachte.

Maggie fiel partout nicht ein, worüber sie mit Henry reden könnte. Sämtliche Fragen, die sie hätte stellen können, waren wie weggeblasen, während Henry unsicher mit dem Besteck spielte.

Ein deftiger Fluch ließ sie beide zusammenfahren. »Ihr müsst schon miteinander quatschen«, knurrte der Kameramann und kratzte sich den buschigen Vollbart. »Ich kann nicht auf jede Szene einen schmalzigen Oldie legen.«

Super! Da fühlte Maggie sich gleich viel weniger unter Druck gesetzt.

Angespannt befeuchtete sie die Lippen. »Also, Henry, was machst du beruflich?«

Sichtlich froh über die Wahl des Themas beugte er sich ein Stück nach vorn. »Ich besitze ein kleines Antiquariat am Wicker Park.«

»Antiquariat?«, wiederholte sie und war sofort fasziniert.

Er nickte. »Ich hatte schon immer eine Schwäche für Bücher, vor allem für Erstausgaben.«

Um ein Haar hätte Maggie gequietscht vor Freude.

Heilige Scheiße! Der Buchhändler und die Autorin. Das *Ass der Kelche* hatte zugeschlagen.

Von diesem Augenblick an war es leicht, eine Unterhaltung zu führen. Es war Maggie egal, ob das Publikum am Montagabend vor den Fernsehern einschlief. Sie war Feuer und Flamme, alles aus Henrys Berufsalltag zu erfahren, und stellte unablässig Fragen, die er bereitwillig beantwortete.

Und sein ungläubiges Lächeln, als sie ihm eine ganze Weile später während des Hauptgangs erzählte, dass sie vom Schreiben lebte, war einfach unbezahlbar – es ließ ihr Herz ein kleines bisschen stolpern.

~ *WILLIAM* ~

Die Stretchlimousinen parkten nebeneinander in der breiten Auffahrt eines neuwertigen Bungalows. Die Coopers links, die Scotts rechts. In der Mitte der grau gestrichenen Front des

Gebäudes befanden sich zwei Haustüren aus schwarzem Holz mit nur knapp einem Meter Abstand voneinander. Wie in der ersten Staffel handelte es sich also um ein Doppelhaus. Die Wohngegend galt als äußerst exklusiv. Teure Villen reihten sich in dem Chicagoer Vorort auf großzügigen Anwesen aneinander. Auch in diesem Fall machte sich also das erhöhte Budget der zweiten Staffel bemerkbar.

Kaum hatte Will die Hand nach dem Türgriff ausgestreckt, tauchte bereits ein Kamerateam wie aus dem Nichts vor der getönten Scheibe auf. Will stieg aus. Erst hielt er einen Moment inne und betrachtete voller Staunen die Fassade des Bungalows, dann reichte er Ivana die Hand, um ihr aus der Limousine zu helfen. Gemeinsam nutzten sie einen weiteren Moment für funkelnde Augen. Ivana unterstrich das Ganze noch, indem sie sich ergriffen eine Hand auf die Brust legte, ihm mit der anderen über den Oberarm streichelte und dazu überglücklich seufzte. Das dezente Abendrot über ihnen trug gewiss einiges an Romantik bei.

Nebenan konnte Will die Coopers aus ihrem Wagen klettern sehen, doch er richtete seine Aufmerksamkeit gleich wieder auf seine eigene Wenigkeit, damit die Kameras möglichst umfassend zufriedengestellt wurden. Er hoffte inständig, dass die Hausbegehung schnell vorbei ginge, denn allzu lange würde er sein Lächeln nicht mehr durchhalten. Seine Wangen waren schon längst überstrapaziert. Ihn wunderte es, dass er noch keinen Krampf im Gesicht bekommen hatte.

Frank wuselte heran und platzierte sich vor den Haustüren. Er beobachtete kritisch, wie die Ehepaare langsam auf die Eingänge zuschritten.

»STOPP!«, rief Frank plötzlich. »Haltet euren Gesichtsausdruck fest. Innenteams auf Position!«

Zwei Kameraleute stoben vorbei. Frank schloss die Türen für sie auf, ließ einen Kameramann in jede Doppelhaushälfte und machte die Türen hinter ihnen wieder zu. Dann eilte er selbst in den Hintergrund.

»Okay, weiter geht's!«, wies er an. »Beachtet die Kameras nicht. Versucht, im gleichen Tempo zu laufen. Geht einfach auf eure Häuser zu und direkt hinein in den Flur!«

Will geleitete Ivana in gemessener Geschwindigkeit über die asphaltierte Auffahrt, ohne auf ihre Nachbarn zu achten. Die Coopers würden sich ja wohl nach seiner Vorlage richten, die immerhin ein perfektes Maß an Entzückung und Neugier demonstrierte.

Eine kleine Stufe führte auf den gepflasterten Bereich vor dem Eingang. Die Brautpaare kamen gleichzeitig auf dem Absatz an. Nun vollführte Will doch noch eine halbe Drehung zu den Coopers hin, um bei der Gelegenheit gleich noch sein Fair Play zu demonstrieren.

»Auf eine gute Nachbarschaft!«, sagte er freundlich.

Henry und Maggie waren so auf ihre Schritte konzentriert, dass sie verwundert aufsahen. Maggie fing sich als Erste wieder und lächelte zu ihnen herüber. »Ja, auf eine gute Nachbarschaft!«

Will blickte auf seine Braut hinab.

»Bist du bereit für unser neues Zuhause?«, raunte er, gerade laut genug, dass die Kamera es noch einfangen konnte.

Ivana nickte verträumt. Will lächelte spitzbübisch, dann ging er leicht in die Knie und hob seine Braut mühelos auf die Arme. Erst quietschte sie erschrocken, doch ihre Laute gingen nahtlos in ein fröhliches Lachen über. Im Hintergrund hörte man Frank begeistert klatschen. Die Szene schien also gelungen. Niemand würde erahnen, dass die beiden diesen Auftritt vor wenigen Minuten abgesprochen hatten.

Bevor er seine Braut standesgemäß über die Schwelle trug, sah Will noch, wie die Coopers ihn sprachlos anstarrten. Er kümmerte sich nicht weiter darum, sondern konzentrierte sich wieder darauf, möglichst begeistert sein neues Zuhause zu erkunden.

Der Eingangsbereich war schlicht, aber komfortabel. Schwarze Bodenfliesen, weiße Wände, ein Spiegel und ein einzelnes Hochglanz-Sideboard neben einer Reihe Kleiderhaken. Auf der rechten Seite befanden sich zwei Türen. Geradeaus stand ein Kameramann vor einem offenen Durchgang. Dahinter konnte man einen Küchentresen sehen.

»Mein Gott, Will!«, hauchte Ivana. »Es ist perfekt!«

Will stellte seine Frau gewandt zurück auf die Füße. Der Kameramann fing jede ihrer Bewegungen penibel ein.

»Sollen wir auf Frank warten?«, fragte Will den Mann.

»Nicht nötig«, antwortete der. »Ihr erkundet jetzt einfach auf eigene Faust das Haus. Achtet gar nicht auf mich.«

»Das kriegen wir hin«, flötete Ivana, die den Spiegel entdeckt hatte und eilig ihr Make-up überprüfte. Sie hielt inne und linste zu der Kamera hinüber. »So was schneidet ihr doch hoffentlich raus, oder?«

»Klar«, sagte der Kameramann.

Will schloss die Haustür hinter sich. Dabei hörte er Frank verzweifelt rufen: »Henry! Schau doch nicht so verkrampft!«

Die Coopers standen also immer noch auf der Schwelle. Ihnen gelang die Eintritts-Szene wohl nicht auf Anhieb. Aber das sollte gewiss nicht Wills Problem sein.

Ivana war bereits zu der ersten Tür flaniert und wartete auf ihn, damit sie gemeinsam hindurchspähen konnten. Beide hielten ihre Begeisterung aufrecht, obwohl sich das Zimmer nur als Waschküche und Technikraum herausstellte. Ivana betrachtete wohlwollend das säuberlich mit Putzsachen ausgestattete Regal neben der Waschmaschine.

»Wie toll!«, rief sie freudig. »Alles da, was das Hausfrauenherz begehrt!«

Sie klang dabei unwahrscheinlich überzeugend, wobei Will sich schon schwer täuschen müsste, wenn in Ivana eine leidenschaftliche Hausfrau schlummerte.

Hinter der nächsten Tür wartete der Schlafbereich. Gleich links befand sich ein geräumiger begehbarer Schrank mit integrierter Ankleide. Der Traum einer jeden Frau, und Ivana gab sich große Mühe, dem Kameramann ihre Begeisterung auch zu zeigen.

Ihr Gepäck war bereits im Schlafgemach abgelegt worden. Will konnte sich leider nicht verkneifen, kurz die Stirn zu runzeln, als er das mehrteilige Kofferset erblickte, das seine Frau wohl ihr Eigen nannte. Dahinter linste eine Ecke seiner schlichten Reisetasche hervor.

Ein schmaler Gang führte an der Ankleide vorbei in das eigentliche Schlafzimmer, welches ebenfalls in Schwarz-Weiß gehalten war. Ein einladendes Himmelbett bildete den Blickfang in der Mitte und gegenüber flutete malerisch das abendliche Sonnenlicht durch eine lange Fensterfront herein.

»Einfach traumhaft!«, rief Ivana entzückt. Sie tänzelte leichtfüßig über den weißen Hochflorteppich, der großzügig unter dem Bett verlegt war, und öffnete neugierig eine kleinere Tür, die vom Schlafzimmer abging. Mit einem weiteren Freudenschrei schlüpfte sie hindurch. Der Kameramann eilte ihr hinterher. Will ging bis zum Türrahmen. Während der Kameramann Ivana dabei filmte, wie sie sich mit ausgestreckten Armen in der Mitte des luxuriösen Badezimmers um die eigene Achse drehte, nutzte Will die Gelegenheit, kurz seinen Kiefer zu lockern. Schon driftete die Linse zu ihm. Er schmunzelte und sagte verschmitzt in die Kamera: »Frauen, hm?«

Ivana kicherte über seinen Spruch und wies mit ausladender Geste auf die große Eckbadewanne. »Als würde den Männern so etwas nicht gefallen! Oder magst du keine Schaumbäder zu zweit, Will?«

Sie zwinkerte kess. Will haderte kurz mit sich, inwieweit er jetzt schon darauf einsteigen sollte. Er wollte keinesfalls eine verzweifelte Farce wie die Frinkmans in der ersten Staffel abliefern.

»Wer weiß?«, meinte er schließlich geheimnisvoll.

Ja, das war gut.

Ivana ließ den dezenten Flirt so stehen und flanierte dicht vor seiner Nase vorbei, um die Hausbesichtigung fortzusetzen. Als sie gerade die ultramoderne Küche betraten, schnaufte Frank hinter ihnen zur Haustür herein. Schweißperlen standen ihm auf der Stirn. Vermutlich hatte er es sich einfacher vorgestellt, zwei Paare auf einmal im Auge zu behalten.

»Wie läuft's?«, fragte er den Kameramann atemlos.

»Alles prima, Boss«, antwortete dieser. »Bisher war kein zweiter Take nötig.«

Frank nickte erleichtert und wedelte auffordernd in Wills Richtung. »Lasst euch nicht von mir stören!«

Das taten sie nicht. Ivana und Will bestaunten umgehend die offene Hochglanzküche mit angrenzendem Essbereich. Der ganze Bungalow schien mit seinen zwei Hälften ein U zu formen. Die Inneneinrichtung war komplett in Schwarz-Weiß gehalten. Die einzigen Farbkleckse bildeten einzelne Dekorationsgegenstände und ein riesiges Ölgemälde an der Wand rechts neben dem frei stehenden Esstisch. Will fand alles ganz fürchterlich steril, während Ivanas Begeisterung vermutlich sogar echt war.

Über die ganze linke Seite erstreckte sich eine durchgängige Glasfront mit Zugang zum Garten. Draußen konnte man am Ende einer gepflasterten Terrasse einen Pool glitzern sehen.

Die Glasfront bildete einen Neunzig-Grad-Winkel in den Wohnbereich, der im Grunde nur aus einer riesigen Couchlandschaft in der Mitte bestand. Gegenüber hing ein gigantischer Flatscreen über einem langen Lowboard.

»Das Haus ist der Hammer!«, jubelte Ivana. »Findest du nicht auch, Will?«

»Absolut«, pflichtete er ihr bei. »Genauso würde ich auch bauen.«

»Sehen wir uns den Garten an«, sagte Ivana aufgeregt und zog ihn an der Hand zum Ausgang zur Terrasse.

Will öffnete die breite Schiebetür. Dabei merkte er, wie Ivanas Begeisterung für einen Wimpernschlag stockte. Sie hatte sich bereits wieder gefangen, als er den Grund für ihre Irritation erkannte. Hastig blinzelte er seine eigene Überraschung hinfort und fragte Frank in neutralem Interesse: »Wir teilen uns den Garten mit den Coopers?«

Frank nickte begeistert. »O ja! Die Umfragen haben nämlich ergeben, dass die Interaktion beider Paare sehr beliebt war. Ein gemeinsamer Garten ist darum perfekt! Aber zusätzlich habt ihr natürlich auch eure Privatsphäre.«

Sie traten nacheinander nach draußen. Die Abenddämmerung zeichnete interessante Farbverläufe am Himmel.

Der Bungalow zog sich als U um den Pool, der genau den Mittelpunkt zwischen beiden Haushälften bildete. Der Bereich drumherum war mit Steinplatten gepflastert. Daran grenzte ein gepflegter Rasen an, der von blühenden Sträuchern umgeben war. Wo die erwähnte Privatsphäre sein sollte, war für Will nicht ersichtlich.

»Ich finde das prima«, behauptete Ivana. »Wir können gemeinsam grillen. Will kann mit Henry ein Feierabendbier genießen und ich mit Maggie … oh! Da sind sie ja! Huhu!«

Ivana winkte freudig zu den Coopers hinüber, die ebenfalls die Terrasse betreten hatten und sie entgeistert über den glitzernden Pool hinweg anstarrten. Allmählich fragte Will sich, ob die beiden denn gar keinen Wert darauf legten, diese Show zu gewinnen. Bisher sah es jedenfalls nicht danach aus.

Frank deutete dem Kcamerateam gegenüber irgendetwas an. Dann bat er Ivana und Will, wieder ins Haus zu kommen.

»Wir drehen jetzt noch eine Abschlussszene an der Haustür, dann lassen wir euch alleine.«

Er marschierte stramm durchs Wohnzimmer. Ivana eilte ihm eifrig hinterher. »Warte, Frank! Wollt ihr uns nicht beim Auspacken filmen?«

»Keine Sorge, meine Liebe«, sagte er unbekümmert, »von euch beiden haben wir genügend tolle Szenen im Kasten.«

Ivana knirschte sichtlich mit den Zähnen, bevor sie erneut ihr strahlendes Lächeln aufsetzte. Sie und Will stellten sich Arm in Arm vor die Haustür, winkten hinaus zum Kameramann auf der Schwelle und riefen gleichzeitig: »Gute Nahaacht!«, bevor sie lachend die Tür ins Schloss warfen.

Damit war die Abschlussszene vollendet. Will nahm den Arm von Ivana und atmete tief durch. Sie tat es ihm gleich und rieb sich mit beiden Händen über die Wangen. Dann betrachteten sie sich gegenseitig, als würden sie sich zum ersten Mal sehen. Im Grunde war das auch der Fall, denn mit den Kameras war bei beiden der Schein abgefallen. Zumindest größtenteils.

Nach einer Weile begann Ivana zu grinsen. »Wir können ruhig die Karten auf den Tisch legen«, sagte sie. »Weder du noch ich sind wegen der Liebe hier. Oder irre ich mich?«

»Keineswegs«, antwortete Will schmunzelnd.

Sie ging zur Garderobe und streifte sich die Pumps von den Füßen. »Perfekt. Ich muss schon sagen, dass ich mir genau einen solchen Ehemann wie dich gewünscht habe. So wie ich das sehe, werden wir diese Show mit Leichtigkeit gewinnen.«

»Vielleicht war bei uns ja die Wissenschaft am Werk?«, vermutete Will im Scherz.

»Sieht ganz danach aus.« Ivana lachte vergnügt. Sie ging zur Schlafzimmertür, blieb davor aber noch mal stehen. »Kannst du mir bitte den Reißverschluss aufmachen?«

»Klar.«

Sie hielt ihre Haare im Nacken hoch, damit er problemlos den winzigen Reißverschluss öffnen konnte. Dieser reichte bis über ihre Hüften hinab und offenbarte einen mehr als nur wohlgeformten Rücken. Doch trotz der makellosen Haut, die Will unter seinen Fingerspitzen fühlte, rührte sich nicht viel in ihm.

»Ich springe gleich noch unter die Dusche«, sagte Ivana. Sie hielt das Kleid mit einer Hand an der Korsage fest und drehte sich leicht in seine Richtung. »Oder willst du lieber gleich die Hochzeitsnacht vollziehen?«

Ihr lasziver Tonfall ließ keinen Raum für einen Scherz. Will verwunderte es keineswegs, dass sie schon jetzt zu diesem Schritt bereit war. Er wollte auch nicht ausschließen, auf das Angebot zurückzukommen, doch im Moment war er wirklich nicht in Stimmung.

»Der Abend ist noch jung«, antwortete er deshalb schlicht und ging ohne weitere Worte in die Küche.

Als er das leise Klicken der Schlafzimmertür hörte, lehnte er sich an den Tresen, löste seinen Krawattenknoten und rieb sich erschöpft über die Augen.

Bisher war alles genauso wie erwartet. Inklusive Ivana.

Sie hatte beim Candle-Light-Dinner keine Gelegenheit ausgelassen, um sich vor den Kameras ins rechte Licht zu rücken. Den Großteil ihres Gesprächs hatte sie dazu genutzt, Will von ihrem kürzlich gegründeten Unternehmen zu berichten. Sie vertrieb eine eigene Kosmetikmarke namens *CarLey* und führte dazu ein Ladengeschäft in der Innenstadt inklusive Online-Shop.

Will war also schnell klar geworden, warum sie bei *The Wedding Project* mitmachte. Kein Wunder, dass sie in ihm den perfekten Ehemann für ihr Vorhaben sah, denn er hatte ja schnell gezeigt, dass sein Fokus darin lag, diese Show zu gewinnen. Was sein persönlicher Anreiz dafür war, schien Ivana nicht zu interessieren. Wahrscheinlich dachte sie, er wäre auf die Gage scharf.

Nun … In dem Glauben sollte sie ruhig bleiben.

3

Als die Tür geräuschvoll ins Schloss gefallen war, atmeten Maggie und Henry gleichzeitig auf. Die Stimmung zwischen ihnen hatte sich beim Dinner merklich entspannt, aber Frank hatte sie mit seinen Anweisungen an der Türschwelle so sehr traktiert, dass Henry in seine ursprüngliche Nervosität zurückverfallen war.

»Tut mir leid, dass das mit dem Über-die-Schwelle-Tragen nicht so gut geklappt hat«, entschuldigte er sich verlegen.

Das war noch milde ausgedrückt. Henry hatte versucht, sie ähnlich eindrucksvoll hochzuheben wie William seine Braut, war aber an dem vielen Tüll ihres Kleides kläglich gescheitert. Also hatte Maggie aus der Not eine Tugend gemacht, ihn mit einem verschmitzten Lächeln an der Fliege gepackt und ins Haus gezogen.

Frank hatte zwar die Augen verdreht, beließ es aber zum Glück dabei, und Maggie war zu erleichtert darüber, als dass sie sich Gedanken über den kleinen Stich der Enttäuschung hätte machen können.

Sie zwinkerte Henry so gelassen zu, wie sie konnte. »Schon okay. Das ist sowieso ein völlig überholter Brauch, und ich glaube nicht an böse Geister, vor denen er mich beschützen könnte.«

O Gott! Ihre Mutter würde durchdrehen.

Ratlos schaute Henry sich in ihrer neuen Luxusbehausung um. Trotz seines teuren Smokings wirkte er völlig fehl am Platz. »Und was machen wir jetzt?«

Maggie stieß die unbequemen Absatzschuhe von ihren Füßen. »Erst einmal muss ich aus diesem Kleid raus.«

Henry zuckte zusammen. Sein Blick wurde regelrecht argwöhnisch. Er sah fast ein bisschen so aus, als rechnete er jeden Augenblick damit, dass sie sich wie eine liebestolle Nymphomanin auf ihn stürzte.

Vorsichtig stellte sich Maggie vor ihrem Mann auf. »Könntest du mir bitte nur kurz die oberen Knöpfe im Nacken öffnen? Dann ziehe ich mir schnell etwas Bequemes an.«

Henry schluckte schwer.

»Eine Jeans und ein T-Shirt«, schob Maggie deshalb eilig hinterher.

Erleichterung flackerte in seiner Miene auf. »Okay.«

Dankbar lächelnd wandte Maggie ihm den Rücken zu. Seine Finger zitterten, als er an der kleinen Knopfleiste herumnestelte. Als er fertig war, stieß er hörbar den Atem aus.

Maggie bedankte sich und flüchtete sich ins Schlafzimmer, um Wechselsachen zu holen. Anschließend zog sie sich ins Bad zurück.

Als sie eine halbe Stunde später in ihren Freizeitklamotten ins Wohnzimmer zurückkehrte, saß Henry kerzengerade auf dem Sofa. Draußen war es inzwischen dunkel, aber er hatte kein Licht eingeschaltet. Stattdessen schaute er konzentriert hinaus auf den Pool, der von innen beleuchtet wurde und ein schwaches Licht hereinwarf.

»Was machst du da?«, fragte Maggie und überlegte, sich zu ihm zu setzen.

Er nickte in Richtung der Fenster. »Man kann direkt in das Wohnzimmer unserer Nachbarn sehen.«

»Wirklich?« Neugierig ging Maggie näher und lugte durch die Scheibe.

Tatsächlich. Gegenüber zeichnete sich die exakte Spiegelung ihrer eigenen Behausung ab. Sogar die Möbel waren gleich. Drinnen war alles hell erleuchtet.

Maggie entdeckte William, der mit einem Bier in der Hand auf dem Sofa herumlungerte und auf seinem Smartphone herumtippte. Seine Krawatte hatte er abgelegt, ebenso das Jackett. Die Ärmel seines weißen Hemdes waren hochgekrempelt und seine Füße ruhten auf dem Couchtisch. Er schien sich bereits wie zu Hause zu fühlen. Plötzlich drehte er den Kopf, als hätte ihn jemand gerufen.

Er verzog das Gesicht, stand jedoch auf und schlenderte zum Schlafzimmer.

Plötzlich drehte er sich abrupt um, kniff die Augen zusammen und starrte hinaus in den Garten. Es war, als hätte er gespürt, dass sie ihn beobachtete.

Maggie regte sich nicht in der Dunkelheit. Aber ihr Puls beschleunigte sich unweigerlich aus Angst, entdeckt zu werden. Als sie schon fast davon überzeugt war, dass William sie bemerkt hatte, wandte er sich ab und verschwand.

»Das war knapp«, bemerkte Henry, den Maggie irritierenderweise ganz vergessen hatte.

Angespannt drückte sie auf den Knopf, um die Jalousie herunterzulassen.

Henry erhob sich. »Ich denke, ich werde mich auch besser etwas frisch machen.«

»Soll ich uns vielleicht eine Flasche Wein öffnen?«, bot Maggie an.

Zu ihrer Überraschung stimmte Henry zu. »Das wäre schön.«

Während er im Badezimmer beschäftigt war, durchstöberte Maggie die Küchenschränke. Es gab alles, was das Herz begehrte. Sogar ein paar Erdnüsse zum Knabbern.

Obwohl sie von dem Abendessen noch pappsatt war, schüttete sie die Nüsse in ein kleines Schälchen und goss zwei Gläser Rotwein ein. Dann setzte sie sich auf das Sofa und wartete.

Es verging gut eine halbe Stunde, bis Henry wieder in Erscheinung trat. Er trug ein kariertes Hemd und eine lange Kordhose. Obwohl er in diesem Outfit wie ein zerstreuter Professor aussah, passte es doch viel besser zu ihm als der Smoking.

In züchtigem Abstand setzte er sich neben Maggie. Sie stießen schweigend an und nippten an ihren Gläsern.

Eigentlich hatte Maggie es kaum erwarten können, bis sie endlich in Ruhe mit Henry reden konnte, ohne dieses nervige Produktionsteam. Aber die Stille zwischen ihnen wurde zunehmend bedrückender.

Maggie seufzte. »Das ist echt merkwürdig.«

Henry lachte angespannt. »Ja.«

Vielleicht sollten sie mal ganz offen über ihre Erwartungen sprechen, um das Eis zu brechen. Andererseits trüge es womöglich nicht gerade zur Entspannung bei, wenn sie einander gestanden, dass sie sich unbedingt in den anderen verlieben wollten.

»Erzähl mir etwas von dir«, bat Maggie daher in der festen Absicht, ihren Ehemann besser kennenzulernen.

Aber Henry ratterte seinen Lebenslauf herunter, als führte er ein Bewerbungsgespräch. »Aufgewachsen bin ich Lolanston und ich habe Literaturwissenschaften an der Northwestern studiert. Danach habe ich das Antiquariat gekauft und lebe seither davon.«

»Hast du Geschwister?«, hakte Maggie nach.

Henry nippte erneut an seinem Glas. Dann atmete er tief durch und berichtete ihr von seinen Familienverhältnissen. Er war ein Einzelkind. Seine Mutter hatte sich kurz nach seiner Geburt mit einem anderen aus dem Staub gemacht, und sein Vater war früh gestorben, weshalb Henry bei seinem Onkel aufgewachsen war.

Was für eine traurige Geschichte.

Nichtsdestotrotz beeindruckte Maggie die Offenheit, mit der Henry darüber sprach. Obwohl der alte Cooper ein riesiger Volltrottel war, ging keinerlei Verbitterung von Henry aus. Das war gut, denn nichts fand sie schlimmer als einen Mann, der aufgrund seiner Vergangenheit von Wut und Bitterkeit zerfressen war.

Der Abend schritt schnell voran, und auch Maggie erzählte viel über ihre Vergangenheit und von den Menschen, die sie geprägt hatten. Allen voran ihre Mutter, die mit ihren zahlreichen Spleens dafür gesorgt hatte, dass Maggie im Grunde ihres Herzens zu einer überaus optimistischen Frau herangewachsen war.

Sie glaubte an das Schicksal und diese Show. Außerdem war sie fest davon überzeugt, dass Henry ihr Gegenstück sein könnte. Vor allem in den Momenten, in denen er zu scherzen wagte und sie damit zum Lachen brachte. Mit ihm konnte man wunderbar diskutieren. Er argumentierte klug und wortgewandt, hörte aber auch aufmerksam zu und lauschte dem, was sie zu sagen hatte.

Als es weit nach Mitternacht war und sie die Weinflasche geleert hatten, gähnte Maggie herzhaft. »Was für ein verrückter Tag. Gehen wir ins Bett?«

Sofort versteifte Henry sich, aber diesmal ließ Maggie kein Unwohlsein aufkommen, sondern fing an zu kichern. »Zum Schlafen«, stellte sie klar. »Ich bin wirklich hundemüde.«

»Natürlich.« Henry lächelte erleichtert und kam schwerfällig auf die Beine. Offensichtlich vertrug er nicht besonders viel Alkohol. Leicht schwankend hielt er ihr die Hand hin. »Wenn ich bitten dürfte.«

Maggie grinste. Er durfte.

* * *

Am nächsten Morgen polterte das Produktionsteam bereits kurz nach Sonnenaufgang ins Haus. Offenbar hoffte Frank, sie beide nackt und eng aneinander gekuschelt im Bett vorzufinden, und war sichtlich enttäuscht, als er feststellen musste, dass Henry schon beim ersten Laut ins Badezimmer geflohen war. Also trieb er alle genervt zur Eile an.

Als erstes Ausflugsziel hatte das Produktionsteam den North Avenue Beach auserkoren, der trotz der Morgenstunde bereits gut besucht war.

Maggie schmunzelte, als sie Henrys Aufzug bemerkte. Er schien zum letzten Mal vor dem Millennium einkaufen gewesen zu sein, denn er trug allen Ernstes Hawaii-Badeshorts. Es entging ihr nicht, dass er sich außerordentlich unwohl fühlte, nachdem er sich die lange Stoffhose von den Beinen gestreift hatte. Nur zögernd knöpfte er anschließend sein Hemd auf. Dabei huschte sein Blick immer wieder zu der Menschenschar, die sich abseits einer Absperrung in Sekundenschnelle vergrößerte, weil die Kameras die Aufmerksamkeit auf sich zogen.

Um ihm sein Unbehagen zu nehmen, fasste Maggie sich ein Herz und zog sich in einer fließenden Bewegung ihr Sommerkleid über den Kopf. Darunter trug sie einen schlichten Badeanzug mit blauem Batikprint, der ihre von Natur aus leicht gebräunte Haut betonte. Die wilde Lockenpracht ließ sie offen über die Schultern fallen.

Aus der Zuschauermenge ertönten Pfiffe.

Verstohlen schaute Maggie ihren Ehemann an, der es noch immer hinauszögerte, sich das Hemd auszuziehen.

»Nicht so schüchtern, Henry«, mahnte Frank ungeduldig.

Der hatte gut reden. Schließlich durfte er seine Klamotten anbehalten, die im Übrigen aus einem luftigen Hemd, Leinenhose und Mokassins bestanden, weshalb er ständig die Füße schüttelte wie ein Hund, der gerade gepinkelt hatte.

Andererseits, das war ein Strand. Da liefen Leute nun mal in Badeklamotten rum. Es gab also keinen Grund, gleich durchzudrehen.

Als wäre Henry zu dem gleichen Schluss gekommen, atmete er tief durch, riss sich das Hemd herunter und präsentierte … eine kreidebleiche Hühnerbrust.

Okay, gut. Zugegeben, das war vielleicht nicht ganz das, was Maggie sich erhofft hatte. Aber sie war nicht so oberflächlich, sich von diesem kleinen Rückschlag entmutigen zu lassen. Henry war trotzdem ein ganzes Stück größer als sie, und die Muskeln, die vorhanden waren, waren eben eher sehnig ausgelegt. Kein Gramm Fett war an seinem Körper zu finden.

Gott! Sie wollte ihn füttern.

»Ah, da seid ihr ja!«, rief Frank plötzlich.

Maggie klappte die Kinnlade runter.

Ivana und William Scott flanierten Hand in Hand über den Strand wie Malibu-Barbie und Ken.

Auch Ivana trug ihr Haar offen. Es fiel glatt und seidig über ihre vollen Brüste, die gerade eben von einem winzigen, knallbunt geblümten Bikinioberteil bedeckt waren. Ihr Höschen saß ähnlich knapp. Es war hochgeschnitten und wurde mit verspielten Bändern an den Seiten zusammengehalten, weshalb ihre Beine endlos lang wirkten.

Aber den Vogel schoss William ab. Mit seinen roten Badeshorts, dem perfekten Teint, all den fein definierten Muskeln, dem verstrubbelten Haar und der Pilotensonnenbrille in dem markanten Gesicht sah er aus, als wäre er gerade von einem Film-Set abgehauen.

Maggie gaffte ihn immer noch an wie der letzte Hinterwäldler, als sie die Truppe erreichten.

»Entschuldigt bitte die Verspätung«, sagte Ivana zur Begrüßung und schob sich mit einem zweideutigen Lächeln die riesige Designerbrille ins Haar, damit jeder ihr kesses Zwinkern sehen konnte. »William und ich wurden aufgehalten.«

Schon klar.

Natürlich fragte sich nun jeder, wie ihre Hochzeitsnacht wohl gelaufen war. Maggie ging jede Wette ein, dass die Scotts nicht in züchtigen Pyjamas eingeschlafen waren.

Williams Miene blieb für einen Moment ausdruckslos, bevor er den Blick neugierig über den Strand schweifen ließ. »Was steht auf dem Programm?«

Eifrig trat Frank einen Schritt zur Seite und präsentierte voller Stolz das Schild mit der Aufschrift »Blakes Jetski-Verleih.«

Ivana quietschte aufgeregt. »Oh, wie toll!«

Allmählich genervt von Ivanas Getue wandte Maggie sich ab und sah zu Henry, dessen Begeisterung sich zwar in Grenzen hielt, aber immerhin erweckte er nicht den Eindruck, als stünde er erneut Todesängste aus.

Geschäftig schob Frank ihn an Maggies Seite und bat sie, sich umzudrehen, damit der Aufnahmewinkel stimmte.

Dann kam ein junger Mann vom Typ Surferboy zu ihnen und stellte sich als Blake vor, ehe er in die Kameras winkte. »Herzlich willkommen bei Blakes Jetski-Verleih, eurem Nummer-eins-Anbieter für maximalen Fahrspaß auf dem Lake Michigan. Mit unseren erstklassigen Wassersportgeräten zu attraktiven Preisen sorgen wir für die drei großen S.« In einer ausschweifenden Geste hob er die Hand in die Höhe und zählte strahlend an seinen Fingern ab: »Speed, Spaß und Sicherheit.«

Maggie gluckste und verbarg ihre Belustigung über diesen äußerst genialen sprachlichen Schachzug hastig hinter einem vorgetäuschten Husten. Als sie sich beruhigt hatte, schaute sie sich um.

Zum Glück schenkte ihr niemand Beachtung.

Nur Williams Mundwinkel zuckte leicht, obwohl er nicht in ihre Richtung schaute.

Ein weiterer Typ kam herbei und händigte jedem eine Schwimmweste aus. Natürlich konnte Henry gar nicht schnell genug hineinschlüpfen.

Auf dem Weg zum Steg wies Blake sie in die Sicherheitsvorkehrungen ein. Offensichtlich hatte das Produktionsteam nicht nur ein Stück vom Strand, sondern auch noch Speedboote gemietet, denn das Kamerateam verteilte sich routiniert auf zwei Boote, während Blake ihnen bereits die Funktionsweise der Jetski erklärte.

Natürlich würden sie paarweise fahren, während die Kameras das Abenteuer von den Booten aus festhielten. Als es Zeit war aufzusitzen, machte Henry einen Schritt rückwärts und sah Maggie fragend an. »Möchtest du fahren?«

»Willst du wirklich nicht?«, fragte sie erstaunt, denn sie hatte inzwischen wirklich Lust bekommen, es auszuprobieren.

Henry grinste schief. »Ich fahre nicht so gern etwas, das einen Motor hat.«

»Oh, okay.« Maggie nahm auf dem Vordersitz Platz, während Henry umständlich hinter sie kroch und sich an ihrer Schwimmweste festkrallte.

Neben ihr heulte bereits der Motor des Scott'schen Jetskis auf. Selbstverständlich saß William am Steuer und Ivana drückte sich in meisterlicher Pose an ihn.

»Fahrt raus bis zur gelben Boje«, brüllte Frank über das Geratter hinweg. »Nicht weiter! Sonst kommt ihr zu weit auf die Motorbootbahn. Dreht davor ein paar Runden und habt Spaß, bis ich euch das Zeichen gebe.«

William nickte und schoss begleitet von Ivanas Jubelschreien davon.

»Ihr kommt klar?«, fragte Frank und musterte Maggie streng.

Sie nickte. Knopf drücken. Gas geben. Und lenken.

Konnte eigentlich nicht so schwer sein.

»Dann los!« Frank kletterte in das zweite Speedboot und fuhr mit dem Team ein Stück voraus.

Maggie atmete tief durch. Dann warf sie ebenfalls den Motor an und lachte überrascht auf, weil es ihr auf Anhieb gelang. Henrys Griff verstärkte sich um ihre Taille.

»Keine Sorge! Ich bin vorsichtig«, rief sie über die Schulter und gab langsam Gas.

Der Jetski ruckelte über die Wasseroberfläche. Als Maggie etwas beschleunigte, rauschte ein Adrenalinschub durch sie hindurch. Ihr Haar wurde vom Wind zerzaust. Feine Wasserspritzer kitzelten ihre Nase.

Plötzlich fühlte sie sich unfassbar lebendig.

Henry wimmerte.

»Alles okay?« Maggie musste brüllen, damit Henry sie verstand.

»Alles bestens«, versicherte er mit wackeliger Stimme. »Gib … gib Gas!«

»Also gut. Dann halt dich fest!«

Ein vergnügter Schrei brach nun auch aus ihr heraus, als sie ein weiteres Mal am Gashebel drehte. Sie preschten über das Wasser und Maggie lachte.

Wahnsinn! Das machte echt Spaß.

Im Horizont konnte sie sehen, wie William und Ivana ihre Runden drehten. Es dauerte nicht lange, bis sie zu ihnen aufschlossen und hinter ihnen herpreschten.

Was die Route betraf, hielt Maggie sich an William. Das schien am vernünftigsten zu sein, denn es war offensichtlich, dass er nicht zum ersten Mal auf so einem Teil saß.

Als William eine scharfe Kurve zog, tat Maggie es ihm gleich. Allerdings unterschätzte sie den Winkel ein wenig und das Gefährt geriet ins Trudeln. Einer Eingebung folgend gab sie Gas und brachte es wieder unter Kontrolle.

»Das war knapp«, rief sie lachend und sauste weiter.

Erst mit einiger Verzögerung registrierte sie, dass sie keine Antwort erhielt. Auch ihre Taille fühlte sich merklich leichter an.

»Henry?« Sofort ging sie vom Gas und riss den Kopf herum. »Henry!«

Er war weg.

Panisch suchte sie das Wasser ab, konnte ihn aber nirgends entdecken.

»Frank!«, rief Maggie verzweifelt, doch das gesamte Produktionsteam richtete seine Aufmerksamkeit unablässig auf Ivanas wippende Brüste. Niemand bemerkte ihre Not.

So schnell wie möglich wendete Maggie den Jetski und fuhr zurück. »Henry! Henry!«

Endlich reagierte jemand. Allerdings waren es ausgerechnet die Scotts, die unvermittelt neben ihr auftauchten.

»Was ist los?«, fragte William.

Wonach sah es denn aus? »Ich hab meinen Ehemann verloren«, jammerte Maggie und suchte weiter das Wasser ab.

Ivana – die blöde Kuh! – kicherte. »Das ging aber schnell.«

Am liebsten hätte Maggie ihr die Meinung gegeigt. Aber man musste schließlich Prioritäten setzen. Wo war Henry denn nur hin? Er konnte doch nicht weg sein. Schließlich trug er eine Schwimmweste. Konnte er sich nicht wenigstens bemerkbar machen? O Gott! Was, wenn er sich bei dem Sturz verletzt hatte?

Maggie wollte am liebsten losheulen.

»Da ist er.« William gab Gas, und Maggie folgte ihm gut zwanzig Meter. Dann endlich sah sie ihn.

»Henry!«

Henry reagierte nicht. Stattdessen trieb er reglos mit dem Rücken zu ihnen im Wasser. Das war nicht gut.

»O mein Gott!«, kreischte Ivana plötzlich. »Jemand muss ihm helfen.« Sie wedelte mit den Armen in der Luft herum. »Zu Hilfe! Zu Hilfe!«

Das rief auch das Produktionsteam auf den Plan. Die Motorboote wendeten. Aber anstatt den Ernst der Lage zu erfassen und ihnen zu Hilfe zu eilen, richteten die Idioten erst mal ihre Kameras aus.

»Das darf doch nicht wahr sein!«, schimpfte Maggie, sicherte ihren Jetski und sprang ins Wasser, um ihrem Ehemann zur Rettung zu eilen.

Dass die Weste kein bisschen zum Schwimmen geeignet war, stellte sie erst fest, als sie linkisch durch die Wellen paddelte.

Ivana hatte immer noch nicht mit ihrem Gekreische aufgehört. Allerdings kam nun auch Bewegung in William.

Er war schlau genug, die Weste abzustreifen, bevor er sich heldenhaft in die Fluten stürzte. Leider war sein Hechtsprung so elegant und kraftvoll, dass Maggie mitten in ihrer Bewegung stoppte. Sie paddelte nicht mehr, sondern starrte William ungläubig an, während zu ihrer unermesslichen Schande die Titelmelodie von *Baywatch* in ihrem Kopf erklang.

~ *WILLIAM* ~

Will kraulte mit langen Zügen durch die von den Jetski aufgescheuchten Wellen des riesigen Sees. Er konnte Henrys Gesicht nicht sehen, hoffte aber, dass die Schwimmweste trotz des Wellengangs seine Nase ausreichend über Wasser hielt. Inzwischen hatte wohl auch das Produktionsteam kapiert, dass hier etwas nicht in Ordnung war, denn in die Boote kam endlich Bewegung. Will gelangte noch vor dem ersten Boot bei

Henry an und drückte ihm sofort mit einer Hand das Kinn nach oben.

Henry war wie erwartet bewusstlos. Will fühlte nach seinem Puls, der schwach, aber regelmäßig in seiner Halsbeuge pochte. Eine Kopfverletzung konnte er auf die Schnelle nicht erkennen. Alles in allem schien der Gute nur einem Kreislaufkoller erlegen zu sein.

Umgehend entspannte Will sich. Er hielt Henrys Gesicht weiterhin über Wasser, während er sich mit dem freien Arm auf Position hielt und auf das Boot wartete. Es war schon fast bei ihnen angekommen, als Henry plötzlich die Augen aufriss und nach Luft schnappte. Er ruderte hektisch mit den Armen und trat wild mit den Beinen im Wasser um sich. In seiner Panik traf er dabei hart auf Wills Knie.

»Alles gut, Kumpel«, sagte Will beschwichtigend und lockerte sofort seinen Griff um Henrys Kinn. Stattdessen packte er den Kragen der Schwimmweste und hielt den zappelnden Henry mit einer Armlänge Abstand fest.

»Was … was?«, stammelte Henry und schaute sich gehetzt um. »Was ist passiert?«

Bevor Will antworten konnte, legte sich der Schatten des Motorbootes über sie. Er ließ die Schwimmweste los, weil Henry seine Strampelei allmählich verlangsamt hatte.

»Alles klar?«, rief ein Mann über die Reling zu ihnen hinab.

Will schirmte die Augen mit einer Hand ab, um gegen die Sonne anblinzeln zu können. »Ich glaube, es war nur der Kreislauf!«

Eine Kamera wurde auf sie gerichtet. Welch ein Glück für den Sender, dass Henry nicht ernsthaft verletzt war. So konnten sie die Szenen wunderbar verwenden, ohne aus Gewissensfragen etwas ausblenden zu müssen. Der Sensationshunger der Zuschauer würde also ein schönes Häppchen bekommen.

Henry schien sich inzwischen in seiner Situation zu orientieren. Zumindest hatte er aufgehört, wie eine tollwütige Ente herumzuplanschen. Er trieb stumm neben Will im Wasser und zog den Kopf so weit ein, wie es ihm die Schwimmweste erlaubte. Will hatte ehrlich Mitleid mit dem Kerl, denn er würde in Kürze zweifellos als Weichei der Nation über die Bildschirme flattern.

»Geht's wieder?«, fragte Will ihn leise.

»Ja«, murmelte Henry.

Ein zweites Boot kam bei ihnen an. Darauf befand sich unter anderem Frank, dessen begeisterte Miene sogar gegen die Sonne anstrahlte. Der junge Kerl vom Jetski-Verleih stand neben ihm. Er war der Einzige, dem ehrliche Besorgnis ins Gesicht geschrieben stand. Dabei war fraglich, ob diese nun Henry oder eher dem Ruf seines Geschäfts galt.

»Er muss aus dem Wasser«, sagte Blake energisch. »Damit ich seine Vitalzeichen checken kann.«

Will warf einen prüfenden Blick auf Henry. »Kannst du zum Bootsheck schwimmen?«

Henry nickte und machte ein paar Schwimmzüge, die wegen der Rettungsweste wenig effektiv waren. Letztlich packte Will ihn abermals bei der Weste und zog ihn wortlos mit sich. Natürlich unter den Argusaugen von Frank und den Kameras.

Unterdessen hatte Ivana wohl erkannt, dass sie während der Rettungsmission bisher zu kurz gekommen war. Henry hatte gerade mal mit den Händen die kleine Leiter am Bootsheck geschnappt, da sauste sie auf dem Jetski heran und bremste das Gerät gekonnt in einem Drift neben den Booten ab.

»Oh, Gott sei Dank!«, schluchzte sie in herzzerreißender Erleichterung und kümmerte sich nicht weiter um Henry, dem die Wellen von ihrer Vollbremsung ins Gesicht klatschten. Sie blickte nur bewundernd auf Will hinab. »Du bist ein Held, Will!«

Es kostete Will einiges an Kraft, ein souveränes Lächeln aufzulegen, weil es ihm vollkommen widerstrebte, Henrys Situation für seine eigenen Zwecke auszunutzen. »Das hätte doch jeder getan.«

Ivana erwiderte noch etwas darauf, doch Will sorgte lieber dafür, dass Henry endlich aus dem Wasser kam. Er stützte ihn am Rücken, während er schwach die Leiter erklomm, und ließ erst los, als Blake ihn von oben an der Weste packte.

Die Kamera fing dramatische Momente ein, in denen Henry in eine Decke gehüllt auf die Sitzbank des Bootes gedrückt wurde und Blake ihm mit professioneller Miene eine Blutdruckmanschette anlegte.

»Na schön«, sagte Frank nebenher. »Ich würde mal sagen, wir hatten genug Action. Lasst uns zurück zum Strand fahren.«

Die Boote starteten ihre Motoren. Ivana streckte Will hilfsbereit den Arm hin, um ihn zu sich auf den Jetski zu ziehen. Er wollte gerade zufassen, als sein Blick auf den anderen Jetski fiel, der ein paar Meter von ihnen entfernt im Wasser trieb. Maggie mühte sich ab, das Gerät zu erklimmen, und machte nicht direkt den Anschein, als würde sie es schaffen.

Bei all der Aufregung hatte das Produktionsteam sie wohl schlichtweg vergessen. Niemand bemerkte ihr Dilemma. Will seufzte innerlich.

»Fahr du ruhig«, sagte er zu Ivana und deutete mit dem Kinn auf Maggie.

Ivana erfasste die Lage mit einem Blick und schüttelte beinahe mitleidig den Kopf. »Da muss wohl noch jemand gerettet werden.«

Will reagierte nicht auf ihren Kommentar, sondern kraulte zu Maggie hinüber. Hinter ihm starteten die Boote und wühlten das Wasser erneut auf. Maggie hing verkrampft auf halber Höhe an ihrem Jetski und war so konzentriert in ihren Bemühungen, dass sie Will erst bemerkte, als er sie ansprach.

»Brauchst du Hilfe?«, fragte er.

Sie ließ sich erschrocken zurück ins Wasser fallen und schaute sich ertappt um. Als sie keine Kameralinse in ihrer Nähe entdeckte, atmete sie hörbar durch.

»Ja, das wäre nett«, sagte sie matt.

Will musterte ihr blasses Gesicht. »Henry geht es gut. Sieht nach einem harmlosen Kreislaufkollaps aus.«

Sie lächelte dankbar und entspannte sich sichtlich. Allem Anschein nach gab es also doch jemanden, der sich ernsthaft Sorgen um Henry gemacht hatte.

»Du musst es von hinten machen«, meinte Will zu ihr.

Maggie zog erstaunt die Brauen hoch. »Wie bitte?«

»Vom Heck aus kommst du bei diesem Modell am einfachsten hoch«, erklärte er und hangelte sich an ihrem Jetski entlang.

»Ach so!« Maggie schüttelte kichernd den Kopf.

Was hatte sie denn jetzt gedacht?

Er fragte nicht weiter nach, sondern stemmte sich behände aus dem Wasser und hatte im Nu den Jetski erklommen.

Maggie wollte es ihm gleichtun, blieb jedoch abermals auf halber Höhe hängen und wusste offensichtlich nicht, wie sie von dieser Position aus weiterkommen sollte. Kurzerhand packte Will sie an der Schwimmweste und verhalf ihr zu den letzten Zentimetern, die sie brauchte, um den Fuß auf die Karosse zu stellen. Keuchend landete sie schließlich rittlings hinter ihm.

»Danke«, schnaufte sie.

»Kein Problem«, antwortete er und startete den Motor. Er wartete noch kurz, dann sagte er: »Es wäre besser, wenn du ein bisschen näher ranrückst.«

»Oh! Okay …«

Sie ruckelte sich Stück für Stück vorwärts. Als er ihre nasse Schwimmweste im Rücken spürte, nickte er. Wieder wartete er einen Moment ab.

»Festhalten solltest du dich auch«, meinte er schließlich.

Maggie zögerte merklich, bevor sie scheu die Finger an seine Seiten legte.

Will seufzte leise, griff nach ihren Händen und platzierte sie nachdrücklich um seinen Bauch, um die Sache abzukürzen. Ihre Finger waren eiskalt.

»Keine Angst, ich beiße nur selten«, scherzte er. »Außerdem bin ich verheiratet.«

Sie lachte verkrampft. »Sehr beruhigend.«

Will fuhr langsam an, um nicht noch einen Unfall zu provozieren. Aus dem Augenwinkel konnte er seine Schwimmweste unweit der gelben Boje in den Wellen schwappen sehen und machte einen Abstecher dorthin, um das Teil mitzunehmen.

Er hielt den Jetski an und wollte sich nach der Schwimmweste bücken, doch Maggie lockerte ihren Griff aus unerfindlichen Gründen nicht. Vielleicht stand sie ja unter Schock?

»Kannst du mich mal kurz loslassen?«, fragte er ruhig.

Sofort zog sie ihre Hände zurück, als hätte sie sich an ihm verbrannt. »Sorry!«

»Kein Problem.« Will fischte die Weste aus dem Wasser und legte sie sich auf den Schoß. »So, jetzt geht's weiter.«

Maggie zögerte kurz, legte ihm aber schließlich beherzt die Arme wieder um den Bauch. Ihre Hände fühlten sich noch kälter an als vorher. Außerdem zitterte sie.

»Gut, sehen wir mal zu, dass du ins Trockene kommst«, sagte er nach hinten und gab Gas.

Nur das Motorengeräusch und das Klatschen der Wellen begleitete ihre Fahrt zum Strand. Maggie hielt Will trotz der mäßigen Geschwindigkeit fest umklammert. Inzwischen war er sich ziemlich sicher, dass sie unter Schock stand.

Als sie die Anlegestelle des Jetskiverleihs erreichten, wurde Henry gerade ein Stück entfernt unter großem Gedöns vom Boot geführt. Will stellte den Motor aus und beobachtete missmutig die dramatischen Szenen. Henry tapste eingewickelt in seine Decke und mit eingezogenem Kopf umringt von Kameraleuten neben Sonnyboy her. Ivana lief mit wehendem Haar zu ihm, was sofort die Aufmerksamkeit der Kameras nach sich zog. Will konnte nur ihre Rückansicht sehen, doch es brauchte nicht viel Fantasie, um zu wissen, welch prächtigen Anblick ihre Vorderseite bei dem Lauf bot.

Will und Maggie stießen synchron ein abschätziges Geräusch aus. Beide erschraken gleichermaßen über den unbewussten Laut und gerieten umgehend in Bewegung, um die Situation zu überspielen. Maggie löste hastig ihre Umklammerung und rutschte von dem Jetski ins knietiefe Wasser. Sie watete zum Ufer, ohne sich noch einmal zu Will umzudrehen. Dass ihr eben angesichts von Ivanas Vorführung ein Schnauben entschlüpft war, schien ihr ziemlich peinlich zu sein.

Kaum hatte Will trockenen Sand unter den Füßen, kam ein Mitarbeiter des Verleihs aufgelöst auf ihn zu. Bevor der junge Mann etwas sagen konnte, drückte Will ihm seine Schwimmweste in die Hand. »Könnten wir ein paar Handtücher bekommen?«

Der Mann nickte eifrig und verschwand in der Hütte des Verleihs. Will sah zu Maggie, die die Arme um ihre Mitte geschlungen hatte und zu ihrem Mann hinüberstarrte, der inzwischen von der Wasserwacht umschwirrt wurde.

Will nahm zwei Handtücher von dem Mitarbeiter entgegen und ging damit zu Maggie.

»Zieh die Weste aus«, forderte er sie knapp auf.

Ihre Augen zuckten kurz zu ihm, bevor sie sich mit steifen Bewegungen aus der klatschnassen Schwimmweste schälte. Der junge Mann vom Bootsverleih nahm sie ihr ab und eilte wieder von dannen.

»Hier«, sagte Will und hielt Maggie ein Handtuch hin.

»Danke«, murmelte sie.

Sie trockneten sich schweigend die Haare. Dabei schienen sie beide keine große Eile zu haben, um gleich zu dem Tumult weiter vorne dazuzustoßen. Will betrachtete missmutig die vielen Gaffer, die sich gierig an der Absperrung herumdrängelten. Ivana gestikulierte wild vor einer Kamera und gab vermutlich gerade auf spektakuläre Weise ihre Sorge um Henry zum Besten. Frank knetete ein Stück abseits zufrieden die Hände.

Es war einfach nur widerwärtig.

Oder besser gesagt: menschlich …

Will gab sich einen Ruck. »Wir sollten uns mal da vorne blicken lassen.«

Maggie biss sich auf die Unterlippe. Dann nickte sie knapp und ging los. Will hängte sich das Handtuch locker um den Nacken. Nebeneinander wanderten sie gemächlich über den Sandstrand, so als machten sie einen gemütlichen Spaziergang.

Maggies Verhalten war für Will nicht leicht zu durchschauen. Vorhin hatte er den Eindruck gehabt, sie hätte sich ernsthaft um ihren Ehegatten gesorgt. Doch sollte sie dann nicht sofort zu ihm hinstürmen, um sich nach seinem Wohlergehen zu erkundigen? Stattdessen wirkte sie nun über alle Maßen verärgert. Schämte sie sich vielleicht für ihren Henry?

Vielleicht war ihr klar geworden, wie der Sender das Ereignis in der Show präsentieren würde. Will wäre der Held und Henry das ultimative Weichei. Trotzdem sollte Maggie allmählich reagieren, um das Beste aus der Situation zu machen. Immerhin war sie bei dem ganzen Trubel noch gar nicht vor die Linse geraten.

»Ähm.« Will räusperte sich. »Sorry, wenn ich das so sage, aber vielleicht wäre jetzt ein bisschen Einsatz von dir angebracht.«

Sie lachte abwertend. »Du meinst, ich sollte jetzt besser loslaufen und mich schluchzend Henry um den Hals werfen?«

Ihr missbilligender Tonfall war nicht schwer zu deuten. Natürlich spielte sie damit auf Ivana an und ihrem kurzen Seitenblick nach auch auf ihn selbst. Prinzipiell konnte er ihr keinen Vorwurf diesbezüglich machen. Er wollte auch gar nicht abstreiten, dass er sich bemühte, eine möglichst interessante Show abzuliefern. Allerdings hatte er während seiner Rettungsmission keine Sekunde an die Kameras gedacht, sondern war einfach seinem Instinkt gefolgt.

Eigentlich sollte es ihm ja egal sein, wie Maggie darüber dachte. Trotzdem wollte er ihren unausgesprochenen Vorwurf nicht einfach so auf sich sitzen lassen.

»Ich wäre auch ins Wasser gesprungen, wenn keine Kameras in der Nähe gewesen wären«, sagte er deswegen zu ihr. »Das wollte ich nur klarstellen.«

Kaum ausgesprochen, richtete sich schon die erste Linse auf sie. Darum straffte Will die Schultern und beschleunigte in gespielter Besorgnis seine Schritte, ohne sich weiter um Maggie zu kümmern, die ihn mit gerunzelter Stirn angestarrt hatte.

Interview mit den Coopers

Wie gefällt dir euer Haus?

Maggie: Es ist wundervoll.
Henry: Ich stimme Maggie zu. Es ist ganz hervorragend.

Welchen Eindruck hat deine Angetraute/dein Angetrauter bisher auf dich gemacht?

Maggie: Ich denke, Henry ist ein sehr sensibler, kluger Mann.
Henry: Maggie ist … Sie ist einfach unbeschreiblich.

Habt ihr schon Gemeinsamkeiten entdeckt?

Maggie: O ja! Wir lieben beide Bücher. Wenn das kein gutes Zeichen ist.
Henry: Bücher.

Ist eure Hochzeitsnacht so abgelaufen, wie du sie dir immer erträumt hast?

Maggie: Sie war anders als in meiner Fantasie, aber nicht unbedingt schlecht.
Henry: Könnten wir die Frage überspringen?

4

~ MAGGIE ~

»Guten Morgen, Ehefrau.«

Auf einen Schlag war Maggie hellwach. Sie setzte sich in dem breiten Ehebett auf und musste unwillkürlich lächeln, als sie Henry mit einem Tablett in der Hand vor sich stehen sah. »Guten Morgen.«

»Ich dachte, vielleicht hast du Lust, den Tag mit einem Frühstück im Bett zu beginnen«, erklärte Henry und hielt unbeholfen das Tablett etwas höher.

Sein blau gestreifter Schlafanzug war total zerknittert. Aber seine Haare lagen bereits akkurat frisiert am Kopf, und die gerötete Haut an seinem Unterkiefer deutete darauf hin, dass er sich rasiert hatte.

Nicht dass das eine Rolle spielte. Denn abgesehen von dem flüchtigen Kuss während der Trauungszeremonie war Maggie seinem Gesicht nicht noch einmal näher gekommen. Er hatte ihr weder einen Gutenachtkuss gegeben noch in sonstiger Weise eine Annäherung versucht. Im Gegenteil.

Nachdem sie gestern Nachmittag von ihrem Strandausflug zurückgekehrt waren, hatte er sich zutiefst beschämt hinter einem Buch verkrochen und für den Rest des Tages kaum noch ein Wort mit ihr gewechselt.

Seine kleine Ohnmacht und das daraus resultierende Drama waren ihm dermaßen peinlich, dass er seither jedes Mal feuerrot anlief, wenn sie ihn ansprach. Auch jetzt zierte eine leichte Röte seine Wangen, während er sie nervös musterte. »Außerdem wollte ich mich entschuldigen wegen gestern. Diese ganze Sache ist mir einfach schrecklich unangenehm.«

»Ach Henry. Das ist wirklich nicht nötig.«

»O doch! Ich habe mich gestern Abend wie ein gekränktes Kleinkind verhalten. Nicht wie der Mann, der ich gern für dich sein möchte.«

Maggie seufzte. »Ich bin einfach nur froh, dass du dich nicht verletzt hast. Außerdem hätte ich sicher auch die Nerven verloren nach dem ganzen Theater.«

»Nein, hättest du nicht.« Henrys linker Mundwinkel hob sich leicht, aber für ein ganzes Lächeln reichte es noch nicht. »Aber trotzdem danke für dein Verständnis.«

Maggie rutschte ein Stück zur Seite, um ihm Platz zu machen. Als sie einen Blick auf das Tablett erhaschte, weiteten sich ihre Augen. »O Wahnsinn! Das sieht aber lecker aus.«

Verlegen zuckte Henry mit den Schultern, als wäre es keine große Sache, einer Frau das Frühstück ans Bett zu bringen. Doch das war es. Männer, die so etwas taten, hatten definitiv Traummannpotenzial.

»Ich wusste nicht genau, was du magst. Gestern Morgen hatten wir ja keine Zeit mehr zu frühstücken.«

Henry stellte das Tablett vor ihr ab und setzte sich. Ein Teller war mit Rührei gefüllt, ein weiterer mit gebratenem Speck. Es gab ein Körbchen mit frischen Brötchen, die ebenfalls einladend dufteten, und zwei Gläser Marmelade. Außerdem hatte er

Obst geschnitten und zwei große Tassen Kaffee dampften verlockend vor sich hin.

»Ha!«, platzte Maggie heraus, griff nach einer Kaffeetasse und schnüffelte genüsslich. »Dafür würde ich dich glatt noch mal heiraten.«

Überrascht lachte Henry auf, bevor er seinerseits nach der zweiten Tasse griff. »Hast du gut geschlafen? Ich habe doch nicht geschnarcht, oder?«

Geschnarcht hatte er nicht, aber leise vor sich hingefiept. Wie eine Maus.

Maggie hatte noch nicht entschieden, ob sie das niedlich oder eher gruselig fand. Trotzdem lächelte sie. »Ich habe geschlafen wie ein Baby.«

Er nickte erleichtert und rührte mit einem kleinen Löffel in seiner Tasse.

»Und du?«, fragte Maggie vorsichtig und trank einen Schluck Kaffee.

»Es ist noch immer etwas ungewohnt für mich«, gestand er leise und zuckte mit den Schultern. »Ist schon eine Weile her, seit ich zuletzt neben einer Frau geschlafen habe.«

Schon wieder wallte Mitgefühl in ihr auf. Dabei sollte sie diese Aussage eigentlich freuen. »Wie spät ist es überhaupt?«, fragte sie in dem Versuch, ihre Gedanken zu zerstreuen.

Das Schlafzimmer war lichtdurchflutet, aber Maggie konnte beim besten Willen nicht einschätzen, wie hoch die Sonne bereits am Himmel stand.

»Kurz nach acht. Wir haben also noch etwas Zeit, bis ich den Laden aufschließen muss.«

Da Henry offensichtlich mit dem Essen wartete, bis sie ihre Wahl getroffen hatte, stellte Maggie die Tasse ab, nahm sich ein Brötchen und strich großzügig Marmelade darauf. »Steht heute etwas Bestimmtes auf dem Programm?«

Henrys Augen leuchteten auf. »Ich habe heute tatsächlich einen Termin mit einem Sammler aus New York. Er bietet eine signierte Erstausgabe von *Wer die Nachtigall stört* zum Verkauf an. Sollten wir uns einig werden, wäre das wirklich eine tolle Sache für mich. Nicht nur, weil ich ein großer Verehrer von Harper Lee bin.«

Fasziniert biss Maggie in ihr Brötchen und lauschte Henrys begeistertem Bericht über die Schriftstellerin, als es plötzlich im Flur rumpelte.

Henrys Schultern sackten herab. »Nicht schon wieder«, murmelte er, blieb aber zu Maggies Überraschung sitzen.

Schon flog die Tür auf und die beiden guckten in eine Kamera. Dahinter schnappte jemand überrascht nach Luft.

»Du liebe Zeit!«, rief Frank aus und klang zum ersten Mal hocherfreut. »Frühstück im Bett. Wenn das nicht romantisch ist. Ist zwar nicht ganz so sexy wie das Geturtel nebenan, aber nach dem Desaster gestern am Strand werden euch diese Bilder sicher einen kleinen Aufwind bescheren.«

Henry verzog gequält das Gesicht, weshalb Maggie ihm beruhigend zulächelte. Sie gab es nur ungern zu, aber am besten half sie Henrys Image wohl tatsächlich auf die Sprünge, indem sie Williams Rat befolgte.

»Tut einfach so, als wären wir gar nicht da«, riet Frank.

Vielleicht sollte Maggie jedes Mal ein paar Dollar in eine Spardose werfen, wenn Frank diesen Spruch brachte. Sie war froh, dass sie fast fertig gefrühstückt hatte und nichts weiter tun musste, als ihre Kaffeetasse zu leeren.

Wer wollte schon sehen, wie sie ein Brötchen mampfte?

Um Frank weiterhin bei Laune zu halten und Henry nur von seiner besten Seite zu zeigen, fragte Maggie ihren Angetrauten nach seinen Schätzen aus, woraufhin sein Feuereifer glücklicherweise zurückkehrte. Während er redete, trank sie seelenruhig ihren Kaffee, neckte ihn gelegentlich mit flapsigen Kommentaren und brachte ihn damit zum Lachen.

Dabei stellte sie erstaunt fest, dass er wirklich süß war, wenn er das tat. Er warf leicht den Kopf zurück und niedliche kleine Fältchen erschienen um seine Augen.

Seine ernste, sensible Seite hatte natürlich etwas für sich. Aber mit ihm gemeinsam zu lachen, fühlte sich einfach wunderbar an.

Als sie mit dem Frühstück fertig waren, beschloss Maggie, noch eins draufzusetzen. Sie lehnte sich vor und drückte ihrem schockierten Gatten einen Kuss auf den Mundwinkel. »Danke für das wunderbare Frühstück«, säuselte sie und zwinkerte ihm zu. »Du weißt wirklich, wie man eine Frau so richtig verwöhnt.«

Henry klappte der Mund auf. Allerdings brachte er keinen Laut hervor. Stattdessen beobachtete er verdattert, wie Maggie sich elegant erhob und mit wiegenden Hüften ins Badezimmer schlenderte.

Ha! Nimm das, Ivana.

Zufrieden lehnte Maggie sich an die Badezimmertür und lauschte, was im Nebenzimmer vor sich ging.

»Das war gar nicht mal so schlecht«, ertönte Franks Stimme. »Packt zusammen, Leute. Und dann ab ins Studio. Wir haben einen Piloten fertigzustellen.«

Sobald das Produktionsteam verschwunden war, spähte Maggie aus dem Badezimmer.

Henry saß wie angewurzelt auf dem Bett und erschrak, als er sie bemerkte. Sichtlich ergriffen fuhr er sich durch die Haare. »Danke.«

Grinsend zuckte Maggie mit den Schultern. »Keine Ursache.«

Nachdem Henry einmal tief durchgeatmet hatte, stand er auf und nahm das Tablett an sich. »Ich sollte mich langsam auf den Weg in den Laden machen.«

Maggie kicherte. »Willst du etwa so gehen?«

Stirnrunzelnd schaute Henry an sich herab und ließ vor Schreck beinahe das Tablett fallen, als er realisierte, dass er immer noch seinen Pyjama trug.

»Ich kümmere mich darum«, bot Maggie an und nahm ihm das Tablett ab.

»Danke.« Henry lächelte und verschwand in dem begehbaren Kleiderschrank, während Maggie in die Küche ging, um das Geschirr in die Spülmaschine zu räumen.

Sie goss sich gerade eine zweite Tasse Kaffee ein, als Henry in einem karierten Hemd und einer grauen Stoffhose auftauchte, die viel zu kurz für seine Beine war und obendrein von Hosenträgern fixiert wurde. Unter dem Arm hielt er eine alte Ledertasche, die man durchaus als antik bezeichnen konnte.

Vielleicht sollte Maggie ihm bei Gelegenheit vorschlagen, eine kleine Shoppingtour zu unternehmen. Andererseits wollte sie nicht an ihm herumdoktern, bis er einem ganz anderen Typ Mann entsprach. Denn sie mochte ihn so, wie er war.

»Also, dann bis heute Abend«, verabschiedete er sich und winkte ihr unbeholfen zu, ehe er zur Haustür hinausschlüpfte.

Seufzend stellte Maggie ihre Tasse ab und zog sich ein paar bequeme Jeansshorts und ein lässiges Shirt über. Dann kramte sie ihren Laptop hervor, setzte sich an den Esstisch im Wohnzimmer und schaltete ihn an.

Während das Betriebssystem surrend hochfuhr, schloss sie entspannt die Augen und sammelte sich.

Heute musste sie endlich mit ihrem neuen Roman beginnen. Andernfalls würde sie es nie und nimmer schaffen, den Abgabetermin einzuhalten.

Aber leider sprang der Funke einfach nicht an. Nachdem sie gut zwei Stunden auf ein leeres Dokument gestarrt und eine weitere Tasse Kaffee getrunken hatte, machte sich allmählich Ernüchterung in ihr breit.

Sie hatte weder eine Ahnung, wer ihre Protagonisten waren, noch, wo ihre Geschichte spielte, und sie hatte erst recht keinen blassen Schimmer, worum es überhaupt ging.

Außerdem schwitzte sie.

»Verdammt!« Missmutig rappelte Maggie sich auf und stapfte in die Küche. Dort hatte sie in der Wand ein kleines Bedienfeld gesehen, das anscheinend für die Regulierung der Innentemperatur verantwortlich war.

Bedauerlicherweise hatte sie keine Ahnung von Technik. Daher tippte sie wahllos auf den Knöpfen herum in der Hoffnung, den richtigen Befehl zu finden. Leider passierte überhaupt nichts.

Offensichtlich war die dämliche Klimaanlage kaputt.

Fluchend goss sie sich ein Erfrischungsgetränk ein. An den Küchentresen gelehnt trank sie ein Glas Eistee und starrte gedankenversunken zum Fenster hinaus.

Das Poolwasser glitzerte einladend in der Sonne, rief Maggie förmlich zu sich.

Mittlerweile war die Hitze im Haus unerträglich, und das, obwohl es noch nicht einmal Mittag war.

Schon erstaunlich, da investierte das Produktionsteam horrende Summen in die Fernsehshow, aber an eine funktionierende Klimaanlage hatte natürlich niemand gedacht. Andererseits würde es Maggie nicht einmal überraschen, wenn Frank die Klimaanlage sabotiert hätte. Schließlich erhielte er auf diese Weise bedeutend mehr Szenen mit halbnackten Darstellern.

Ob das Wasser im Pool genauso warm war wie die Luft? Oder eher erfrischend spritzig?

»Ach, was soll's«, murmelte Maggie. Da sie ohnehin nichts auf die Reihe kriegte, könnte sie es sich wenigstens auf der Terrasse gemütlich machen.

Vielleicht kam ihr ja dort die zündende Idee, während sie die Füße von dem kühlen Nass verwöhnen ließ.

Kurz entschlossen goss Maggie sich noch etwas Eistee ein, schnappte sich den Laptop und schob die Terrassentür auf.

Im Geiste sah sie ihre Zehen bereits im Wasser planschen. Da erstarrte ihr das Lächeln auf den Lippen. Denn direkt in der Ecke der Nachbarterrasse saß William unter einem Sonnenschirm auf einer Liege und schaute sie über den Rand seines Laptops überrascht an.

»Was machst du denn hier?«, platzte es aus Maggie heraus, bevor sie sich zurückhalten konnte.

»Ich arbeite. Und du?«

Sie reckte stolz das Kinn vor. »Ich auch.«

Sein Mundwinkel zuckte, als wüsste er genau, dass sie vielmehr *versuchte* zu arbeiten.

Großartig!

Was sollte sie jetzt tun? Sie konnte schwerlich zurück ins Haus flüchten und sich damit noch lächerlicher machen. Es reichte schon, dass er erst Henry und dann sie aus dem Wasser gefischt hatte und den Rest des Tages als Held gefeiert worden war.

Gott! Wie sie diese Selbstgefälligkeit verabscheute, die ihr Nachbar ausstrahlte. Sie schien zu verkünden: Wo ich bin, ist kein Platz für andere.

Als hätte William ihre Gedanken gelesen, zog er provokativ eine Braue in die Höhe. Er erwartete also tatsächlich, dass sie den Rückzug antrat.

Das konnte er vergessen. Keine zehn Pferde brachten Maggie zurück in diesen Brutkasten. Da ertrug sie lieber ein paar nervige Blicke.

Nach einem letzten resignierten Blick zum Pool straffte sie die Schultern, stellte ihre Habseligkeiten auf den Beistelltisch und zog eine der Liegen auf ihrer Terrassenseite heran.

Sie brach sich fast die Finger in dem Versuch, den sperrigen Sonnenschirm aufzuspannen. Aber sie hätte sich eher die Zunge abgebissen, als ihren Beobachter um Hilfe zu bitten. Stattdessen stellte sie sich auf die Zehenspitzen, reckte sich und presste die Lippen fest aufeinander, um keinen Laut von sich zu geben.

Sie konnte spüren, wie William den Blick über sie gleiten ließ. Wahrscheinlich amüsierte er sich gerade köstlich über ihre Bemühungen. Waren ja schließlich keine Kameras da, vor denen er sich sympathisch präsentieren musste.

»Kann ich helfen?«, erkundigte er sich in spöttischem Ton.

»Nein, danke. Es geht schon.«

Er lachte leise. »Okay, wie du willst.«

Maggie knirschte mit den Zähnen und reckte sich noch weiter in die Höhe. Da endlich rastete der Mechanismus ein, und sie sackte erleichtert auf die Fersen.

Beinahe wäre ihr ein Jubelruf entschlüpft. Aber sie konnte sich gerade noch bremsen. Betont lässig ließ sie sich auf der Liege nieder und nahm den Laptop vom Tischchen.

Mittlerweile tippte William auf seine Tastatur ein. Er wirkte angespannt. Dennoch tanzten seine schlanken Finger fast schon anmutig über die Tasten, und prompt keimten in Maggie Bilder auf, die sie seit zweiundzwanzig Stunden entschlossen verdrängte.

Sie hatte ihn berührt. Seine glatte Haut, die gemeißelten Muskeln ... Es hatte sich gut angefühlt.

Ihr Pulsschlag beschleunigte sich. Wie es wohl wäre, wenn seine Fingerspitzen genauso graziös über ihre Haut führen? Wäre es so, wie sie es in ihren Romanen stets beschrieb? Elektrisierend, prickelnd, welterschütternd?

Maggie schüttelte sich.

Nein! In dieser Weise an William zu denken, war falsch und absolut unmoralisch. Solche Fantasien sollten allein ihrem eigenen Mann gelten. Sie musste noch viel entschlossener an die Ehe mit Henry herangehen. Sonst würde sie sich ja nie verlieben.

Frustriert öffnete Maggie ihren Posteingang und begnügte sich damit, Leserbriefe zu beantworten. Aber obwohl die Nachrichten sie wieder fröhlich stimmten und ihre volle Aufmerksamkeit einforderten, konnte sie gelegentlich Williams Blick auf sich spüren, der zunehmend verbissener wurde.

Zweifellos gefiel ihm ihre Anwesenheit genauso wenig wie ihr seine. Dennoch bewegte er sich keinen Millimeter vom Fleck, sondern blieb entschlossen sitzen.

Schlagartig wurde Maggie bewusst, dass sie vor einem gewaltigen Problem stand: Sie verweilten noch zwei Monate in diesem Anwesen, und falls William ebenfalls zu Hause arbeitete, würden sie sich nun ständig begegnen.

Vermutlich rechnete er fest damit, dass sie sich ab morgen wieder drinnen verkroch. Aber da hatte er sich geschnitten.

Maggie würde einen Teufel tun und ihm dieses Feld überlassen. O nein! Der Krieg um diese Terrasse hatte gerade erst begonnen.

~ *WILLIAM* ~

Will betrachtete den blinkenden Cursor am Ende des Textdokuments. Hatte er etwas vergessen? Nein, die Zusammenfassung war ausreichend.

Er speicherte die Datei ab und leitete sie gleich als E-Mail an Mark weiter, damit sie später darüber sprechen konnten.

Mark hatte sich zu einem Nachmittagsbesuch angekündigt, weil er das Haus mit eigenen Augen sehen wollte. Das war gut, denn Will brauchte ganz dringend jemanden, der ihm in dieser Fake-Welt der Show ein kleines Stück Realität vermittelte.

Die ersten beiden Tage waren anstrengender gewesen, als Will sich vorgestellt hatte. Als Ivana am Morgen das Haus verlassen hatte, war er über alle Maßen erleichtert gewesen, endlich für sich sein zu können. Ohne Kameras, ohne Fake-Frau und ohne aufgesetztes Lächeln. Nur er und seine Gedanken.

Und Maggie …

Dass sie ebenfalls von zu Hause aus arbeitete, war für Will ein äußerst unliebsamer Umstand. Damit raubte sie ihm zusätzlich etwas von seiner ohnehin eingeschränkten Freiheit. Im Notfall konnte er sich zwar ins Innere des Hauses zurückziehen und sich mit den Jalousien gegen die Außenwelt abriegeln, aber auf Dauer würde ihn das verrückt machen. Er war schon immer lieber draußen an der frischen Luft gewesen, im Sommer sowieso.

Außerdem schien Maggie ebenfalls nicht begeistert über seine Anwesenheit zu sein. Da sie schon seit einer ganzen Weile reglos auf ihren Bildschirm hinabstarrte, störte er sie wohl sogar ganz erheblich in ihrem Schaffen. Warum ging sie dann nicht einfach ins Haus? Damit wären wohl beide glücklicher.

Will schaute unauffällig zu Maggie hinüber. Ihr Shirt war weit ausgeschnitten und zeigte eine nackte Schulter. Das Haar trug sie in einem wilden Knoten mitten auf dem Kopf. Einzelne Strähnen hatten sich aus dem Knoten gelöst, die ihr an der verschwitzten Stirn klebten. Sie presste die Lippen zu einem dünnen Strich zusammen und stierte finster auf die Tasten.

Nun, effektives Arbeiten sah ganz gewiss anders aus.

Er beobachtete Maggie eine Weile analysierend. Prinzipiell besaß Will eine hervorragende Menschenkenntnis und durchschaute recht schnell, wie sein Gegenüber tickte. Im Grunde war es sogar erschreckend einfach, die Wahrheit zwischen den Zeilen herauszulesen, wenn man wusste, worauf man achten musste. Nein, belügen konnte man Will nicht. Nicht mehr.

Maggie hatte sich ihm bisher jedoch nicht zur Gänze offenbart. Das fand Will ein wenig eigenartig, denn sie erweckte eigentlich nicht den Eindruck, sich in irgendeiner Weise zu verstellen. Vielleicht unterschätzte er aber einfach ihre schauspielerischen Fähigkeiten. Allerdings würde sie ein solches Können doch auch in Bezug auf die Show anwenden, wovon man bis dato allerdings nichts bemerkte. Oder verfolgte sie eine Taktik, die er noch nicht als solche durchschaute?

Welcher Typ Mensch verbarg sich also hinter Maggie Moonlight?

Und vor allem – warum verließ sie die Terrasse nicht, wo es ihr allem Anschein nach zu heiß draußen war und seine Anwesenheit sie zweifellos störte?

Will klappte seinen Laptop zu und lehnte sich zurück. Vielleicht konnte er sie ja ins Haus treiben, indem er ihr ein wenig auf die Nerven ging.

»Zufall oder Wissenschaft?«, fragte er laut.

Maggie schrak zusammen und schaute regelrecht entgeistert zu ihm hinüber. »Wie bitte?«

»Was glaubst du, welches Paar ihr seid? Das mit der Formel oder das willkürliche?«

Er schickte ein unverbindliches Lächeln hinterher, um ihr nicht gleich das Gefühl zu vermitteln, dass er sie aushorchen wollte. Es schien Wirkung zu zeigen, denn Maggie wischte sich über die Stirn und rang sich ebenfalls ein Lächeln ab.

»Schwer zu sagen«, antwortete sie zurückhaltend. »Aber ich finde das auch gar nicht so wichtig.«

Will legte neugierig den Kopf schräg. »Du glaubst nicht an diese Formel?«

Maggie musterte ihn einen Moment abwägend. Sie traute ihm nicht, so viel war sicher. Wahrscheinlich fürchtete sie gar, er könnte ihre Aussagen vor laufender Kamera gegen sie verwenden. Gänzlich unbegründet war ihre Sorge ja nicht, wobei er innerhalb der Show nichts dergleichen im Sinn hatte.

»Nun ja«, begann sie schließlich und räusperte sich leise. »Ich denke schon, dass es gewisse Parameter gibt, die für eine harmonische Beziehung stimmen müssen. Aber ob man diese berechnen kann? Meiner Meinung nach ist der Charakter eines Menschen im Allgemeinen viel zu komplex, als dass man ihn wissenschaftlich definieren könnte.«

»Menschen sind nicht komplex«, erwiderte Will überzeugt. »Sie tun nur so, als wären sie es.«

»Wie meinst du das?«, hakte sie stirnrunzelnd nach.

Er zuckte leicht mit den Schultern. »Genau so, wie ich es gesagt habe. Im Grunde sind die Menschen viel einfacher gestrickt, als sie selber wahrhaben wollen. Darum bin ich durchaus der Meinung, dass man zwei gleiche Charaktere anhand einer Formel zusammenstellen kann. Ob die Gleichung auf Dauer funktioniert, ist wieder eine andere Frage.«

Maggie klappte ihren Laptop ebenfalls zu und schaute ihn missbilligend an. »Das nennt man auch *Schubladendenken*.«

»Ich nenne es *Erfahrung*«, entgegnete er umgehend.

»*Engstirnigkeit* würde auch gut passen«, sagte sie prompt.

»Wohl eher *Pragmatik*.«

»Wenn das neuerdings das Synonym für *Insistenz* ist?«, schnaufte Maggie, deren frisch gerötete Wangen gewiss nicht der Sommerhitze zuzuschreiben waren.

Will lächelte milde. »Mit Worten scheinst du dich auszukennen.«

»Natürlich, immerhin bin ich Schriftstellerin«, erklärte sie steif.

»Hm, lass mich raten …«, meinte Will gedehnt und tippte sich mit dem Zeigefinger gegen die Lippen. »Liebesromane, nicht wahr?«

Maggie verengte die Augen. »Ganz recht.«

»Nun, das erklärt natürlich so einiges.«

Wie erwartet, stand Ms Cooper die Entrüstung umgehend ins Gesicht geschrieben. Sie rang offensichtlich um eine möglichst gesalzene Antwort, bevor sie ihren Laptop schnappen und das Feld räumen würde. Will wähnte sich bereits im Sieg.

Allerdings klappte Maggie den Mund wieder zu und schmunzelte abgeklärt. »Wenn du meinst …«, sagte sie unbeeindruckt.

Dann öffnete sie ihren Laptop wieder, rückte ihn auf ihren Oberschenkeln zurecht und richtete ihre Aufmerksamkeit nachdrücklich wieder auf den Bildschirm.

Will blinzelte verblüfft. Damit hatte er jetzt wirklich nicht gerechnet. Zumal Maggie es tatsächlich schaffte, nach wenigen Momenten ihren Ärger aus ihrer Miene zu verbannen, und auf einmal konzentriert vor sich hin tippte. Er selbst hatte weit mehr Probleme, seine Niederlage zu akzeptieren und sich wieder seiner Arbeit zuzuwenden.

Vehementes Schweigen untermalte das Klackern der beiden Computertastaturen. Nebenbei fragte Will sich immer wieder: Wer zum Teufel verbarg sich hinter Maggie Moonlight?

* * *

»Und du glaubst wirklich, dass du das durchhältst?«, fragte Mark und blickte ihn eindringlich an.

Will nickte überzeugt und fing einen Tropfen Kondenswasser auf, der an der kalten Bierflasche hinabbrann, die zwischen ihnen auf der Küchenbar stand. »Ivana macht es mir relativ leicht. Sie hat im Grunde keine Erwartungen an mich, solange ich mich vor der Kamera entsprechend präsentiere. Sie interessiert sich nicht wirklich für mich.«

»Sehr praktisch«, meinte Mark und leerte den Rest seines Biers in einem Zug. Er warf einen Blick auf die Uhr. »Ich geh dann mal lieber, bevor das Produktionsteam hier auftaucht und mich zum Zusehen zwingt.«

»Ein guter Trauzeuge würde das Elend der ersten Ausstrahlung gemeinsam mit mir durchstehen«, kritisierte Will halbherzig.

Mark hob tadelnd einen Zeigefinger. »Wie gut, dass ich in erster Linie dein Boss bin.«

»Ja, wirklich praktisch, dass du die Boss-Karte immer ausspielen kannst, wenn es dir passt«, meinte Will grinsend.

Mark machte sich gar nicht erst die Mühe, diesen Umstand abzustreiten. Er wünschte Will feixend einen wundervollen Abend und ergriff regelrecht die Flucht, obwohl sich das Produktionsteam erst in einer knappen Stunde angekündigt hatte.

Will räumte die Bierflaschen weg und wischte die kleinen Pfützen vom Tresen. Dabei fiel sein Blick auf den Ehering an seinem Finger. Er hatte den schlichten Platinring so lange ignoriert, dass er ihn nun zum ersten Mal bewusst wahrnahm. Grübelnd strich er über das Schmuckstück, während sich unangenehme Gefühle in seiner Brust regten. Alte Erinnerungen wollten sich in seine Gedanken drängen, doch er wandte rasch die Augen ab, um die Vergangenheit sofort im Keim zu ersticken.

Er wanderte ins Bad, um sich eine erfrischende Dusche zu genehmigen. Während er sich auszog, betrachtete er Ivanas Sammelsurium an Pflegeprodukten, die sie gut sichtbar im gesamten Bad verteilt hatte.

Jedes Töpfchen und Tiegelchen war so platziert, dass man den Namen auf dem Etikett problemlos lesen konnte. Klar, dass Ivana enttäuscht gewesen war, weil man sie beim Auspacken nicht filmen wollte. Da hätte sie wunderbar jedes einzelne Produkt ihrer Eigenmarke in die Kamera halten und anpreisen können. Allerdings würde ihr sicherlich noch einiges einfallen, um den Namen *CarLey* in die Show einfließen zu lassen.

Will genoss die kühle Dusche. Ivana war so umsichtig gewesen, ihm ein CarLey-Herrenduschgel zu überlassen. Er griff jedoch ganz bewusst zu der günstigen Drogeriemarke, die er mitgebracht hatte.

Nur ein Handtuch um die Hüfte gewickelt, verließ er anschließend das Bad und ging gedankenverloren ins Ankleidezimmer. Ihm blieb beinahe das Herz stehen, als er dabei fast gegen Ivana prallte.

»Mein Gott!«, schnaufte Will und presste sich die Hand gegen die Brust.

»Hallo auch«, antwortete Ivana unbekümmert und ließ einen durchaus anzüglichen Blick über ihn gleiten. »So einen Auftritt solltest du für Frank auch mal planen.«

»Das lässt sich einrichten«, meinte Will fahrig und schob sich an Ivana vorbei zu seiner Seite des Kleiderschranks.

Hinter sich hörte er das leise Quietschen von Kleiderbügeln.

»Nicht allzu sexy heute, oder?«, fragte Ivana.

»Nein.« Will drehte sich zu ihr und betrachtete ihre Sammlung an der Stange. »Nach den Strandszenen brauchen wir ein paar gediegene Aufnahmen, sonst wird es zu viel.« Er langte an ihr vorbei und nahm ein geblümtes Sommerkleid. »Das finde ich gut.«

Ivana nickte zufrieden. Sie nahm ihm das Kleid ab und kramte in einer Schublade herum, wo sich Spitzenhöschen in sämtlichen Farbvarianten tummelten.

»Ist es noch zu früh für den ersten Kuss?«, fragte sie und zog ein hellblaues Exemplar heraus, das sie prüfend in die Höhe hielt.

Er konnte sich sehr gut vorstellen, wie der zarte Stoff ihre Hüften zieren würde. Ivana wusste ihre weiblichen Rundungen perfekt in Szene zu setzen, und Will musste schon sagen, dass er ihre äußeren Reize durchaus ansprechend fand. Zumindest auf rein körperlicher Ebene.

»Heute sind die Coopers dabei, darum käme der Kuss nicht zur Geltung«, antwortete Will gedehnt und schaute ihr zu, wie sie den passenden BH aus einer anderen Schublade heraussuchte. »Ab morgen dann irgendwann. Am besten bei einem Überraschungsbesuch des Teams.«

»Klingt vernünftig«, bestätigte Ivana und flanierte mit ihren puristischen Wäschestückchen an ihm vorbei.

An der Türschwelle hielt sie noch einmal inne, um ihn abermals verrucht von oben bis unten zu betrachten, bevor sie betont langsam die Ankleide verließ.

Ihm war klar, dass sie ihn gerade eingeladen hatte, ihr ins Bad zu folgen. Er war sogar kurz versucht, es zu tun. Warum auch nicht? Sie waren beide erwachsen, und Ivana vermittelte nicht den Anschein, als würde sie sich von einer kleinen Exkursion zwischen die Laken eine tiefere Beziehung erhoffen. Trotzdem sträubte sich etwas in ihm. Hauptsächlich wohl der Fakt, dass das Produktionsteam bald eintreffen würde und es für eine In-flagranti-Szene viel zu früh war.

Will rieb sich mit beiden Händen übers Gesicht und atmete tief durch, bevor er sein eigenes Abendoutfit auswählte und sich ohne Eile anzog.

Er ging hinüber ins Wohnzimmer, um die Glasfront zum Garten zu öffnen. Man konnte die Türen beinahe komplett beiseiteschieben, sodass man das Gefühl hatte, auf einer überdachten Terrasse zu sitzen. Das war eines der wenigen Gadgets an diesem Domizil, das Will ausgesprochen gut gefiel.

Sofort strömte die angenehm warme Abendluft herein. Eine leichte Brise hatte eingesetzt und es roch herrlich nach Sommer.

Will durchsuchte den CD-Ständer neben der Stereoanlage und fand ein Café-del-Mar-Album, das wunderbar zu der Atmosphäre passte. Kaum erklangen die ersten Töne aus den exzellenten Surroundlautsprechern, klingelte es an der Haustür.

Das musste Frank sein. Pünktlich auf die Minute. Dass er bei einem angekündigten Besuch klingelte, dafür aber am ersten Morgen ungeniert ins Schlafzimmer geplatzt war, hatte zwar einen Sinn, war aber trotzdem irgendwie schräg. Will eilte also in den Flur, wo Ivana bereits auf ihn wartete, damit sie gleichzeitig die Haustür öffnen konnten. Sie stülpten sich ihr strahlendes Lächeln über, dann öffnete Ivana die Haustür. Wie erwartet, war sofort eine Kamera auf sie gerichtet.

»Herzlich willkommen!«, flötete Ivana. »Kommt rein, kommt rein!«

Sie machte Platz, damit der Kameramann durch die Tür kam, ohne sie aus der Linse zu verlieren. Hinter ihm erschien Frank, der einen Stapel Pizzaschachteln auf den Armen balancierte.

»Ich hoffe, ihr habt Hunger«, trällerte er fröhlich.

»Wie eine Bärin«, behauptete Ivana und untermalte ihre Aussage mit einem knurrenden Geräusch.

Will zwang sich zu einem Lachen über ihren dümmlichen Scherz. »Tja, wir sind schon unheimlich gespannt auf die Show, und Aufregung macht hungrig.«

Das freute Frank. Er dirigierte Ivana und Will Richtung Küche, wo Ivana sich sogleich daran machte, Teller und Gläser aus einem Schrank zu holen. Frank setzte den Pizzastapel auf der Anrichte ab.

»Ihr habt noch gar nicht eingedeckt?«, fragte er mit kritischem Blick auf den Esstisch.

Ivana stockte nur kurz, bevor sie mit kessem Zwinkern antwortete: »Eingedeckt? In Amerika isst man Pizza aus der Hand. Außerdem haben wir nicht mehr allzu viel Zeit, bis die

Show anfängt, darum dachte ich, wir machen es uns gleich im Wohnzimmer bequem. Das ist doch viel gemütlicher.«

»Auch wieder wahr«, lenkte Frank sofort ein. »Außerdem sind wir in Amerika, oder? Hahaha.«

Die beiden lachten über eine Pointe, die Will wohl entgangen war. Während er noch gegen ein unwillkürliches Augenrollen ankämpfte, sah er, dass die Coopers gerade den Pool umrundeten.

»Unsere Gäste kommen«, sagte er und zog damit die Aufmerksamkeit der Kamera auf sich.

Der Kameramann klebte ihm nahezu an den Fersen, während er durch das Wohnzimmer ging, um die Nachbarn in Empfang zu nehmen. Henry drehte verunsichert eine Flasche Wein in den Händen, während Maggie eine fast schon provokant souveräne Miene aufgesetzt hatte.

»Hallo«, nuschelte Henry so leise, dass man ihn kaum verstand. »Sind wir zu spät?«

»Genau richtig«, antwortete Will freundlich und winkte die beiden herein.

Henry rührte sich nicht von der Stelle, darum schritt Maggie kurzerhand an ihm vorbei und übernahm die Führung. Sie zog Henry die Weinflasche aus den Fingern, um sie Will zu überreichen.

»Damit wir auf eine gute Nachbarschaft anstoßen können«, erklärte sie mit einem Lächeln, das durchaus freundlich hätte wirken können, wäre da nicht dieses grimmige Funkeln in ihren braunen Augen gewesen.

Interessant. Seine Theorie der grandiosen Schauspielerin ging also nicht auf, denn es war offensichtlich, dass Maggie immer noch verärgert über das Terrassengespräch war, obwohl sie sich mühte, dies zu verbergen. Oder wollte sie keinen Hehl daraus machen, dass sie ihn nicht leiden konnte?

Wie auch immer …

Will nahm die Weinflasche mit freudigem Grinsen entgegen. »Ah, Chianti! Eine hervorragende Wahl zu Pizza.«

»Das hat Henry auch gesagt«, erwiderte Maggie und hangelte nach dem Arm ihres Ehemanns, um ihn zu sich zu ziehen. »Ein wahrer Weinkenner!«

Henry winkte peinlich berührt ab. Der Gute machte es seiner Angetrauten wirklich nicht leicht, ihn ins rechte Licht zu rücken.

Will bat die Gäste, sich einen Platz auf der Couch auszusuchen. Der Kameramann positionierte ein Stativ in der Ecke gegenüber, damit er alles gut überblickte. Ivana wirbelte ausgelassen kichernd umher und servierte mit großem Brimborium auf amerikanische Art die Pizza, indem sie jedem ein paar Stücke auf einen Teller gab und diesen in die Hand drückte. Frank platzierte sich an der Schwelle zur Terrasse auf einer Liege, um außerhalb des Aufnahmewinkels zu bleiben. Er glich einem römischen Kaiser, wie er da mit zufriedenster Miene auf den Polstern lagerte, ein Stück Pizza in der einen und ein Glas Rotwein in der anderen Hand. Will musste sich schwer beherrschen, um bei diesem Anblick nicht laut loszulachen, und war froh, sich ablenken zu können, indem er den Fernseher anstellte.

Für Gespräche blieb nicht viel Zeit, denn kaum war jeder versorgt und auf seinem Posten, vernahmen sie bereits die vermeintlich romantische Eingangsmusik von *The Wedding Project*.

»Ein Jahr ist nun vergangen, seit wir die ultimative Gleichung für die große Liebe ...«, intonierte der Sprecher in dramatischem Tonfall aus dem Off.

Ein Zusammenschnitt von Bildern aus der ersten Staffel untermalte die Einführung. Sie endete mit der Szene, in der Claire und John Bricks am Entscheidungspult in der Finalshow die Ehe wählten.

»Jetzt wollen wir dieses phänomenale Ergebnis überprüfen«, erklärte der Sprecher. »Und hier sind die Kandidaten der zweiten Staffel ...«

Die Vorstellung der vier Teilnehmer offenbarte keine Überraschungen. Der schüchterne Buchhändler Henry blätterte in einem antiquierten Band. Die romantische Liebesromanautorin Maggie blickte verträumt von ihrem Laptop auf und die zielstrebige Ivana rührte selig eine Gesichtscreme von Hand an. Dann war Will an der Reihe. Er bemühte sich um ein Dauerlächeln, während er als selbstbewusster Programmierer angepriesen wurde, der eine Frau zum Pferdestehlen suchte.

Grundgütiger ...

Trotz aller Voraussicht erschreckte es Will, sich auf dem Bildschirm als vollkommen fremde Person zu sehen. Er vermittelte genau das, was er eigentlich von Grund auf verabscheute, und dies mit einer solchen Überzeugungskraft, dass er es sich glattweg selbst abkaufte.

Seine Wangenmuskeln rebellierten gegen das aufgesetzte Lächeln, und er kämpfte vehement gegen den Drang, sich seinen Rotwein auf ex hinunterzukippen, während er schockiert verfolgte, wie das Will-Double Ivana den Ring ansteckte.

Aus dem Augenwinkel konnte er sehen, wie Ivana neben ihm auf der Couch mit jeder ihrer Szenen vor Stolz größer wurde. Er selbst musste sich anstrengen, um aufrecht sitzen zu bleiben und nicht vor Scham im Erdboden zu versinken. Spätestens als die Show beim Strandausflug angelangte und er als der Meeresgott in Person dargestellt wurde, versagte seine Wangenmuskulatur.

Hastig griff Will nach seinem Weinglas und hob es an die Lippen. Dabei fragte er sich insgeheim, wie um alles in der Welt er diese Scheiße zwei ganze Monate lang durchziehen sollte.

Als er einen Schluck trank, blieb er irritiert an Maggies Gesichtsausdruck hängen, der zweifellos seine eigenen Gedanken widerspiegelte.

Bevor die Kamera die Exkursion seiner Augen bemerkte, wandte er sich eilig ab und stellte sich abermals dem Anblick seines verqueren Alter Egos auf dem Bildschirm.

5

~ MAGGIE ~

»Oh, Liebes.« Abigail Moonlight seufzte schwer durchs Telefon. »Es tut mir ja so schrecklich leid.«

Innerlich stöhnte Maggie auf. War ja klar, dass für ihre Mutter eine Welt zusammenbrach, sobald sie erkannte, dass Henry eben nicht eine fleischgewordene Version des muskelbepackten Highlanders war, den sie in ihrem fünften Roman zum Protagonisten bestimmt hatte.

»Das muss es nicht, Mom. Ehrlich.« Barfuß tapste Maggie durch das Haus in die Küche und schenkte sich eine Tasse Kaffee ein. Henry hatte sich vor einer halben Stunde auf den Weg zu seinem Antiquariat gemacht, sodass sie ungestört reden konnte. »Henry ist ein wunderbarer Mann.«

»Aber er ist so … so … *dünn*!«

Maggie kicherte. »Er ist kräftiger, als er aussieht, glaub mir.«

Zumindest hatte er erstaunliche Kräfte aufgebracht, um sich auf dem Jetski an ihr festzuhalten, bevor er vor lauter Aufregung das Bewusstsein verloren hatte.

»Und wir können uns wunderbar miteinander unterhalten«, fuhr Maggie fort, während sie die Theke umrundete und sich an die Küchenbar setzte. »Er ist klug und sensibel und wahnsinnig aufmerksam. Er hat mir sogar Frühstück ans Bett gebracht.«

»Ach wirklich?«

»Ja, das zeigen sie allerdings erst nächsten Montag.«

»Nun, er macht auch einen wirklich netten Eindruck«, räumte Abigail ein, obwohl ihr Tonfall verriet, dass ihre Enttäuschung andauerte. »Und er ist Buchhändler.«

»Wir haben auch sonst viele Gemeinsamkeiten«, erwiderte Maggie zustimmend und nippte an ihrem Kaffee.

»Aber was ist mit Leidenschaft? Versteh mich nicht falsch, Liebes. Sein sanftes Wesen hat sicher etwas für sich. Nur ...« Sie zögerte.

»Was?«, fragte Maggie irritiert.

Abigail seufzte erneut. »Ist er in der Lage, ein Feuer in dir zu entfachen? Dich zu schnappen, gegen eine Wand zu drücken und hemmungslos mit dir zu ... na, du weißt schon.«

Beinahe hätte Maggie ihren Kaffee über den Tresen gespuckt. »Oh, mein Gott, Mom! Ich diskutiere ganz bestimmt nicht mein Sexleben mit dir.«

Abigail glucksate. »Für eine Liebesromanautorin bist du manchmal erstaunlich prüde.«

Genervt stöhnte Maggie auf. »Und du bist viel zu redselig für eine Mutter.«

»Ich mache mir nur Sorgen um dich, Liebes. Eine Ehe funktioniert nicht ohne Leidenschaft.«

»Sie funktioniert auch nicht ohne gegenseitigen Respekt und Vertrauen«, hielt Maggie dagegen, doch das beeindruckte Abigail reichlich wenig.

»Habt ihr euch schon geküsst?«

Maggie schwieg, weshalb Abigail entsetzt nach Luft schnappte. »Hat er es nicht einmal versucht?«

Beklommen rieb Maggie sich über die Stirn. »Wir gehen die Sache eben langsam an. Was ist so schlimm daran?«

»Was so schlimm daran ist?«, wiederholte Abigail schrill. »Du bist eine wunderschöne, sinnliche Frau. Er sollte die Finger nicht von dir lassen können.«

Konnte er aber, wie Maggie sich nur widerwillig eingestand. »Wir wollen uns eben erst einmal besser kennenlernen.«

»Oh, Schätzchen. Körperliche Anziehung kann man nicht erlernen. Sie ist entweder da – oder eben nicht. Vielleicht solltest du Henry etwas auf die Sprünge helfen.«

Maggie schnitt eine Grimasse, weil sie sofort an Ivana denken musste. Ihre Nachbarin hatte sicherlich keine Hemmungen, sich William an den Hals zu werfen. »Nein!«, erwiderte sie daher entschieden. »Das werde ich ganz bestimmt nicht tun.«

»Nicht einmal, wenn es deinem eigenen Glück dient?«

»Also schön!« Maggie hielt kurz den Hörer zu und stieß einen Seufzer aus. »Falls sich die Gelegenheit ergibt, werde ich die Initiative ergreifen, zufrieden?«

»Vielleicht sollte ich doch noch einmal die Karten befragen«, erwiderte ihre Mutter gedankenversunken.

»Tu, was du nicht lassen kannst.«

»Oder ich könnte vorbeikommen und wir trinken einen Kaffee zusammen«, überlegte Abigail weiter.

Die Augen verdrehend stellte Maggie ihre Tasse ab. »Du wirst nicht in meinem Kaffeesatz lesen, Mom.«

»Aber vielleicht erfahren wir so, wie ihr das Publikum für euch gewinnen könnt. Ich meine, dieses ... dieses Voting ist doch wirklich total unfair.«

Nun ja, genau genommen war es eine einzige Katastrophe. William und Ivana lagen satte sechzig Prozentpunkte vorn, wohingegen Henry und sie gerade mal ein paar Mitleidspünktchen kassiert hatten. Wahrscheinlich vom Buchklub oder so.

»Was hast du denn erwartet?«, fragte Maggie und kam nur schwer gegen das Gefühl der Frustration an, das in ihr aufstieg. Eigentlich war ihr das Voting überhaupt nicht wichtig.

Dennoch wurmte es sie, dass die Scotts haushoch in Führung lagen.

»Also, du musst zugeben, William ist schon eine Augenweide«, erwiderte Abigail plötzlich völlig verzückt. »Wie er Henry das Leben gerettet hat …«

Als Maggie das vielsagende Hüsteln ihrer Mutter hörte, verzog sie angewidert das Gesicht. »Ach, hör schon auf! Henry schwebte zu keiner Zeit in Lebensgefahr. Ich hätte ihn selbst aus dem Wasser gefischt, wenn ich schneller gewesen wäre.«

Abigail kicherte. »Aber bei William sah es sicher bedeutend eleganter aus.«

»Das lag bloß an dieser dämlichen Schwimmweste«, knurrte Maggie, setzte sich an den Esstisch, zog ihren Laptop heran und drückte mit äußerst viel Nachdruck den Zeigefinger auf den Startknopf.

»Ob er lange gebraucht hat, um sich diese Muskeln anzu-trainieren?«, sinnierte ihre Mutter unterdessen. »Vielleicht könnte er Henry ein paar Fitnessstunden geben.«

»Mom!«, rief Maggie entrüstet aus.

»Schon gut, schon gut. War nur so ein Gedanke.«

»Vergiss ihn ganz, ganz schnell«, sagte Maggie so langsam, dass es beinahe drohend klang.

»Natürlich! Tut mir leid, Liebes.«

Da Maggie das Gespräch mit ihrer Mutter nicht im Zorn beenden wollte, mäßigte sie ihren Ton. »Hör zu. Ich muss jetzt arbeiten, okay?«

Sofort wurde Abigail hellhörig. »Ist dir schon eine Idee für den neuen Roman gekommen?«

»Ich spiele gerade mit ein paar verschiedenen Szenarien«, erwiderte Maggie vage, während ihr Laptop hochfuhr. »Wir telefonieren bald wieder, okay?«

»Ist gut, Liebling. Ich wünsche dir einen schönen vierten Juli morgen.«

Nachdem Maggie sich von ihrer Mutter verabschiedet hatte, öffnete sie ihr E-Mail-Programm. Es hatten sich wieder ein paar Leser gemeldet, und leider war unter den Nachrichten auch eine von ihrer Lektorin, die sich erkundigte, wann sie endlich die ersten Zeilen ihres neuen Romans zu lesen bekäme.

»Verdammt!«, murmelte Maggie und wischte sich über die schweißnasse Stirn.

Schon wieder war es brütend heiß in dem Haus, und die Sonne, die auf die riesigen Fensterflächen knallte, machte es trotz der geschlossenen Jalousien nicht unbedingt besser.

Kurz entschlossen wählte Maggie Franks Nummer, um ihn darüber zu informieren, dass die Klimaanlage im Haus kaputt sein musste. Immerhin war es nebenan angenehm kühl gewesen, als sie am Abend zuvor gemeinsam die Show gesehen hatten.

›Hier ist die Mailbox von Frank Stuart. Ich bin gerade in einer wichtigen Besprechung. Nachrichten nach dem Piepton. *Piep.*‹

Genervt legte Maggie auf.

Was nun?

Für den Bruchteil einer Sekunde erwog sie es, auch noch die letzte Jalousie herunterzulassen und sich einzuigeln wie ein Vampir. Aber das würde erstens nicht besonders viel bringen und zweitens sähe William sich dann garantiert als Sieger.

Sie konnte sein höhnisches Grinsen schon vor sich sehen.

»Lass mich raten. Liebesromane, nicht wahr?«, äffte Maggie ihn in abfälligem Tonfall nach und schnaubte. »Was für ein Idiot.«

Ihre Augen wanderten zum Fenster, und sie erhob sich, um in die Ecke der Nachbarterrasse zu spähen.

Sie sah … Füße.

Maggie straffte die Schultern. »Na dann, auf in den Kampf.«

Bevor sie sich bremsen konnte, schnappte sie Notebook und Kaffee und marschierte zur Terrassentür. Sie schob sie energisch mit einem Fuß auf, tat einen Schritt nach draußen – und runzelte die Stirn.

Der Sonnenschirm auf ihrer Terrassenseite war bereits entfaltet, und der schwere Ständer so versetzt, dass eine Liege im Schatten stand. Sogar eine Auflage befand sich darauf. Maggie wusste nicht einmal, wo die Dinger aufbewahrt wurden.

Überrascht schaute sie William an, der vollkommen unbeeindruckt auf seine Tastatur eintippte.

Das war gut, denn es dauerte einen Moment, bis Maggie ihre entgeisterte Miene angesichts dieser freundlichen Geste geglättet hatte. »Guten Morgen«, brachte sie schließlich hervor.

William sah auf und betrachtete sie forschend. »Guten Morgen.«

Unsicher nickte Maggie in Richtung Sonnenschirm. »Äh, danke.«

William zuckte mit den Schultern. »Wollte nur vermeiden, dass du dir in dem Versuch, ihn aufzuspannen, die kostbaren Finger brichst.«

Sofort war jeglicher Anflug von Sympathie verflogen. »Das wäre nicht nötig gewesen.«

Lauernd neigte William den Kopf. »Das würdest du nicht behaupten, wenn du gesehen hättest, was ich gestern gesehen habe.«

Hitze strömte Maggie in die Wangen. »Ich musste mich nur erst mit der Technik vertraut machen.«

Williams Mundwinkel zuckte. »Auf mich hat es eher gewirkt, als wärst du hoffnungslos überfordert. Aber ihr Frauen könnt eure Schwächen ja bekanntlich nie eingestehen. Eine kleine Nebenwirkung der Emanzipation, schätze ich.«

Was für ein Arschloch! Aber immerhin zeigte er endlich sein wahres Gesicht.

»Rede nicht so mit mir!«, zischte sie erbost.

Interessiert hob William eine Braue. »Sonst was?«

Maggie kniff die Lider zu schmalen Schlitzen zusammen. »Sonst werde ich dafür sorgen, dass alle Welt erfährt, dass du nichts anderes bist als ein Schauspieler. Du magst das Publikum und Frank und sogar deine eigene Frau überzeugen können. Aber ich habe dich durchschaut, William Scott. Du bluffst!«

Zu Maggies Erstaunen war William mit jedem ihrer Worte blasser geworden.

Krass! Sie hatte anscheinend wirklich recht mit ihrer Vermutung.

Eigentlich hatte sie ihn bloß ein bisschen provozieren wollen, aber nun starrte William sie vollkommen perplex an. Doch schon im nächsten Moment verzerrte sich seine Miene vor Zorn.

»Nur weil ich vor der Kamera eine gute Figur abgebe, muss ich noch lange kein Schauspieler sein«, blaffte er, wobei Maggie nicht entging, dass seine Stimme leicht bebte. Dann widmete er sich wieder seinem Notebook und strafte sie mit Schweigen.

Erst gegen Mittag machte er den Mund wieder auf, allerdings nur, um einen Abschiedsgruß zu murmeln, ehe er im Haus verschwand. Danach hatte Maggie die wunderschöne Terrasse ganz für sich allein.

Es wäre herrlich gewesen – hätte sie nicht ein furchtbar schlechtes Gewissen gekriegt. Sie hatte immer noch keine Ahnung, wieso sie sich von William hatte provozieren lassen. So war sie sonst überhaupt nicht.

Am Nachmittag war sie so beschämt über ihr Verhalten, dass sie kurz davor war, an seine Tür zu klopfen und ihn auf die Terrasse zu bitten. Aber da hörte sie, wie er das Haus verließ und sie somit ihrer Chance beraubte, echte Größe zu zeigen.

* * *

Einen Tag später bereute Maggie ihre Worte noch immer. Allerdings bekam sie keine Gelegenheit, ein paar klärende Worte mit William zu wechseln, da Henry und Ivana den Feiertag zu Hause verbrachten und am frühen Nachmittag das Produktionsteam anrückte, um beide Ehepaare zu ihrem nächsten Ausflug zu begleiten.

Der *Navy Pier* galt als eines der beliebtesten Ausflugsziele in Chicago. Deshalb überraschte es Maggie, dass der Sender ausgerechnet am *Unabhängigkeitstag* hier drehen wollte.

Ihre Bedenken, die vielen Zuschauer könnten vielleicht eher stören, wurde von Frank jedoch belustigt beiseitegeschoben. »Sieh dich um, Liebes. Hier sind überall Kameras. Da fallen wir gar nicht weiter auf.«

Da hatte er allerdings recht. Der *Navy Pier* war überfüllt mit Touristen und Einheimischen, die gut gelaunt über die Promenaden pilgerten. Laute Musik beschallte sie aus unterschiedlichen Richtungen und die Luft war durchsetzt vom Duft gebrannter Mandeln, Zuckerwatte und würzigen Snacks.

»Okay«, rief Frank, sobald sie beim Riesenrad im Zentrum angelangt waren. »Hier trennen wir uns. Team eins geht mit Ivana und Will. Ich bleibe mit Team zwei bei Maggie und Henry.«

Obwohl Maggie es vermeiden wollte, huschte ihr Blick automatisch zu William, der – Überraschung! – gehorsam nickte. Er schien wie üblich bester Laune zu sein.

Aber Maggie wusste es besser. Sie erkannte es an den winzigen Signalen, die für alle anderen unsichtbar zu sein schienen. Zum Beispiel war seine Haltung kerzengerade und viel zu steif für jemanden, der keine Sorgen hatte. Um seine Mundwinkel lag ein angespannter Zug und auch seine Augen wirkten irgendwie glanzlos. Kein Zweifel, William war alles andere als glücklich.

Ob das an ihrem Disput lag?

Einmal mehr keimte in Maggie der Verdacht auf, dass sie mit ihrer Einschätzung goldrichtig lag. Die Frage war bloß, warum er allen etwas bei dieser Show vorgaukelte.

Genau genommen konnte es ihr natürlich vollkommen egal sein. Dennoch war sie neugierig. Sie wollte wissen, wieso William hier mitmachte. Denn auf der Suche nach der großen Liebe war er nicht. Dessen war sie sich sicher.

»Wir treffen uns in ein paar Stunden wieder hier«, brüllte Frank über das Heulen einer Karussellsirene hinweg, woraufhin Ivana und William zusammen mit zwei Kameramännern in der Menge untertauchten.

Sobald sie außer Sicht waren, rieb Frank sich die Hände und wandte sich ihr und Henry zu. »In Ordnung, meine Lieben. Tun wir etwas, um euch beim Publikum beliebter zu machen.«

Henry guckte irritiert, woraufhin Maggie spontan seine Hand nahm.

Frank nickte wohlwollend. Aber Maggie entging nicht, dass Henry sich bei ihrem Körperkontakt augenblicklich versteifte.

Angespannt suchte sie ihre Umgebung nach einer Attraktion ab, bei der sie sich nicht noch lächerlicher machten.

Riesenrad? Zu hoch.

Kettenkarussell? Zu schnell.

Navy Pier Museum? Zu langweilig.

Da entdeckte Maggie das *Funhouse Maze*, einen Hindernisparcours mit einem Spiegellabyrinth, das selbst Siebenjährige ohne große Probleme meisterten.

Das könnte klappen.

»Wie wäre es damit?«, fragte sie Henry und zeigte auf den Eingang. »Das macht sicher Spaß.«

Er atmete fast schon erleichtert aus, als er das Labyrinth entdeckte. »Wenn du möchtest, probieren wir es aus.«

Maggie nickte und sie reihten sich in der Warteschlange ein, wo Henry völlig selbstverständlich die Tickets bezahlte.

Im Labyrinth war es dunkel, und es dauerte ein wenig, bis sie auf dem wackeligen Fußboden vorankamen. Als sie den ersten Spiegel erreichten, der sie klein und rund aussehen ließ, brach ein Kichern aus Maggie heraus. Auch Henry lachte und schnitt zu ihrer Überraschung seinem Spiegelbild sogar eine Grimasse.

Die nächsten Spiegel waren noch witziger. Es dauerte nicht lange, bis sie ausgelassen herumalberten. Henry schien von Minute zu Minute lockerer zu werden, und Maggie lachte, bis ihr Tränen über die Wangen liefen, während ihnen das Produktionsteam auf Schritt und Tritt folgte.

Als sie später aufgedreht und losgelöst wieder auf dem Pier standen, wirkte sogar Frank zufrieden.

»Und was machen wir jetzt?«, fragte Maggie.

Henry zuckte mit den Schultern. »Was immer du willst.«

Ihre Augen huschten über die nächstgelegenen Attraktionen. »Lass uns einen Happen essen, bevor das Feuerwerk losgeht.«

Natürlich stimmte Henry gleichmütig zu.

Zugegeben, etwas mehr Eigeninitiative hätte Maggie sich schon von ihrem Mann gewünscht. Andererseits verkrampfte er sich immerhin nicht mehr, als sie seine Hand nahm. Das war doch auch schon mal was.

~ WILLIAM ~

Will hasste solche Massenveranstaltungen. Dabei waren schlichtweg zu viele Menschen im Spiel, die mit aller Gewalt gut gelaunt sein wollten, herumkreischten und sich sinnlos die Birne zuknallten. Außerdem verabscheute er es, sich nur im Schneckentempo vorwärtsbewegen zu können und ständig mit fremden Schultern und Ellbogen aneinanderzugeraten.

O nein, freiwillig hätte er sich die Vergnügungskatastrophe auf dem Navy Pier niemals angetan.

Seit über zwei Stunden quälte er sich mit Ivana nun schon durch diesen Wahnsinn und machte fröhliche Miene zum zermürbenden Spiel, so gut er nur konnte. Ivana hatte sich bei ihm untergehakt und klammerte sich die ganze Zeit fest an ihn, so als würde sie genau spüren, dass sein Fluchtinstinkt bereits in höchster Alarmbereitschaft war. Sie zerrte Will erbarmungslos über den Jahrmarkt und ließ dabei kaum ein Fahrgeschäft aus, um der Kamera möglichst viel Gekreische und Gelächter zu präsentieren. Dazwischen kehrten sie im *Landshark Beer Garden* ein, was eine willkommene Verschnaufpause hätte sein können, wären sie nicht alle zehn Minuten von irgendwelchen Leuten erkannt und um Autogramme gebeten worden.

Ihre Gesichter schienen sich bereits nach der ersten Ausstrahlung derart in die Gedächtnisse der Zuschauer eingebrannt zu haben, dass gar keine Kamera mehr in der Nähe gebraucht wurde, um Aufmerksamkeit zu erregen.

Will war nicht unbedingt zartbesaitet, was Achterbahn und Co. anging, aber gerade nach dem Essen wollte er eigentlich nichts mehr von dem Durcheinander wilder Karussellfahrten wissen. Darum war er auch ungemein froh, als Ivana ihn schließlich begeistert zum Riesenrad zerrte, das den Abschluss ihrer Fahrgeschäftseskalation bildete.

Sie mussten eine Weile anstehen. Der Kameramann und Franks Assistent, der seinen Namen bisher nicht verraten hatte, warteten mit ihnen und nutzten die unspektakulären Momente für eine kleine Pause. Die Kamera war ausgeschaltet, darum begann Will mit ihren Begleitern ein ungezwungenes Gespräch über die Welt hinter den Kulissen der Show.

Vor allem der Assistent zeigte sich erfreulich auskunftswillig. Wahrscheinlich kam er in Franks Gegenwart kaum zu

Wort, und es ehrte ihn sichtlich, dass Will ihn wie ein wichtiges Mitglied der Produktion behandelte.

»Was früher die Talkshows waren, sind heute die Datingshows«, plauderte der Assistent. »Seit *Big Brother* bekommen die Leute generell nicht genug vom Reality-TV. Die Kunst bei solchen Konzepten ist, bei jeder Staffel nur winzige Neuerungen einzuführen, damit es etwas zu entdecken gibt, ohne den Zuschauer zu verärgern, weil sein geliebter Ablauf zerstört wurde. Menschen sind Gewohnheitstiere, und der Grat ist schmal. Einerseits sind sie durch Abweichungen leicht zu verstören, andererseits wollen sie unterhalten werden.«

Will gab sich staunend. »Wow, da gibt es ja einiges zu beachten.«

»Allerdings«, bestätigte der Assistent weise. »Psychologie spielt eine große Rolle bei der Entwicklung eines Showkonzepts. Dazu Auswertungen von Umfragen, allgemeine Statistiken und natürlich auch die Reaktionen in den sozialen Medien. Man richtet sich danach, was die Zuschauer sehen wollen. Und unter uns gesagt – die Ansprüche der meisten sind ziemlich überschaubar.«

»Das wundert mich ehrlich gesagt nicht«, meinte Will dazu, während Ivana kurz die Nase krauszog, als wäre der genannte niedere Anspruch eine Beleidigung ihrer Person.

Dann räusperte sie sich vernehmlich und behauptete: »Das stimmt. Darum sehe ich mir solche Shows eigentlich gar nicht an. Warum ich hier gelandet bin, weiß ich auch nicht so genau.«

Sie lachte ausgiebig über ihren dummen Scherz und der Assistent stieg sogar darauf ein. Will dachte bei sich, dass sie eigentlich gar nicht gelogen hatte. Ivana hatte sich die erste Staffel der Show nicht *angesehen* – sie hatte sie bis ins kleinste Detail *analysiert*, um jetzt alles richtig zu machen. Das wusste er deswegen so genau, weil er es schließlich genauso getan hatte.

Endlich hatte die Warteschlange sich so weit voranbewegt, dass sie die Plattform betraten. Der Assistent überzeugte den Aufseher problemlos, keine anderen Personen in ihre Gondel zu lassen.

Als sich die Gondel in die Lüfte erhob, spielte sich am Himmel über Chicago ein phänomenaler Sonnenuntergang ab. Will konnte nicht sagen, ob Ivana den Zeitpunkt von vornherein geplant hatte. Es würde zumindest erklären, warum sie ihn im Zickzack über den Platz geschleift hatte, um das Riesenrad bis zum Schluss zu umgehen.

Schlaues Mädchen …

Will hatte eigentlich auf das Feuerwerk warten wollen, aber die Szene war zu vollkommen, um sie einfach verstreichen zu lassen. Das merkten wohl auch Kameramann und Assistent, denn sie gaben keinen Mucks mehr von sich und versuchten sich geradezu unsichtbar zu machen, um die romantische Einstellung nicht zu versauen.

Ivana rückte ganz nahe an Will heran. Er legte ihr den Arm um die Schultern und betrachtete eine Weile in stiller Eintracht mit ihr das flammende Schauspiel am Himmel. Sie gaben sich verzaubert von dem Augenblick, doch in Wahrheit warteten sie beide gleichermaßen auf den perfekten Moment.

Nach einer kompletten Runde, als ihre Gondel wieder ganz oben anhielt, ergriff Will das Wort: »Ich weiß, wir wollten es eigentlich langsam angehen lassen, aber …« Er verstummte, weil Ivana sich ihm mit dramatischem Augenaufschlag zuwandte.

»Aber?«, hauchte sie.

Will lächelte weich. Anstelle zu antworten, legte er sanft den Zeigefinger unter ihr Kinn, um ihr Gesicht weiter anzuheben. Ganz langsam beugte er sich zu ihr hinab und hauchte ihr einen dezenten Kuss auf die Lippen. Sie seufzte leise und streckte sich ihm fordernd entgegen, damit sie endlich ihrer gefakten Leidenschaft freien Lauf lassen konnten.

Frank würde ausflippen, wenn er diese Aufnahmen zu Gesicht bekam.

Ivana zeigte sich atemlos, als sie sich voneinander lösten. Sie schielte kurz zur Kamera und kicherte verlegen wie ein Teenager, der gerade bei etwas Verbotenem erwischt worden war. Der Assistent reckte begeistert einen Daumen nach oben.

»Meine Güte!«, säuselte Ivana und sah verliebt zu Will auf. »Jetzt bin ich vollends überzeugt, dass bei uns die Wissenschaft im Spiel war.«

Es war erstaunlich, aber sie hatte es doch tatsächlich geschafft, ihre Wangen erröten zu lassen. Dabei hatte Will ganz klar gemerkt, dass sich gerade genau das Gleiche in ihr geregt hatte wie in ihm. Nämlich nichts.

Sie waren einzig darauf bedacht gewesen, einen im wahrsten Sinne filmreifen Kuss abzuliefern. Da blieb einfach kein Raum für irgendwelche Empfindungen. Er konnte im Nachhinein auch gar nicht mehr sagen, wie sich ihre Lippen eigentlich angefühlt hatten. Seine gesamte Aufmerksamkeit hatte ausschließlich den Kameras gegolten.

Ivana schenkte ihm ein seliges Lächeln, bevor sie sich eng an ihn schmiegte und sie dann beide abermals in verträumtem Schweigen das Farbenspiel am Himmel bewunderten, während das Riesenrad sich gemächlich weiterdrehte.

Früher hatte Will sich öfter mal gefragt, wie es den Schauspielern während einer heißen Szene eigentlich erging. Er stellte es sich schwierig vor, glaubhafte Leidenschaft zu zeigen, ohne sie in sich zu tragen. Nun wusste er, dass dies leichter war als angenommen.

Apropos Schauspieler ...

Maggie hatte ihn gestern mit ihrer Unterstellung ziemlich beunruhigt. Inzwischen war er zwar zu dem Schluss gekommen, dass sie mit ihrer Behauptung einfach nur ins Blaue geschossen hatte, aber ihr war leider auch seine spontane

Schreckensreaktion nicht entgangen. Er hatte es in ihren Augen gesehen. Sie war neugierig geworden, welche Geschichte sich hinter seiner Reaktion verbarg.

Bisher war er nicht dazu gekommen, sie auf eine falsche Spur zu lenken. Das würde er aber schleunigst nachholen müssen, bevor Maggies Wissensdrang zu groß wurde. Irgendwas würde ihm da schon noch einfallen. Sollte nicht allzu schwierig werden, ihr etwas aufzutischen. Wer Liebesromane schrieb, musste ja in gewisser Weise blauäugig durchs Leben gehen, sonst brächte man kaum eine Schmonzette aufs Papier.

Und Maggie Moonlight schrieb wahrhaftig Schmonzetten, wie Google ihm verraten hatte. Vorzugsweise mit wilden Highlandern, die ihre prallen Muskeln eindrucksvoll auf den Nackenbeißer-Covern präsentierten.

Da konnte einem die liebe Maggie fast leidtun, dass sie nun mit Henry verheiratet war, der vollkommen und absolut ihrer Vorstellung des perfekten Mannes widersprach.

* * *

Am Tag nach dem Besuch des Navy Piers hatte Will keine Gelegenheit bekommen, eine falsche Fährte für Maggie auszulegen. Es war schon Freitag, und er war ehrlich froh, als sie am späten Vormittag endlich die Terrasse betrat.

Am Morgen hatte er lange überlegt, ob es klüger war, den Schirm erneut aufzuspannen oder es lieber sein zu lassen. Hinsichtlich ihrer Romanfiguren hegte Maggie gewiss eine Schwäche für Gentlemen, darum hatte Will sich entschlossen, sich auch wie einer zu verhalten.

Maggie erschien mit dem Laptop unter dem Arm auf der Terrasse, warf nur einen kurzen Blick auf die vorbereitete Liege und setzte sich anschließend demonstrativ an den Gartentisch, obwohl der Sonnenschirm nur ein winziges Fleckchen darauf beschattete. Es war gerade breit genug, dass er Maggies schmale Schultern schützte, doch der Wanderrichtung der Sonne nach würde das nicht lange so bleiben. Aber gut – er hatte es zumindest versucht.

Will streckte sich entspannt auf seiner Liege aus und wartete einen Moment ab.

»Guten Morgen«, sagte er nach einigen Atemzügen in unverbindlichem Tonfall.

Maggie hob den Kopf, als würde sie seine Wenigkeit just in dieser Sekunde bemerken. »Ah! Guten Morgen.«

Sie sah ihn mit desinteressierter Miene an, doch das konnte nicht über ihren analysierenden Blick hinwegtäuschen. Er musste höllisch darauf achtgeben, die richtigen Worte zu finden, ohne dabei unglaubwürdig zu wirken.

»Hattet ihr Spaß auf dem Pier?«, fragte er.

»Ja, klar.« Maggie verengte kaum merklich die Augen. »Ihr nicht?«

Hoppla, da hatte wohl jemand beschlossen, ihn aus der Reserve zu locken! Umgehend entschied Will sich, im Folgenden möglichst nahe an der Wahrheit zu bleiben, um jeglichen Verdacht von vornherein niederzuschmettern.

Er wiegte unschlüssig den Kopf und machte ein verlegenes Gesicht. »Na ja, um ehrlich zu sein … Ich meide solche Menschenansammlungen eigentlich lieber. Keine Ahnung, aber inmitten eines solchen Getümmels befinde ich mich immer am Rande einer Panik. Wahrscheinlich leide ich unter einer milden Form von Agoraphobie.«

Maggie schaute ihn irritiert an. Wie erwartet, hatte er sie mit diesem nicht einmal erschwindelten Geständnis völlig aus dem Konzept geworfen. Das war gut.

Er schickte noch ein scheues Lächeln hinterher. »Ich wäre dir sehr dankbar, wenn das unter uns bleibt.«

Damit warf er sie vollends aus der Bahn. Er konnte förmlich hören, wie sich daraufhin ihre Gedanken überschlugen und sie versuchte, diese Information in das Bild einzufügen, das sie bisher von ihm hatte.

»Okay«, sagte sie gedehnt. Sie räusperte sich verhalten. »Ähm, keine Sorge, ich bin keine Plaudertasche.«

»Das weiß ich, sonst hätte ich es dir gar nicht erst erzählt«, erwiderte er und zwinkerte ihr kess zu.

Sein Plan ging auf. Maggie versuchte zwar, es sich nicht anmerken zu lassen, doch seine letzte Aussage schmeichelte ihr.

»Woher willst du das so genau wissen?«, fragte sie und stützte das Kinn auf der Hand ab. »Du kennst mich doch überhaupt nicht.«

Nun war äußerste Vorsicht geboten. Will entschied sich für eine nebulöse Antwort, um die Romantikerin in ihr zufriedenzustellen.

»Stimmt«, meinte er schmunzelnd. »Aber manche Dinge spürt man einfach. Denkst du nicht auch?«

Maggie lächelte versonnen. »Bin ganz deiner Meinung.«

Perfekt.

Will drückte eine Taste auf seinem Laptop und gab vor, sich wieder auf seine Arbeit zu konzentrieren. Am Rand seines Blickfeldes konnte er sehen, dass auch Maggie sich ihrem Computer zuwandte. Ihre Finger flogen bald darauf regelrecht über die Tastatur. Das war ein wenig enttäuschend, denn er hätte eigentlich gedacht, dass Maggie das Gespräch noch fortführen wollte. Zumindest hätte er erwartet, dass sie nun intensiv über ihn nachdächte. Im besten Falle mit dem Ergebnis, dass er vielleicht gar nicht ihr Feind war, dessen Geheimnisse es aufzudecken galt. Allem Anschein nach hatte sie jedoch die Muse geküsst, und ihrem Schreibtempo nach zu urteilen, blieb da nicht sehr viel Raum für Grübeleien.

Das entsprach jetzt nicht ganz seinem Plan, aber ihm blieb vorerst keine andere Wahl, als diese Entwicklung zu akzeptieren. Es wäre äußerst unklug, Maggie aus ihrem Schreibfluss zu holen, um das Gespräch fortzusetzen. Zumindest, wenn sie auch nur halbwegs so verärgert auf solche Störungen reagierte wie er selbst. Er hasste es, aus seiner Konzentration gerissen zu werden, und ließ den Störenfried diesen Hass dann auch zumeist rigoros spüren.

Will zog die Beine etwas an, damit seine Füße Schatten bekamen. Die Sonne zeigte sich heute von ihrer gnadenlosen Seite und brachte sogar ihn ins Schwitzen. Im Hintergrund glitzerte der Pool herausfordernd, und er haderte einen Moment mit sich, ob er dieser Einladung nicht einfach folgen sollte.

Später vielleicht. Jetzt musste er erst mal etwas arbeiten, um sein Tagespensum zu schaffen. Dummerweise wurde seine Konzentration erheblich beeinträchtigt, weil er sich immer wieder fragte, ob er das Ruder ausreichend herumgerissen hatte. Hatte ihm die Maßnahme vorerst genügend Sympathiepunkte eingebracht? Oder sollte er lieber doch noch einen draufsetzen?

Es dauerte eine Weile, bis er sich endlich auf die Arbeit konzentrieren konnte. Zumindest einigermaßen, denn das leise Klackern von Maggies Tastatur wollte sich nicht ganz ausblenden lassen.

INTERVIEW MIT DEN SCOTTS

Wie waren die ersten Nächte als verheiratetes Paar?

Ivana: Ich hab mich überraschend schnell daran gewohnt, Will jede Nacht neben mir zu haben.

Will: Es ist merkwürdig, aber mir kommt es bereits jetzt so vor, als wäre es nie anders gewesen.

Wie fandest du euren ersten Kuss?

Ivana: Ich habe gar nicht damit gerechnet, dass es so schnell passiert, aber es war einfach nur himmlisch.

Will: Der Moment war schlichtweg magisch.

Hast du schon Macken an deinem Ehepartner/deiner Ehepartnerin entdeckt?

Ivana: Nein, Will ist einfach perfekt.

Will: Zumindest keine, die mich stören.

Zufall oder Wissenschaft?

Ivana: Eindeutig Wissenschaft.

Will: Für mich deutet spätestens jetzt alles auf Wissenschaft.

6

~ MAGGIE ~

Henry kam am Freitag etwas früher nach Hause. Auch ihm stand der Schweiß auf der Stirn, doch er beschwerte sich nicht, als er mit Maggie zu dem kleinen Laden drei Straßen weiter spazierte, um für das anstehende Wochenende einzukaufen.

Die Auswahl an Lebensmitteln war überschaubar. Dennoch hatten sie nach zwei Stunden immer noch nicht alles beisammen, was vor allem daran lag, dass Henry sie bei jedem Produkt fragte, ob sie es mitnehmen sollten oder nicht. Er trieb Maggie fast in den Wahnsinn mit seiner Fragerei.

Anfangs versuchte sie wirklich, sein Verhalten positiv zu werten. Schließlich war es ja sehr rücksichtsvoll von ihm, sich nach ihren Vorlieben zu richten. Trotzdem verlor sie irgendwann die Geduld und forderte ihn lächelnd auf, für sie beide etwas zum Dessert auszusuchen.

Leider schien diese Aufgabe Henry hoffnungslos zu überfordern. Er schien überhaupt keine eigenen Präferenzen zu haben. Seine Unsicherheit reichte so weit, dass er geschlagene zehn Minuten brauchte, um zwischen zwei Puddingsorten zu wählen.

Als sie endlich an der Kasse angekommen waren, stand Maggie kurz vor einem hysterischen Anfall. Trotz der Klimaanlage in dem Laden rann ihr der Schweiß aus sämtlichen Poren. Sie war hungrig – bei ihr generell kein guter Zustand – und frustriert, weil sie ihrem neuen Roman noch immer kein Stück nähergekommen war. Sie wollte einfach nur zurück und eine erfrischende Runde im Pool drehen.

Dummerweise zog sich auch der Rückweg ewig in die Länge.

Henry rang sichtlich um seine letzten Kraftreserven, obwohl er sich nicht beklagte.

Als sie völlig verschwitzt und entkräftet in ihrem Heim eintrafen, verstauten sie gemeinsam die Lebensmittel, ehe Henry sich ins Badezimmer zurückzog.

Maggie seufzte. Wahrscheinlich ließ er sich wieder ewig Zeit bei seiner Körperhygiene. Prinzipiell war das ja nichts Schlechtes. Nur hätte Maggie auch furchtbar gern geduscht. Denn dass der Pool einmal mehr gestrichen war, entschied sie in dem Moment, als sie Ivanas gellendes Lachen hörte.

Vorsichtig spähte sie durch das gekippte Fenster in der Küche, um nicht entdeckt zu werden, und stöhnte genervt auf.

In einem knappen roten Bikini aalte Ivana sich im erfrischenden Nass, während William ihrer Blickrichtung nach zu urteilen auf seinem Liegestuhl kampierte.

»Willst du nicht mit reinkommen?«, schnurrte sie ihrem Ehegatten zu und ließ Wasserspritzer durch die Luft regnen.

Von ihrer eigenen Neugier getrieben, beugte Maggie sich weiter vor, um auch William zu sehen. Eigentlich hatte sie erwartet, dass er bereits dabei war, sich die Klamotten vom Leib zu reißen, um zu seiner Gemahlin in den Pool zu springen. Aber William schaute nicht einmal hin. Stattdessen saß er vor seinem Laptop und arbeitete.

»Ich war gerade erst im Wasser«, antwortete er geistesabwesend.

Doch seine Frau gab nicht so einfach nach. »Ach, komm schon. Amüsieren wir uns ein bisschen. Nur für den Fall, dass ...«

»Später vielleicht«, unterbrach er sie, ohne aufzuschauen. »Ich will hier noch etwas fertig machen.«

Maggie schnitt eine Grimasse und zog sich zurück, bevor sie noch entdeckt wurde.

Später vielleicht.

Wirklich charmant! Offensichtlich teilten sie und Ivana das gleiche Schicksal in Bezug auf desinteressierte Ehemänner. Wer hätte das gedacht?

Einmal mehr fragte Maggie sich, was William in Wahrheit im Schilde führte. Es konnte doch kein Zufall sein, dass er vor der Kamera kaum die Finger von Ivana lassen konnte, wohingegen er sie in dieser einladenden Situation kaum eines Blickes würdigte. Er wirkte kühl, distanziert, aber dafür weniger gekünstelt. Wirklich merkwürdig.

»Maggie?«

Mit einem leisen Aufschrei fuhr Maggie herum. »Henry! Ich dachte, du wärst unter der Dusche.«

Unsicher deutete Henry hinter sich. »Vielleicht willst du zuerst?«

»Äh, danke. Das ist wirklich nett von dir.«

»Kein Problem.« Henry zog ein Buch hervor und setzte sich an den Tresen. »Lass dir ruhig Zeit.«

Es war wirklich verlockend, dieses Angebot anzunehmen und den Rest des Tages unter dem kühlen Wasserstrahl zu verbringen. Aber Maggie besaß genug Anstand, um Henry nicht unnötig warten zu lassen.

Als sie eine halbe Stunde später erfrischt und bedeutend besser gelaunt in die Küche zurückkehrte, war Henry in sein Buch vertieft.

»Was liest du da?«, erkundigte Maggie sich, während sie barfuß zum Kühlschrank tappte.

»*Der Fremde* von Albert Camus.«

»Ist es gut?«

Henry nickte nur. Seine Lippen bewegten sich, während seine Augen über die Zeilen flogen.

Da Maggie ihn nicht weiter stören wollte, entschied sie, das Abendessen vorzubereiten. Zum Kochen war es viel zu heiß. Also bereitete sie eine Schüssel *Caesar Salad* vor und schnitt das knusprige Baguette, das sie gekauft hatten, in dünne Scheiben.

Als sie fertig war, hockte Henry immer noch über dem Büchlein. Maggie räusperte sich leicht, woraufhin er ertappt zusammenzuckte. »Entschuldige, ich habe mich völlig verloren.«

Maggie lachte. »Das macht doch nichts.«

Das stimmte wirklich. Sie fand es faszinierend, dass Henry genauso vernarrt in Bücher war wie sie selbst.

Allerdings schien Henry so versessen darauf zu sein, in die fiktive Welt zurückzukehren, dass er gleich nach dem Abendessen erneut in seiner Lektüre versank.

Genauso wie am Samstag.

Und am Sonntag.

* * *

Maggie musste zugeben, dass ihr erstes Wochenende an der Seite ihres Gatten stinklangweilig gewesen war. Die Scotts waren ausgeflogen, und nicht einmal das Produktionsteam schien bei der Hitze besondere Lust zu arbeiten verspürt zu haben, denn weder Frank noch seine Jungs hatten sich auf dem Anwesen bei einer spontanen Stippvisite blicken lassen – weshalb Maggie sehr viel nachdachte.

Das führte dazu, dass sich zunehmend dieses bedrückende Gefühl in ihrer Brust breitmachte. Es gefiel Maggie nicht. Allerdings vermochte sie nichts daran zu ändern.

Sie hätte Henry natürlich bitten können, etwas mit ihr zu unternehmen. Er hätte ihrem Wunsch sicher entsprochen. Aber er selbst schien nicht auf die Idee zu kommen, die gemeinsame Zeit für etwas Sinnvolleres als Lesen zu nutzen. Und das störte Maggie mehr, als sie sich eingestehen wollte.

Sollte ihr frisch angetrauter Ehemann nicht etwas mehr Interesse für sie und das Eheleben aufbringen? Oder war Maggie durch ihre eigenen Geschichten so verblendet, dass sie unerfüllbare Anforderungen an Henry stellte?

Die Unsicherheit quälte Maggie so sehr, dass sie in der Nacht zum Montag keinen Schlaf fand. Im Haus stand die Hitze. Hinzu kam, dass Maggie trotz der vielen Zeit für sich noch immer keine zündende Idee für den neuen Roman hatte. Bisher spielte sie lediglich mit einigen Ideen. Allerdings war bisher nichts Sinnvolles dabei herausgekommen.

Ihre Gedanken kreisten sie so sehr ein, dass sie das Gefühl hatte, jeden Moment zu ersticken, während Henry selig vor sich hinfiepte.

Frustriert schlug sie das Laken zurück und schlich aus dem Schlafzimmer. Im Wohnzimmer war es stockdunkel. Auch die Außenanlagen waren nicht beleuchtet. Leise öffnete Maggie die Terrassentür und reckte das Gesicht dem kühlen Nachthimmel entgegen. Unzählige Sterne und ein sichelförmiger Mond leuchteten am Firmament. Die Aussicht brachte Maggie zum Lächeln.

Sie senkte den Blick auf den Pool und erstarrte schlagartig.

Im blassen Nachtlicht konnte sie nicht sonderlich viel erkennen, aber es war genug. Da trieb etwas im Wasser. Der reglose Körper eines Mannes. William.

»Oh, mein Gott!«, keuchte Maggie und sprang mit einem Satz in den Pool.

Jemand brüllte auf, bevor Maggie etwas hart auf die Wange traf. Für ein paar Sekunden sah sie noch mehr Sterne, ehe sie jemand am Oberarm packte und an die Wasseroberfläche zerrte.

Prustend schnappte sie nach Luft.

»Was zum Teufel ...«, knurrte William atemlos und stockte dann, weil er sie offenbar erst jetzt erkannte. »Maggie?«

Verdattert wischte sie sich das Wasser aus dem Gesicht, bevor sie zu William aufsah.

Er stand mit schreckgeweiteten Augen vor ihr. »Sag mal, willst du mich umbringen?«

»Was?« Entrüstet schnappte Maggie nach Luft. »Ich dachte, du bist schon tot!«

Sein Griff um ihren Oberarm verstärkte sich. »Wieso um alles in der Welt sollte ich tot sein?«

»Keine Ahnung!«, fauchte sie und riss sich so heftig von ihm los, dass das Wasser ringsum aufspritzte. »Ich hatte keine Zeit, mir Gedanken darüber zu machen, wieso du absäufst, weil ich zu beschäftigt damit war, dich zu retten.«

Für den Bruchteil einer Sekunde huschte Überraschung über seine Züge. Er machte fast den Eindruck, als hätte er nicht erwartet, dass sich jemand um ihn sorgen könnte. Doch dann verschloss sich seine Miene und er stieß ein harsches Lachen aus. »Verwechsle mich nicht mit deinem Ehemann.«

Vor Empörung begann ihr Puls zu rasen. »Oh, keine Sorge. Das würde mir niemals passieren.«

Er grinste spöttisch, doch er kam nicht mehr dazu, ihr zu antworten, weil er plötzlich anderweitig interessiert zu sein schien. Seine Stirn furchte sich, während sein Blick langsam an ihr herabwanderte.

Mit einem unguten Gefühl sah Maggie ebenfalls an sich herab.

Du lieber Himmel!

Sie hatte ganz vergessen, dass sie nur ein dünnes Seidenhemdchen und Hotpants trug. Schließlich hatte sie nicht damit gerechnet, dass sie um drei Uhr morgens irgendjemandem hier draußen begegnete. Und erst recht hatte sie nicht erwartet, dass sie mitsamt ihrer spärlichen Garderobe im Pool landen würde.

Nun klebte das hauchdünne Gewebe wie eine zweite Haut an ihr – und natürlich war es weiß, weshalb William *alles* erkennen konnte.

Entsetzt bedeckte Maggie ihren Oberkörper und ließ sich bis zu den Schultern ins Wasser sinken, während William sie immer noch wie vom Donner gerührt anstarrte.

Sein Blick war … hungrig.

Ihre Augen huschten über seine breite Schulterpartie und die ausgeprägten Brustmuskeln, die sie trotz des fahlen Lichtes viel zu gut erkennen konnte. Seine Haut schimmerte glatt und seidig. Unter der Wasseroberfläche sah Maggie seinen durchtrainierten Bauch und die dunkelblauen Badeshorts.

O Mann! Der Kerl war echt sexy.

Plötzlich stieg eine ganz andere Art von Hitze in ihr auf. Verwirrt wich sie zurück. »Hör auf, mich so anzuglotzen.«

William schnaubte. »Da ist nichts, was ich nicht schon mal gesehen hätte.«

Ach ja? Warum wurde Maggie dann das Gefühl nicht los, dass er ganz und gar nicht routiniert reagierte?

»Was machst du überhaupt hier draußen?«, fragte Maggie in dem verzweifelten Versuch, sie beide von ihrem halbnackten Auftritt abzulenken.

William schien seine Worte sorgfältig abzuwägen. »Ich habe nur ein bisschen nachgedacht.«

»Worüber?«

Er zuckte mit den Schultern. »Dies und das.«

Grundgütiger! Besaß William Scott etwa eine tiefsinnige Seite?

Mit unbewegter Miene watete er an ihr vorbei zum Poolrand und stemmte sich aus dem Wasser. Entgegen ihrer Erwartung schnappte er sich jedoch nicht das Handtuch von der Liege und verschwand im Haus, sondern setzte sich auf den Poolrand und ließ die Füße im Wasser baumeln.

Nun saß sie in der Falle – und sie beide wussten es. Denn Maggie würde gewiss nicht diesen Pool verlassen und ihm erneut eine komplett freie Sicht gewähren.

William grinste, als hätte er ihre Gedanken gelesen. »Und was treibt dich zu so später Stunde aus dem Haus?«

Trotzig reckte Maggie das Kinn vor. »Mir war zu heiß.«

William lachte leise und strich sich mit der Hand über die bloße Brust, um die Wassertropfen abzuwischen. »Da kam die Abkühlung gerade recht, was?«

»Sehr witzig!«

»Warum stellst du nicht die Klimaanlage höher?«

»Weil sie kaputt ist«, erwiderte Maggie in einem Ton, der deutlich machte, für wie schwachsinnig sie seine Frage hielt.

Zweifelnd neigte William den Kopf, beließ es jedoch dabei und wechselte ein weiteres Mal das Thema. »Wie war euer Wochenende?«

»Es war sehr schön.«

Ja, das war eine Lüge. Aber ihr Stolz war zu groß, um ausgerechnet vor William zuzugeben, wie schwer ihr Henrys mangelndes Interesse an ihr zusetzte.

William musterte sie abwägend. »Und eure kleine Shoppingtour am Freitag?«

»Auch«, erwiderte Maggie gedehnt und trat im Wasser von einem Bein aufs andere. Allmählich wurde ihr kalt.

»Hattest du keine Angst, dass Henry bei der Hitze aus den Latschen kippt?«, hakte William sichtlich belustigt nach. »Wäre ja schließlich nicht das erste Mal.«

Verärgert kniff Maggie die Lider zusammen. »Keine Sorge! Ich habe gut auf ihn aufgepasst.«

Williams Brauen schossen in die Höhe. »Sollte es nicht eher andersherum sein? Du weißt schon. Mann beschützt Frau und so weiter.«

Entgeistert sah Maggie ihn an. Sie wusste wirklich nicht, was sie mehr verärgerte: Die Tatsache, dass William sie schon wieder absichtlich provozierte, oder dass er mit seinen kleinen Sticheleien auch noch einen Nerv bei ihr traf. »Was soll das, William?«

»Was denn?«, fragte er in unschuldigem Ton.

»Wieso hackst du so auf Henry rum?«

Ergeben hob er die Hände. »Ich bin bloß neugierig. Schließlich entspricht er nicht unbedingt dem Stereotyp eines Traummannes.«

»Nun, das kommt ganz auf die Frau an, denkst du nicht auch?«

William grinste abfällig. »Ich bitte dich! Ihr Frauen wollt doch alle das Gleiche.«

»Und was wäre das?«, fragte Maggie zähneknirschend.

»Jedenfalls kein dürres Weichei, das bei jeder Gelegenheit die Fassung verliert.«

Ungläubig schüttelte Maggie den Kopf. Sie konnte nicht glauben, dass sie noch vor wenigen Minuten meinte, einen tiefgründigen Zug in William entdeckt zu haben. Was war sie für eine Närrin!

»Nun, da irrst du dich«, erwiderte sie angespannt. »Henry mag vielleicht keine Nerven wie Drahtseile haben, aber er ist ein guter Mensch. Mit ihm bin ich auf jeden Fall deutlich besser dran als mit einem oberflächlichen, narzisstischen Idioten, der von seinen Vorurteilen beherrscht wird und seine Mitmenschen permanent katalogisiert.«

William öffnete den Mund, um etwas zu erwidern, doch Maggie ließ ihn gar nicht erst zu Wort kommen. Sie vollführte eine Drehung, kletterte aus dem Wasser und marschierte patschnass ins Haus. Sollte er ihr doch auf den Hintern glotzen. Sie war so wütend, dass es ihr schlichtweg egal war.

~ WILLIAM ~

Den gesamten Montagvormittag verbrachte Will alleine auf der Terrasse. Maggie ließ sich nicht blicken. Alle Jalousien bei den Coopers waren heruntergelassen und das Haus somit hermetisch abgeriegelt.

Verflucht!

Da hatte er sich so viel Mühe gegeben, um unauffällig Maggies Sympathie zu gewinnen, damit sie gar nicht erst auf die Idee kam, tiefer in seinen Angelegenheiten zu stochern, und dann hatte er alles mit einem unüberlegten Spruch wieder zunichtegemacht.

Im Nachhinein konnte er sich selbst nicht erklären, warum ihm diese Bemerkung überhaupt herausgerutscht war. Selbstverständlich war Henry ein Weichei, aber das konnte ihm doch eigentlich herzlich egal sein.

Gegen Mittag verließ er schließlich seinen Posten auf der Terrasse und zog sich mit seinem Laptop in die kühleren Gefilde des Esszimmers zurück. Natürlich achtete er darauf, von seinem Sitzplatz aus das Nachbarhaus im Blick zu behalten. Nur für den Fall, dass Maggie sich doch noch aus ihrem Schutzbunker herauswagte.

Unfassbar, aber diese Frau kostete ihn erheblich mehr Nerven als Ivana. Dabei war Will sich inzwischen gar nicht mehr so sicher, ob Maggie ihn tatsächlich durchschaut hatte oder ihn schlichtweg nicht ausstehen konnte. Fakt war, dass er keinen blassen Schimmer hatte, was wirklich in ihr vorging, und das passte ihm absolut nicht in den Kram.

Er stützte sich mit den Ellbogen auf den Esstisch und ging im Geiste nochmals durch, was sie gestern gesagt hatte. Sie warf ihm vor, dass er von Vorurteilen beherrscht wurde und permanent seine Mitmenschen katalogisierte.

Nun ja, das wollte Will gar nicht abstreiten. Die Vergangenheit hatte ihn leider gelehrt, dass er auf diese Weise am besten durchs Leben kam. Die Menschen in Kategorien einzuteilen, diente schlicht dem Zweck, von vorneherein zu analysieren, wie er bei seinem Gegenüber dran war. Das hatte ihm in den letzten Jahren viele Enttäuschungen erspart, denn es war nun mal so, dass er mit seinen Vorurteilen stets richtiggelegen hatte.

Ferner hatte Maggie ihn als oberflächlich und narzisstisch bezeichnet. Will wusste, dass viele Leute so über ihn dachten. Er bemühte sich aber auch nicht, ihnen das Gegenteil zu beweisen. Warum auch? Es gab nur sehr wenige Menschen in seinem Leben, die ihn wirklich kannten. Das waren genau die Menschen, die er in seinem Leben haben wollte. Auf alle anderen konnte Will getrost verzichten, darum ließ er schon seit Jahren niemanden mehr hinter seine sorgfältig errichtete Fassade blicken.

Das sollte eigentlich auch für Maggie gelten, darum hatte es Will ehrlich überrascht, dass ihre Meinung ihn ziemlich hart getroffen hatte. Man könnte fast schon behaupten, ihre Vorwürfe hätten ihm einen Stich versetzt. So würde es vermutlich Maggie in ihren Schmonzetten beschreiben.

Aber warum störte ihn das überhaupt?

Wahrscheinlich, weil sich Maggie langsam aber sicher zu einem unkalkulierbaren Risiko entwickelte. Und so was konnte er nicht einfach ignorieren, wenn er die Sache hier bis zum Ende durchziehen wollte.

Will fuhr sich mit beiden Händen durchs Haar und lehnte sich zurück. Seine Finger waren eiskalt. Vielleicht sollte er die Klimaanlage lieber ein wenig zurückstellen. Er blickte hoch zu den unscheinbaren Lüftungsschlitzen an der Decke und haderte mit der spontanen Idee, zu Maggie hinüberzugehen, um sich ihre angeblich kaputte Klimaanlage mal anzusehen. Das wäre doch ein wunderbarer Vorwand, um Frieden mit seiner unberechenbaren Nachbarin zu schließen. Das abgeschottete Haus nebenan signalisierte jedoch unmissverständlich, dass sie ihn nicht sehen wollte, darum war es wahrscheinlich klüger, noch ein wenig abzuwarten. Denn wenn es etwas gab, das man unmöglich kalkulieren konnte, dann war das eine wütende Frau.

Untermalt von einem tiefen Seufzen stand Will auf und ging zum Kühlschrank, obwohl er wusste, dass ihn darin nicht viel erwartete. Was die Haushaltsführung bei Ivana und ihm betraf, waren ihre Verhandlungen noch nicht weit fortgeschritten. Ivana hatte ihm gestern erklärt, dass sie nicht kochte, keine Wäsche wusch und erst recht nicht putzte. Er hatte schlicht erwidert, dass dies auch auf ihn zutraf, woraufhin Ivana unbeeindruckt das Gespräch für beendet erklärte und zu Bett ging. Will hatte danach dringend eine Abkühlung gebraucht und sich in wohltuender Stille im Wasser treiben lassen, bevor plötzlich eine halbnackte Irre auf ihn losging.

Will nahm eine Cola aus dem Kühlschrank und schloss schmunzelnd die Tür. Maggies Gesichtsausdruck, als sie sich ihrer spektakulären Kleidung bewusst wurde, war herrlich

gewesen. Was den Anblick unterhalb ihrer Schultern anging ...
na ja, kalt gelassen hatte er ihn wahrlich nicht.

Maggie war zweifellos eine attraktive Frau. Im Gegensatz
zu Ivana präsentierte sie ihre Schönheit allerdings nicht wie ein
exzentrischer Pfau, sondern strahlte eher im Stillen, wie eine
dezente Blume.

Grundgütiger! Seine Gedanken nahmen ja fast schon
lyrische Züge an! Vielleicht sollte er sich auch mal an einem
Liebesroman versuchen.

Nein, mit solchen Fantastereien konnte Will nichts anfangen. Von Realitätsflucht hielt er ebenso wenig. Außerdem
musste er sich langsam mal seiner Arbeit widmen, um Mark
zufriedenzustellen. Der hatte vorhin nämlich bereits eine Mail
geschickt mit dem schlichten Inhalt: ›Ich warte.‹

Damit Marks und letztlich auch seine eigenen Nerven beruhigt wurden, setzte Will sich also wieder an den Tisch, stellte
die Cola neben dem Laptop ab und begann zu arbeiten.

* * *

Am Abend rief Ivana noch von der Arbeit aus an und fragte
Will, ob sie ihm etwas vom Chinesen mitbringen sollte. So viel
Fürsorge hatte er von ihr gar nicht erwartet. Vielleicht quälte sie
ein schlechtes Gewissen, weil sie gestern das Haushaltsthema
einfach im Raum hatte stehen lassen. Oder sie wollte die
umsichtige Ehefrau mimen, für den Fall, dass Frank unerwartet
vorbeischneite. Letzteres hielt Will für am wahrscheinlichsten.

Als sie später mit sichtlicher Enttäuschung feststellte, dass
keine Kamera ihre Ankunft erwartete, fühlte Will sich bestätigt.
Ivana überwand ihre Ernüchterung allerdings recht schnell und
entkorkte gut gelaunt eine Flasche Weißwein.

»Dann machen wir es uns eben ohne Frank gemütlich«,
erklärte sie vergnügt und dirigierte Will zum Essen vor den

Fernseher, damit sie ja keine Sekunde der zweiten Ausstrahlung der Show verpassten.

Sie saßen auf der Couch und fischten ihre Mahlzeit mit billigen Essstäbchen direkt aus den Imbisskartons. Will hatte den Fernseher bereits angestellt. Momentan liefen noch die Nachrichten, worüber er ganz froh war, denn sie schienen auf die Schnelle beide kein Gesprächsthema zu finden.

»Typisch Deutschland«, kommentierte er einen Beitrag zu einem geplanten Dieselfahrverbot in Großstädten. »Erst machen sie die Leute mit der Abgasaffäre kirre. Und das nur, damit jetzt alle froh sind, weil der böse Diesel verbannt wird.«

»Wie meinst du das?«, fragte Ivana verwundert.

Er winkte ab. »Nicht so wichtig.«

Damit war Ivana zufriedengestellt. Was hätte es auch für einen Sinn, mit ihr über manipulative Medien zu diskutieren? Wobei sie sich mit Manipulation im Allgemeinen ja recht gut auskannte. An ihr hätte wohl so mancher Medienpsychologe interessante Studien vornehmen können.

Wills Augen glitten automatisch zur Glasfront. Er hatte die Vorhänge ein Stück zur Seite gezogen, um das Nachbarhaus beobachten zu können. Drüben waren vor einer ganzen Weile die Jalousien hochgefahren worden, doch die Gardinen verhinderten weiterhin eine freie Sicht. Draußen war es noch hell, darum brannte kein Licht bei den Coopers. Trotzdem glaubte Will, hin und wieder eine Silhouette hinter den Gardinen entlangwandern zu sehen.

Für heute hatte er seine Chance verpasst, ein klärendes Gespräch mit Maggie zu führen. Aber er musste unbedingt morgen mit ihr reden, selbst wenn er sich dafür zum Kasper machen müsste. Was er zu ihr sagen wollte, wusste er noch nicht genau. Am liebsten einfach die Wahrheit, doch er war noch nicht ganz davon überzeugt, dass sie ihn verstehen würde. Was, wenn sie ihn auffliegen ließ?

Ivana klatschte aufgeregt in die Hände, weil das Intro von *The Wedding Project* über den Bildschirm flimmerte.

Will tauschte seine leere Pappschachtel gegen ein Glas Wein, das er mit Sicherheit gleich dringend brauchen würde. Es dauerte auch nicht lange, da musste er bereits einen großen Schluck nehmen, um den weiteren Verlauf der Sendung einigermaßen ertragen zu können.

»Unsere Paare hatten nun Zeit, sich besser kennenzulernen«, erklärte die bekannte Stimme aus dem Off. »Ob sich daraus schon etwas mehr entwickelt hat? Bei wem sind die ersten Fünkchen geflogen?«

Passend dazu wurde die Szene eingeblendet, in der Ivana und Will sich auf dem Riesenrad tief in die Augen blickten. Als Gegenpart sah man Henry im Schlafanzug bei seiner gerade erwachten Ehefrau mit einem Frühstückstablett am Bett sitzen.

»Mein Gott!«, gackerte Ivana amüsiert. »Bitte versprich mir, dass du in diesem Haus niemals einen solchen Schlafanzug anziehst!«

Will konnte sich ein Grinsen nicht verkneifen. »Keine Sorge, so was besitze ich gar nicht.«

Im Verlauf der Show wurden die zarten Annäherungen der beiden Paare dargestellt. Dabei liefen die einzelnen Szenen nicht in ihrer tatsächlichen Reihenfolge ab, sondern waren so zusammengeschnitten, dass die effektvollste Steigerung erreicht wurde. Den krönenden Abschluss bildete, wie erwartet, der spektakuläre Kuss zwischen Ivana und Will vor dem märchenhaften Sonnenuntergang.

»Ich weiß, wir wollten es eigentlich langsam angehen lassen, aber …«, hörte er sich selber säuseln.

Wahnsinn. Die Kussszene war phänomenal. Das Voting würde durch die Decke gehen.

Will fand es höchst befremdlich, sich selbst in dieser Szene zu beobachten. Der Mann auf dem Bildschirm war ihm völlig fremd. Hätte er es nicht besser gewusst, würde er gar behaupten, dass dort ein Doppelgänger zugange war. Außerdem erstaunte es ihn zutiefst, wie leidenschaftlich diese Begegnung nach außen wirkte, wo sich doch im Inneren bei ihm rein gar nichts geregt hatte.

Wieso eigentlich nicht?

Will spürte, wie Ivana ihn musterte, als würde sie sich gerade dasselbe fragen. Er wandte sich langsam zu ihr. Im Hintergrund setzte die Werbepause ein, während sie sich gegenseitig betrachteten.

»Soll ich dir was verraten?«, fragte Ivana schließlich.

Ihre Stimme klang verrucht und sexy. Will war klar, was das zu bedeuten hatte. Er wusste nur noch nicht so recht, ob er sich darauf einlassen wollte.

»Gerne«, antwortete er neutral.

Ivana stellte ihr Glas auf den Couchtisch und rutschte in bedächtiger Geschwindigkeit näher an ihn heran. Ein laszives Lächeln umspielte ihre Lippen.

»Die Kuss-Szene gerade«, sagte sie leise, »hat mich tierisch angemacht.«

Er schmunzelte nur. Ivana legte die Hand auf sein Knie und ließ ihre Finger spielerisch auf seinem Bein nach oben wandern.

»Wir sind beide erwachsen«, meinte sie und stoppte ihre Bewegung kurz vor seiner Leistengegend. »Wir haben beide Bedürfnisse. Was spricht dagegen, wenn wir diese Bedürfnisse ausleben?«

Ihre Hand glitt weiter. Fordernd und bestimmt. Sie wusste genau, was sie wollte. Sie wollte ihn, nicht wegen der Show oder der Kameras, sondern schlicht, um sich ein wenig zu vergnügen.

Keinerlei Verpflichtung lag in ihrer Berührung. Es sprach reinste sexuelle Begierde daraus, und darauf konnte er sich fernab der Kameras getrost einlassen.

»Nichts«, sagte Will mit dunkler Stimme. »Nichts spricht dagegen.«

Dann zog er Ivana mit einem Ruck auf seinen Schoß und kostete zum ersten Mal mit voller Aufmerksamkeit von ihren Lippen.

7

~ MAGGIE ~

William hatte Ivana geküsst. Und was für ein Kuss das gewesen war! Selbst am Dienstagnachmittag hatte Maggie diesen Anblick noch immer nicht so recht verkraftet. Wie am Tag zuvor hockte sie in ihrem abgedunkelten Wohnzimmer vor dem Laptop, während Henry in seinem Laden war. Aber anstatt zu arbeiten und endlich ein brauchbares Romankonzept auf die Beine zu stellen, stöberte Maggie auf der Website von *The Wedding Project* herum und verfolgte nachdenklich den Clip, der mit dem reißerischen Titel *Ivana und William im Liebesglück* versehen worden war.

Natürlich war das Publikum völlig ausgeflippt, weshalb die Scotts weiterhin haushoch in Führung lagen.

Zum ersten Mal regte sich aufrichtiger Neid in Maggie. Nicht aufgrund des Votings, sondern weil sie sich womöglich doch geirrt hatte. Die Anziehung zwischen den beiden war greifbar – zumindest in der Szene im Riesenrad. Aber war sie wirklich echt?

Maggie kniff die Augen zusammen, als William sich vorbeugte und seine Lippen sanft auf Ivanas legte, die wiederum verzückt aufseufzte.

126

O ja, Miss Scott war durchaus erfreut über diese Entwicklung. Nur bei William war Maggie sich nicht sicher. Seine weiche Miene passte einfach nicht zu dem Mann, der sie im Pool so verlangend betrachtet hatte. Andererseits, vielleicht wünschte sie sich ja auch bloß, dass William allen etwas vorgaukelte, damit sie sich weniger als eine Versagerin fühlte.

Bei der Erinnerung daran, wie Henry fluchtartig das Wohnzimmer verließ, nachdem die Kussszene gezeigt worden war, regte sich wieder dieses unerfreuliche Gefühl in Maggies Brust.

Ihr Ehemann war vollkommen überfordert mit der Situation gewesen. Maggie hatte die Panik in seinen Augen gesehen. Als befürchtete er schon wieder, sie könnte sich jeden Moment auf ihn stürzen.

Mit einem Anflug von Verbitterung klappte Maggie ihren Laptop zu.

Eigentlich sollte es ihr egal sein, was sich zwischen den Scotts abspielte. Genauso wie es ihr vollkommen schnuppe sein sollte, wie William über seine Mitmenschen dachte.

Aber das war es leider nicht. Stattdessen brachte er Maggie mit seinen Vorurteilen ständig auf die Palme und weckte in ihr den Wunsch, ihn eines Besseren zu belehren.

Angesichts dieser heftigen Reaktion blieb Maggie lieber zurückgezogen in ihren tropischen vier Wänden. Leider verhielt sie sich damit aus Williams Sicht vermutlich genau so, wie er es provozieren wollte.

Sie schmollte.

»Von wegen!«

Entschlossen sprang Maggie auf, klemmte sich ihren Laptop unter den Arm und stapfte zum Bedienfeld an der Wand, um die Jalousien hochzulassen.

Surrend fuhren sie nach oben, während Maggie all ihre Würde zusammenkratzte. Sie öffnete die Terrassentür und trat mit einem beherzten Schritt ins Freie.

Entgegen ihrer Erwartung saß William nicht auf seinem angestammten Platz. Stattdessen wirkte die Seite der Scotts wie ausgestorben.

Die leise Enttäuschung ignorierend schob Maggie den Träger ihres Sommerkleides zurecht und ging zum Esstisch, der bereits zur Hälfte im Schatten lag.

Nun gut, dann würde sie eben ein bisschen arbeiten. Das war sowieso viel wichtiger, als irgendwelche nachbarschaftlichen Machtkämpfe auszutragen.

Sie öffnete ein neues Dokument, ließ die Fingerknöchel knacken und begann zu schreiben.

Wie so häufig konnte sie schon nach wenigen Augenblicken fühlen, dass eine wunderbare, grandiose Geschichte direkt vor ihr schwebte – nur konnte sie den erlösenden Geistesblitz einfach nicht fassen. Wie ein verdammter Splitter unter einem Fingernagel quälte sie die Gewissheit, dass ihr der Zugang verwehrt war. Und sie konnte nichts dagegen tun. Nur irgendetwas tippen und tippen und tippen.

Maggie schrieb gut zwanzig Seiten, hauptsächlich wirres Zeug auf der verzweifelten Suche nach einem sinnvollen Ansatz. Aber bereits während die Worte durch ihre Finger flossen, wusste sie, dass sie schon wieder totaler Mist waren.

Niemand wollte eine Geschichte lesen, in der die Protagonistin den sexy Rettungsschwimmer so lange unter die Wasseroberfläche drückte, bis dieser elendig verreckte. Zumindest nicht in ihrem Genre.

Plötzlich wurde die Terrassentür nebenan so heftig aufgerissen, dass Maggie einen gehörigen Schreck bekam.

William stand in der Türöffnung und sah sie mit geweiteten Augen an. Sein Schock entlockte Maggie ein kühles Lächeln. Offenbar hatte er nicht damit gerechnet, sie hier vorzufinden.

»Hallo Maggie«, begrüßte er sie für seine Verhältnisse fast schon vorsichtig.

»William«, erwiderte Maggie reserviert und wandte sich wieder ihrem Text zu, weil ihr Herz seit seinem Erscheinen ein schnelleres Stakkato vollführte.

Er war der erste Mann, dem Maggie je begegnet war, dessen bloße Anwesenheit sie zu einer solchen Reaktion trieb.

Am Rande ihres Sichtfeldes bemerkte sie, wie William seinen Laptop auf der Liege ablegte. Aber anstatt sich zu setzen, kam er langsam zu ihr herübergeschlendert, zog den Stuhl ihr gegenüber zurück und setzte sich zu ihr an den Tisch.

Entgeistert schaute Maggie auf. »Was soll denn das werden?«

Er musterte sie nachdenklich. »Du bist immer noch wütend.«

Maggie lachte, aber selbst in ihren Ohren klang es viel zu affektiert. »Bilde dir mal nicht zu viel ein, William.«

Sein Mundwinkel zuckte. »Du hast jedes Recht, sauer zu sein. Ich habe mich wie ein Arschloch aufgeführt.«

Maggies Brauen schossen in die Höhe. So viel Einsicht hatte sie gewiss nicht von ihm erwartet. »Nun, da kann ich dir wohl nicht widersprechen.«

William verzog das Gesicht, bevor er tief Luft holte. »Es tut mir leid. Ich hätte das nicht über Henry sagen sollen.«

Okay, jetzt wurde er ihr ein bisschen unheimlich.

Misstrauisch neigte Maggie den Kopf. »Woher der plötzliche Sinneswandel?«

»Sagen wir einfach, dein Vorwurf ist nicht spurlos an mir vorübergegangen«, erwiderte William mit einem gequälten Grinsen.

Sosehr Maggie sich auch insgeheim über dieses Geständnis freute, gab es doch ein Problem. »Das kaufe ich dir nicht ab.«

Sein Lächeln fiel in sich zusammen. »Und warum nicht, wenn ich fragen darf?«

Abwägend betrachtete Maggie ihr Gegenüber. William war ein stolzer Mann. Dass er so schnell vor ihr zu Kreuze kroch, passte einfach nicht zu ihm.

»Manche Dinge spürt man einfach.« Sie wiederholte seine eigenen Worte von letzter Woche und lehnte sich mit einem vielsagenden Lächeln zurück.

Seine Kiefermuskeln traten hervor, als er die Zähne aufeinanderpresste.

»Ich weiß, dass du deine Meinung im Grunde deines Herzens nicht geändert hast«, fuhr Maggie in zuckersüßem Ton fort, »was mich zu der Frage führt, wieso du dich überhaupt bei mir entschuldigst. An einem harmonischen Nachbarschaftsverhältnis ist dir sicher nicht gelegen. Schließlich gehen wir in ein paar Wochen sowieso getrennte Wege, sobald die Show vorüber ist.«

Interessanterweise wurde William beim Erwähnen der Show merklich blasser. Und plötzlich hegte Maggie keinen Zweifel mehr. Sie hatte von Anfang an recht gehabt mit ihrer Theorie. Unbewusst lehnte sie sich wieder ein Stück nach vorn.

»Kann es sein, dass ich dich nervös mache, weil ich dich durchschaut habe, William?«

Sie starrten einander an, während Maggie sich nach Kräften darum bemühte, ihn allein mit ihrer Mimik zum Einknicken zu bringen.

Eine gefühlte Ewigkeit verstrich.

Maggie konnte William ansehen, dass seine Gedanken rasten.

»Nicht ganz«, entgegnete er schließlich zu ihrer Überraschung und raufte sich die Haare. »Ich werde dir jetzt etwas gestehen, das sonst niemand weiß.«

Aufregung durchflutete Maggie, aber sie hielt verbissen ihre unbeeindruckte Miene aufrecht. »Und was wäre das?«

William schluckte schwer. »Ich mache nur bei dieser Show mit, um jemandem zu helfen, der mir sehr nahesteht.«

Bitte was?

Maggie blinzelte. »Meinst du das ernst?«

Leise lachend legte William die Fingerspitzen aneinander. »Deine Skepsis habe ich wohl verdient. Aber du musst zugeben, dass es im Zeitalter des Kapitalismus ungemein erleichternd sein kann, sich keine Sorgen um das Finanzielle machen zu müssen. Der Preis, den das Gewinnerpaar erhält, beträgt fünfzigtausend Dollar. Hinzu kommt die fette Gage für die Dreharbeiten. Das ist sehr viel Geld, um … sagen wir, die Kosten des Pflegeheimplatzes für eine an Demenz erkrankte Großmutter zu begleichen.«

Fassungslos sah Maggie ihn an. Deshalb machte er bei der Show mit? Um seiner Großmutter zu helfen? Sie konnte es kaum glauben, und dennoch ergab es Sinn. Im Geiste spielte Maggie all die Momente durch, in denen sie William bisher erlebt hatte. »Es ist also wirklich alles nur gespielt.«

William nickte bedächtig. »Ich werde alles tun, was nötig ist, um eine gute Show abzuliefern. Das bin ich mir selbst schuldig, verstehst du?«

Maggie nickte benommen, während sich ihr Eindruck von William komplett ins Gegenteil wandelte.

Liebe Güte!

Er opferte sich, um seiner Großmutter ein besseres Leben zu ermöglichen. Demnach besaß er doch eine sensible, tiefsinnige Seite. Diese Erkenntnis zog Maggie glatt den Boden unter den Füßen weg. Gut, dass sie fest auf ihrem Stuhl saß.

William räusperte sich verlegen. »Leider bin ich mit meiner Stichelei ein wenig über das Ziel hinausgeschossen«, fuhr er fort. »Ich versichere dir, das kommt nicht wieder vor.«

»Was ist mit Ivana?«, platzte Maggie unvermittelt heraus. »Weiß sie Bescheid?«

»Wir sind beide von Anfang an ehrlich zueinander gewesen und haben keinen Hehl daraus gemacht, welche Erwartungen wir mit der Show verknüpfen. Unsere Motive ähneln sich. Allerdings habe ich ihr meine genauen Hintergründe nicht anvertraut.« William schenkte Maggie ein scheues Lächeln. »Du bist die Einzige, die davon weiß. Ich hoffe, ich kann mich auf deine Diskretion verlassen.«

»Natürlich«, erwiderte Maggie und hatte noch immer Mühe, ihren Schock zu verbergen. »Ich werde niemandem ein Wort sagen.«

»Danke, Mag.«

Beim Klang dieses Spitznamens rieselte eine Gänsehaut an Maggies Rückgrat hinab. »Keine Ursache.«

»Dann ist alles in Ordnung zwischen uns?«, hakte er nach und fing ihren Blick ein. »Du verzeihst mir meine Gehässigkeit gegen Henry?«

Maggie nickte. »Es ist alles gut.«

»Okay.« Merklich erleichtert deutete William zu seiner Liege. »Dann werde ich jetzt mal wieder rübergehen und noch etwas arbeiten.«

»Ich muss hier auch weitermachen.«

Die Stuhlbeine schabten über die Terrassenfliesen, bevor William sich erhob und zu seinem Laptop schlenderte. Er ließ sich auf seine Liege sinken und widmete sich seinem Monitor.

Maggie holte tief Luft. Dann beendete sie den Bildschirmschoner und überflog die letzten Sätze in ihrem Dokument. Sie brauchte mehrere Anläufe, um zurück in die Szene zu finden, die sie vor einer Stunde blindwütig eingehämmert hatte.

Mittlerweile sah sie davon ab, den Rettungsschwimmer zu ersäufen. Da konnte man mal sehen, welchen Einfluss ein klärendes Gespräch auf den Verlauf einer Geschichte hatte.

Sie musste dennoch schmunzeln, als sie sich ihrer Blutrünstigkeit bewusst wurde.

»Du siehst amüsiert aus«, stellte William von der anderen Seite der Terrasse fest.

Betont gelassen zuckte Maggie mit den Schultern. »Die Szene ist gerade witzig.«

Zumindest hätte ein Splatterfan seine wahre Freude an der Textstelle gehabt.

William, der natürlich keine Ahnung hatte, dass er selbst sie zu einer kleinen Anekdote inspiriert hatte, neigte sich leicht zur Seite. »Worum geht es?«

»Nichts, was für dich interessant sein dürfte.«

»Lass es drauf ankommen.«

»O nein!« Mit einem nervösen Kichern schüttelte Maggie den Kopf. »Das ist keine gute Idee.«

»Ach, komm schon.« Neugierig richtete William sich wieder ein Stück auf. »Ich würde es wirklich gerne hören.«

Maggie hatte nicht erwartet, dass er derart hartnäckig sein würde. Aber so, wie er sie betrachtete, wirkte er regelrecht wissbegierig.

Bei der Vorstellung, ihm von der Wasserleiche zu erzählen, die in ihrer aktuellen Romanze die Hauptrolle spielte, wurden Maggies Wangen heiß vor Verlegenheit.

Geschwind markierte sie den Text, drückte die Löschen-Taste und verfrachtete das Rettungsschwimmerdebakel ins digitale Nirwana, ehe sie auf das nunmehr leere Dokument starrte. »Der Text ist noch nicht fertig.«

»Vielleicht beim nächsten Mal?«

»Sicher.« Sie schenkte William ein unverbindliches Lächeln, das unmissverständlich besagte, dass sie ihm niemals etwas vorlesen würde.

Dann begann sie von vorn.

Schon wieder.

~ *WILLIAM* ~

Eigentlich sollte Will sich darüber freuen, dass die Sache mit Maggie nun geklärt war. Leider machte ihm sein Gewissen aber einen gehörigen Strich durch die Rechnung.

Er saß am Küchentresen und trommelte mit den Fingern auf die Zeitung, die ausgebreitet vor ihm lag. Bisher hatte kein Artikel es geschafft, ihn von seinem schlechten Gewissen abzulenken. Unablässig grübelte er darüber nach, ob er Maggie vielleicht lieber doch die Wahrheit hätte sagen sollen. Er hatte lange darüber nachgedacht und ihr letztlich doch eine völlig an den Haaren herbeigezogene Geschichte aufgetischt, die ihre Neugier ausreichend befriedigen sollte.

Seine Lüge erfüllte ganz hervorragend ihren Zweck und würde ihm den täglichen Umgang mit Frau Nachbarin auf jeden Fall erleichtern. Und trotzdem fühlte es sich an, als hätte er einen Riesenfehler begangen.

Will verabscheute Lügen eigentlich grundsätzlich, wobei er im gesellschaftlichen Leben auch nicht immer darum herumkam, die Wahrheit zumindest etwas zu verbiegen. Meistens beschränkte er sich aber darauf, gar nichts zu sagen, wenn ihm die Wahrheit als prekär erschien.

Problematisch war nun allerdings, dass seine gesamte Teilnahme an dieser Show auf einer Lüge basierte und er gar nicht anders konnte, als sich immer tiefer in diese Farce hineinzuverstricken. Anscheinend hatte er unterschätzt, wie sehr sich die ganze Sache auf seine Psyche auswirken konnte. Er fürchtete allmählich sogar, er könnte langsam, aber sicher tatsächlich zu dem William Scott mutieren, den er so penibel zur Schau stellte.

Ihm war ehrlich zuwider, dass er Maggies Gutgläubigkeit für seine Zwecke ausnutzte. Doch welche Wahl blieb ihm denn? Nachdem er ihr die Story mit seiner Großmutter aufgetischt hatte, wohl erst recht keine. Irgendwie musste er jetzt damit klarkommen, dass sie ihn nach der Show als skrupellosen Lügner verabscheuen würde.

Von der Haustüre erklangen Geräusche, darum rieb sich Will kräftig übers Gesicht, als könne er so seine innere Anspannung vertreiben. Ivanas Absätze klackerten über die Fliesen in seine Richtung. Schon auf den ersten Blick erkannte Will, dass sie nicht minder schlecht gelaunt war als er selbst.

»Hi«, brummte sie zur Begrüßung und marschierte direkt zum Kühlschrank. Sie riss die Tür auf und warf sie gleich wieder zu. »Warst du immer noch nicht einkaufen?«

Will hob die Brauen. »Sollte ich denn?«

»Irgendwer muss das ja mal erledigen.« Ivana drehte sich zu ihm und musterte ihn abschätzig. »Es wäre nur fair, wenn du das machst. Immerhin hockst du den ganzen Tag zu Hause rum!«

Einen Moment war Will wie erstarrt. Ihr Vorwurf war ihm schmerzhaft vertraut und traf ihn genau an der vernarbten Stelle seines Herzens. Unter den Wunden hatte er lange gelitten und er fiel sofort in seine alten Emotionen hinein. Das konnte Ivana natürlich nicht wissen, aber dadurch blieb schlicht kein Platz mehr für rationales Denken.

»Was soll das heißen?«, fragte er scharf und richtete sich bedrohlich auf.

Ivana trat mit streitlustiger Miene näher. »Genau das, was ich gesagt habe. Ich bin den ganzen Tag von früh bis spät im

Geschäft, während du hier rumhockst und keine Ahnung was machst.«

»Ich arbeite von zu Hause aus, schon vergessen?«

»Das ist ja schön für dich, aber ich sehe dich nie arbeiten, darum hast du mit Sicherheit mehr Freizeit als ich. Die du wiederum nutzen könntest, um den Haushalt zu regeln.«

Will ließ sich vom Barhocker gleiten, um auf Ivana hinabblicken zu können. »Meine Tätigkeit findet größtenteils in meinem Kopf statt. Wenn man nach Stunden rechnen will, arbeite ich sogar mehr als du.«

Ivana sah ihn irritiert an. Will kam nicht mehr dazu, seine unüberlegte Aussage zu erklären, denn plötzlich kratzte ein Schlüssel im Haustürschloss. Während Will noch seine Wut niederrang, reagierte Ivana umgehend und warf sich in seine Arme. Gerade noch rechtzeitig hatte er sich wieder so weit im Griff, dass er seine Lippen zu einem hoffentlich überzeugenden Kuss auf die ihren hinabsenken konnte.

»Hallo aber auch!«, jauchzte Frank sogleich und klatschte entzückt in die Hände. »Da kommen wir ja gerade richtig!«

Will und Ivana gaben sich peinlich berührt von der vermeintlich überraschenden Störung ihrer intimen Begegnung. Ihr Schauspiel schien zu gelingen, denn Frank plauderte von zarten Emotionen, die den Zuschauern gewiss gefallen würden. Er ließ auch anklingen, dass ihn das hervorragende Ranking der Scotts überhaupt nicht verwunderte und wie begeistert er doch war, dass sie ihm stets solch natürliche Romantik lieferten.

»Was habt ihr Lieben denn heute noch vor?«, fragte er und zwinkerte dem Kameramann im Durchgang zur Küche zu.

»Wir wollten zum Einkaufen fahren«, antwortete Will prompt und blickte lächelnd zu Ivana. »Nicht wahr, Schatz?«

Frank freute sich derart darüber, das erste Mal einen Kosenamen zu vernehmen, dass ihm das zornige Aufblitzen in Ivanas Augen entging. Sie fing sich innerhalb eines

Wimpernschlags wieder und blinzelte zuckersüß zu ihrem Angetrauten auf.

»Genau das war der Plan«, behauptete sie und wandte sich an Frank. »Wollt ihr vielleicht mitkommen?«

Frank sah kurz auf seine Armbanduhr. »Ja, das machen wir.« Er dirigierte auf der Stelle den Kameramann vor die Haustür, um die Scotts beim Hinausgehen zu filmen. Im Hinausgehen hörte Will ihn sagen: »Zu den Coopers gehen wir im Anschluss.«

»Da werden wir schon nichts Aufregendes verpassen«, murmelte der Kameramann.

»Allerdings«, bestätigte Frank und seufzte schwer. »Langsam müssen wir denen mal etwas mehr Druck machen, sonst verpufft auch noch das letzte bisschen Spannung.«

Dann zog er die Tür hinter sich zu, damit Ivana und Will sie eine Minute später wieder öffnen konnten.

* * *

Am nächsten Vormittag fuhr Will in die Stadt, weil er eine externe Festplatte aus dem Büro holen wollte. Das Gebäude, in dem das Büro lag, verfügte über keinen eigenen Parkplatz, darum stellte er seinen Wagen in der öffentlichen Tiefgarage gleich um die Ecke ab.

Während er die Stufen zur Oberfläche erklomm, dachte er über den gestrigen Einkaufstrip mit Ivana nach. Sie hatte die Sache erstaunlich schnell zu ihrem Vorteil umgewandelt und es tatsächlich geschafft, in der Lebensmittelabteilung mehrmals Bezug auf ihre Kosmetikartikel zu nehmen. Weil CarLey schließlich auf rein biologische Zutaten achtete. Und natürlich auf Fair Trade. Ach, und vegan waren ihre Produkte sowieso.

Dumm war die liebe Ivana wahrlich nicht. Und gelenkig war sie noch dazu. Was Business und Bett anging, konnte

Will sich bei seiner Ehefrau also sicher nicht beklagen. Was das Zwischenmenschliche betraf ... nun ja.

Die Sache mit der Haushaltsführung hatten sie auch nach dem Einkauf nicht geklärt. Ivana verhielt sich so, als wäre nichts gewesen. Will verspürte allerdings auch gar keine Lust, das Thema erneut aufzugreifen, obwohl eine neue Auseinandersetzung diesbezüglich vorprogrammiert war. Offenbar hegten sie beide keinerlei Interesse, wenigstens eine freundschaftliche Beziehung zueinander aufzubauen. Ihre Ehe beruhte auf reinster Zweckmäßigkeit, und daran würde Will gewiss nichts ändern.

Chicago empfing ihn mit drückender Hitze und dem typischen Lärm einer Großstadt. Auf den Gehwegen waren ganze Scharen von Passanten unterwegs, darum musste Will sich im Slalom vorwärtsdrängeln. Obwohl er nicht weit zu laufen hatte, kostete ihn der kurze Weg einiges an Nerven.

Der rettende Eingang zum Bürogebäude war bereits in Sicht, als Will einem Mann ausweichen musste, der wild gestikulierend in sein Handy brüllte und die Umgebung wohl vollkommen ausgeblendet hatte. Dabei übersah Will jedoch, dass schräg hinter diesem Kerl noch jemand unterwegs war, und prallte schwungvoll gegen die arglose Frau.

»Sorry!«, sagte Will sofort und wich einen Schritt zurück. Er riss überrascht die Augen auf, als er erkannte, wen er da beinahe über den Haufen gerannt hatte. »Maggie?«

Sie sah ihn nicht minder überrascht an und richtete den Riemen ihrer Umhängetasche. »William?«

»Na, das ist ja ein Zufall«, brabbelte Will leicht überfordert. »Was machst du denn hier?«

»Das ist meine Lieblingsbuchhandlung«, antwortete sie und deutete auf die gläserne Schiebetür zu seiner Linken. »Und du?«

Seine Augen zuckten zu seinem Firmengebäude, das direkt an die Buchhandlung angrenzte und durch ein großes Schild über dem Haupteingang eindeutig zu identifizieren war. Weil ihm auf die Schnelle nichts Besseres einfiel, lachte er vergnügt auf.

»Wirklich wahr?«, fragte er. »Genau da wollte ich auch gerade rein!«

Maggie runzelte skeptisch die Stirn. »Ach ja?«

Will zwang sich ein charmantes Lächeln auf und sah sie mit geneigtem Kopf an. »Was? Traust du mir nicht zu, des Lesens mächtig zu sein?«

Sein Lächeln zeigte Erfolg, denn Maggie hing einen Moment an seinen Lippen fest.

»Äh, doch.« Sie blinzelte und hüstelte leise. »Ich denke, dass Lesen essentiell für die Arbeit als Programmierer ist. Ich habe dich jetzt nur nicht für einen Leser von Unterhaltungslektüre gehalten.«

»Da drin gibt es auch Sach- und Fachbücher«, merkte er schmunzelnd an.

Maggie grinste und strich sich eine Haarsträhne hinters Ohr. »Auch wieder wahr.«

Gut. Die Situation war also gerettet. Auch wenn Will nun nichts anderes übrig blieb, als Maggie mit eleganter Geste den Vortritt in die Buchhandlung zu weisen und ihr zu folgen.

Wenigstens war es hier drin klimatisiert.

Obwohl der Laden gleich neben seiner Arbeitsstelle lag, war Will zum ersten Mal hier. Er vertrieb sich tatsächlich gerne mal die Zeit mit einem guten Roman, war jedoch schon vor Jahren auf einen E-Reader umgestiegen. Dass dies nun Maggies Lieblingsbuchhandlung sein sollte, war in einer Millionenstadt wie Chicago wirklich ein krasser Zufall.

Die Buchhandlung war riesig und erstreckte sich über drei Stockwerke. Bei der Inneneinrichtung hatte man Wert auf Nostalgie gelegt, was bei Leseratten gewiss gut ankam. Trotz der gewaltigen Ladenfläche wirkte die Atmosphäre gemütlich und einladend. Will konnte verstehen, dass sich eine Romanautorin zwischen den Tischen, Regalen und bequemen Sitzecken wohlfühlte.

Gedankenlos lief Will hinter Maggie her, bis sie sich unvermittelt umdrehte und ihn äußerst amüsiert anblickte. Erst da merkte er, dass er mitten in der Liebesromanabteilung gelandet war, wie ein Hängeschild direkt über ihm verkündete.

Maggie biss sich vergnügt auf die Unterlippe und erwartete wohl eine Erklärung von ihm.

Will fiel nichts anderes ein, als abermals zu lächeln, und zwinkerte verschmitzt. »Erwischt. Ich war neugierig, zu welcher Lektüre eine Liebesromanautorin wohl greifen würde. Aber es würde sich auch ziemlich widersprechen, wenn du selbst lieber blutrünstige Horrorthriller liest.«

»Tatsächlich lese ich sehr viele Thriller«, erwiderte Maggie jedoch.

»Echt?« Das überraschte ihn doch. »Das hätte ich jetzt nicht gedacht.«

Maggie zuckte leicht mit den Schultern. »Bei einem völlig anderen Genre kann ich am besten abschalten.«

»Und was machst du dann hier?«, fragte er und deutete auf das Schild über ihnen.

Maggie musterte ihn einen Moment unschlüssig. Sie traute ihrem neu geschlossenen Frieden offensichtlich nicht ganz.

»Ehrlich gesagt bin ich auf der Suche nach Inspiration«, erklärte sie und beobachtete argwöhnisch seine Reaktion.

Will sog geschockt die Luft ein. »Du planst doch nicht etwa ein Plagiat?«

Sofort klappte Maggie vor Entrüstung der Mund auf, doch dann erkannte sie wohl den Schalk in seinen Augen.

Sie ging auf seinen Scherz ein und warf mit gespielter Arroganz ihr Haar über die Schulter. »Ich bitte dich. So etwas habe ich gewiss nicht nötig.«

Beide unterdrückten ein Lachen. Das Eis war gebrochen. Will wandte sich dem Bücherregal neben ihnen zu und überflog die vielen aneinandergereihten Titel, während er sich nachdenklich mit dem Zeigefinger gegen die Lippen tippte.

»Inspiration für eine Liebesromanautorin«, murmelte er vergnügt. »Mal sehen, was wir da haben ...«

Maggie verschränkte die Arme vor der Brust und beobachtete ihn belustigt. Dabei bemerkte sie hoffentlich nicht, dass sich ihm angesichts der stellenweise grotesken Buchtitel beinahe die Zehennägel aufrollten. Bei einem Band hielt er schließlich inne. Mit besonders ernster Miene zog er ihn heraus und präsentierte ihn Maggie mit übertriebener Geste.

»Wie wäre es mit ›Die Geliebte des Kelten‹?«, fragte er. »Die Autorin Maggie Moonlight soll eine wahre Meisterin ihres Fachs sein.«

»Ja, das hab ich auch schon gehört«, pflichtete sie ihm umgehend bei.

Will drehte das Buch herum und überflog den Klappentext. Das Cover zeigte bereits anschaulich, welche Art von Roman sich zwischen den Buchdeckeln verbarg, dementsprechend schmalzig gestalteten sich auch die reißerischen Zeilen auf der Rückseite.

Der nüchterne Realist in ihm lief schier Amok, als er sich spontan zu einem Akt der Friedensverstärkung entschied.

»Vielleicht sollte ich mal überprüfen, ob es stimmt, was man so hört«, meinte er gut gelaunt und blickte wieder auf. »Ich kriege doch hoffentlich ein Autogramm von der Autorin?«

Maggie brauchte kurz, um die Informationen zusammenzusetzen. Dann sah sie ihn regelrecht schockiert an. »Warte mal – du willst das echt lesen?«

»Wow, du scheinst wirklich überzeugt von deinem eigenen Werk zu sein«, erwiderte er belustigt.

Sofort legte sich eine zarte Röte über ihre Wangen. »Davon bin ich sehr wohl überzeugt, aber ich bezweifle, dass dir diese Art von Erzählung gefallen wird. Ich meine ... also ... ich schreibe *Frauenromane*.«

»Das ist mir bewusst, aber ich liebe die Herausforderung. Dein Manuskript wolltest du mir ja nicht zeigen, darum muss ich eben auf dieses Exemplar zurückgreifen.« Er schlug den Buchdeckel auf und hielt ihr auffordernd das Buch hin. »Eine Autorin hat doch sicherlich immer einen Stift in der Tasche.«

Verstohlen blickte Maggie sich nach allen Seiten um. In der Abteilung war weit und breit kein anderer Kunde zu sehen, deshalb gab sie sich einen Ruck und kramte in ihrer Umhängetasche nach einem Kugelschreiber.

Will hätte unglaublich gern gewusst, was dabei in ihrem Kopf vor sich ging. Ihre Wangen waren immer noch gerötet. Ob aus Verlegenheit oder generellem Unbehagen vermochte er nicht zu sagen. Zumindest mühte sie sich um eine äußerst unbekümmerte Miene, sobald sie ihren Stift gefunden hatte.

Sie nahm ihm das Buch ab, stützte es behelfsmäßig gegen das Verkaufsregal und kritzelte schwungvoll etwas auf die erste Seite, bevor sie ihm das Buch schweigend zurückgab.

»Viel Spaß mit der Herausforderung«, las Will laut vor. Er lachte und winkte ihr mit dem Taschenbuch zu. »Vielen Dank! Ich werde natürlich berichten, sobald ich fertig bin.«

»Ich bin gespannt«, meinte Maggie und betrachtete ihn abermals, als traute sie seiner Freundlichkeit nicht recht über den Weg.

Er wünschte ihr noch viel Erfolg bei der Suche nach Inspiration und ging zur Kasse, um sein handsigniertes Exemplar zu bezahlen. Bevor er den Laden verließ, vergewisserte er sich noch, dass Maggie nicht irgendwo zu sehen war. Die Luft war rein, darum huschte er wie ein Verbrecher die wenigen Meter über den Bürgersteig zu seinem Arbeitsplatz.

Erst als er den Eingangsbereich des Bürogebäudes betrat, wurde ihm klar, was er sich da gerade eingebrockt hatte. Entgeistert blickte er auf das Buch in seiner Hand. Auf dem Cover sah sich ein Liebespaar vor dem Hintergrund einer abendlichen Hügellandschaft tief in die Augen.

Jetzt musste er diesen Irrsinn doch tatsächlich lesen.

INTERVIEW MIT DEN COOPERS

Wie funktioniert euer Alltag als verheiratetes Paar?

Maggie: Überraschend gut.
Henry:　Sehr harmonisch, würde ich sagen.

Wie gefiel dir das Jetski-Fahren?

Maggie: Bis auf den kleinen Zwischenfall im Wasser fand ich es
　　　　ziemlich lustig.
Henry:　Ist die Frage ernst gemeint?

Wie findest du es, neben deinen Kontrahenten zu wohnen?

Maggie: Es ist okay.
Henry:　Ich bekomme nicht viel von ihnen mit.

Zufall oder Wissenschaft – was denkst du?

Maggie: Je besser ich Henry kennenlerne, umso überzeugter bin
　　　　ich, dass wir das Formelpaar sind. Also, Wissenschaft.
Henry:　Wissenschaft.

8

~ MAGGIE ~

Erst am frühen Abend kehrte Maggie mit einem ganzen Stapel neuer Bücher zum Anwesen zurück. Henry hatte ihr vor zwei Stunden eine Nachricht geschickt, dass es bei ihm aufgrund eines Termins mit einem Sammler später würde. Also hatte sie sich Zeit gelassen und versucht, die Begegnung mit William zu verdauen.

Es war schon ein krasser Zufall, dass sie sich inmitten der Metropole ausgerechnet an einem ihrer Lieblingsplätze am Fulton Market in die Arme liefen. Und nun wollte er tatsächlich ihren jüngsten Liebesroman lesen. Bei der Vorstellung, wie er stirnrunzelnd die Seiten umblätterte, musste Maggie lächeln. Sie konnte die tiefen Falten auf seiner Stirn praktisch vor sich sehen.

Sie wollte gerade die Tür aufschließen, da wurde diese schon schwungvoll vom Produktionsleiter aufgerissen.

»Oh, hallo Frank«, grüßte Maggie ihn freundlich und wartete darauf, dass er ein Stück Platz machte.

Aber Frank tat nichts dergleichen. Stinkwütend baute er sich vor ihr im Türrahmen auf. »Wir warten schon seit Stunden!«

Maggie zog den Kopf ein. »Tut mir leid. Ich habe ein paar Wege in der Stadt erledigt.«

»Etwa allein?« Frank kniff die Augen zusammen. »Wo zum Teufel steckt dein Ehemann?«

»Er ist noch im Antiquariat.«

»Im Antiquariat?«, wiederholte Frank fassungslos. »Es ist nach sieben!«

Betreten biss Maggie sich auf die Lippe. Sie kam sich vor wie eine Fünfzehnjährige, die die Ausgangssperre ihrer Eltern ignoriert hatte und prompt erwischt worden war. »Tut mir leid. Ich wusste nicht, dass ihr heute drehen wolltet.«

Frank stieß einen Seufzer aus. »Der Sinn einer Realityshow ist es, einen authentischen Einblick in das Leben der Showteilnehmer zu bieten. Wenn ich euch jeden Termin ankündige, geht jedes bisschen Spontaneität verloren.«

Maggie schlüpfte an ihm vorbei ins Haus, wo zwei Kameraleute gelangweilt am Küchentresen hockten. Ihre Arbeitsgeräte hatten sie großzügig auf dem Esstisch verteilt.

»Ihr könnt abbauen, Leute. Heute gibt es kein neues Material.« Frank sah Maggie vorwurfsvoll in die Augen. »Schon wieder nicht.«

Maggie schluckte. Sie wagte es nicht, sich von der Stelle zu bewegen, während die Kameraleute geschwind ihren Kram zusammenpackten und nach einem kurzen Abschied aus dem Haus stiefelten.

Sobald sie verschwunden waren, stieß Frank einen schweren Seufzer aus. »Wir müssen reden, Maggie.«

Mit einem unguten Gefühl legte Maggie die Tüte mit den Büchern ab und umrundete den Küchentresen. »Darf ich dir vorher etwas zu trinken anbieten? Eistee vielleicht?«

Frank wedelte ungeduldig mit der Hand, bevor er sich auf einem Hocker niederließ. »Hör zu. Diese Staffel entwickelt sich nicht zu unserer Zufriedenheit.«

»Ach nein?«

»Nein!« Angespannt trommelte Frank mit den Fingern auf der Arbeitsplatte herum. »Ihr – du und Henry –, ihr seid einfach zu langweilig.«

So etwas hatte Maggie schon befürchtet. Erschöpft ließ sie sich gegen die Anrichte sinken und verschränkte die Arme. »Es tut mir leid.«

»Dein Bedauern nützt mir nichts, Maggie. Ich brauche mehr von dir. Mehr von euch!«

Maggie stieß ein Lachen aus, das zu ihrer eigenen Überraschung äußerst bitter klang. »Das ist nicht so einfach, Frank.«

»Doch, das ist es! Kriecht endlich aus eurem Schneckenhaus und präsentiert euch.« Herausfordernd hob Frank eine Braue. »Oder muss ich dich etwa an die Kernpunkte unseres Vertrages erinnern?«

Schweigend schüttelte Maggie den Kopf. Sie konnte sich gut an den konkreten Wortlaut erinnern. Zusammengefasst hatte sie zugesichert, alles zu tun, um den Quotenhit *The Wedding Project* weiter nach vorn zu bringen. Im Gegenzug erhielt sie eine ansehnliche Gage und einen potenziellen Traummann. Bei Nichterfüllen drohten sogar saftige Geldstrafen.

»Wenn ich das nächste Mal mit meinem Team hier aufkreuze, will ich etwas sehen«, sagte Frank und lehnte sich so weit vor, dass die Tischkante in seinen Bauch einschnitt. »Und zwar etwas Aufregenderes als eine verträumte Maggie und einen lesenden Henry. Wenn es sein muss, versenk diese dämlichen Wälzer im Pool, kapiert?«

»Ist gut.« Verzweifelt überlegte Maggie, was sie Frank zum Zeichen ihres guten Willens vorschlagen könnte, ohne Henry der Gefahr einer Ohnmacht auszusetzen.

»Ich kann dich gut leiden, Maggie«, meinte Frank in versöhnlicherem Tonfall und lehnte sich wieder zurück. »Und ich mag auch Henry mit seiner schrägen Art. Das Publikum würde euch ebenfalls lieben, wenn ihr endlich zeigt, wer ihr wirklich seid.«

»Ich weiß nicht, wie«, gestand Maggie kleinlaut und rieb sich die Stirn.

»Dann lass dir etwas einfallen! Ich will euer Lachen und verliebte Blicke oder von mir aus auch einen handfesten Ehekrach mit anschließender Versöhnung. Mir ganz egal. Aber ich will endlich etwas *spüren*.«

Nun ja, das wünschte Maggie sich auch. Das konnte sie nicht leugnen.

»Wie ... wie wäre es mit einem gemeinsamen Kochabend diesen Freitag?«, schlug sie vor, weil ihr schlichtweg nichts Originelleres einfiel.

Abgesehen davon war so eine Kochsession in der letzten Staffel ziemlich gut angekommen. Wobei eine bestimmte Poolszene hinsichtlich der Quoten noch effizienter gewesen war. Allerdings bezweifelte Maggie, dass so etwas mit Henry funktionieren würde.

Frank war nicht gerade aus dem Häuschen vor Begeisterung, stimmte nach einem kurzen Moment aber dennoch zu. »Versuchen wir es.«

* * *

Unangefochten auf Platz eins der Leibspeisen aller Amerikaner stand – welche Überraschung – der Burger, vorzugsweise zubereitet während eines geselligen Barbecues. Natürlich kam solch ein Grillevent nicht infrage. Sie brauchten etwas, das ein höchstes Maß an romantischer Stimmung vermittelte.

Maggie hatte davon abgesehen, Henry von dem unerfreulichen Gespräch mit Frank zu erzählen, weil sie wusste, dass er sich dadurch gleich noch mehr unter Druck gesetzt fühlen würde. Letztlich entschied sie, heute Abend einige italienische Speisen auf den Tisch zu bringen. Sie hoffte inständig, dass dabei auch etwas *Amore* rüberkam. Sonst würde Frank wahrscheinlich durchdrehen. Und sie auch.

Da Maggie nichts dem Zufall überlassen wollte, recherchierte sie den ganzen Tag über Rezepte, ging die notwendigen Zutaten einkaufen und räumte auf.

Natürlich erschien das Produktionsteam früher als verabredet. Aber das machte Maggie nichts aus. Sie war perfekt vorbereitet.

Frank musterte wohlwollend ihr hübsches, geblümtes Sommerkleid.

Als Henry pünktlich um sechs nach Hause kam, begrüßte sie ihn strahlend mit einem Glas Rotwein in der einen Hand und einem Schlachtermesser in der anderen. Bei diesem Anblick klappte Henry der Unterkiefer herunter und er wich unmerklich ein wenig zurück, woraufhin Frank im Hintergrund leise aufstöhnte.

Geistesgegenwärtig ließ Maggie das Messer sinken und hielt Henry feierlich das Glas entgegen. »Hey ... Schatz. Wie war dein Tag?«

»Danke ... gut«, erwiderte Henry stockend und nahm ihr mit nervösen Blicken auf das Kamerateam das Glas ab. »Und deiner?«

»Sehr schön«, zwitscherte sie und schlenderte in die Küche. »Ich dachte, wir kochen heute Abend etwas Leckeres zusammen.«

»Okay.« Henry stellte seine Aktentasche ab und folgte ihr um den Küchentresen herum. Dort betrachtete er leicht überfordert all die Zutaten, die ausgebreitet auf dem Tisch herumkullerten.

»Und was kochen wir?« Er klang so ängstlich, dass es Maggie einige Mühe kostete, ihr fröhliches Lächeln aufrechtzuerhalten.

»Als Hauptgang machen wir Pizza 'und zum Dessert gibt es Tiramisu«, erklärte sie und schnappte sich ihr eigenes Glas. »Klingt das gut?«

Henry nickte benommen. »Wunderbar.«

»Gut.« Maggie lächelte ihn an. »Der Nachtisch ist schon fertig, aber für die Pizza brauchen wir als Erstes den Teig. Willst du ihn kneten?«

Henrys Augen weiteten sich vor Entsetzen. »Haben wir keine Maschine für so etwas?«

Natürlich gab es eine in den Untiefen der Küchenschränke. Dort hatte Maggie sie schließlich versteckt, nachdem sie das Tiramisu zusammengebastelt hatte.

»Die brauchen wir nicht«, versicherte Maggie ihrem Ehemann gut gelaunt, denn was eignete sich besser als Opener, als gemeinsam im Teig herumzumatschen? In *Ghost* hatte das schließlich auch funktioniert.

Gut, sie formten keinen Tontopf und Henry war nicht Patrick Swayze, aber er hatte immerhin sehr schöne Hände. Einen Versuch war es jedenfalls wert.

»Wenn du meinst.« Zittrig krempelte Henry die Ärmel seines Karohemdes hoch und wusch sich die Hände.

Unterdessen schüttete Maggie die abgemessenen Zutaten in eine große Schüssel. Anschließend sah sie Henry erwartungsvoll an.

Der befeuchtete nervös die Lippen, bevor er tief Luft holte und die Finger in das Mehl-Hefe-Gemisch hinabsenkte. »Uh, das fühlt sich ... echt klebrig an.«

Maggie kicherte. »Jetzt hab dich nicht so. Das wird gleich besser. Du musst nur kräftig kneten.«

Schweißperlen bildeten sich auf Henrys Stirn, während er ungelenk durch die Masse wühlte. »Ist das mit den Klumpen so richtig?«

»Ich weiß nicht.« Aufregung durchflutete Maggie, während sie sich langsam näherte, bis sich ihre Schultern berührten.

Irritiert sah Henry sie von der Seite an, kämpfte sich aber weiter emsig durch den Teig, als wollte er das Ganze so schnell wie möglich hinter sich bringen.

Maggie hob bedächtig eine Hand und ließ sie in die Schüssel gleiten.

»Was machst du denn?«, fragte Henry alarmiert.

»Ich helfe dir.«

Als Maggie mit den Fingerspitzen über seinen Handrücken fuhr, erstarrte Henry.

»Weißt du was?«, fragte er schrill. »Mach du das doch fertig. Ich bereite in der Zwischenzeit den Belag vor.«

Bevor Maggie wusste, was los war, riss er bereits die Hände zurück. Teigklumpen flogen durch die Gegend und landeten am Kühlschrank, der Wand und auf ihr.

Frank zischte. Die Schultern des Kameramannes bebten vor Lachen.

»Sorry«, murmelte Henry und wandte sich ab, um sich die Hände zu waschen. Das tat er äußerst gründlich, während Maggie tapfer den Teig weiterknetete, obwohl sie spürte, dass ein Teigklumpen in ihrem Haar klebte.

Zugegeben, das war ein kleiner Rückschlag. Aber noch wollte Maggie nicht die Flinte ins Korn werfen.

Wenig später ruhte der Teig im Backofen und Henry schnippelte sich durch einen Berg an Gemüse.

Maggie tänzelte um ihn herum zum Kühlschrank und holte eine Packung Mozzarella heraus. Sie drapierte geschnittene Tomaten und Mozzarellascheiben auf einer Platte, ehe sie liebevoll ein paar Blätter frisches Basilikum darauf verteilte und das Ganze mit Öl beträufelte.

Im gesamten Haus duftete es herrlich nach italienischen Kräutern. Leider kam überhaupt kein sinnvolles Gespräch auf, denn Henry wirkte nach wie vor völlig überfordert von der Gesamtsituation.

Dennoch unternahm Maggie einen weiteren Versuch, um sich ihm auf körperlicher Ebene zu nähern, indem sie eine Kostprobe der Vorspeise filmreif in Szene setzte und ihm anschließend die Gabel entgegenhielt.

Leider verhielt Henry sich genau so, wie Maggie befürchtet hatte. Anstatt ihrer Einladung zu folgen, wich er ihr aus.

»Ich warte lieber, bis alles fertig ist«, sagte er, um sich herauszureden, und widmete sich wieder dem Gemüse.

In der Hoffnung, das Team würde später diesen peinlichen Flirtversuch herausschneiden, schob Maggie sich die Gabel selbst in den Mund.

Dann stapfte sie zum Backofen, um den gegangenen Teig herauszuholen. Mittlerweile war sie so frustriert über Henrys Verhalten, dass sie kurz erwog, die Schüssel einfach fallen zu lassen, um den Abend zu beenden. Aber das hätte Frank ganz sicher nicht gefallen.

Also atmete sie tief durch und stellte mit Henry in beklemmendem Schweigen die Pizza fertig, indem sie wahllos das Gemüse auf dem Teig verteilte.

Als die Pizza im Ofen war, trug Maggie die Antipasti zum Esstisch und setzte sich.

Henry nahm ihr gegenüber Platz und warf ihr einen betretenen Blick zu. In seinen Augen stand die stumme Bitte, ihm seine Unbeholfenheit nicht nachzutragen. Aber mit jeder Minute, die verstrich, ärgerte Maggie sich mehr.

Wieso machte er überhaupt bei dieser Show mit, wenn er kaum einen vollständigen Satz vor der Kamera herausbrachte? Wollte er gar keine Frau fürs Leben finden? Oder warum war er so verflucht zurückhaltend? Fand er ihre Nähe etwa unerträglich?

Obwohl Maggie ihn am liebsten angebrüllt hätte, lächelte sie ihm beruhigend zu. »Also dann. Lass es dir schmecken.«

»Danke sehr, du dir auch«, erwiderte er höflich. »Das sieht wirklich köstlich aus.«

Henry wartete, bis Maggie sich aufgetan hatte, bevor er sich selbst einige belegte Tomatenscheiben nahm und anfing zu essen.

Am Rande ihres Sichtfeldes bemerkte Maggie, wie Frank von einem Fuß auf den anderen trat. Sie musste gar nicht erst hinsehen, um zu wissen, dass er alles andere als zufrieden war.

Sie trank einen großen Schluck Wein, bevor sie Henry wieder ansah. Ohne ihn aus den Augen zu lassen, hob sie langsam die Gabel mit einem Stück Tomate in die Höhe, umschloss es mit den Lippen und verdrehte genüsslich die Augen. Sie seufzte sogar verzückt auf in der Hoffnung, dabei möglichst sinnlich rüberzukommen.

Henry verschluckte sich.

Seine Gabel fiel klirrend auf den Teller, bevor er die Hand vor den Mund hielt und kräftig hustete.

»Ist alles in Ordnung?«, fragte Maggie mit einem Anflug von Besorgnis.

Henry nickte, wurde jedoch gleichzeitig puterrot im Gesicht. Sein Husten steigerte sich zu einem ausgewachsenen Anfall.

»Henry?«

Henry fing an zu keuchen.

Alarmiert schaute Maggie zum Produktionsteam. Franks Augen funkelten sensationshungrig, während der Kameramann ihren japsenden Gatten filmte.

Mittlerweile erweckte der den Anschein, als stünde er kurz vor einem Kollaps. Sein Röcheln klang alles andere als gesund und sein Gesichtsausdruck war … einfach nur unheimlich. Wild gestikulierend schlug er um sich und fegte dabei das

Weinglas vom Tisch, das auf dem Boden in tausend Teile zersplitterte. Panisch griff er sich an den Hals und riss den Mund auf wie ein Fisch auf dem Trockenen.

O Gott! Er erstickte.

Maggie sprang auf, eilte um den Tisch und klopfte Henry auf den Rücken. Sie schlug so fest zu, dass Henry sich zusammenkrümmte. Als das nichts half, umfing sie mit den Armen von hinten seinen Brustkorb und drückte kräftig zu.

Henry würgte – und das verirrte, halb zerkaute Stück Tomate landete in einem großen Bogen auf dem Tisch.

Schweißgebadet stützte Henry sich ab und sog gierig Sauerstoff ein.

»Geht's wieder?«, fragte Maggie.

Henry nickte, bevor er die Augen schloss. Er schob die Unterlippe vor. Sein Kinn fing an zu beben.

O nein! Bitte nicht!

»Hey, ist schon gut.« Maggie versuchte, ihn zu beruhigen, und strich ihm behutsam übers Haar.

Sie fühlte sich wie eine Mutter, die ihr aufgelöstes Kind tröstete. Unbeholfen streichelte sie weiter seinen Kopf und murmelte ihm leise Worte ins Ohr. Das schien zum Glück zu helfen, denn Henrys Atmung verlangsamte sich endlich und er entspannte sich in ihrer Umarmung.

»Es tut mir leid, Maggie«, flüsterte er rau.

»Das macht doch nichts.« Maggie umfing seine Wange mit den Händen und brachte ihn dazu, sie anzusehen. »Es ist alles in Ordnung, hörst du? Ich bin nicht böse.«

Henry nickte erneut, sah aber immer noch aus, als würde er jeden Moment losheulen.

Plötzlich brannte ein scharfer Geruch in Maggies Nase. »O nein!«

Sie schoss in die Küche und riss die Backofentür auf. Aber es war zu spät. Die Pizza war zu einer verkohlten Scheibe zusammengeschrumpelt.

Das durfte doch nicht wahr sein!

Fassungslos starrte Maggie auf den rabenschwarzen Hauptgang.

»Ich denke, das war's, Leute«, hörte sie plötzlich Franks Stimme hinter sich.

Entgeistert wirbelte sie herum.

Trotz der strengen Miene, mit der der Produktionsleiter Anweisungen durch den Raum bellte, wirkte er äußerst zufrieden. Nach dem ganzen Drama konnte das nichts Gutes bedeuten.

Henry schien jedoch alles um sich herum vollkommen gleichgültig zu sein. Er hing schlapp auf seinem Stuhl und starrte Löcher in die Luft.

Panik stieg in Maggie auf. »Ihr müsst noch nicht gehen. Ich kann etwas anderes kochen«, bot sie an, um die Situation irgendwie zu retten. »Das geht auch ganz schnell.«

Frank schüttelte den Kopf. »Nicht nötig. Wir haben genug Material für die nächste Sendung.«

Ja, von ihrem Ehemann, der zum wiederholten Mal in Lebensgefahr schwebte. Ganz toll!

Es dauerte keine fünf Minuten, bis das Produktionsteam abgebaut hatte und zur Tür hinausmarschierte.

Kaum waren sie fort, erhob Henry sich, krächzte eine Entschuldigung und schlurfte ins Schlafzimmer.

Maggie blieb allein zurück und ließ den Blick langsam über das Chaos auf dem Esstisch und in der Küche schweifen. Alles, was von dem geplanten romantischen Abend übrig war, glich einem Schlachtfeld.

Betrübt schnappte sie sich ihr Weinglas und leerte es in einem Zug. Dann atmete sie tief durch und begann damit, die Scherben des missglückten Abends zusammenzukehren.

~ WILLIAM ~

Es war kurz nach Mitternacht, als Will nach Hause kam. Ivanas Schlüsselbund lag nicht in der Schale auf der Flurkommode, also war sie wohl noch unterwegs. Nachdem am Abend das Produktionsteam bei den Nachbarn gedreht hatte, hatten Ivana und er die Chance auf einen Abend unter Freunden ergriffen. Getrennt, versteht sich. Damit ihr Vorhaben nicht auffiel, waren sie gemeinsam mit Wills Wagen in die Stadt gefahren, doch dort hatte er seine Ehegattin nur bei einem Bistro abgesetzt, ihr viel Spaß gewünscht und seinen Weg schließlich zu dem Pub fortgesetzt, in dem er sich mit Mark verabredet hatte. Ivana wollte sich selbst darum kümmern, wieder nach Hause zu kommen, und das zu schaffen, traute Will ihr zweifellos zu.

Er warf seinen Schlüssel in die Schale und streifte sich Schuhe und Socken von den Füßen. Drüben im Nachbarhaus war es stockdunkel, darum wanderte er entspannt durch die finstere Küche zur Terrassentür und schob sie weit auf.

Herrliche Luft umfing ihn im nächtlichen Innengarten. Genau das, was Will jetzt brauchte. Er genoss die kühle Brise, die ihm sanft um die Nase wehte. Die Terrassenplatten fühlten sich angenehm warm unter seinen nackten Füßen an. Die Poolbeleuchtung warf einen dezenten Schein an die Fassade ringsum. Über die Wasseroberfläche glitten ringförmige Wellen, die vor seinen Füßen leise gegen den Beckenrand plätscherten.

Irritiert suchte Will nach dem Ursprung der Wellenformation und gelangte zu Maggie, die gegenüber am

Beckenrand saß und die Beine ins Wasser baumeln ließ. Den Rock ihres Sommerkleides hatte sie bis zu den Knien hochgerafft. Im Schoß hielt sie eine Auflaufform aus Porzellan. Neben ihr stand eine Flasche Wein.

Will erkannte sofort, dass Maggie vor nicht allzu langer Zeit geweint hatte. Die Poolbeleuchtung erhellte eindrucksvoll die glänzende Spur der Tränen auf ihren Wangen.

Einen Augenblick lang starrten sie sich gegenseitig an, wie Geistererscheinungen. Will wusste überhaupt nicht, wie er sich nun verhalten sollte. Mit Traurigkeit hatte er noch nie umzugehen gewusst. Nicht mit seiner eigenen und erst recht nicht mit der von anderen. Außerdem konnte er absolut nicht einschätzen, was Maggie gerade davon hielt, ihn in dieser Situation zu sehen. Sollte er einfach wieder gehen?

Sie hob langsam eine Hand zum Gruß. Scheu und vorsichtig, als wüsste sie ebenfalls nicht, was sie machen sollte. Will gab sich innerlich einen Ruck.

»Hi«, sagte er, gerade einmal so laut, dass sie es auf der anderen Seite vom Pool gerade noch hören konnte. »Genießt du auch die kühle Nacht?«

Am liebsten hätte er sich die Hand vor die Stirn geschlagen. Die Frage war mehr als nur dämlich gewesen. Entgegen seiner Erwartung reagierte Maggie jedoch mit einem Lächeln darauf.

»Genau«, antwortete sie. »Ich genieße die Nacht.«

Das Lächeln war aufgesetzt und ihre Stimme einen Tick zu hoch. Sie log, das war klar. Wahrscheinlich wollte sie, dass Will sie einfach wieder alleine ließ. Einen Moment war er auch versucht, diesem Wunsch nachzukommen, doch irgendetwas in ihm weigerte sich, ins Haus zu gehen. Stattdessen setzten seine Beine sich wie von selbst in Bewegung und trugen ihn in bedächtiger Geschwindigkeit um den Pool herum.

Mit jedem Schritt, den er näher kam, verkrampfte sich Maggie offenbar mehr. Will glaubte sogar, dass sie kurz davor war, aufzuspringen und wegzulaufen. Doch sie tat es nicht. Sie blieb am Beckenrand sitzen, umklammerte die Auflaufform und betrachtete die glitzernde Wasseroberfläche vor sich.

Schweigend ließ Will sich neben ihr nieder. Er krempelte seine Jeans bis zu den Kniekehlen hoch und tauchte die Beine in den herrlich kühlen Pool.

Eine ganze Weile saßen Maggie und er stumm nebeneinander. Das gab ihr Zeit, sich zu entspannen, und ihm die Gelegenheit, sich die richtigen Worte zurechtzulegen.

Schließlich langte Will ungefragt zu der Weinflasche zwischen ihnen.

»Harter Tag?«, fragte er und nahm einen kräftigen Schluck direkt aus der Flasche.

Er hielt sie Maggie hin, doch sie schüttelte den Kopf.

»Trink ruhig aus«, meinte sie tonlos. »Ich hab eh schon zu viel.«

»Meinst du? Ich hab eher den Eindruck, als könntest du noch eine Flasche gebrauchen.«

Maggie schnaubte leise. Erst fürchtete Will, er hätte das Falsche gesagt, aber dann fischte sie in der Auflaufform nach einem Löffel und rührte damit durch den undefinierbaren Inhalt.

»Keine Sorge«, erwiderte sie frustriert. »Hier ist genug Amaretto für mich drin.«

Will neigte sich ein wenig über die Porzellanform, um die cremig-klumpige Masse darin identifizieren zu können. Dem Kaffeeduft und dem Amaretto-Hinweis zufolge musste es sich um Tiramisu handeln. Zumindest *war* es einmal Tiramisu, bevor jemand mit einem Löffel rücksichtslos die verschiedenen Schichten umgegraben hatte.

»Was hat das Tiramisu dir denn angetan?«, fragte Will in beiläufigem Ton und trank noch einen Schluck aus der Flasche.

Maggie zögerte. Dann stach sie ruppig mit dem Löffel in die Masse. »Nichts. Es hat nichts getan!«

Ihm schwante, dass ihre Wut nicht unbedingt dem Dessert galt. Verstohlen beobachtete er Maggie dabei, wie sie mit finsterer Miene aus der Schüssel löffelte. Sie schien seine Anwesenheit für einen Moment völlig zu vergessen.

Erst als sich schillernde Tränen in ihren Augen sammelten, blinzelte sie rasch. Mit fahrigen Bewegungen wischte sie sich über die Wange, als wolle sie überprüfen, ob sich bereits eine verräterische Träne aus ihrem Augenwinkel geschlichen hatte.

»Geht es um Henry?«, fragte Will freiheraus und richtete seinen Blick auf den Pool.

Er konnte förmlich spüren, wie Maggie sich versteifte. Sie rang zweifellos mit sich, ob sie ihm etwas erzählen sollte und wie viel.

»Ich habe dir ein Geheimnis anvertraut«, sagte er leise. »Du darfst mir also ruhig ebenfalls eins anvertrauen.«

Noch während er die Worte aussprach, schalt er sich selbst einen elendigen Lügner. Er gaukelte Maggie etwas vor, und nun erwartete er von ihr die Wahrheit? Das war falsch. Ganz falsch.

Gerade als Will zurückrudern und das Gespräch dezent beenden wollte, richtete Maggie sich ein wenig auf.

»Ja, es geht um Henry«, sagte sie. »Eigentlich geht es um die ganze Show.«

Sie streckte ein Bein aus und beobachtete gedankenverloren, wie das Wasser von ihrem Fuß zurück in den Pool floss.

Will wartete schweigend.

»Für dich ist das vielleicht schwer zu verstehen«, sprach sie weiter, »aber ich habe mich hier beworben, weil ich tatsächlich glaubte, die große Liebe zu finden. Nichts für ungut.«

Er winkte unbekümmert ab. »Schon okay.«

»Jedenfalls …« Sie holte tief Luft und legte den Kopf in den Nacken, um in den Sternenhimmel zu blicken. »Ich weiß nicht,

161

was ich noch tun soll. Der Funke zwischen Henry und mir will sich einfach nicht entzünden. Er blockt mich nicht nur ab, er flieht regelrecht vor mir! Ich meine, was soll denn das? Bin ich wirklich so abstoßend?«

In ihren Worten schwang so tiefe Enttäuschung, dass Will sie ehrlich erstaunt musterte. »Du denkst im Ernst, dass er dich *abstoßend* findet?«

»Na, anziehend findet er mich sicher nicht«, erwiderte Maggie verbittert.

Sie stellte die Auflaufform zwischen ihnen ab und entriss Will schon beinahe die Weinflasche. Als sie einen kräftigen Schluck trank, fragte er: »Findest du Henry denn anziehend?«

Maggie schrak so heftig zusammen, dass sie um ein Haar den Wein über sich gegossen hätte. Sie hustete und wischte sich mit dem Handrücken über die Lippen.

»Wie bitte?«, krächzte sie.

Will überkreuzte unter Wasser die Füße. »Du hast mich schon verstanden.«

»Natürlich finde ich ihn anziehend!«, behauptete Maggie prompt. »Er hat alle Eigenschaften, die ich mir bei einem Mann wünsche. Er ist einfühlsam, freundlich, rücksichtsvoll … er teilt meine Leidenschaft für Bücher … er, er …«

»Er ist der perfekte beste Freund«, sagte Will spontan.

Maggie klappte der Mund auf. Sie starrte ihn aufgebracht an und suchte offenbar nach Gegenargumenten, konnte wohl allerdings auf die Schnelle keine finden.

»Das war jetzt nicht abwertend gemeint«, fügte er noch hinzu. »Ehrlich nicht. Ich will nur darauf hinweisen, dass der Funke wahrscheinlich nicht überspringt, weil einfach keiner da ist, verstehst du?«

Eine ganze Flut unterschiedlicher Gefühle huschte über Maggies Gesicht. Das war zwar gerade seine ehrliche Meinung gewesen, aber er konnte nicht ganz einschätzen, ob er sich damit zu weit aus dem Fenster gelehnt hatte. Die wenigsten Menschen waren bereit, die Wahrheit zu hören, selbst wenn sie direkt darum baten. Wie würde nun Maggie damit umgehen?

Sie wandte sich von ihm ab und blickte wieder hinauf zum Sternenhimmel. Nach einer Weile zuckte sie ratlos mit den Schultern. »Vielleicht hast du recht.«

Will war zutiefst beeindruckt. Eigentlich hatte er damit gerechnet, dass sie wie die meisten mit aggressiver Abwehr auf die unliebsame Wahrheit reagierte.

»Was soll ich nur tun, William?«, fragte sie und seufzte schwer.

»Nun ja, zuerst einmal solltest du mich Will nennen«, schlug er vor. »William klingt immer so förmlich.«

Maggie lächelte in den Sternenhimmel hinauf. »Geht klar.«

»Und morgen solltest du ganz offen und ehrlich mit Henry sprechen.«

Tiefe Besorgnis trübte mit einem Mal ihr hübsches Lächeln. Dennoch nickte Maggie einsichtig. »Ja, das sollte ich wohl. Klare Kommunikation ist schließlich der Schlüssel zu allem, nicht wahr?«

»Wahrscheinlich«, antwortete er ausweichend.

Maggie sah ihn interessiert an. »Wahrscheinlich?«

Nun richtete Will seinen Blick hinauf in den Himmel und betrachtete nachdenklich die Sterne. »Es würde sich gewiss leichter leben, wenn jeder laut ausspräche, was er wirklich denkt. Dazu gehören allerdings immer zwei, und die meisten Menschen trauen sich weder, die Wahrheit auszusprechen, noch wollen sie die Wahrheit des anderen hören.« Er merkte, dass Maggie ihn durchdringend musterte, darum fügte er hinzu: »Aber bei Henry mache ich mir da keine Sorgen. Er scheint ein ehrlicher Typ zu sein.«

Ihre Augen ruhten nach wie vor auf ihm. Er spürte, dass ihn das nervös machte. Vielleicht weil er den Eindruck hatte, dass Maggie viel tiefer blicken konnte, als ihm lieb war. Merkwürdigerweise regte sich aber auch ein nicht unerheblicher Teil in ihm, der sich darüber … freute.

Verwundert drehte er sich zu ihr und stellte sich ihrem Blick, um der Ursache für sein ungewöhnliches Gefühl auf den Grund zu gehen.

Ihre dunklen Augen waren wunderschön. Tiefsinnig und warm. Sie harmonierten perfekt mit den weichen Zügen ihres Gesichtes. Die Spuren ihrer Tränen waren verblasst und die glitzernde Wasseroberfläche warf einen sanften Schimmer auf ihre ebenmäßige Haut. Eine Locke hatte sich aus ihrem Zopf gelöst und fiel weich über ihr rechtes Schlüsselbein. Am liebsten hätte Will die Hand ausgestreckt, um sie von ihrer Schulter zu streichen.

Plötzlich weiteten sich Maggies Augen, so als hätte sie seinen letzten Gedanken gelesen.

Ertappt riss Will sich von ihrem Anblick los und hangelte nach dem Tiramisu-Massaker. »Sorry, aber das duftet so herrlich, ich *muss* einfach probieren«, plapperte er überfordert.

»Klar!«, erwiderte Maggie geschäftig. »Warte, ich hol noch einen Löffel.«

Sie wollte aufstehen, doch Will hatte bereits ihren Löffel beladen und hielt ihn grinsend in die Höhe. »Du bist doch nicht giftig, oder?«

»Nur, wenn's sein muss«, scherzte sie.

»Weißt du, ich bin auf einer Farm in Texas aufgewachsen«, erzählte er vergnügt. »Da gab es kein Desinfektionsmittel, darum bin ich sowieso gegen alles immun.«

Maggie lachte und sah ihm erheitert dabei zu, wie er von dem Tiramisu kostete. Er gab ein genüssliches Seufzen von sich. Es schmeckte wirklich hervorragend.

»Dieses Tiramisu hat es wahrlich nicht verdient, derart massakriert zu werden«, erklärte er feixend und nahm einen weiteren Happen. »Ernsthaft. Es schmeckt fantastisch.«

»Jetzt übertreib mal nicht«, wehrte Maggie verlegen ab.

»Ich übertreibe nicht! Warte, probier doch einfach noch mal, ohne dass du deine Wut auf das unschuldige Dessert projizierst.«

Er tauchte den Löffel ein und hielt ihn ihr auffordernd knapp vor die Lippen. Maggie starrte Will völlig perplex an. Geradezu versteinert.

»Ich bin ebenfalls nicht giftig«, sagte er vorsichtig und zog den Löffel ein kleines Stück zurück.

Maggie blinzelte. »Ich bin zwar nicht auf einer Farm aufgewachsen, dafür habe ich ständig die Sandkästen öffentlicher Spielplätze leergefuttert. Schätze, ich bin also ebenfalls abgehärtet.«

Dann nahm sie ihm den Löffel aus der Hand, probierte das Tiramisu und gab ihm den Löffel gleich wieder zurück. Sie machte ein höchstkonzentriertes Gesicht, während sie sich das Dessert auf der Zunge zergehen ließ.

»Na ja«, meinte sie schließlich. »Fürs erste Mal ist es wirklich nicht so übel.«

Er wollte ihr nicht so einfach glauben, dass dies ihr erstes Tiramisu-Werk überhaupt war. Und aus ihrem schalkhaften Zank wurde nach und nach eine amüsierte Diskussion über Kochkünste im Allgemeinen.

Plötzlich waren zwei Stunden wie im Flug vergangen.

Erst als gegenüber die Lichter angingen, weil Ivana nach Hause kam, verabschiedete Will sich von Maggie. Seine Füße waren vom Pool ganz schrumpelig, doch das merkte er kaum, während er über die Terrassenplatten spazierte.

Was er hingegen durchaus merkte, war, dass Maggie ihn mehr und mehr in seinen Bann zog. Hinter Maggie Moonlight schien sich eine ganz besondere Persönlichkeit zu verbergen.

Und je mehr er davon entdeckte, desto mehr wollte er erfahren.

9

Will hatte recht. Maggie musste unbedingt offen und ehrlich mit Henry reden. Leider hatte sie keinen blassen Schimmer, wie sie es angehen sollte. Sie wollte taktvoll sein, aber endlich auch ein paar Antworten kriegen.

Dummerweise hatte Henry sich am Samstagmorgen aus dem Staub gemacht. Maggie fand lediglich eine Nachricht auf dem Küchentresen, in der er ihr mitteilte, dass er den Tag im Antiquariat verbringen würde und sie sich keine Sorgen wegen des Produktionsteams machen müsse, da Frank Bescheid wisse.

»Na super«, murmelte Maggie und zerknüllte vor lauter Frust den Zettel in ihrer Hand.

Was nun? Sollte Maggie einen weiteren Tag vergeuden, indem sie sich über ihre katastrophale Ehe und ihr nicht existentes Manuskript das Gehirn zermarterte?

Schon wieder brannten ihr Tränen in den Augen. Dabei war sie eigentlich der Überzeugung gewesen, sie hätte sich in der Nacht schon am Pool alle Enttäuschung von der Seele geweint.

Nein! Auf keinen Fall würde sie diesen sonnigen Tag heulend unter der Bettdecke verbringen, egal wie verlockend diese Option in diesem Moment war.

Trotzig rieb sie sich übers Gesicht. Ihr Haar war noch feucht von der Dusche, weshalb sie es geschwind zu einem Knoten aufdrehte. Dann schlüpfte sie in ihre Sandalen, schnappte sich ihre Handtasche und verließ das Haus.

Mit dem Bus brauchte sie fast eine Stunde durch die Stadt. Genug Zeit, um sorgfältig die Worte zurechtzulegen, die ihr auf der Zunge brannten.

Als sie am frühen Nachmittag am Wicker Park eintraf, dauerte es nicht lange, bis sie Henrys Antiquariat fand. Es lag im Erdgeschoss eines mehrstöckigen Backsteingebäudes. Auf der Steintreppe und vor dem Schaufenster standen zahlreiche Blumenkübel, in denen weiße und violette Hortensien blühten. Ein altes Messingschild mit der Aufschrift *Coopers Bookstore* hing über dem Eingang.

Zögernd trat Maggie ans Schaufenster. Beim Anblick der liebevoll arrangierten Bücher und der kleinen Accessoires musste sie unwillkürlich lächeln.

Sie atmete tief durch und stieg die Stufen hinauf zur Eingangstür. Obwohl das Antiquariat heute laut Öffnungszeiten geschlossen war, war die Tür nur angelehnt. Ein leises Glöckchen ertönte, als Maggie das Geschäft betrat.

Augenblicklich wurde sie vom Duft alten Papiers eingehüllt. Herrlich!

Niemand war zu sehen, also schaute Maggie sich neugierig um. Der Laden war genauso, wie Henry ihn beschrieben hatte. Es gab nur einen großen Verkaufsraum, dessen Wände mit Regalen gesäumt waren. Darin befanden sich Hunderte von alten Büchern. Ganz hinten standen zwei gemütliche Ohrensessel, und auf einem kleinen Beistelltisch brannte eine

Leselampe, die die Umgebung in ein warmes Licht tauchte. Alles hier erinnerte Maggie daran, dass Henry im Grunde sehr viel Ähnlichkeit mit ihrem Traummann besaß. Trotz aller Zurückhaltung.

Auf der linken Seite war der mit einer Glasvitrine ausgestattete Verkaufstresen. Darin ausgestellt lag Henrys kostbarster Besitz. Maggies Brauen schossen in die Höhe, als sie die kleinen Preisschilder entdeckte. Gute Güte! Jeder einzelne der acht Wälzer war mehrere tausend Dollar wert.

»Einen Moment, ich bin gleich bei Ihnen«, ertönte plötzlich Henrys Stimme von irgendwoher.

Suchend sah Maggie sich um und bemerkte eine mit dunklem Leder verkleidete Seitentür, die anscheinend in den Lagerraum führte. Es rumpelte leise, bevor die Tür aufging und Henry mit einem Buch in der Hand erschien.

Sowie er Maggie entdeckte, fiel das freundliche Lächeln auf seinem Gesicht in sich zusammen und machte einer angespannten Miene Platz. »Oh! Hallo Maggie, was machst du denn hier?«

Maggie schluckte. »Ich bin gekommen, um mit dir zu reden.«

Henrys Griff um das Buch verstärkte sich. »Natürlich«, stammelte er und deutete unbeholfen auf die Ohrensessel. »Möchtest du dich setzen?«

Maggie nickte lächelnd. »Gern.«

Sie ließ sich in den linken Sessel sinken und wartete, bis Henry sich zu ihr gesellte. Doch das tat er nicht. Stattdessen legte er das Buch auf dem Tresen ab und begann, unruhig vor ihr auf und ab zu marschieren. Offensichtlich brauchte er einen Moment, um sich zu sammeln. Also beobachtete Maggie ihn schweigend.

Seine Miene war wie versteinert, nur seine Lippen bewegten sich, als würde er ein stummes Gebet sprechen. Von Minute zu Minute schien sich seine Anspannung zu steigern.

»Vielleicht ist es besser, wenn ich den Anfang mache«, murmelte er plötzlich, bevor er abrupt stehen blieb und auf sie hinabschaute.

Erwartungsvoll erwiderte Maggie seinen Blick.

»Es tut mir leid«, krächzte er schließlich. Seine Schultern sanken herab und er verzog das Gesicht zu einer gequälten Grimasse. »Du musst mich wirklich für einen kompletten Idioten halten.«

»Nein«, erwiderte Maggie rasch und schüttelte nachdrücklich den Kopf. »Ich halte dich für einen wundervollen, liebenswerten Mann.«

Seine Augen weiteten sich ungläubig. »Wie kannst du das sagen, nachdem ich mich mehr als einmal zum Trottel gemacht habe?«

»Das war nur unglückliches Timing.«

Henry stieß ein bitteres Lachen aus. Das Geräusch war so ungewohnt, dass Maggie irritiert blinzelte.

»Ich bin ein Loser, Maggie.« Kraftlos stützte er die Hände auf die Hüften. »Mein Onkel hatte recht. Ich hätte niemals bei dieser Show mitmachen dürfen.«

Mitgefühl regte sich in Maggies Brust. Ein Teil von ihr konnte ihm nur zustimmen. Er war wirklich nicht fürs Showbusiness gemacht. »Warum hast du dich trotzdem beworben?«

»Weil ich einsam war«, gestand er leise und schaute beschämt zu Boden. »Ich dachte, *The Wedding Project* wäre meine Chance, eine nette Frau zu bekommen, ohne groß um sie werben zu müssen. Aber da habe ich mich offensichtlich geirrt.«

Weil sie schon verheiratet waren, musste er nicht um sie werben, oder wie? Maggie wusste beim besten Willen nicht, wie sie diese Information werten sollte. Dennoch lächelte sie schwach. »Ich weiß, Frank macht im Moment ziemlich viel Druck …«

»Das ist doch gar nicht mein Problem«, unterbrach Henry sie ungeduldig und rieb sich grob über das Gesicht.

»Nicht?«, hakte Maggie nach und wappnete sich innerlich gegen Henrys Erklärung. Denn wenn das Showkonzept nicht der Grund für Henrys Zurückhaltung war, musste es wohl doch an ihr liegen. »Du … du fühlst dich nicht zu mir hingezogen, oder?«

»Was?« Entgeistert schüttelte Henry den Kopf. »Maggie, du bist mehr, als ich mir jemals erträumt habe. Du bist klug und witzig und wunderschön. Ich will dir unbedingt gerecht werden, aber je mehr ich mich anstrenge, umso schlimmer wird es.«

Ungläubig starrte Maggie ihn an. »Aber … aber du bist bei jedem meiner Annäherungsversuche zurückgeschreckt.«

»Weil ich dich nicht enttäuschen will«, erklärte Henry und senkte verlegen den Kopf.

Lieber Himmel! Seine Unsicherheit machte Maggie echt fertig. Verstand er denn gar nicht, dass er sie noch mehr vor den Kopf stieß, indem er sie zurückwies?

Aus einem Impuls heraus stand sie auf, warf ihre Handtasche auf den Sessel und trat dicht vor Henry.

»Was machst du?«, fragte er nervös.

»Ich durchbreche jetzt den Teufelskreis.« Behutsam legte Maggie ihm die Arme um den Nacken und sah ihn auffordernd an. »Küss mich!«

»Was?« Panisch wanderte Henrys Blick über ihr Gesicht. Er sah aus, als erwartete er, dass sie jeden Moment in Gelächter ausbrach.

Deshalb schaute sie ihn umso entschlossener an. Sie wollte diesen dämlichen Kuss endlich hinter sich bringen. Vielleicht wurde dann alles besser. Sie zwang ihre Mundwinkel in die Höhe und hoffte inständig, dass ihr Lächeln einladend wirkte. »Keine Angst! Ich bin nicht giftig.«

Sowie Maggie den Satz ausgesprochen hatte, baute sich plötzlich das Bild von Will vor ihrem inneren Auge auf. Sie sah ihn ganz deutlich, umgeben vom sanften Poollicht, wie er ihr einen Löffel matschiges Tiramisu vor die Nase hält und dabei schief grinst.

Verdammt! Wieso dachte sie ausgerechnet jetzt an Will?

»Natürlich bist du nicht giftig«, rief Henry und riss sie aus ihren Gedanken. »Wieso sollte ich so etwas annehmen?«

Will verpuffte. Gott sei Dank!

»Das war nur ein Scherz.« Nun doch etwas nervös geworden, befeuchtete Maggie die Lippen. »Wir sind verheiratet, Henry. Es ist völlig in Ordnung, sich zu küssen und zu berühren, wenn wir beide das wollen.«

Henrys Augen weiteten sich. »Willst du das denn?«

O Mann! Allmählich trieb er sie echt in den Wahnsinn mit seiner ewigen Fragerei. Maggie merkte bereits, dass ihr Lächeln immer verkniffener wurde.

Da Henry immer noch zögerte, ergriff sie kurzerhand die Initiative. War ja schließlich nicht so, als wäre das was Neues.

Sie reckte sich auf die Zehenspitzen und drückte ihre Lippen auf Henrys.

Er wurde steif wie ein Bügelbrett. Weder legte er die Arme um sie, damit er sie näher heranziehen konnte, noch öffnete er den Mund, um den Kuss zu vertiefen.

Innerlich seufzend versuchte Maggie, sich auf die Weichheit seiner Lippen zu konzentrieren, ehe sie sich nach wenigen Sekunden von ihm löste.

Staunend sah Henry sie an. »Das war ... sehr schön.«

»Finde ich auch.«

Gut, das entsprach vielleicht nicht hundertprozentig der Wahrheit. Aber dennoch war dieser Kuss um einiges besser gewesen als der, den Maggie in der Junior High von Adam Kowalski bekommen hatte.

Verlegen strich Maggie sich eine Haarsträhne hinters Ohr und schaute sich in dem Antiquariat um, weil sie fürchtete, Henrys Unsicherheit könnte die kleine Flunkerei sofort entlarven. Da fiel ihr Blick auf einen kleinen Flyer, der einen Flohmarkt ganz in der Nähe bewarb.

»Sag mal, was hältst du davon, wenn wir heute einen kleinen Ausflug machen?«, fragte sie, während ihr Plan bereits Formen annahm. »Du hast uns für heute beim Produktionsteam abgemeldet und ohne Kameraleute wird uns sicher niemand erkennen. Wir hätten endlich etwas Zeit zu zweit, könnten reden, uns besser kennenlernen. Ganz ohne Zeugen.«

Und vielleicht würden sie einander so lange berühren, bis es sich irgendwann vertraut anfühlte.

Henry nickte scheu. »Das ist eine gute Idee.«

»Okay.« Lächelnd hielt Maggie ihm die Hand hin. »Worauf warten wir dann noch?«

* * *

Es war schon erstaunlich, welch große Wirkung ein kleiner Spaziergang über einen Markt voller Gerümpel auf eine fingierte Ehe haben konnte.

Endlich, *endlich* schien bei Henry der Knoten geplatzt zu sein. Wie Maggie gehofft hatte, war seine Unsicherheit mit jedem Lächeln, jeder Berührung und jeder Minute, die sie unbeobachtet zusammen verbrachten, geschwunden.

Als das Produktionsteam am Sonntagmorgen spontan hereinschneite, fielen Frank und seinem Kollegen fast die Augen aus dem Kopf, weil Henry *freiwillig* den Arm um Maggie legte und ihr obendrein auch noch einen zärtlichen Kuss auf die Wange hauchte.

Leider hatte das Produktionsteam keine Zeit, die neue Idylle im Hause Cooper zu filmen, da ein Ausflug mit den Scotts geplant war und zuvor noch ein Interview mit ihnen gedreht werden sollte. Aber Maggie war dennoch froh darüber, dass Frank den Stimmungswechsel durchaus wohlwollend registriert hatte.

Maggie und Henry verbrachten einen entspannten Tag zu zweit auf der Terrasse. Während Henry einen Stapel Zeitungen und Prospekte nach verborgenen Schätzen durchforstete, ging sie in Gedanken noch einmal verschiedene Ideen durch.

Und ganz plötzlich machte es klick.

So schnell wie selten zuvor in ihrem Leben stellte Maggie einen Plot auf die Beine. Sie schrieb fast den ganzen Nachmittag an dem Grundkonstrukt ihres neuen Romans.

Henry fragte nicht, woran sie so vertieft arbeitete. Stattdessen ließ er sie in Ruhe.

Gegen sieben Uhr entschied er, das Abendessen zuzubereiten, und verschwand im Haus.

Erst als sich neben Maggie jemand verhalten räusperte, schaute sie gedankenverloren von ihrem Dokument auf und lächelte, als sie Will neben ihrer Liege erblickte.

»Schreibflash?«, erkundigte er sich belustigt.

Maggie nickte begeistert. »Ich habe endlich eine Idee für meinen neuen Roman.«

Interessiert neigte Will den Kopf. »Also war der Ausflug in die Buchhandlung ein Erfolg.«

»Das könnte man so sagen«, erwiderte Maggie schmunzelnd und verspürte zu ihrer eigenen Verwunderung plötzlich das Bedürfnis, ihm ausführlicher von ihrer Unsicherheit zu berichten. Letztlich ließ sie es aber lieber doch bleiben. »Wie war euer Ausflug?«

Will lachte und setzte sich ohne zu fragen ans Fußende ihrer Liege. »Ganz mieser Versuch, abzulenken.«

Stirnrunzelnd betrachtete Maggie die Stelle, wo sich Wills Jeans und ihr nacktes Bein berührten.

Nun ja, nachdem sie erst vor Kurzem denselben Löffel abgeleckt hatten, war Empörung an dieser Stelle wohl eher unangebracht. Dennoch fühlte sie eine gewisse Verlegenheit in sich aufkeimen, weil sie lediglich einen Bikini trug.

»Hattest du keinen Spaß?«, hakte sie nach und zog beiläufig den Laptop auf ihrem Schoß ein Stück heran, um möglichst viel Haut zu bedecken.

Dies entging Will natürlich nicht. Sein Blick wanderte prompt an ihr hinab, woraufhin ein winziges Kribbeln durch Maggie hindurchrieselte.

»Es war okay«, antwortete Will mit einiger Verzögerung. »Wir waren Rollschuhlaufen.«

»Klingt doch super.«

»Jepp.« Neugierig zeigte er auf ihren Laptop. »Und wie läuft es bei dir?«

»Wie gesagt, alles bestens.«

»Sicher?« Aufrichtiges Interesse blitzte in seinen schönen blauen Augen auf. »Hast du auch mit Henry geredet?«

»Ja, wir haben uns ausgesprochen.« Verlegen strich Maggie sich eine verirrte Haarsträhne hinters Ohr. »Du hattest recht. Mit Ehrlichkeit kommt man doch am weitesten.«

Ein Muskel an seinem Kiefer zuckte. »Das freut mich.«

»Mir ist allerdings aufgefallen, dass ich mich noch nicht einmal bei dir dafür bedankt habe, dass du so ein geduldiger Zuhörer warst.«

Belustigt reckte Will sein Gesicht der Sonne entgegen. »Was hätte ich sonst tun sollen? Mich einfach umdrehen und gehen?«

»Nun, das wäre eine Möglichkeit gewesen. Immerhin sind wir streng genommen Konkurrenten«, meinte Maggie leise und wischte nachdenklich einen imaginären Krümel von der Tastatur. »Sollte es dir da nicht egal sein, wie es mir geht?«

»Sollte es wohl«, stimmte Will ihr zu, bevor er sie wieder ansah. »Aber ich habe es einfach nicht über mich gebracht mit anzusehen, wie du deinen Kummer an dem armen Tiramisu auslässt.«

Maggie konnte sich ein Schmunzeln nicht verkneifen. »Das hat dich echt fertiggemacht, oder?«

»Auf jeden Fall.« Will lehnte sich ein Stück zu ihr. »Ich habe jetzt noch Albträume von dem Massaker.«

Maggie lachte, kam allerdings nicht mehr dazu, etwas zu erwidern, weil Henry plötzlich nach ihr rief. Eine Sekunde später steckte er den Kopf zur Terrassentür hinaus.

Als er Will unmittelbar neben Maggie auf der Liege entdeckte, runzelte er die Stirn. »Hallo William.«

Will grüßte lässig zurück. Im Gegensatz zu Henry schien er es nicht im Mindesten merkwürdig zu finden, dass sie äußerst vertraut miteinander wirken mussten.

»Das Essen ist fertig«, teilte Henry ihr mit, bevor er umgehend wieder im Haus verschwand.

Sogleich erhob Will sich. »Ich sollte wohl auch mal wieder reingehen. Ivana hat Sushi bestellt.«

»Dann lasst es euch schmecken«, erwiderte Maggie freundlich und erhob sich ebenfalls.

Rasch zog sie sich ein Shirt über, damit sie sich nicht mehr ganz so nackt fühlte. Dann klappte sie ihren Laptop zu, presste ihn an die Brust und lächelte Will an. »Also, danke. Für alles.«

Will nickte. »Gern geschehen, Mag.«

Die Sendung am Montag brachte Erstaunliches zutage: Die Coopers hatten beim Ranking aufgeholt.

Ivana erklärte sich dies als Akt des Mitleids der Zuschauer, nachdem Henry mit seinem Erstickungsanfall nun bereits zum wiederholten Male knapp dem Tode entronnen war. Will pflichtete ihr bei, denn an der Romantik konnte es gewiss nicht liegen. Zumindest war während der Sendung keinerlei romantische Interaktion bei den Coopers zu erkennen gewesen. Bei der nächsten Sendung würde das gewiss anders aussehen, denn seit Sonntag hatte sich einiges zwischen Maggie und Henry verändert.

Will beobachtete diese Veränderung mit äußerst gemischten Gefühlen. Wobei er nicht wirklich sagen konnte, woraus diese Mischung denn bestand. Einerseits freute er sich ehrlich für Maggie, dass sie nun nicht länger von Zweifeln geplagt wurde, weil Henry offensichtlich langsam in die Puschen kam. Und andererseits … tja, gute Frage. Irgendwie konnte Will sich des Gefühls nicht erwehren, dass Henry schlichtweg der falsche Mann für Maggie war. Dass diese Beziehung von vorneherein zum Scheitern verurteilt war.

Aber das konnte ihm doch eigentlich egal sein, oder?

Vielleicht machte er sich deshalb so viele Gedanken, weil Maggies Enttäuschung vorprogrammiert war. Sie stürzte sich mit Feuereifer in etwas, das ihr früher oder später ein großes Loch ins Herz reißen würde. Eine Erfahrung, die Will wahrlich niemandem wünschte.

Und dennoch war Maggie eine erwachsene Frau und musste ihre eigenen Entscheidungen treffen.

Am Donnerstagnachmittag, inzwischen waren einige Tage in dem neu gewonnenen Optimismus vergangen, ertappte Will sich trotzdem bei dem dringenden Wunsch, abermals mit Maggie darüber zu reden. Er machte sich einen Kaffee und spähte durch die Glasfront zur Nachbarterrasse hinüber, wo Maggie im Schneidersitz auf ihrer Liege hockte. Sie hatte ihren Laptop auf dem Schoß und tippte mit hochkonzentrierter Miene in stetem Fluss vor sich hin. Seit sie die zündende Idee für ihren neuen Roman ereilt hatte, flogen ihre Finger fast ununterbrochen über die Tastatur. Nur ab und an hielt sie inne, um in den Himmel zu blicken und vermutlich einige Sätze zu sortieren, bevor sie wieder in ihrem Roman versank.

Will nahm die Tasse unter dem Kaffeeauslauf heraus und lehnte sich gegen den Küchentresen. Er sah seinen eigenen Laptop an, der zugeklappt auf der Frühstücksbar lag.

Heute mangelte es ihm erheblich an Motivation. Er hatte sich für diesen Tag genug mit seiner Konzentrationsstörung herumgequält und beschlossen, Feierabend zu machen, weil er ohnehin nichts Vernünftiges zustande brachte.

Sein Blick wanderte zum Sideboard im Essbereich, auf dessen glatter Oberfläche sich eine dünne Staubschicht im Sonnenlicht präsentierte. Heute Abend würden Ivana und er gemeinsam das Haus putzen. Das hatten sie gestern vereinbart, nachdem Will ihr den Vertrag des Senders vorgelegt hatte, in dem unmissverständlich vereinbart wurde, dass die Ehepaare ihren Haushalt selbst führen sollten, um einen realistischen Alltag zu kreieren.

Will konnte sich gut vorstellen, wie Ivana später mit gerümpftem Näschen den Staubwedel schwingen würde. Er war weiß Gott kein Verfechter irgendeiner geschlechtsspezifischen Rollenverteilung, doch ein wenig mehr häusliches Engagement hätte er sich von seiner Ehegattin schon gewünscht. Wenigstens ein bisschen Interesse daran, die Sache gemeinsam zu regeln.

Aber so war das mit Ivana und ihm – jeder zog im Hause Scott in gewisser Weise sein eigenes Ding durch. Sie lebten nebeneinander, statt miteinander. Eine zweckmäßige Verbindung, die vor der Kamera und wenige Male im Schlafzimmer vertraute Zweisamkeit simulierte. Eine Übereinkunft mit gewissen Vorzügen, sozusagen. Ivana wusste genau, was sie wollte, und das spiegelte sich auch zwischen den Laken wider.

Will musste schon zugeben, dass er diese ungezwungenen, wilden Schäferstündchen gut fand. Mehr aber auch nicht. Seine letzte ernste Beziehung war schon so lange her, dass er sich kaum daran erinnern konnte, wie sich Sex anfühlte, wenn tiefe Gefühle im Spiel waren.

Automatisch beäugte er den Ring an seinem Finger. In den letzten Tagen hatte er ihn immer wieder mal betrachtet und dabei alte Erinnerungen durchlebt. Natürlich hatte Will damit gerechnet, dass er durch die Show unweigerlich seine Vergangenheit heraufbeschwören würde. Er hatte allerdings unterschätzt, wie schmerzhaft sie sich immer noch anfühlte.

Das störte ihn ganz gewaltig. Er wollte sich nicht länger wie ein gebranntes Kind fühlen und diesen ganzen Mist endlich vollständig hinter sich lassen. Er wusste nur noch nicht, wie.

Gemächlich trank Will seinen Kaffee aus und stellte die Tasse in die Spülmaschine. Dann schnappte er sich den Einkaufszettel, den er mit Ivana erstellt hatte, und ging ohne Eile aus der Küche. Fast schon automatisch spähte er nochmals durch die Glasfront.

Die Nachbarterrasse war leer. Maggies Laptop war auch nirgends zu sehen, also hatte sie sich wohl in kühlere Gefilde zurückgezogen.

Das war kaum verwunderlich, denn sogar für Wills Geschmack war es heute unerträglich heiß. Die Hitze staute sich über den Dächern des Vororts und kündigte mit drückender Schwüle ein längst überfälliges Gewitter an. In der

Wohnsiedlung herrschte Totenstille, weil sich jeder, der einigermaßen bei Verstand war, in klimatisierten Räumlichkeiten verschanzte.

Kaum hatte Will die Haustür hinter sich abgeschlossen, schalt er sich selbst einen Idioten, weil er den Einkauf nicht gleich am frühen Morgen erledigt hatte. Ihm standen binnen Sekunden die Schweißperlen im Nacken.

Als er gerade mal zwei Schritte Richtung Auffahrt gemacht hatte, vibrierte sein Handy in der Hosentasche. Er blieb stehen, um einen Blick auf die Nachricht zu werfen. Eigentlich hatte er einen ungeduldigen Zweizeiler von Mark erwartet, darum versteinerte er augenblicklich, als er den Absender identifizierte.

Amy ...

Schockiert starrte er auf das Display und brachte es kaum über sich, die Nachricht zu öffnen. Wie lange hatte er nichts mehr von ihr gehört?

Drei Jahre und vier Monate waren seit ihrem letzten Aufeinandertreffen vor dem Gericht vergangen. An dem Tag im März waren die letzten Angelegenheiten geregelt und die abschließenden Unterschriften auf die Papiere gesetzt worden.

Will erinnerte sich an Amys zufriedenen Gesichtsausdruck, als wäre es erst gestern gewesen. In dem Moment hatte er sich damals geschworen, sich nie wieder von einem Menschen derart täuschen zu lassen.

Tausende Fragen stolperten durch seinen Kopf, während er das Handy so fest umklammerte, dass seine Fingerknöchel weiß hervortraten. Was wollte Amy von ihm? Warum meldete sie sich ausgerechnet jetzt? Lebte sie noch in New York? Und war sie noch mit diesem Idioten von Manager zusammen?

Es kostete ihn einiges an Überwindung, die Nachricht schließlich zu öffnen.

›Hi Will! Na, alles klar bei dir? Ich hab dich letztens im TV gesehen. Wow, du bist ja ein richtiger Star. ;-) Liebe Grüße, Amy‹

Mit einem Schlag wich die komplette Sommerhitze einer eisigen Kälte in Wills Brustkorb.

Du bist ja ein richtiger Star …

Natürlich. Das war der Grund für ihre unerwartete Nachricht. Wobei Will das eigentlich hätte erahnen können. Nach allem, was Amy ihm angetan hatte, sollte er doch wissen, wie berechenbar ihre oberflächige Persönlichkeit war. Vielleicht wollte er aber immer noch nicht ganz wahrhaben, wie sehr er sich einst von ihr hatte täuschen lassen.

»Ist alles in Ordnung, Will?«, hörte er plötzlich Maggie hinter sich fragen.

Mit einem Ruck drehte er sich nach ihr um.

Sie stand auf der Türschwelle zum Nachbarhaus, eine Einkaufstasche um die Schulter gehängt, und musterte ihn besorgt, während sie vorsichtig die Tür hinter sich ins Schloss zog. Für sie hatte es womöglich den Anschein, als hätte er soeben vom Sterbefall eines geliebten Menschen erfahren. Dabei war Amy längst für ihn gestorben – und nun sozusagen von den Toten wiederauferstanden.

Maggie wartete immer noch auf eine Antwort, darum riss Will sich zusammen.

»Jaja. Nur ein ärgerlicher Zwischenfall in der Firma, aber meine Kollegen sitzen bereits dran.«

»Okay.«

Sie biss sich auf die Unterlippe und wirkte alles andere als überzeugt von seiner Erklärung. Will versuchte, unbekümmert zu lächeln, bevor er das Handy zurück in die Hosentasche schob.

»Gehst du auch einkaufen?«, fragte er salopp und sortierte seinen Schlüsselbund. »Ich bin auf dem Weg zum Supermarkt. Willst du mitfahren?«

»Oh, ich wollte eigentlich nur in den kleinen Laden um die Ecke«, meinte sie unschlüssig.

Er wiegte den Kopf. »Ich habe grob geschätzt acht Seiten Einkaufsliste in meiner Hosentasche. Da wird dieser Laden vermutlich an seine Grenzen stoßen, darum nehme ich vorsorglich den Großhandel.«

Will betätigte die Fernbedienung des elektrischen Garagentors. Es fuhr mit leisem Knattern in die Höhe und gab den Blick auf seinen SUV frei, der in dem kühlen Schatten dahinter wartete.

Maggie betrachtete den Wagen und wischte sich mit dem Handrücken über die glänzende Stirn. »Ach, weißt du was? Das Angebot nehme ich gerne an. Dann kann ich auch gleich einen Großeinkauf machen.«

Während sie die Haustür abschloss, fuhr Will den SUV rückwärts aus der Garage und drehte die Klimaanlage auf Maximum. Maggie kletterte auf den Beifahrersitz. Sie legte den Gurt an und drapierte ihren luftigen Rock sorgsam über ihre nackten Knie.

Will drehte sich nach hinten und stützte sich mit einem Arm am Beifahrersitz ab, um bequem die Auffahrt hinunterfahren zu können.

»Freut mich, dass du mitkommst«, sagte er, als sie die Einfahrt passierten. »Ich hasse einkaufen. Aber wie heißt es so schön? Geteiltes Leid ist halbes Leid.«

»Warum fährst du dann nicht mit Ivana zusammen?«, fragte Maggie.

»Wir haben uns darauf geeinigt, dass wir den Wocheneinkauf abwechselnd erledigen«, erklärte er.

Er lenkte den Wagen auf die Straße und bremste, um den Vorwärtsgang einzulegen. Als er sich wieder nach vorne drehte, streifte er mit den Fingern Maggies nackte Schulter, woraufhin sie kaum merklich ein Stück abrückte.

»Sorry«, murmelte er.

»Kein Problem.« Maggie winkte ab und räusperte sich leise. »Okay. Ihr habt also einen richtigen Haushaltsplan erstellt?«

Will legte den Gang ein und trat aufs Gas. »So kann man es wohl nennen. Wir sind beide keine Helden in Sachen Haushaltsführung, darum haben wir einen Tätigkeitsplan ausgehandelt.«

»Wow, bei dir klingt das ja richtig geschäftlich.«

Er konnte nicht recht sagen, ob er gerade Belustigung oder Abwertung in ihrer Stimme vernommen hatte. Fakt war, dass sie über die Umstände zwischen ihm und Ivana längst im Bilde war, darum brauchte er eigentlich nichts schönzureden.

»Unsere ganze Ehe ist nichts anderes als eine Geschäftsbeziehung«, erwiderte er daher geradeheraus und warf einen prüfenden Blick zu Maggie hinüber.

Sie nickte matt, sah ihn aber dabei nicht direkt an. »Ja, ich weiß.« Sie schwieg eine Weile und nestelte am Saum ihres Rocks herum. Dann holte sie tief Luft. »Darf ich ehrlich sein, Will?«

»Ich bitte sogar darum«, antwortete er, gespannt darauf, was sie zu sagen hatte.

»Wie schafft ihr es, vor der Kamera so verliebt auszusehen, wenn da absolut keine Gefühle im Spiel sind?«

»Ehrlich gesagt überrascht mich das auch«, sagte er unverblümt. »Vielleicht sollte ich über eine Karriere als Schauspieler nachdenken. Warum fragst du eigentlich? Soll ich dir ein paar Tipps geben?«

Die Frage war eigentlich als Scherz gedacht, doch er merkte sofort, wie sich Maggies Miene verdüsterte.

»Nein, danke«, wehrte sie ab. »Im Übrigen muss ich dir leider mitteilen, dass euer Schauspiel nicht gänzlich fehlerfrei ist. Man muss nur auf die Details achten. Vergiss nicht, dass ich dich sofort durchschaut habe.«

Will stoppte an einer Ampel und sah Maggie feixend an. »Tja, du bist ja auch ein Profi in Sachen Liebe. Zumindest bekommt man bei deinem Roman diesen Eindruck.«

Augenblicklich legte sich eine zarte Röte auf ihre Wangen. »Du hast das Buch tatsächlich gelesen?«

»Ich bin gerade mittendrin. Und soll ich dir was verraten?« Sie sah ihn nervös an, sodass er seine dramatische Pause nicht lange hinauszögern konnte und weitersprach: »Es gefällt mir richtig gut. Ich bin nur nicht sicher, was das über meine Männlichkeit aussagt, wenn ich mit Catherine so intensiv mitfühlen kann.«

Maggie musterte ihn kritisch. Vermutlich durchforstete sie seine Miene nach den Anzeichen von Belustigung, doch sie würde keine finden. Er hatte nicht gelogen. Er war tatsächlich wider Erwarten in ihre Geschichte voller Schmalz und Herzschmerz eingetaucht und fieberte mit der Geliebten des Kelten mit.

Das schien wohl auch Maggie zu erkennen, denn ihre kritischen Züge entspannten sich. »Entgegen der weitläufigen Meinung, die Herren der Schöpfung hätten keine Gefühle, bin ich der Überzeugung, dass Männer ebenso viele Emotionen in sich tragen wie Frauen. Sie zeigen sie nur nicht. Die meisten jedenfalls.«

Da konnte Will ihr gewiss nicht widersprechen. Er kam aber auch gar nicht mehr dazu zu antworten, weil ein ungeduldiges Hupen ihr Gespräch unterbrach. Die Ampel hatte bereits auf Grün umgeschaltet, darum trat Will vor Schreck so hart aufs Gas, dass die Reifen quietschten.

Maggie wurde in den Sitz gedrückt und lachte fröhlich über seinen Rennwagenstart.

Damit war das ernste Gesprächsthema erledigt, und sie vergnügten sich auch noch den Rest des Einkaufstrips mit entspannten, aber unterhaltsamen Plaudereien.

Amy rückte dadurch ganz und gar in den Hintergrund, wo sie auch hingehörte. Sobald Will mit seinen Gedanken alleine wäre, würde die Sache wieder anders aussehen, doch fürs Erste genoss er einfach nur den ersten Einkauf in einem Supermarkt, bei dem er nicht mit verkniffener Miene durch die Gänge joggte, um möglichst schnell wieder hinauszukommen, sondern ganz entspannt seinen Wagen neben dem von Maggie vor sich herschob.

Mit der richtigen Begleitung konnte also sogar der verhasste Großeinkauf Spaß machen.

Interview mit den Scotts

Hattet ihr schon einen ersten Streit?

Ivana: Nicht einmal annähernd.
Will: Es gibt nicht vieles, bei dem wir uns uneinig sind.

Hast du dich schon an das Zusammenleben gewöhnt?

Ivana: Ich liebe es zwar, meine CarLey-Produkte herzustellen, doch ich kann es jeden Tag kaum erwarten, zu Will nach Hause zu kommen.
Will: Auf jeden Fall. Ich genieße jede Minute mit Ivana.

Was sagst du zu eurem Ranking-Vorsprung?

Ivana: Ach, wir liegen vorne?
Will: Mich freut es zwar, doch ehrlich gesagt beschäftige ich mich nicht allzu sehr damit.

Zufall oder Wissenschaft – was denkst du?

Ivana: Wissenschaft.
Will: Wissenschaft.

10

Abigail Moonlight schniefte leise und tupfte sich verstohlen eine Träne aus dem Augenwinkel. »Ich kann nicht glauben, dass du schon fast einen Monat lang verheiratet bist.«

»Ehrlich gesagt, ich auch nicht«, erwiderte Maggie kopfschüttelnd, ließ sich tiefer in die Sofakissen sinken und legte die Füße hoch.

Es war Freitag, früher Nachmittag. Draußen war es brütend heiß, aber zum Glück funktionierte die Klimaanlage wieder, nachdem Frank sich endlich erbarmt und einen Techniker vorbeigeschickt hatte. Deshalb hatten sie beschlossen, die Eistorte lieber drinnen zu genießen, die ihre Mutter zur Feier des Tages mitgebracht hatte.

»Erzähl mir alles!«, verlangte Abigail, bevor sie sich einen frostigen Sahneberg in den Mund schob.

Maggie zuckte mit den Schultern. »Es läuft gut. Wir verstehen uns großartig.«

»Das war nicht zu übersehen in der letzten Sendung«, sagte Abigail zustimmend. »Sogar im Voting holt ihr immer weiter auf. Am Ende hängt ihr die Scotts noch ab.«

Nun, daran glaubte Maggie nicht wirklich. Allerdings überraschte es sie schon ein wenig, dass die Ausstrahlung ihres katastrophalen Dinners eine kleine Wende eingeläutet hatte. Die nächste Folge hatte dieses Ergebnis sogar noch übertroffen, und nun lagen die Coopers gar nicht mehr so weit ab.

Nachdenklich stocherte Maggie in ihrem Eis herum. »Frank meint, unser Vorteil läge darin, dass Henry und ich absolut durchschnittlich sind.«

Abigail runzelte sie Stirn. »Meine Tochter ist gewiss nicht durchschnittlich.«

Ihre Entrüstung brachte Maggie zum Schmunzeln. »Ich war anfangs auch ein wenig irritiert. Aber ich muss zugeben, seine Erklärung ergibt durchaus Sinn. Er sagt, unsere Stärke bestünde eben darin, dass sich die Zuschauer mit uns identifizieren können. Ivana und Will sind so, wie die Leute gern sein *möchten*. Ich und Henry hingegen sind, wie die meisten eben *sind*.«

»Also hat Henry seine Nervosität endlich in den Griff gekriegt?«

Maggie lächelte versonnen. »Er ist wie ausgewechselt, seit wir offen miteinander geredet haben. Endlich schreckt er nicht mehr zurück, wenn ich ihn berühre.«

Abigail erwiderte nichts. Stattdessen kratzte sie so konzentriert die geschmolzene Creme auf ihrem Teller zusammen, dass Maggies Lächeln zusammenschrumpfte.

»Was ist?«, fragte sie, als sie das versunkene Schweigen ihrer Mutter nicht länger ertrug.

»Nichts.« Abigail zögerte. Nach ein paar Atemzügen sprach sie weiter: »Ich hätte mir nur ein wenig mehr für dich gewünscht als einen Ehemann, bei dem es etwas Besonderes ist, dass er *nicht* zurückschreckt, wenn du dich ihm näherst.«

Ein Kloß bildete sich in Maggies Kehle, während sie ihren Teller fixierte. »Es ist schon viel besser geworden. Wenn wir zusammen unterwegs sind, hält er immer meine Hand. Und er küsst mich, wenn wir uns begrüßen oder verabschieden. Egal, ob eine Kamera dabei ist oder nicht.«

»Das ist toll, Spätzchen«, erwiderte ihre Mutter und musterte sie nachdenklich. »Aber empfindest du auch etwas dabei?«

Maggie lachte nervös. »Natürlich!«

»Und was?«

Allmählich verärgert stellte Maggie ihre zerlaufene Eistorte auf den Tisch. »Was soll das, Mom? Warum stellst du mir all diese blöden Fragen?«

»Ich will nur sichergehen, dass du wirklich glücklich bist, Liebes. Du hast dir so viel von der Show erhofft.« Abigail legte die Gabel ab und tätschelte Maggies Bein. »Ich gebe zu, im Fernsehen sieht es so aus, als wärt ihr glücklich zusammen. Aber ich kenne dich, Maggie Moonlight. In deinen Augen fehlt das Leuchten, und auch die Karten besagen …«

»Die Karten?«, unterbrach Maggie sie entgeistert. »Ist das dein Ernst?«

»Du weißt genau, dass sie mir stets ein guter Ratgeber sind.«

»Aber es ist *mein* Leben, das du beeinflusst, indem du irgendwelche bunten Bildchen interpretierst, und nebenbei bemerkt warst du diejenige, die mich überhaupt erst für diese Show angemeldet hat, falls du das vergessen hast.«

Abigail seufzte schwer. »Also gut! Dann beantworte mir nur eine Frage, und ich werde dich in Ruhe lassen.«

O nein! Unter keinen Umständen würde Maggie sich mit *dieser* Frage auseinandersetzen.

Abigail kniff die Augen zu ihrem typischen analytischen Blick zusammen. »Inspiriert er dich?«

Verdattert sah Maggie ihre Mutter an. Im ersten Moment wusste sie nicht, was sie mehr irritierte: die Tatsache, dass ihre Mutter das große L-Wort ausgespart hatte, oder dass ihr sofort ein gut vernehmbares *Nope* durch den Kopf schoss.

»Ich schreibe doch wieder, oder nicht?«, erwiderte Maggie dennoch trotzig. »Du hast bereits die ersten Kapitel der Rohfassung gelesen, wenn ich dich daran erinnern darf.«

Abigails Lippen verzogen sich zu einem anzüglichen Grinsen. »O ja! Und wie ich das habe.«

»Was soll das denn wieder heißen?«, fragte Maggie aufgebracht, erhielt jedoch keine Antwort, weil sie im Augenwinkel plötzlich eine Bewegung wahrnahm.

Sie fuhr herum und entdeckte Will, der mit seinem Laptop unter dem Arm die Terrasse betrat. Er spähte kurz zu ihrer Haushälfte herüber, und Maggie hielt den Atem an, als sich sein linker Mundwinkel in die Höhe bog. Dieses schiefe Grinsen war wirklich … Also, langsam war es wirklich nervtötend.

Will winkte ihr zu – und sie winkte wie eine Idiotin zurück, bevor er sich umdrehte, um es sich auf seiner Liege bequem zu machen.

Maggie wandte sich ebenfalls ab und begegnete prompt der forschenden Miene ihrer Mutter.

Hitze kroch Maggie in die Wangen. »Möchtest du noch ein Stück Torte?«, fragte sie eilig und sprang vom Sofa auf. »Oder Kaffee? Ich denke, ich nehme noch einen Kaffee.«

»Für mich nicht. Danke, Liebes«, erwiderte ihre Mutter bedächtig und erhob sich ebenfalls, um Maggie in die Küche zu folgen. »Ich habe später noch eine Verabredung mit Petunia. Wir wollen die neue Petition zusammen durchgehen, und da brauche ich einen möglichst niedrigen Blutdruck als Ausgangsbasis.«

»Wogegen petitioniert ihr diesmal?«, fragte Maggie über die Schulter, hin- und hergerissen zwischen Verunsicherung und Erleichterung, weil ihre Mutter unverhofft das Thema wechselte und sich an den Küchentresen setzte.

Während Maggie neuen Kaffee aufbrühte, lauschte sie gedankenversunken der detaillierten Ausführung ihrer Mutter über das, was sie gedachte gegen die geplante Abholzung des *Forest Glen* zu unternehmen. Wie üblich war sie Feuer und Flamme, wenn es darum ging, das Recht der Natur zu verteidigen.

Maggie war froh darüber, vor allem, weil sich die Stimmung schon bald darauf entspannte.

Als Abigail sich am frühen Abend verabschiedete, blieb Maggie keine Zeit mehr, über die Ehekritik ihrer Mutter nachzudenken, denn das Produktionsteam hatte für den Abend einen Dreh geplant.

Eilig sprang sie unter die Dusche, zog sich ein Sommerkleid an und legte etwas Make-up auf. Sie war gerade dabei, ihr Haar in Form zu wuscheln, als sie Henry hörte. Erfreut verließ sie das Badezimmer und ging in die Küche. Ihr Ehemann hatte sich ein Glas Saft eingeschenkt und leerte es mit gierigen Zügen.

»Hey, da bist du ja.« Maggie lächelte ihn an.

»Hallo, Maggie.« Henry stellte das Glas ordnungsgemäß in den Geschirrspüler, kam zu ihr und drückte ihr einen sanften Kuss auf die Lippen. »Ich gehe auch schnell duschen, bevor das Team kommt.«

»Okay.« Maggie sah ihm nach, als er im Schlafzimmer verschwand.

Sie hatte nichts gespürt – abgesehen von einem winzigen Gefühl der Vertrautheit vielleicht.

Ein enttäuschtes Seufzen entschlüpfte ihren Lippen.

Verärgert schüttelte Maggie den Kopf. Ihre Mutter hatte sie mit ihrer Fragerei ganz schön aus dem Konzept gebracht. Dabei lief es gerade so gut mit Henry. Sie waren sich sogar einig, was den Haushalt betraf. Henry war fleißig, aufmerksam und zuverlässig. Da konnte man doch ein wenig nachsichtig sein, was seine Schüchternheit betraf.

Um sich nicht noch länger mit diesen frustrierenden Gedanken auseinandersetzen zu müssen, steuerte Maggie den Kühlschrank an und plünderte das Süßigkeitenfach.

Zwei Schokoriegel später erschien das Produktionsteam und auch Henry kehrte in Hemd und Leinenhose gekleidet in die Küche zurück.

»Seid ihr so weit?«, fragte Frank und rieb sich vorfreudig die Hände.

Maggie schlüpfte in ihre Flipflops. »Ja, wir können los.«

»O nein, meine Teuerste. Die kannst du nicht anziehen.« Missbilligend deutete Frank auf Maggies Schuhwerk. »Heute Nacht brauchst du Tanzschuhe.«

»Wir gehen tanzen?«, fragte Henry.

Maggie musste ihn gar nicht erst ansehen, um zu wissen, dass ihm augenblicklich die Panik ins Gesicht geschrieben stand. So gut kannte sie ihn inzwischen.

»Nicht einfach nur tanzen«, widersprach Frank mit einem süffisanten Grinsen und begann ernstlich, seine vollen Hüften zu schwingen. »Es geht um Leidenschaft, Feuer und Hingabe …«

Maggie quiekte vor Freude. »Wir gehen Salsa tanzen?«

»Ganz genau, meine süße Maggie«, erwiderte Frank höchst zufrieden angesichts ihrer Reaktion und wies ihr den Vortritt, sobald sie sich ein Paar schwarze High Heels mit spitzen Absätzen geschnappt hatte. »Los geht's!«

Es fiel Maggie schwer, ihre Aufregung unter Kontrolle zu halten, während sie Richtung *East Village* fuhren. Unterwegs erklärte Frank, dass sie eigens für den Dreh einen Salsaclub mitsamt Tanzlehrern gebucht hatten. Dort würden sowohl die Coopers als auch die Scotts zwei Stunden Zeit haben, um die Basics zu verinnerlichen, bevor der Club für ein ausgewähltes Publikum öffnete.

Als sie schon wenig später ihr Ziel erreichten, kribbelte Maggies ganzer Körper vor Vorfreude. Henry hingegen sah aus, als würde er sich gleich übergeben. Mit bleicher Miene musterte er die leuchtenden Buchstaben des *Havana Clubs*.

»O Mann«, murmelte er und starrte ängstlich auf die Eingangstür.

Frank und der Fahrer stiegen aus. Unterdessen drückte Maggie ermutigend Henrys Hand. »Ich habe schon ein paar Mal Salsa getanzt. Es ist wirklich nicht schwer.«

»Ich habe überhaupt kein Rhythmusgefühl, Maggie«, jammerte Henry und bedeckte seine Augen mit der Hand. »Das sage ich nicht, um deine Erwartungen kleinzuhalten. Es ist die reine Wahrheit. Ich bin wirklich total unbegabt, was Paartanz betrifft.«

»Versuch einfach, den Kopf abzuschalten, und lass dich von der Musik davontragen, okay? Wir kriegen das hin. Glaub mir, es macht wahnsinnig viel Spaß.«

Nun verzog Henry sogar das Gesicht. »Ich hoffe wirklich, deine hübschen Schuhe haben Stahlkappen.«

Maggie kicherte. »Wenn nicht, musst du mir eben später die Füße massieren.«

Henry lachte nicht. Nun ja. Immerhin war er kein Fußfetischist.

»Kommt ihr?«, rief Frank ungeduldig, woraufhin Henry und Maggie gleichfalls ausstiegen.

Vor dem Club warteten bereits die Scotts mit dem Rest des Teams. Ivana sah absolut umwerfend aus. Sie trug ein knallrotes Minikleid, das bis über ihre Pobacken hauteng anlag. Erst darunter fiel der Stoff noch ein kleines Stück fließend, sodass man ihr wohl bei jeder Drehung auf den halbnackten Hintern gucken konnte.

Im Vergleich sah Maggie wahrscheinlich aus wie eine prüde Hausfrau, obgleich der Schlitz auf der Vorderseite ihres rechten Oberschenkels bei den Tanzbewegungen ebenfalls recht viel Haut preisgeben würde.

Auch Will hatte sich heute in Schale geschmissen. Er trug eine schwarze Hose und darüber ein blaues Hemd, weshalb seine Augen noch mehr strahlten als sonst. Die Ärmel hatte er lässig nach oben gekrempelt, wodurch seine kräftigen, von der Sonne gebräunten Unterarme perfekt zur Geltung kamen. Sein Blick ruhte auf Maggie, als sie ihm ins Gesicht sah.

Ertappt wandte sie sich möglichst unauffällig Richtung Eingang. Er war umgeben von niedrigen Palmen, die wohl kubanisches Flair in die gut befahrene Straße bringen sollten.

»Ein Salsaclub, ist das nicht wunderbar?«, rief Ivana verzückt und zerrte Will mit sich, was dieser anstandslos über sich ergehen ließ.

Im Inneren des Clubs war die Deckenbeleuchtung eingeschaltet, wodurch der Tanzsaal weniger wie ein klassischer Club anmutete, sondern eher wie eine Tanzschule. An der Bar bereiteten drei Angestellte den Abend vor, indem sie unzählige Getränke in Regalen und Kühlschränken verstauten.

Ein junges Paar wartete in der Mitte der Tanzfläche. Die zierliche Latina namens Lola begrüßte sie mit spanischem Akzent und stellte mit einer grazilen Geste ihren Tanzpartner Diego vor, der sein tiefschwarzes Haar mit Unmengen Pomade gebändigt hatte. Lola hielt sich nicht lange mit Small Talk auf. Stattdessen drehte sie mit Diego ein paar Runden über das Parkett, um ihr Können zu demonstrieren.

Danach ging es direkt los mit den Grundschritten. Weil Maggie sie bereits kannte, half sie Henry, der hochkonzentriert auf seine Füße starrte und leise mitzählte.

Er hatte nicht untertrieben, was seinen Mangel an Rhythmus betraf. Dennoch schaffte auch er es nach einer Weile, im Takt zu bleiben, weshalb Maggie mit dem Zeigefinger sanft sein Kinn anhob.

»Du kannst das auch, ohne hinzuschauen«, versicherte sie ihm aufmunternd.

Henry nickte und starrte ihr ins Gesicht, während sich seine Lippen weiterbewegten.

Als Lola zufrieden war, gab sie dem DJ das Zeichen, die Musik einzuschalten. Eine rasche Melodie schallte durch den Saal. Kurz darauf erklang die warme Stimme eines Spaniers, der von Liebe und Sehnsucht sang, während Lola den Takt anzählte.

»Eins, zwei, drei – fünf, sechs, sieben. Quick, quick, slow. Quick, quick, slow.«

Stockend setzte Henry sich in Bewegung, und auch wenn es Maggie schwerfiel, ihm die Führung zu überlassen, so freute sie sich doch über das erstaunte Lächeln, das sich plötzlich auf seine Lippen schlich.

»Und?«, fragte Maggie.

»Es macht wirklich Spaß«, stellte Henry fest und lachte verblüfft auf.

Maggie zwinkerte ihm zu. »Hab ich doch gesagt.«

Henry strauchelte und senkte kurz den Blick auf den Boden. Aber nachdem er den Rhythmus wiedergefunden hatte, strahlte er Maggie für seine Verhältnisse fast schon übermütig an. Er zog sie behutsam zu sich heran.

Und dann tanzten sie.

~ WILLIAM ~

Ivana war eine exzellente Tänzerin, was Will beileibe nicht überraschte. Immerhin wusste er bereits aus anderen Gefilden um ihre Fähigkeiten, was Beweglichkeit und Geschmeidigkeit betraf. Berührungsängste hatten sie auch längst überwunden, und wie sich herausstellte, war dies zudem für beide nicht die erste Exkursion in die Welt der lateinamerikanischen Tänze.

Die Tanzlehrer bemerkten diesen Umstand natürlich recht schnell und passten ihre Anweisungen den unterschiedlichen Erfahrungen der Paare an. Das bedeutete, dass die Coopers unter Lolas Aufsicht hauptsächlich den Grundschritt übten, während Ivana und Will sich mit Diegos Unterstützung an fortgeschrittene Figuren heranwagten.

Sehr zur Freude der umstehenden Kameras, denn Ivana ließ freilich keine Gelegenheit aus, möglichst viel Sexappeal in ihre lasziven Posen zu werfen.

»Ihr seid wirklich sehr talentiert!«, lobte Diego nach einer weiteren Musikrunde. »Und so harmonisch. Fantastisch!«

Tja, selbst der Tanzlehrer kaufte ihnen das Schauspiel der perfekten Ehe also ab.

Ivana löste sich aus Wills Armen und machte neben ihm mit konzentrierter Miene ein paar Probeschritte. »Ich bekomme diese Drehung irgendwie nicht richtig hin. Was mache ich falsch, Diego?«

»Komm, ich zeig es dir noch einmal«, bot der Tanzlehrer wohlwollend an.

Schon umfasste er Ivana mit seinem Latino-Griff und wirbelte sie gekonnt über das Parkett. Will blieb am Rand der Tanzfläche stehen und sah aufmerksam zu, bis die Coopers auf der gegenüberliegenden Seite seine Aufmerksamkeit erregten.

Großer Gott, gab es denn in Henrys Körper überhaupt keine Muskelspannung? Man hätte glatt meinen können, seine Arme und Beine bestünden aus Gummi, so schlaksig waren seine Bewegungen. Von einer energetischen Tanzhaltung war er weit entfernt. Am liebsten wäre Will hinübergegangen und hätte ihm den Rücken geradegedrückt.

Maggie konnte einem echt leidtun. Wobei sie merkwürdigerweise trotz des Bewegungslegasthenikers vor sich richtig viel Spaß zu haben schien. Dabei war offensichtlich, dass sie den Grundschritt längst beherrschte und nur durch das fehlende Körpergefühl ihres Ehegatten immer wieder ins Straucheln geriet. Gerade eben stolperte Henry erneut über seine eigenen Füße und schaffte es beinahe, beide zu Fall zu bringen.

Maggie fing ihn geistesgegenwärtig ab und brachte ihn kichernd in die Aufrechte. Sie flüsterte ihm etwas ins Ohr, woraufhin beide laut loslachten.

Lola stand mit verschränkten Armen daneben und schien eher am Rande der Verzweiflung als amüsiert. Sie schüttelte unmerklich den Kopf. »Henry, du musst aufhören zu denken! Tanzen kann man nicht mit dem Gehirn.«

Sie wartete keine Antwort ab, sondern schnappte Henrys Arme und drapierte sie in Tanzposition um sich. Der arme Kerl geriet angesichts der fremden Kurven unter seinen Händen augenblicklich in Panik. Lola kannte jedoch kein Erbarmen und übernahm rigoros die Führung. Sie zerrte ihn mehr oder weniger durch den Saal, wodurch Henry gar nichts anderes mehr übrig blieb, als irgendwie ihrem Takt zu folgen.

Maggie presste sich eine Faust gegen die Lippen und verkniff sich mit sichtlicher Mühe das Lachen.

Will fand es eher beschämend, wie ihr Ehemann unbeholfen vor der hübschen Tanzlehrerin herumstolperte, die ihn noch dazu um eine Handbreit überragte. Es sah aus, als würde sie einen pubertierenden Teenager über die Tanzfläche kreiseln.

Glaubte Maggie denn immer noch, dass Henry der richtige Mann für sie war?

Will bezweifelte es sehr. Während er die beiden beobachtete, sah er zweifelsfrei, dass zwischen Maggie und Henry keinerlei Anziehung existierte. Ihre Berührungen wirkten inzwischen zwar vertraut, doch zumeist eher kameradschaftlicher Natur. In den Sendungen der Show kam das zwar anders rüber, dafür sorgten immerhin die Cutter, aber die Wahrheit ließ sich nicht leugnen. Ein Funken hatte sich längst nicht entzündet.

Und das würde auch nicht geschehen.

Die Coopers passten einfach nicht zusammen. Da konnte Maggie sich noch so sehr ins Zeug legen. Das änderte nichts an der Tatsache, dass es aussichtslos war.

Am Rande seines Sichtfeldes sah Will Ivana und Diego vorbeischweben. Sein Hauptaugenmerk lag jedoch nach wie vor auf Maggie. Ihre dunklen Locken fielen wild über ihre nackten Schultern und schimmerten geheimnisvoll im Scheinwerferlicht des Clubs. Sie hatte sich bei Weitem nicht so aufgebrezelt wie Ivana, und trotzdem sah sie ganz bezaubernd aus in ihrem luftigen Sommerkleid.

Ivanas übertriebenes Juchzen lenkte Will schließlich von seiner Nachbarin ab. Diego hatte den Tanz beendet, indem er seine Tanzpartnerin weit über seinen Arm nach hinten sinken ließ. Einen Moment fürchtete Will, ihr BH könnte seinen Dienst versagen, doch seine Sorge blieb unbegründet. Offensichtlich zum Leidwesen eines Kameramannes, der das Glück hatte, dieses Spektakel frontal vor der Linse zu haben.

Diego zog Ivana mit einem geschickten Dreh wieder hoch. Sie kicherte albern und bedankte sich bei ihm, bevor sie strahlend zu Will herübergeschritten kam.

»Ich hoffe, du hast gut aufgepasst«, sagte sie augenzwinkernd, wobei ihm die leise Drohung in ihrem Tonfall nicht entging.

»Natürlich«, behauptete Will und zog sie souverän in Tanzhaltung an sich. »Los geht's.«

* * *

Sie blieben bis kurz nach Mitternacht im Club. Nachdem die Tore fürs Publikum geöffnet worden waren, hatte sich die Tanzfläche schnell mit Salsa-Profis gefüllt, die sich die Chance nicht entgehen lassen wollten, in der beliebten Show *The Wedding Project* einen Gastauftritt hinzulegen.

Will und Ivana mischten sich noch ein paar Mal unter die tanzwütigen Gäste, während die Coopers angesichts der vorherrschenden Professionalität lieber vor ihren Cocktails sitzen blieben.

Maggie betrachtete das Treiben auf der Tanzfläche von Zeit zu Zeit so sehnsüchtig, dass Will einige Male versucht war, sie zum Tanz aufzufordern. Weil das Produktionsteam bis zum Schluss vor Ort war, ließ er es aber bleiben. Am Ende hätte er damit nur Ivana gezwungen, sich zum Ausgleich Henry zu schnappen, und dieses Elend wollte er allen Anwesenden ersparen.

Es wäre insgesamt ein wirklich toller Abend gewesen, hätte Will sich nicht ununterbrochen den Kopf über Maggie Moonlight zerbrochen. Er ertappte sich immer wieder dabei, wie er sie nachdenklich anstarrte. Einige Male trafen sich ihre Blicke, und Maggie schenkte ihm dann ein Lächeln, das er automatisch erwiderte.

Als die beiden Paare heimchauffiert worden waren, verabschiedeten sich die Coopers höflich von ihnen, und sie verschwanden gleichzeitig hinter ihren Haustüren. Mit dem Klicken der Schlösser wurden endlich die Kameras ausgesperrt.

Will warf seinen Schlüsselbund auf die Kommode und legte nicht nur seine Schuhe, sondern auch gleich sein Kameragesicht ab.

»Wir sollten öfter mal tanzen gehen«, schlug Ivana vor. Sie stützte sich mit einer Hand an seiner Schulter ab und zog mit der anderen ihre Stilettos von den Füßen. »Ich muss schon sagen. Ich kenne nicht viele Männer, die so hervorragend führen wie du.«

»Viele Frauen lassen sich aber auch gar nicht führen«, erwiderte er. »Mich hat es eigentlich ein bisschen gewundert, dass du keine von ihnen bist.«

Sie lachte kess und ließ ihn wieder los. »Ich kann eben gut unterscheiden, wann ich mich führen lasse und wann nicht. Apropos … willst du gleich noch mit unter die Dusche springen?«

Dem Schnurren in ihrer Stimme war zu entnehmen, was sie sich von dieser gemeinsamen Dusche erhoffte. Nach über vier Stunden *Show and shine* vor laufender Kamera stand Will der Sinn jedoch so gar nicht nach noch mehr Ivana. Das Einzige, was er jetzt brauchte, war Ruhe, um seine Gedanken zu sortieren.

»Nein, ich will noch ein bisschen frische Luft schnappen«, erklärte er und trat unbekümmert an ihr vorbei in die Küche, ohne das Licht anzuschalten.

»Na gut«, meinte sie gedehnt. »Aber ich werde nicht auf dich warten. Klar?«

»Klar.«

Er brauchte sich nicht umzudrehen, um zu wissen, welch beleidigte Schnute sie zog. Eine Frau wie Ivana war es sicher nicht gewohnt, auf eine solche Einladung eine Abfuhr zu bekommen. Nun, da musste sie leider durch.

Will schnappte sich ein Bier aus dem Kühlschrank und ging nach draußen in die wohltuende Stille der Nacht. Die Poolbeleuchtung war aus. Nur hinter dem Sichtschutz zu seiner Linken fiel ein Lichtschein aus der Küche der Coopers auf die Terrasse.

Sofort huschte Maggie wieder durch seine Gedanken, und er fragte sich, ob sie sich vielleicht auch gerade etwas aus dem Kühlschrank holte.

Ob Henry bei ihr war? Resümierten die beiden vielleicht gemeinsam die vergangenen Stunden? Oder startete Maggie gar einen weiteren Versuch, die fehlende Leidenschaft anzuheizen?

Missmutig setzte Will sich auf einen Stuhl und trank ein paar kräftige Schlucke von seinem Bier. Ihm gefiel nicht, auf welche Art und Weise er inzwischen über Maggie dachte. Es verwirrte ihn zusehends, dass er sich mehr den Kopf über die Coopers zerbrach als über seinen eigenen Kram. Was die

Nachbarn mit ihrem Leben anfingen, ging ihn doch überhaupt nichts an!

Will vernahm ein leises Kratzen nebenan und suchte mit den Augen nach der Ursache. Die Terrassentür der Coopers ging auf und gleich darauf erschien Maggies schmale Gestalt. Sie bemerkte ihn nicht und tapste barfuß vor bis zum Poolrand. Dort streckte sie sich genüsslich durch und legte den Kopf in den Nacken, um zu den Sternen hinaufzusehen.

Will verharrte im Schatten und versank einen Moment in ihrem verträumten Anblick. Die nächtliche Brise zupfte sanft an ihrem Haar und ließ den Saum ihres Kleides spielerisch um ihre Beine streichen.

Plötzlich wandte sie sich in seine Richtung und starrte ihn an.

»Hi«, sagte er und prostete ihr mit der Bierflasche zu.

Maggie stemmte tadelnd die Arme in die Hüften. »Ziemlich unhöflich, jemanden heimlich aus der Finsternis zu beobachten.«

»Hey, ich konnte ja nicht wissen, dass du herauskommst, um akrobatische Übungen auszuführen.«

Sie grinste vergnügt und wippte abwartend mit dem rechten Fuß. »Was trinkst du da?«

»Ein Lager. Willst du auch eins?«

»Ja, klingt gut!«, antwortete sie sofort.

Will stand auf und ging in die Küche, um ein zweites Bier zu holen. Als er zurückkehrte, saß Maggie am Beckenrand und ließ die Füße ins Wasser baumeln. Sie schien seine Rückkehr noch nicht bemerkt zu haben. Ihre nackten Schultern schimmerten nahezu herausfordernd in der schwachen Helligkeit, und Will konnte dem Drang nicht widerstehen, das eiskalte Kondenswasser von der Bierflasche auf sie hinabtropfen zu lassen.

Sie quiekte auf und wäre um ein Haar in den Pool gefallen, fing sich jedoch gleich wieder. Feixend setzte Will sich neben sie und reichte ihr die Flasche. Sie stießen miteinander an und blickten anschließend schweigend auf die Wasseroberfläche.

»Ist Henry auch schon im Bett?«, fragte Will nach einer Weile.

Maggie nickte. »Er wollte noch duschen, aber er wird vermutlich schon in den Federn liegen. Er ist total erledigt.«

»Na, das glaub ich gern«, kommentierte Will und erschrak selbst über seine abfällige Stimmlage.

Sofort sah Maggie ihn mit gerunzelter Stirn an. »Was soll dieser Tonfall?«

»Entschuldige, ich wollte nicht so gemein klingen«, lenkte Will ein. »Aber es war nicht zu übersehen, dass Henry der Abend vollkommen überfordert hat. Kein Wunder, dass er fertig ist.«

»Es ist noch kein Meister vom Himmel gefallen«, erwiderte Maggie scharf. »Wir waren beide ein wenig überfordert, und wir hatten trotzdem sehr viel Spaß.«

Will musterte sie zweifelnd. Eigentlich hätte er das Thema besser wechseln sollen, doch aus irgendeinem Grund schaffte er es nicht.

»Du hattest also Spaß?«, hakte er nach.

Maggie nickte. »Selbstverständlich.«

»Sorry, aber du weißt anscheinend gar nicht, wie viel Spaß Tanzen wirklich machen kann.«

Sie machte eine abwehrende Geste. »Ach ja? Und wie kommst du auf diese Behauptung?«

»Na, weil du gar nicht tanzen konntest, da du ausschließlich darauf achten musstest, dass Henry dir nicht auf die Füße tritt. Von seinen fehlenden Qualitäten als Taktgeber fange ich jetzt gar nicht erst an.«

Maggies Augen funkelten erbost. Er konnte ihr ansehen, dass sie händeringend nach Argumenten suchte, die ihren

Göttergatten in ein besseres Licht rückten. Natürlich fand sie keine, darum entschied sie sich wohl für einen schnippischen Gegenangriff.

»Kann ja nicht jeder direkt aus *DIRTY Dancing* herauspurzeln.«

›Dirty‹ betonte sie so nachdrücklich, dass Will laut lachen musste. Maggie stieg nicht darauf ein, sondern trank mit grimmiger Miene von ihrem Bier.

»Diesen Film habe ich nie gesehen«, erzählte er in versöhnlichem Tonfall. »Wobei der Titel wohl für sich spricht.«

Ihre Züge entspannten sich ein wenig, doch sie wirkte nach wie vor verärgert.

Will hatte nicht beabsichtigt, in irgendeiner Weise einen nächtlichen Streit anzuzetteln, bereute seine Sticheleien gegen Henry aber auch nicht. Ihm schwante, dass ihr Ärger ohnehin nicht nur seinen Worten galt, sondern vielmehr dem, was er ihr damit vor Augen führte. Oder bildete er sich dies nur ein?

Aus einem Impuls heraus stand er auf, stellte seine Bierflasche auf dem Tisch hinter sich ab und trat einen Schritt auf Maggie zu. Einladend streckte er ihr eine Hand hin.

»Darf ich bitten?«, fragte er mit einem schiefen Grinsen.

Misstrauisch hob sie eine Braue. »Was soll denn das werden?«

Er zwinkerte verschmitzt zu ihr hinab. »Ich zeige dir jetzt, wie man *richtig* tanzt.«

11

~ MAGGIE ~

Will wollte mit ihr tanzen? Das sollte wohl ein Scherz sein!

Vor lauter Entrüstung beschleunigte sich Maggies Puls. Möglicherweise trug auch sein schiefes Grinsen dazu bei, dass ihr Herz ein wenig aus dem Takt geriet. Aber weil es sie weniger verwirrte, konzentrierte sie sich vorerst auf ihre Wut.

Sie hatte es wirklich satt, dass Will schon wieder gegen Henry stichelte. Genau wie ihre Mutter am Nachmittag schien er felsenfest davon überzeugt zu sein, dass Henry einfach nicht der Richtige für sie war. Und das machte Maggie wahnsinnig. Denn sie wünschte sich wirklich nichts mehr, als dass ihre Ehe funktionierte.

Trotzig rappelte sie sich auf und schaute Will hoch erhobenen Hauptes an. »Ich denke, ich gehe lieber ins Bett.«

Seine amüsierte Mimik geriet nicht einmal ins Stocken. Anstatt ihr eine gute Nacht zu wünschen, nahm er ihr schweigend die Flasche aus der Hand und stellte sie ebenfalls auf dem Esstisch ab. Dabei ließ er sie nicht aus den Augen, auch nicht, als er ihre Hände ergriff und sie mit einem sanften Ruck zu sich heranzog.

Maggies Lippen öffneten sich vor Überraschung. Sie wollte Einspruch erheben, brachte aber keinen Ton hervor.

Wills linke Hand umschloss ihre viel kleinere Handfläche warm und sicher. Mit der rechten Hand leitete er ihre Finger auf seinen Oberarm, sodass sie sich in Tanzposition gegenüberstanden.

Gefangen im Blau seiner Augen, das in der Dunkelheit geheimnisvoll schimmerte, starrte Maggie zu ihm empor. Ihre Muskeln waren zum Zerreißen gespannt. Durch das hauchdünne Sommerkleid spürte sie, wie sein Daumen zuckte, als wollte er sie streicheln. Und obwohl er es nicht tat, rieselte eine Gänsehaut ihr Rückgrat hinab.

Bis auf ein paar Grillen, die etwas entfernt im Gras zirpten, war es um sie herum fast schon gespenstisch still. Dennoch ertönte in Maggies Kopf eine Melodie, als Will sie behutsam nach hinten dirigierte.

Ohne es selbst zu bemerken, hob Maggie sich auf die Zehenspitzen und ergab sich seiner Schrittfolge. Erst mit einiger Verzögerung realisierte sie, dass sie gar keinen schwungvollen Salsa tanzten, sondern Tango.

Zu Beginn gab Will nur den Grundschritt vor, vermutlich, um zu testen, wie sicher Maggie die Bewegungen beherrschte. Da sie problemlos mithalten konnte, begann er schon bald, die Schrittfolge zu variieren. Er drehte sich mit ihr, mal langsam, mal schnell. Dabei verringerte er jedes Mal den Abstand zwischen ihnen um ein winziges Stück.

Will strahlte eine Kraft und Leidenschaft von irritierender Intensität aus. Hinzu kam, dass er kein Wort sagte, fast als befürchtete er, die Magie des Augenblicks zu zerstören.

Mit einer weiteren Drehung verschwand auch die letzte Distanz zwischen ihnen. Sein Oberkörper, sein Bauch, sogar seine Schenkel pressten sich dicht an sie.

Ihn so nah bei sich zu fühlen, brachte Maggies ganzen Körper zum Summen. Das Atmen fiel ihr zunehmend schwerer, allerdings nicht aufgrund des Tanzes. So viel war klar.

Will senkte den Kopf, woraufhin sein warmer Atem über Maggies Wange strömte.

Etwas explodierte in ihrer Brust und setzte sie von Kopf bis Fuß unter Strom. Es dauerte einen Moment, bis Maggie verstand, wonach sie sich plötzlich sehnte.

Sie wollte erfahren, ob seine Lippen wirklich so weich waren, wie sie aussahen. Der Bart, der sich schwach auf seinem Kiefer abzeichnete, war sicher kratzig. Ob sie diesen Kontrast mögen würde?

Nie zuvor hatte sie sich stärker gewünscht, einen Mann zu küssen – und noch nie hatte sie dieser Wunsch derart erschreckt.

Entsetzt riss sie sich von Will los.

»Was machst du denn?«, fuhr sie ihn an und stolperte zwei Schritte rückwärts.

Will starrte sie einen Moment lang an, nicht minder fassungslos. Dann wurde sein Gesicht vollkommen ausdruckslos. Er zuckte mit den Schultern. »Ich tanze mit dir.«

Seine Lässigkeit war nur gespielt. Maggie erkannte es in seinen Augen, obwohl er krampfhaft versuchte, seine aufgewühlten Emotionen zu verbergen. Das war fast noch schlimmer als Gleichgültigkeit.

»Aber ich … ich bin verheiratet!«, stotterte sie, wirbelte herum und rannte, so schnell sie konnte, zur Tür.

Sein ungläubiges Lachen hallte durch die Nacht, während Maggie ins Haus floh.

Sie schaltete geschwind das Licht in der Küche aus und lief von dort ins Wohnzimmer. Atemlos lehnte sie sich gegen die Wand neben den Fenstern und drückte mit zittrigen Fingern den Knopf, um die Jalousien herunterzulassen. Surrend fuhren sie herab und sperrten Will aus.

Ihre Gefühle hingegen, die blieben leider nicht draußen. Stattdessen tobte pures Chaos in Maggie.

»Es ist nichts passiert«, wisperte Maggie in die Stille hinein. »Es war bloß ein Tanz. Mehr nicht.«

Sie sprach die Worte mit all der Überzeugung, die sie aufbringen konnte. Leider änderte der Ton nichts an der Tatsache, dass es eine Lüge war. Es ließ sich nicht leugnen: Sie fühlte sich zu einem Mann hingezogen, der bedauerlicherweise nicht ihr eigener war. Und das in einer landesweit ausgestrahlten Fernsehshow.

Was für eine Katastrophe!

Stöhnend rieb Maggie sich über die Stirn. Wie hatte das nur passieren können? Sie hatte Will doch noch nicht einmal gemocht. Am Anfang jedenfalls.

Zugegeben, mittlerweile sah die Sache etwas anders aus. Will war klug und aufmerksam und er brachte sie zum Lachen. Aber das tat Henry auch. Sie konnte doch nicht so oberflächlich sein und ihren Nachbarn nur aufgrund seiner souveränen Ausstrahlung vorziehen.

Andererseits musste Maggie zugeben, dass sein selbstbewusstes Auftreten einen gewissen Reiz ausübte. Bisher war ihr gar nicht klar gewesen, wie sehr sie es schätzte, wenn ein Mann wusste, was er wollte, und bereit war, sich auch dafür einzusetzen. Vielleicht konnte sie Henry ja ermuntern, sich ebenfalls etwas ... nun ja ... willensstärker zu zeigen?

Das könnte funktionieren. Nichtsdestotrotz musste sie diese Gefühle, die Will in ihr auslöste, sofort im Keim ersticken, bevor sie eine zerstörerische Kraft entfalteten.

Entschlossen stieß Maggie sich ab. Schließlich konnte sie nicht den Rest der Nacht in ihrem stockfinsteren Wohnzimmer herumstehen. Sie tastete sich an der Wand entlang, bis sie die Lichtschalter fand.

Sofort erstrahlte der Raum taghell. Maggie wandte sich um – und schrie auf.

Henry saß auf dem Sofa und blinzelte hektisch gegen das grelle Licht an.

»Gott, Henry!«, rief Maggie und griff sich ans Herz, als könnte sie dadurch ihren donnernden Puls verlangsamen. »Du hast mich fast zu Tode erschreckt.«

»Tut mir leid.« Henry lächelte entschuldigend. »Ich wollte dir nach unserem gelungenen Ausflug doch noch ein wenig Gesellschaft leisten, aber dann warst du anderweitig … beschäftigt.«

O nein!

Maggies Wangen brannten vor Scham. »Es war nicht …« Sie stockte.

Was? Das, wonach es aussah? Leider stimmte das nicht ganz.

»Schon gut«, meinte Henry zu ihrer Überraschung und erhob sich. »Ehrlich gesagt will ich es gar nicht so genau wissen.«

Entgeistert sah Maggie ihn an. Ihr war durchaus bewusst, dass sie froh sein sollte, wenn Henry offenbar nicht zur Eifersucht neigte, aber etwas mehr Emotionalität wäre ihres Erachtens durchaus angebracht. Immerhin hatte sie *Tango* mit dem attraktiven Kerl von nebenan getanzt.

»Wie kannst du so was sagen?«, fragte Maggie irritiert.

Henry kam mit offenen Händen auf sie zu. Einen Meter vor ihr blieb er stehen. Er wirkte wirklich kein bisschen wütend und lächelte sie weiterhin an. »Du bist eine tolle Frau, Maggie, und jemand wie du verdient nur das Beste.«

»Soll das etwa heißen, es stört dich nicht, so etwas mit anzusehen?«, platzte Maggie heraus und deutete mit einer ruppigen Geste zur Terrasse.

Henry schnitt eine Grimasse. »Es versetzt mich nicht gerade in Begeisterungsstürme. Aber ich kann es verstehen.«

»Verstehen«, wiederholte Maggie dumpf und suchte fast schon verzweifelt nach einem winzigen Funken Empörung oder

Zorn in seiner Miene. Aber da war nichts. Nur dieses blöde, sanftmütige Lächeln.

»Mir ist klar, dass eine Frau wie du gewisse ... Bedürfnisse hat. Sosehr es mir auch widerstrebt, das zuzugeben, ich bin kein leidenschaftlicher, feuriger Liebhaber. In dieser Hinsicht kann ich dir nicht geben, wonach du dich sehnst. Aber all die anderen Dinge, die könnte ich dir bieten.«

Fassungslos schüttelte Maggie den Kopf. »Ich weiß wirklich nicht, was ich dazu sagen soll, Henry.«

Er *lächelte*. Schon wieder.

Maggie ballte die Hände zu Fäusten, weil sie ernstlich in Versuchung geriet, ihn zu packen und zu schütteln, bis er vernünftig wurde. Ihr so ein Angebot zu unterbreiten war doch schlichtweg Wahnsinn! Der Untergang für jede Art von Beziehung. Oder nicht?

»Du musst überhaupt nichts sagen«, versicherte Henry schulterzuckend. »Leidenschaft kommt und geht. Aber die tiefe Verbundenheit, die zwei Menschen füreinander empfinden können, das ist etwas, das Bestand hat. Stell dir einfach vor, wir überspringen die ersten paar Monate, in denen man tagelang nicht aus dem Bett kommt. Stattdessen spulen wir zu der Stelle vor, in der wir uns füreinander entschieden haben. Die meisten Beziehungen scheitern doch, sobald die Partner ihre rosaroten Brillen abnehmen. Das muss jedoch nicht für uns gelten. Ich kann dein Gefährte sein, dein bester Freund, dein engster Vertrauter ...«

»Aber kein Liebhaber«, beendete Maggie seinen Satz.

Henry nickte zustimmend. »Könntest du dich damit arrangieren?«

Die Enttäuschung krampfte Maggies Magen zusammen, so heftig, dass sie sich am liebsten übergeben hätte.

»Maggie?«, hakte Henry nach. »Wärst du damit einverstanden?«

»Ich weiß es nicht«, antwortete sie leise, schlang die Arme um ihren Oberkörper und senkte den Blick. Nicht wenige Frauen hätten ihr vermutlich einen Vogel gezeigt, dass sie bei einem solchen Angebot überhaupt noch zögerte. Aber Maggie konnte nicht anders. »Ich muss erst darüber nachdenken.«

»Natürlich.« Henry holte tief Luft. »Aber bevor du dich endgültig entscheidest, bitte ich dich, es wenigstens erst einmal auf meine Weise zu versuchen.«

Eine Eiseskälte fuhr Maggie in die Knochen. »Wie meinst du das?«

»So, wie ich es sage.« Henry reichte ihr die Hand, fast genauso, wie William es erst vor einer halben Stunde getan hatte. »Es ist schon spät. Lass uns ins Bett gehen, in Ordnung?«

Nein, verdammt noch mal. Gar nichts war in Ordnung!

Die Ehe, von der Maggie ihr Leben lang geträumt hatte und von der sie gehofft hatte, sie hier zu finden, entpuppte sich allmählich als Albtraum.

Von wegen *Ass der Kelche*.

Die *Acht der Schwerter* wäre wesentlich treffender. Maggie wusste, dass diese Karte gleichbedeutend war mit Verzicht, weil ihre Mutter völlig ausgeflippt war, als sie einmal beim Kartenlegen aufgetaucht war.

Bei dem Gedanken daran, sich von ihrer Idee der perfekten Ehe verabschieden zu müssen, füllten sich Maggies Augen mit Tränen.

»Ich gehe kurz duschen«, krächzte sie und huschte an Henry vorbei zum Schlafzimmer.

Erst als die Wassertropfen über ihre Haut prasselten, erlaubte sie es sich, ihren Gefühlen freien Lauf zu lassen. Wie lange Maggie unter der Dusche stand und weinte, wusste sie nicht. Aber egal, wie viel Zeit verstrich, es änderte nichts daran, dass sich ihre Verzweiflung nicht einfach hinfortspülen ließ.

In der Nacht bekam Will kaum ein Auge zu. Stundenlang lag er wach im Bett, starrte reglos an die Zimmerdecke und lauschte Ivanas regelmäßigen Atemzügen neben sich.

Was war passiert?

Diese Frage stellte er sich immer wieder, doch er wollte einfach keine vernünftige Antwort darauf finden. Zumindest keine, die ihm gefiel, denn die einzige Erklärung für das, was vorhin zwischen Maggie und ihm geschehen war, wollte er einfach nicht wahrhaben. Es war schlichtweg mit viel zu vielen Komplikationen verbunden.

Und dennoch führte kein Weg an der Wahrheit vorbei. Es gab nur einen einzigen Grund, warum Will sich seit Wochen den Kopf über Maggie zerbrach und ihre Ehe mit Henry äußerst kritisch sah. Dass er sie vor einer Enttäuschung bewahren wollte, stimmte. Aber noch viel mehr resultierte seine ganze Grübelei daraus, dass Maggie eine Anziehung auf ihn ausübte, die er nicht länger leugnen konnte.

Maggie Moonlight hatte sich völlig unbemerkt mit ihrer authentischen und ehrlichen Art in sein Herz geschlichen. Damit hatte sie genau das geschafft, was Will seit Jahren penibel zu vermeiden versuchte: sich zu verlieben.

Und jetzt?

Als wolle Ivana ihm antworten, rollte sie sich im Schlaf zu ihm herum. Ihre Hand landete auf seinem Oberarm. Der Ehering an ihrem Finger glänzte mahnend im fahlen Licht des Mondes, das durch das Schlafzimmerfenster hereinfiel.

Sofort rückte Will ein Stück ab und drehte ihr den Rücken zu. Kaum hatte er die Lider geschlossen, tauchte wieder das Bild von Maggie am Poolrand vor seinem inneren Auge auf. Er sah sie vor sich stehen, den Kopf weit in den Nacken gelegt, um ihn ansehen zu können. Ihre Locken streichelten über seine Hand, die auf ihrem Rücken ruhte. Er spürte die Hitze ihres Körpers. Der Anblick ihrer vollen Lippen, die sich einladend einen winzigen Spalt öffneten, ging ihm durch und durch.

Doch dann zog Maggie die Notbremse. Will hätte es nicht getan. Er wusste, dass er sie nur einen Wimpernschlag später geküsst hätte, ohne auch nur im Ansatz über die Konsequenzen nachzudenken.

Dummerweise wollte er sie entgegen jeglicher Vernunft immer noch küssen. Er wollte sogar noch sehr viel mehr als das, und zum ersten Mal seit langer Zeit wollte er all dies nicht für eine Nacht.

Warum passierte das ausgerechnet jetzt, im Rahmen dieser verfluchten Show, wo ihm in sämtlichen Richtungen der Weg zu Maggie verwehrt war? Würde er seinen Gefühlen nachgeben, wäre alles in Gefahr. Immerhin stand nicht nur Maggies Ehe, sondern auch sein Vorhaben, diese Show erfolgreich abzuschließen, auf dem Spiel. Ivana war es gefühlstechnisch zweifellos scheißegal, ob er sich in die Nachbarin verguckte. Sie interessierte sich nur dafür, ihre Kosmetikprodukte im Fernsehen zu präsentieren. Was Henry betraf … nun, diesbezüglich hielt sich Wills Mitleid in Grenzen, denn die Ehe der Coopers funktionierte auch ohne sein Zutun nicht. Außerdem gab es noch einen Fakt, der Will zur Zurückhaltung zwingen sollte.

Maggie kannte ihn nicht. Sie hatte keine Ahnung, wer er war und vor allem warum er wirklich hier mitmachte. Er hatte ihr eine überaus dreiste Lüge aufgetischt, und nun wusste er absolut nicht, wie er da wieder rauskommen sollte, ohne sie zutiefst zu verletzen.

* * *

Nach drei Tagen Kopfzerbrechen kam Will zu dem Entschluss, dass es für alle Beteiligten am besten war, die Sache mit Maggie zu beenden, bevor sie überhaupt beginnen konnte.

Will hatte das Wochenende größtenteils mit Ivana außer Haus verbracht und war einer Konfrontation mit den Nachbarn somit erfolgreich aus dem Weg gegangen. Dass Maggie ebenso wenig auf eine Begegnung mit ihm scharf war, wurde spätestens am Montag klar, als sich beide in ihren Häusern verschanzten und die Terrasse menschenleer blieb.

Auch am Dienstagmorgen baute Will seinen Laptop auf dem Esstisch in der Küche auf, obwohl es draußen zur Abwechslung angenehm mild war, da endlich ein nächtliches Gewitter die Hitzewelle unterbrochen hatte.

Während er sich einen Kaffee zubereitete, überlegte er sogar, ob er die Jalousien herunterlassen sollte, um sich davon abzuhalten, ständig zum Fenster zu schielen, so als litte er unter Verfolgungswahn. Durch die zugezogenen Gardinen konnte er zwar nicht wirklich erkennen, was sich in Nachbars Garten abspielte, aber trotzdem glitt sein Blick immer wieder wie von selbst nach draußen.

Vorsorglich setzte Will sich mit dem Rücken zur Fensterfront an den Tisch und zog seinen Laptop heran. Er klappte ihn noch nicht auf, sondern nippte nur geistesabwesend an seinem Kaffee.

Was Maggie wohl gerade machte? Trat sie vielleicht in diesem Moment auf die Terrasse und schaute herüber?

Genervt schloss Will die Augen und rieb sich über die Stirn, als könne er so jeglichen Gedanken an Maggie vertreiben. Er musste unbedingt einen kühlen Kopf bewahren und durfte sich nicht von seinen Gefühlen ablenken lassen.

Bis zum Showfinale waren es noch knapp vier Wochen, die er im Notfall ausschließlich innerhalb des Hauses verbringen würde, um sich selbst vor einem großen Fehler zu bewahren. Er war einfach viel zu weit gekommen, als dass er alles wegen einer unerwarteten Regung seines abgeschotteten Herzens hinwerfen könnte.

Außerdem hatte Will keinesfalls vergessen, dass es ihm noch nie zuträglich gewesen war, auf seine Emotionen zu hören. Bereits jetzt zeigte sich ja wieder augenfällig, in welch irrsinnige Lage sie ihn bringen wollten. Zum Glück dröhnte die Stimme der Vernunft in ihm inzwischen so laut, dass sie das Flüstern seines Herzens übertönen konnte.

Er musste Maggie fernbleiben.

Das war für sie beide das Beste.

Entschlossen stellte Will seine Tasse ab und klappte den Laptop auf. Kaum vernahm er das leise Surren des erwachenden Prozessors, klopfte jemand hinter ihm an die Fensterscheibe.

Will erstarrte augenblicklich zur Salzsäule. Ihm war natürlich sofort klar, dass es sich bei dem Besuch auf der Terrasse nur um Maggie handeln konnte. Die Frage war, wie er nun reagieren sollte. Einfach ignorieren?

Es klopfte erneut. Diesmal mit Nachdruck. Gleichzeitig hörte er Maggies gedämpfte Stimme: »Ich kann dich sehen, Will!«

Verdammt!

Mit abgehackten Bewegungen erhob Will sich von seinem Stuhl und zwang sich, zur Terrassentür zu gehen. Seine Gedanken rasten, während er sich um eine neutrale Miene bemühte und die Hand zum Türgriff ausstreckte. Er wagte es nicht, Maggie anzusehen, als er erst die Gardine beiseitezog und schließlich die Glastür öffnete.

Sofort stürmte Maggie an ihm vorbei und stellte sich mit verschränkten Armen mitten in die Küche. »Wir müssen reden.«

Will blieb an der offenen Terrassentür stehen und musterte Maggie argwöhnisch. Ihr völlig zerzaustes Haar untermalte eindrucksvoll ihren aufgewühlten Gesichtsausdruck.

Im ersten Moment war er völlig überfordert von ihrem Auftritt. Vor allem weil der linke Träger ihres Kleides verrutscht war und er wie magisch von ihrer nackten Schulter angezogen wurde. Es dauerte ein paar Sekunden, bis er sich zusammenriss und es schaffte, ihr direkt in die Augen zu sehen.

Maggie hatte recht. Sie mussten dringend reden, um die verqueren Emotionen in seinem Brustkorb schnellstmöglich im Keim zu ersticken, bevor es zu spät war.

»Okay«, sagte er schließlich und nickte ihr zu. »Schieß los.«

Sie holte tief Luft und begann, unruhig auf und ab zu gehen, während sie offensichtlich nach den geeigneten Worten suchte.

»Wir müssen das klären«, meinte sie, ohne ihn anzusehen. »Es ist nicht gut, wenn man nicht Klartext redet. Wir können uns nicht ewig aus dem Weg gehen. Außerdem betrifft es uns beide, und ich habe keine Ahnung, was es überhaupt bedeuten soll. Also, Will, was soll es bedeuten?«

Er hob ehrlich verwirrt die Hände. »Was soll was bedeuten?«

»Na, alles!« Maggie warf verzweifelt die Arme in die Luft und tigerte weiter vor ihm hin und her. »Du. Und ich. Dieser Moment … was soll ich denn bitte mit all dem anfangen?«

»Am besten gar nichts«, antwortete er tonlos.

Maggie blieb abrupt stehen und stemmte die Hände in die Hüften. »Wie bitte?«

Ihr entgeisterter Blick brachte ihn immer mehr aus dem Gleichgewicht, darum verschränkte er abwehrend die Arme vor der Brust. Weil ihm auf die Schnelle nichts Besseres einfiel, sagte er schlicht: »Du bist immerhin verheiratet.«

Sie sog scharf die Luft ein. »Das hab ich nicht vergessen, keine Sorge! Außerdem hat dich das am Freitag auch nicht gestört.«

»Wir haben nur getanzt«, behauptete er prompt. »Daran ist nichts verwerflich, Mag.«

»Wir haben also nur getanzt?«, fauchte Maggie und trat einen Schritt auf ihn zu. »Deshalb versteckst du dich vor mir, ja?«

Will straffte sich automatisch, weil er sich zusehends von ihr in die Ecke gedrängt fühlte. Sie ließ sich allerdings nicht beeindrucken und kam sogar noch einen Schritt auf ihn zu, obwohl sie dadurch den Kopf leicht zurücklegen musste, um ihn weiterhin ansehen zu können. Was Maggie an Körperhöhe fehlte, machte sie locker durch das wütende Funkeln in ihren Augen wieder wett. Um ein Haar wäre Will sogar vor ihrem drohend erhobenen Zeigefinger zurückgewichen.

»Antworte!«, forderte sie so laut, dass er tatsächlich zusammenzuckte.

»Ich wollte deine Zweisamkeit mit Henry nicht stören«, erwiderte er fahrig. »Immerhin liegt dir doch so viel daran, eure Ehe auszubauen. Deine Bemühungen scheinen auch endlich Früchte zu tragen, denn in der gestrigen Ausstrahlung habt ihr sehr glücklich miteinander gewirkt. Das soll doch nicht alles umsonst gewesen sein.«

»Was soll das jetzt bitte heißen?«, zischte sie.

Das wusste Will selbst nicht so genau. Es fiel ihm schwer, auch nur einen klaren Gedanken zu fassen, weil plötzlich sämtliche seiner Sinne auf das winzige Beben ihrer Unterlippe ausgerichtet waren. Er konnte sich nicht erinnern, wann ihn ein Anblick stärker erregt hatte als dieser. Alles in ihm schrie danach, endlich vom Geschmack dieser Lippen zu kosten.

Maggie ließ langsam die Hand sinken. Will hätte es zwar nicht für möglich gehalten, doch die Wut in ihren Augen nahm sogar noch an Intensität zu. Flammen des Zorns loderten darin und schienen auch noch den Rest seines Verstandes zu verbrennen.

»Du bist ein Idiot!«, stieß Maggie hervor.

»Das stimmt«, flüsterte er heiser.

Im gleichen Moment verlor er den Kampf gegen die Vernunft. Er gab auf. Ließ sich mitreißen von der unwiderstehlichen Anziehungskraft, die diese Frau auf ihn ausübte.

Ohne länger nachzudenken, packte er Maggie an der Hüfte und zog sie mit einem Ruck an sich. Ihre Lippen öffneten sich vor Verwunderung, doch bevor ihnen ein Laut entweichen konnte, versiegelte er sie bereits mit einem Kuss.

Für einen Moment hielten sie beide den Atem an.

Dann schlang Maggie die Arme um seinen Nacken und erwiderte den Kuss mit einem Seufzen, das ihm durch und durch ging. Ihre Lippen waren noch so viel weicher als in seiner Vorstellung. Sie begegneten den seinen mit derselben, schier an Verzweiflung grenzenden Leidenschaft.

Maggie lud ihn ein. Forderte ihn geradezu dazu heraus, das unbeschreibliche Verlangen zu stillen, dem sie beide nicht länger widerstehen konnten.

Ihre gierigen Küsse versetzten Will in einen wahren Rausch. Erregt packte er sie an der Taille und hob sie mühelos hoch. Umgehend schlang sie die Beine um seine Hüften. Ihre Finger suchten den Weg in sein Haar und krallten sich darin fest. Der bittersüße Schmerz entlockte ihm ein Knurren. Sie stoppten den Tanz ihrer Zungen nicht, während er Maggie quer durch die Wohnung trug und mit dem Rücken gegen den Kühlschrank presste.

Er hielt sie dort gefangen und begann mit seinen Lippen, ihren Hals zu erforschen. Ihre zarte Haut, gepaart mit dem lieblichen Duft ihrer Haare, ließ ihn die Welt ringsum vergessen.

Es gab nur noch sie. Maggie. Die Frau, deren leises Stöhnen das Schönste war, das er je gehört hatte. Er wollte sie spüren. Haut an Haut.

Ungeduldig drehte Will sich mit ihr herum und setzte sie auf der Küchenarbeitsplatte ab. Der Behälter mit dem Kochbesteck fiel scheppernd um, doch das störte ihn nicht. Wie könnte es auch, wo er doch nun endlich beide Hände frei hatte, die jeden Zentimeter von Maggies wundervollem Körper entdecken wollten.

Sie begann ebenfalls ihre Erkundungen und fand in Windeseile unter sein Shirt, während sie zärtlich an seinem Ohrläppchen knabberte.

Seine Finger wanderten an ihren Seiten hinab, bis sie ihre nackten Knie erreichten. Er schob den Rock ihres Kleides vorsichtig hoch, indem er ganz langsam die Innenseite ihrer Oberschenkel entlangstreichelte. Als er den Saum ihres Slips unter seinen Fingerspitzen spürte, keuchte Maggie auf. Er hielt inne, um sie ein wenig zu necken, woraufhin Maggie von ihm abließ und sich leicht nach hinten neigte, damit sie ihn ansehen konnte.

Ihr Atem ging schwer. Das Braun ihrer Iris glänzte einen Tick dunkler als sonst. Ihre Locken umspielten in wilder Ausgelassenheit ihre geröteten Wangen.

»Weißt du eigentlich, wie schön du bist?«, flüsterte er.

Abermals loderte ein Feuer in ihren Pupillen auf. Doch diesmal waren es Flammen purer Lust, die darin tanzten.

»Hör auf zu reden«, sagte sie mit rauer Stimme und umfasste den Saum seines Shirts, um es ihm über den Kopf zu ziehen.

Wie hätte er da widersprechen können …

INTERVIEW MIT DEN COOPERS

Was schätzt du an deiner Partnerin/deinem Partner besonders?

Maggie: Da gibt es viele Dinge.
Henry: Ich würde sagen, ihre Aufrichtigkeit.

Was würdest du an ihr/ihm ändern?

Maggie: Ich mag Henry, so wie er ist.
Henry: Absolut nichts.

Hast du schon ein paar Macken an deiner Frau/deinem Mann entdeckt?

Maggie: Nichts, womit ich nicht zurechtkäme.
Henry: Nein, Maggie ist perfekt.

Zufall oder Wissenschaft – was denkst du?

Maggie: Ich denke, es ist Zufall.
Henry: Ich hoffe, es ist Wissenschaft.

12

Atemlos starrte Maggie an die Zimmerdecke im Nachbarhaus. Sie lag auf dem Küchenfußboden inmitten von zerstreuten Klamotten, während Wills Finger beruhigende Kreise auf ihrem nackten Bauch zogen.

Auch sein Brustkorb hob und senkte sich in raschem Tempo. Er sagte nichts. Vermutlich, weil er ebenso erschöpft und aufgewühlt war wie sie selbst.

Obwohl ihr Inneres noch angenehm summte, hatte ihr Verstand wieder eingesetzt und brüllte ihr nun eine einzige Frage in Endlosschleife entgegen: *Warum?*

Hätte Maggie gewusst, was passieren würde, hätte sie wohl niemals bei ihm angeklopft. Eigentlich war sie gekommen, um mit Will eine Lösung für ihr Dilemma zu finden. Doch entgegen ihrer Erwartung hatte er einfach abgestritten, dass da eine Verbindung zwischen ihnen bestand.

Vermutlich wäre es klüger gewesen, die Dinge damit auf sich beruhen zu lassen. Aber genau an diesem Punkt war bei Maggie eine Sicherung durchgebrannt. Sie hatte so lange gestichelt, bis seine Gegenwehr erlahmte und er die Kontrolle verlor. Und dann war die ganze Sache irgendwie aus dem Ruder gelaufen.

Hitze durchströmte Maggie, während ihre Vereinigung noch einmal vor ihrem inneren Auge ablief. Seine Hände waren so verlangend gewesen, seine Lippen unersättlich ... Da war kein Zögern, keine Unsicherheit, nur unbändige Lust, die sie nicht mehr denken, sondern nur noch fühlen ließ.

Die Erkenntnis, dass sie den besten Sex ihres Lebens mit einem Ehemann gehabt hatte, der leider nicht ihr eigener war, trieb ihr Tränen in die Augen. Reflexartig schlug sie sich die Hand auf den Mund, um das Schluchzen zu dämpfen, das aus ihrer Kehle herausbrach.

»Mag?« Bestürzt setzte Will sich auf. »Hey, alles in Ordnung?«

Maggie lachte bitter auf. »Fragst du mich das etwa ernsthaft? Nach allem, was gerade passiert ist?«

Unbeholfen fuhr Will sich durch die ohnehin zerstrubbelten Haare. Sein Unterkiefer klappte mehrmals auf und zu. Dennoch kam kein Ton aus seinem Mund.

»Gar nichts ist in Ordnung, Will.« Maggie rollte sich auf die Knie und angelte nach ihrem Kleid, um sich notdürftig zu bedecken. Ihr war durchaus bewusst, dass diese Aktion völlig sinnlos war angesichts der Tatsache, dass Will sie von oben bis unten bereits in aller Gründlichkeit erforscht hatte. Aber sie brauchte irgendeinen Vorwand, um ihm nicht länger in die Augen sehen zu müssen.

»Bereust du es?«, fragte er leise hinter ihr.

Maggie versteifte sich. Sie wusste, dass ihre Antwort aus einem klaren Ja hätte bestehen müssen. Schließlich hatte sie nie eine Ehefrau sein wollen, die ihren Mann betrog.

Aber es wollte sich einfach kein schlechtes Gewissen in ihr regen.

Andererseits hatte Henry sie ja sogar erst am Freitag dazu ermuntert, ihre leidenschaftliche Seite besser woanders auszuleben. War das der Grund für die Stille in ihrem Kopf?

Seufzend sortierte Maggie das völlig verdrehte Kleid in ihren Händen. Schon als kleines Mädchen hatte sie klare Vorstellungen von der Ehe gehabt. Freischeine für Affären waren darin allerdings nicht vorgesehen gewesen. Dennoch schien es nicht mal ungewöhnlich zu sein, diesen Weg einzuschlagen. Das hatte Maggie am Wochenende zur Genüge recherchiert.

Viele Paare nutzten Seitensprünge oder besuchten sogar zusammen einschlägige Clubs, um ihre Beziehung *lebendig* zu halten. Lieber Himmel! Wann war das Konstrukt der Ehe eigentlich so verdammt kompliziert geworden? Was war aus dem guten, alten *Und-sie-lebten-glücklich-und-zufrieden-bis-an-ihr-Lebensende* geworden?

Als Mann und Frau. In trauter Zweisamkeit. Ohne irgendwelche Lover.

»Ich verstehe.«, Will stand unvermittelt auf und riss sie aus ihren Gedanken.

Erschrocken über seinen harschen Ton wirbelte Maggie herum. Sein Anblick brachte sie erneut aus dem Konzept.

Will ragte mit wutverzerrtem Gesicht vor ihr auf. Jeder einzelne Muskel an ihm war angespannt. Seine glatte Haut glänzte im Sonnenlicht, das durch die hohen Fenster hereinstrahlte. Da war dieser kleine Leberfleck, direkt neben seinem Bauchnabel, den Maggie kurz zuvor noch geküsst hatte. Und etwas weiter südlich ...

Maggie schluckte.

»Sieh mich nicht so an«, knurrte Will, wandte sich ab und fischte seine Boxershorts vom Boden. Geschwind schlüpfte er hinein.

»Wie denn?«, wollte Maggie wissen.

Will schnaubte. »So, als wolltest du gleich wieder über mich herfallen. Was natürlich Blödsinn ist, nicht wahr?«

Seine Stimme triefte vor Sarkasmus. Für einen Moment war Maggie geneigt, ihm gehörig den Kopf zu waschen, doch dann warf er ihr einen kurzen Blick zu und Maggie erkannte schlagartig die Wahrheit: Sie hatte ihn verletzt.

Und das war etwas, das sie weit mehr störte als die Tatsache, dass sie im Begriff war, eines ihrer wichtigsten Prinzipien über Bord zu werfen.

»O Will«, murmelte sie und rappelte sich ebenfalls auf. Das Kleid über die Brust haltend, stellte sie sich vor ihn und hob die freie Hand an seine Wange. Zärtlich streichelte sie über seinen weichen Bart.

Zu ihrer Erleichterung schloss Will die Augen und schmiegte sich mit in Falten gelegter Stirn in ihre Berührung. Er wirkte innerlich zerrissen.

»Es ist nicht so, wie du denkst«, erklärte sie stockend.

Will öffnete die Augen wieder und musterte sie mit einer Mischung aus Hoffnung und Misstrauen. »Wie dann?«

Mit dem Daumen strich Maggie über seine volle Unterlippe. »Ich bin nicht entsetzt über das, was passiert ist, sondern darüber, dass ich es einfach nicht bereuen kann.«

»Vielleicht kommt das noch.«

Lächelnd schüttelte Maggie den Kopf. »Das glaube ich nicht. Es mag unangebracht sein – vor allem, wenn man bedenkt, dass wir Hauptdarsteller bei *The Wedding Project* sind –, aber nichtsdestotrotz fühlt es sich für mich einfach nicht falsch an, mit dir zusammen zu sein.«

»Für mich ebenso wenig«, gab er zu und senkte den Kopf, bis seine Stirn auf ihre traf. Er holte tief Luft. »Ivana und mich verbindet diese Ehe aus rein geschäftlichen Gründen. Mir ist klar, dass ich mich trotzdem von dir fernhalten sollte. Aber ich schaffe es einfach nicht.«

Maggie spürte, wie jede einzelne ihrer Zellen anfing zu kribbeln. »Dann solltest du es vielleicht auch nicht tun.«

Sichtlich überrascht von ihrem zögerlich vorgetragenen Rat riss Will die Augen auf. »Und was ist mit Henry?«

Beschämt senkte Maggie den Blick. »Henry möchte es so.«

»Was?« Will umfasste mit beiden Händen ihr Gesicht und sah ihr in die Augen. »Hat er das etwa gesagt?«

Maggie nickte. »Er will mich nicht. Zumindest nicht auf diese Weise. Deshalb hat er vorgeschlagen, eine offene Ehe zu führen.«

»Was für ein Trottel«, erwiderte Will kopfschüttelnd.

Bei dem trockenen Tonfall musste Maggie lächeln. »Kann ja nicht jeder ein Idiot sein.«

»Das ist wohl wahr.« Wills Augen funkelten mit einem Mal verheißungsvoll, während sein Zeigefinger auf Wanderschaft ging. Ausgehend von ihrem Kinn fuhr er zärtlich an ihrem Hals hinab bis zur Wölbung ihrer Brüste. »Und dieser Idiot kann einfach nicht die Finger von dir lassen.«

Maggies Knie wurden weich. Dennoch neigte sie spöttisch den Kopf. »Ist das so?«

Statt zu antworten krallte Will die Finger in ihr Kleid, welches sie nur noch recht halbherzig vor sich zusammenraffte, und zupfte daran.

»Warte!«, rief Maggie und legte die Hand auf seine. Dann sah sie ihn ernst an. »Wenn wir das wirklich wollen, sollten wir vielleicht ein paar Regeln festlegen.«

»Was für Regeln?«, murmelte Will geistesabwesend. Sein Blick war gierig auf ihr Dekolleté gerichtet, so als wollte er ihr jeden Moment den störenden Stoff herunterreißen.

»Wir nehmen an einer Fernsehshow teil, Will«, erinnerte Maggie ihn zögernd. »Wir haben Verträge unterzeichnet.«

»Das habe ich nicht vergessen.«

»Was schlägst du also vor?«, fragte sie unsicher.

Eine kleine Falte erschien auf Wills Stirn, die verriet, dass sein Gehirn auf Hochtouren arbeitete. In Gedanken schien er sorgfältig abzuwägen. Dann schüttelte er plötzlich den Kopf, als wollte er seine Bedenken einfach fortscheuchen. Nachdenklich schaute er Maggie an. »Könntest du damit leben, meine heimliche Affäre zu sein?«

»Könntest du denn damit leben, *meine* zu sein?«, schoss Maggie zurück.

Unverwandt betrachtete er ihre Lippen, während er sich langsam näherte. »Worauf du dich verlassen kannst.«

* * *

Maggie hatte sich nie für skrupellos gehalten. Aber das musste sie wohl sein. Anders ließ es sich nicht erklären, dass sie in den folgenden Tagen jede freie Minute mit Will verbracht und es in vollen Zügen genossen hatte.

Einmal hatte sie versucht, Henry von dem anderen Mann zu erzählen, den sie nun traf. Natürlich wollte sie keinen Namen nennen, aber zumindest sollte er wissen, dass es da jemanden gab. Henry hatte ihren Versuch, aufrichtig zu sein, jedoch rigoros abgeschmettert.

»Es freut mich, wenn du glücklich bist, Maggie«, hatte er ihr versichert. »Aber ich will wirklich keine Details wissen. Das ist deine Sache. Sollen wir heute Abend Fisch grillen?«

Verdattert hatte Maggie zugestimmt, obwohl ihr angesichts seiner Gleichgültigkeit irgendwie der Appetit vergangen war. Sie fragte sich, ob Henry ahnte, dass es Will war, dem sie verfallen war.

Bisher hatten sie jeden Kontakt vermieden, wenn Ivana und Henry abends zu Hause waren. Aber nun stand das nächste Wochenende bevor, und Maggie wurde zunehmend nervöser.

Da Will am Freitagvormittag einen Termin in der Stadt wahrnehmen musste, hatten sie sich erst in einer Stunde verabredet. Eigentlich wollte Maggie die Zeit nutzen, um an ihrem Manuskript zu arbeiten. Aber es fiel ihr schwer, sich zu konzentrieren, weil ihr Blick pausenlos zur Uhr wanderte.

Seufzend klappte sie das Notebook zu und schnappte sich ihre Handtasche. Dann würde sie eben ein paar Einkäufe erledigen, um sich die Zeit zu vertreiben.

Gemächlich schlenderte Maggie zu dem kleinen Laden wenige Straßen weiter. Es war so heiß, dass sie nur sehr wenig Lust verspürte, später etwas zu kochen. Deshalb wählte sie kurzerhand Zutaten für Sandwiches. In der Drogerieabteilung blieb sie stehen und musterte verstohlen das Regal mit einer Auswahl an Kondomen.

Ob sie welche mitnehmen sollte? Schließlich war sie eine emanzipierte, verantwortungsbewusste Frau und wusste aus zuverlässiger Quelle, dass Wills Vorräte in den vergangenen Tagen beträchtlich dezimiert worden waren.

Maggie wollte gerade nach einer Packung greifen, da tippte sie jemand an der Schulter an. Ertappt fuhr sie herum und schaute in das Gesicht einer blonden Frau, die aufgeregt auf und ab hüpfte.

»Oh, mein Gott, Sie sind Maggie Moonlight!«, rief sie und kramte fieberhaft in ihrer Tasche herum. »Ich kann nicht glauben, dass ich Sie ausgerechnet hier treffe. Wohnen Sie etwa in dieser Gegend? Wenn ich das gewusst hätte, hätte ich mein Scrapbook eingepackt. Aber es liegt dummerweise auf meinem Schreibtisch.« Sie drehte suchend den Kopf in alle Richtungen. »Ist Henry auch da?«

Maggie klappte den Mund auf, um ihr zu antworten, doch die Frau plapperte einfach weiter. »Das ist ja so aufregend. Ich bin ein Riesenfan von Ihnen beiden. Ich rufe in jeder Sendung an und gebe meine Stimme für Sie und Henry ab. Ganz unter uns: Die Scotts können Ihnen nicht das Wasser reichen. Sie und Henry sind so viel sympathischer, viel bodenständiger und so liebenswert.«

»Danke«, erwiderte Maggie lächelnd und trat nervös von einem Fuß auf den anderen. »Das ist sehr freundlich.«

Die Blondine winkte ab. »Aber nicht doch. Könnten Sie mir vielleicht ein Autogramm geben?«

»Natürlich.« Möglichst unauffällig schob Maggie sich ein Stück seitwärts, sie kam aber nicht besonders weit. »Hätten Sie wohl einen Stift?«

Prompt zauberte die Blondine ein paar Zettel und einen Kugelschreiber hervor. Maggie gab artig vier Autogramme für sie und drei ihrer Freundinnen, die überrascht werden sollten.

»Und können wir noch ein Foto machen?«, bat die junge Frau abschließend.

Maggie nickte ergeben. Schon stand die Blondine neben ihr und grinste breit in die Kamera ihres Smartphones. Sie drückte zweimal den Auslöser, dann überprüfte sie ihre Aufnahmen mit konzentrierter Miene.

»Oh!«, stieß sie hervor und drehte sich um. Ihre Augen weiteten sich, als sie den Inhalt des Regals im Hintergrund erfasste. »Du meine Güte!«, quietschte sie. »Das mit Ihnen und Henry ist richtig ernst, was? Ich hab es doch gewusst! Meine Freundin Amber meint ja immer, dass in diesen Realityshows alles bloß Fake ist, aber ich war mir sicher, dass das mit Ihnen und Henry genauso gut klappt wie mit den Bricks im letzten Jahr. Wussten Sie, dass die beiden ihr erstes Kind erwarten? Noch ist das ja bloß ein Gerücht, aber ich wette, es ist etwas Wahres dran. Immerhin wurde Claire erst letzte Woche mit einem Gurkensandwich auf dem Campus gesichtet. Gurkensandwiches hat meine große Schwester Molly geliebt, als sie schwanger war. Das sagt doch wohl alles ...«

Entgeistert starrte Maggie die Frau an, die ohne Punkt und Komma weiterredete. Letztlich war es wohl nur dem Klingeln ihres Handys zu verdanken, dass sie endlich ihren Redeschwall stoppte.

»Sorry«, sagte sie und lächelte Maggie entschuldigend an. »Da muss ich rangehen.«

Maggie nickte zustimmend. »Nur zu! Ich muss auch weiter. Es war sehr schön, Sie zu treffen. Vielen Dank für Ihre Unterstützung.«

»Das ist doch selbstverständlich.« Die Blondine wischte auf ihrem Display herum und stakste davon. »Sidney! Du errätst nie, wer mir gerade im Supermarkt über den Weg gelaufen ist …«

Erschöpft rieb Maggie sich über die Stirn. Sie hätte wohl doch besser zu Hause bleiben sollen. Sie ignorierte geflissentlich die bunten Packungen hinter sich im Regal und eilte zur erstbesten Kasse. Die Warteschlange hielt sich glücklicherweise in Grenzen. Vor ihr war lediglich ein Rentnerpaar, das in gemächlichem Tempo seine Einkäufe aufs Band legte. Da es die beiden mit Sicherheit nicht interessierte, wer in der aktuellen Staffel von *The Wedding Project* mitwirkte, stellte Maggie sich hinter ihnen an.

Während sie wartete, fiel ihr Blick auf die Tageszeitungen und Zeitschriften zu ihrer Rechten. Gelangweilt überflog sie die reißerischen Überschriften der Klatschmagazine:

Hallo Baby – Schon wieder Nachwuchs bei den Royals!

Bodyfrust – Hollywood im Diätwahn!

Alles Lug und Trug – The-Wedding-Project-Star William Scott bereits zum zweiten Mal verheiratet!

Zickenkrieg bei den Music Awa…

Moment, was?

Ungläubig beugte Maggie sich hinab und griff nach der Zeitschrift. Da das Cover mit Fotos und Texten überfrachtet war, hatte sie ihn nicht gleich erkannt. Aber er war es definitiv.

Mit rasendem Herzen blätterte Maggie vor bis zu dem Artikel. Sie mahnte sich selbst zur Ruhe. Dann hatte er eben eine Vergangenheit. Na und! Wer hatte die nicht?

Obwohl Maggie sich sagte, dass diese neue Information über Will gar nicht tragisch war, wenn man es genau bedachte, zog sich ihr Magen schmerzhaft zusammen, als sie die richtige Seite fand. Unzählige Bilder zeigten Will mit Ivana im Rahmen der Fernsehshow. Am größten war jedoch das Portrait einer blonden Schönheit, die verlegen in die Kamera lächelte. Und direkt daneben stand über mehrere Zeilen und in riesigen Lettern geschrieben: *Seine Exfrau Amy verrät: »William Scott will Ruhm und keine Liebe!«*

~ WILLIAM ~

Als Will gegen Mittag von seinem Treffen mit Mark zurückkehrte, fand er die Terrasse wider Erwarten leer vor. Er starrte die verschlossenen Glastüren des Nachbarhauses an und musste plötzlich über sich selbst lachen, als er sich seines enttäuschten Gesichtsausdrucks bewusst wurde. Er war erst in einer Viertelstunde mit Maggie verabredet, also gab es wirklich keinen Grund, gleich ein langes Gesicht zu ziehen.

Will ging zurück ins Haus und ließ die Terrassentür einen Spalt offen, um Maggie zu signalisieren, dass er wieder da war. Eigentlich passte es ihm ganz gut, dass noch etwas Zeit war, denn so hatte er noch Gelegenheit, unter die Dusche zu hüpfen, um sich den Mief der hochsommerlichen Chicagoer Innenstadt abzuwaschen.

Während er sich mit seinem eigenen Duschgel einschäumte, betrachtete er das Sammelsurium von Ivanas Pflegeprodukten in der Ablage. Es war wirklich eigenartig, jede Nacht mit einer Frau das Bett zu teilen, an die er den gesamten Tag keinen einzigen Gedanken verschwendete.

Maggie beanspruchte schlichtweg das gesamte Kontingent seiner Gedanken ganz für sich allein. Mittlerweile war ihr Gesicht das Erste, an das er gleich nach dem Aufwachen dachte, und das Letzte, woran er sich erinnern konnte, bevor er am Abend einschlief. Und seine Träume hatte sie sowieso erobert.

Maggie Moonlight und William Scott hatten eine heiße Affäre. Wer hätte das gedacht?

Er ganz sicher nicht. Außerdem war Will sich längst im Klaren darüber, dass Maggie für ihn weit mehr war als nur ein hormoneller Ausgleich. Sie löste Gefühle in ihm aus, die ihm einerseits Angst machten und dennoch so aufregend und wohltuend waren, dass er sie nicht mehr missen wollte. Er hätte diese Emotionen auch gar nicht stoppen können, selbst wenn er es gewollt hätte. Dafür steckte er schon zu tief in der Sache drin.

Und das war ein großes Problem …

Will stellte das Wasser ab, stieg aus der Dusche und schnappte sich ein Handtuch. Er rubbelte sich grob die Haare trocken und wickelte sich das Frotteetuch um die Hüften, bevor er sich nachdenklich im Spiegel betrachtete.

Wo soll das hinführen?

Eine Frage, die sie während ihrer Treffen gekonnt umschifften. Der letzte Stand war, dass sie eine heimliche Affäre pflegten. Wie das Ganze nach der Show aussehen sollte, blieb ungewiss.

Für Will stand fest, dass er die Ehe mit Ivana so oder so annullieren würde. Ob er dies bereits in der großen Finalshow oder ein paar Wochen später tun wollte, hatte er noch nicht entschieden. Das würde er vom Endergebnis des Rankings abhängig machen, und was das anbelangte, schien die Entwicklung nicht mehr so ganz eindeutig zu verlaufen.

Die Coopers hatten in Sachen Zuschauerbeliebtheit einen gewaltigen Zahn zugelegt, und ein Kopf-an-Kopf-Rennen war am Ende nicht auszuschließen. Was Will wieder einmal in seiner Meinung bestätigte, dass der gemeine Zuschauer nur sah, was er sehen wollte, denn die vermeintlich harmonische Ehe der Coopers war längst zum selben Fake geworden wie seine Ehe mit Ivana.

Drei Wochen blieben noch bis zur großen Livesendung. Drei Wochen, in denen Will sein Doppelleben aufrechterhalten musste. Wobei er inzwischen strenggenommen sogar drei gespielte Alter Egos entwickelt hatte, denn vor Maggie mimte er immer noch den gutherzigen Enkel, der dringend Geld für seine kranke Großmutter brauchte.

Will hasste sich selbst für diese Lüge. Er haderte die ganze Zeit über mit sich, wie er Maggie die Wahrheit sagen sollte. Irgendwann musste er es tun. Aber war es klug, sein gesamtes Vorhaben zu riskieren? Eigentlich konnte er sich kaum vorstellen, dass Maggie ihn auffliegen lassen würde. Seine Erfahrung aber mahnte ihn dennoch zur Vorsicht. In Maggies Gegenwart reagierte er oft genug völlig kopflos, darum wollte er sich wenigstens das kleine bisschen Vernunft bewahren und seine Beichte bis zu einem Zeitpunkt nach der Show hinauszögern. So schlecht er sich auch dabei fühlte.

»Will?« Maggies gedämpfte Stimme wehte durch die angelehnte Badezimmertür zu ihm.

»Komme gleich!«, rief er.

Sofort klopfte sein Herz vor Freude einen Tick schneller. Unfassbar, wie sich diese Frau auf ihn auswirkte!

Er musste sich ernsthaft zusammenreißen, um nicht wie ein Verrückter aus dem Bad zu rennen, und mäßigte sich zu einem gemessenen Schritt, mit dem er das Schlafzimmer durchquerte, weiterhin nur das Handtuch um den Hüften. Auf Klamotten konnte er getrost verzichten, denn die würde er ohnehin nicht lange anbehalten.

Da sie bei ihren Treffen die Schlafbereiche anstandshalber mieden, wartete Maggie in der Küche auf ihn. Sie stand neben der Frühstücksbar, die Locken zu einem wilden Knoten gebunden, aus dem sich einige Strähnen gelöst hatten. Will liebte diese Frisur, denn sie passte perfekt zu der ungezügelten Leidenschaft, die sich hinter Maggies dunklen Augen verbarg.

Sobald Maggie ihn mit seiner spärlichen Bekleidung auf sich zukommen sah, flackerte eben jene feurige Leidenschaft in ihren Zügen auf. Mit gierigen Blicken betastete sie seinen nackten Oberkörper. Sie wollte etwas sagen, doch Will gab ihr keine Gelegenheit dazu.

Als er ihre weichen Lippen spürte, trug ihn eine Welle der Erregung in die Höhe. Er zog Maggie so fest an sich, dass sie gerade noch Raum zum Atmen hatte.

Unmittelbar verlor alles um ihn herum an Bedeutung. Es gab nur noch sie. Ihren betörenden Duft, die samtige Haut unter seinen Fingerspitzen, die wilden Locken, in denen er so gern die Hände vergrub …

»Warte mal«, murmelte Maggie an seinen Lippen. »Bitte.«

Sie entfloh weiteren Küssen, indem sie sich weit zurücklehnte. Ihre Wangen glühten und sie schnaufte hitzig. Dennoch wirkte ihr Blick plötzlich ernst.

»Was ist los?«, fragte Will irritiert und lockerte seinen Griff.

Maggie nutzte sogleich die Gelegenheit, um einen Schritt Abstand zwischen sie beide zu bringen. Erst da fiel ihm auf, dass sie eine Zeitschrift in der Hand hielt. Nervös nestelte sie an den Seiten herum.

Er wies schmunzelnd mit dem Kinn auf das Magazin. »Suchst du jetzt in Klatschblättern nach Inspiration?«

»Nicht ganz«, meinte sie gedehnt. »Aber ich dachte, die Schlagzeile interessiert dich vielleicht.«

Vorsichtig wendete sie das Magazin, damit er die Vorderseite sehen konnte. Augenblicklich gefror ihm das Grinsen im Gesicht. Schockiert starrte er auf die reißerischen Zeilen neben seinem eigenen Foto.

Alles Lug und Trug – The-Wedding-Project-Star William Scott bereits zum zweiten Mal verheiratet!

»Ähm.« Maggie hüstelte verhalten. »Ich finde das nicht so schlimm.«

Er schaute entgeistert wieder auf. Diese Schlagzeile war sehr wohl schlimm. Wenn nicht gar katastrophal, denn ihm fiel spontan nur ein einziger Mensch ein, der mit dieser Info an die Klatschpresse gehen würde.

»Kann ich mal sehen?«, presste er hervor und streckte die Hand aus.

»Klar.« Bereitwillig reichte Maggie ihm die Zeitschrift. »Aber ich sage es noch mal: Jeder hat eine Vergangenheit, oder? Darum finde ich es …«

Den Rest ihrer Worte hörte Will nicht mehr, denn da hatte er bereits bis zum Artikel vorgeblättert.

Seine Exfrau Amy verrät …

Dieses Miststück! Nachdem er auf ihre Kontaktversuche nicht reagiert hatte, versuchte sie also auf diese Weise, einen Vorteil aus seiner Teilnahme an der Show zu schlagen. Er hätte wissen müssen, dass dieser Frau alle Mittel und Wege recht waren, um irgendwie in den Fokus der Öffentlichkeit zu gelangen. Wie hatte er dieses Risiko nur übersehen können?

»Ist alles in Ordnung?«, fragte Maggie besorgt.

Das Papier in seinen Händen knisterte, weil seine Finger vor Wut bebten. Er musste schleunigst herausfinden, was seine allerliebste Exfrau denn so alles über ihn verraten hatte.

Da Maggie ihn eher mitfühlend als enttäuscht musterte, schien ein gewisser Fakt keine Erwähnung gefunden zu haben. Vielleicht hatte Maggie den Artikel aber noch gar nicht gelesen?

»Kannst du mich bitte alleine lassen?«, entgegnete er tonlos, ohne auf ihre Frage einzugehen.

Maggie presste die Lippen aufeinander und nickte widerwillig. Will merkte durchaus, dass er sie vor den Kopf stieß, doch er konnte im Moment einfach nicht anders. Dass sie anschließend wortlos das Haus verließ, registrierte er nur am Rande, weil er bereits in den Artikel vertieft war.

Mit jedem Wort, das er las, wurde er wütender. Amy stellte ihn als den miserabelsten Ehemann aller Zeiten dar. Fehlte nur noch, dass sie ihn der häuslichen Gewalt bezichtigte. So ziemlich jede ihrer Aussagen war erstunken und erlogen, doch das war es nicht einmal, was Will am meisten beunruhigte.

Er hat nur für seine Arbeit gelebt, hieß es an einer Stelle. *Sein beruflicher Werdegang war ihm wichtiger als ich,* hieß es an anderer.

War das wirklich alles?

Um ganz sicherzugehen, las Will den gesamten Artikel zweimal durch. Danach hatte sich sein größter Zorn in Irritation gewandelt. Einerseits war er erleichtert, doch andererseits bereitete es ihm ernstlich Sorgen, dass Amy anscheinend nicht die ganze Wahrheit über seinen Job verraten hatte.

Will legte das Magazin beiseite und zog sich erst einmal etwas an, bevor er sich zum nächsten Schritt durchrang. Er holte sein Smartphone, setzte sich auf die Couch und wählte Amys Nummer.

»Hiiii, Will!«, flötete sie bereits nach dem zweiten Klingeln in die Leitung. »Wie geht's dir denn?«

Allein bei dem schrillen Klang ihrer Stimme richteten sich seine Nackenhärchen auf. Unfassbar, dass er diese Frau einst geliebt hatte.

»Was glaubst du denn, wie es mir geht?«, entgegnete er mit gezwungener Ruhe. »Ich habe gerade ein gewisses Interview gelesen und weiß nicht, ob ich lachen oder weinen soll.«

»Welches Interview meinst du jetzt genau?«

Sein Herz setzte für einen Schlag aus. »Wie viele gibt es denn?«

»Hm ...« Amy gab sich nachdenklich, doch dann gackerte sie vergnügt. »Bisher nur eins, aber weitere werden gewiss folgen. Du bist nun eine Person öffentlichen Interesses. Was hast du denn gedacht, wie lange es dauert, bis die Öffentlichkeit von mir erfährt? Bevor jemand anderes sich das Maul über unsere Ehe zerreißt, habe ich die Dinge lieber selbst in die Hand genommen. Du solltest mir danken, denn so kommen keine Gerüchte auf.«

»Aber sicher«, knurrte er. »Weil ja jetzt die reine Wahrheit geschrieben steht!«

Sie lachte spöttisch. »Ach Baby. Hätte ich denn die ganze Wahrheit ausplaudern sollen? Ich denke nicht, dass dies in deinem oder Marks Interesse gewesen wäre, oder?«

»Du weißt es also?«

Amy seufzte schwer. »Süßer, ich kenne dich gut genug, um zu wissen, dass du nicht wegen der großen Liebe bei dieser Show mitmachst. Am Geld wird's auch nicht liegen, also bleibt nicht viel Raum für Spekulationen.«

Will presste die Zähne so fest zusammen, dass ihm die Kiefermuskeln schmerzten. Schließlich stieß er hervor: »Warum hast du es für dich behalten? Was willst du?«

»Was will ich?«, wiederholte sie mit einem Schnurren, das ihm die Galle hochtrieb. »Eigentlich will ich nur eins: Lass mir meine Freiheiten bei diesen Interviews, und ich verspreche dir, dass ich niemandem verraten werde, warum du wirklich da mitmachst.«

»Weil deine Versprechen so viel wert sind, ja?«, sagte er scharf, obwohl er sich bereits ein wenig entspannte.

»Fang doch nicht mit den alten Geschichten an ... So, ich muss jetzt auflegen. Ich denke, wir sind uns einig. Mach's gut und grüß Ivana von mir!«

Bevor Will noch etwas erwidern konnte, hatte Amy das Gespräch weggedrückt.

Er atmete tief durch und lehnte sich zurück. Amy ging also tatsächlich so weit, ihn zu erpressen. Eigentlich sollte ihn das nicht überraschen, doch er spürte abermals einen Stich im Herzen, weil er sich so schwer in ihr getäuscht hatte. Damals war er überzeugt gewesen, sie sei die Frau, mit der er alt werden wollte. Er wollte mit ihr ein Haus bauen, Kinder bekommen und glücklich sein. Bis sie nach und nach ihr wahres Gesicht gezeigt hatte und ihm letztlich mitteilte, dass er nicht der Mann war, der ihr Streben nach Glanz und Glorie ermöglichen würde.

Scheiße ...

Eigentlich wehrte sich alles in ihm dagegen, ihrer dreisten Forderung nachzugeben und sich vor aller Augen als das Arschloch der Nation hinstellen zu lassen. Doch das musste er wohl über sich ergehen lassen, denn es gab Wichtigeres als sein Image.

Seufzend sah er auf das Display seines Smartphones und wählte Franks Nummer. Falls der Produktionsleiter noch nichts von dem Artikel wusste, wäre es wohl besser, gleich mit ihm zu sprechen. Dann konnten sie gemeinsam entscheiden, wie sie mit der neuen Situation umgehen wollten. Das Gute war nämlich, dass Will nicht gegen den Vertrag verstoßen hatte, indem er etwa seine erste Ehe dem Sender gegenüber verschwiegen hätte.

Er würde das schon irgendwie hinbiegen.

13

~ MAGGIE ~

»Maggie?«, rief Henry quer durchs Haus, aber Maggie reagierte nicht.

Gedankenverloren strich sie über das zarte Chiffongewebe, aus dem ihre nachtblaue Abendrobe gefertigt war. Das Kleid schmiegte sich eng an ihre Figur und war der Silhouette einer Meerjungfrau nachempfunden. Die Spitzenborte im Ausschnitt zog sich über die Schultern bis auf den Rücken, wo sie von ihrem offenem Haar verdeckt wurde. Sie sah weiblich und glamourös aus, dabei fühlte sie sich alles andere als das.

In erster Linie war sie verunsichert. Weil sie einfach nicht verstand, warum Will sie gestern so vor den Kopf gestoßen hatte.

Gut, der Zeitungsartikel, den sie in dem Klatschblatt entdeckt hatte, schmeichelte ihm nicht gerade. Aber dachte er wirklich, dass sie dem Gefasel seiner Exfrau mehr Glauben schenkte als ihm? Kannte er sie so wenig? Als könnte sie ihn jemals für einen schlechten Menschen halten, nachdem er ihr anvertraut hatte, warum er wirklich bei dieser Show mitmachte. Seiner Großmutter zu helfen, war doch nicht egoistisch, sondern selbstlos und aufopferungsvoll.

Vielleicht hatte Maggie ihm nicht deutlich genug zu verstehen gegeben, wie wenig sie von diesem Artikel hielt.

Andererseits hatte sie ihm klar gesagt, dass es für sie völlig bedeutungslos sei, wie seine Vergangenheit aussah. Und trotzdem hatte er sie weggestoßen.

Das tat weh.

Maggie seufzte leise. Als ihre Affäre vor ein paar Tagen begann, hatte sie nicht erwartet, wie schnell sich die Anziehung zwischen ihnen zu tiefen Gefühlen entwickeln würde.

Es war, als säße sie in einem Flugzeug. Der turbulente Start ihrer Beziehung hatte sie tagelang in himmlische Sphären gehoben, und nun befand sie sich im freien Fall.

Und dummerweise fehlte ihr die Gelegenheit, den Sinkflug zu stoppen. Henry war am Freitag zeitig nach Hause gekommen, und heute Morgen war in aller Frühe das Produktionsteam mit einem Schwarm von Stylisten aufgetaucht, die bis vor einer halben Stunde unablässig an ihr herumgezerrt hatten. Maggie war kaum eine Minute allein gewesen.

Jemand klopfte gegen den Rahmen der Schlafzimmertür, obwohl sie sperrangelweit offen stand.

»Bist du so weit?«, fragte Henry und lugte um die Ecke. Ihm klappte der Unterkiefer runter. »Du … du siehst unglaublich aus«, stotterte er.

Maggie lächelte. »Danke. Du auch.«

Nervös nestelte Henry am Revers seines schwarzen Smokings. »Der Wagen ist da.«

Maggie hob vorsichtig den Rocksaum an, nahm ihre Clutch von der Kommode und ging auf Henry zu. Der wandte sich um und stolperte wie ein formvollendeter, aber überaus tollpatschiger Gentleman voran, um ihr die Haustür aufzuhalten.

Im Nachbarhaus ging gerade ebenfalls die Tür auf.

Ivana kam in einem goldenen Kleid herausstolziert, das mit seinen unzähligen Pailletten in der Abendsonne funkelte und glitzerte. Sie strahlte über das ganze Gesicht, als sie die Stretchlimousine in der Einfahrt entdeckte, und präsentierte bei jedem Schritt auf dem kurzen Weg dorthin ihre schlanken Beine bis hinauf zu den Oberschenkeln.

Dabei fiel ihr Blick auf Maggie. Für einen Moment stand ihr ehrliches Erstaunen ins Gesicht geschrieben, bevor sie dann jedoch fast schon feindselig die Lider zusammenkniff.

Maggie sackte das Herz in die Kniekehlen. Ahnte sie etwas?

»Du siehst hübsch aus, Maggie«, sagte Ivana. Das Lob kam ihr nur äußerst widerwillig über die Lippen, und ehe Maggie sich über die falsche Freundlichkeit wundern konnte, vernahm sie bereits Franks Stimme.

»Ihr seht beide absolut hinreißend aus«, rief er durch die heruntergelassene Scheibe des Wagens.

Natürlich! Solange das Produktionsteam anwesend war, würde Ivana keine Szene machen. Oder wartete sie nur den richtigen Zeitpunkt ab?

Will erschien in der Haustür. »Weißt du, wo die Schlüssel sind?«, fragte er Ivana und tastete zerstreut seine Brusttasche ab.

Als er Maggie erblickte, hielt er in der Bewegung inne. Seine Augen weiteten sich ein winziges bisschen, bevor er sich abrupt abwandte.

»Ich sehe besser noch mal drinnen nach«, murmelte er und verschwand wieder im Haus.

Maggies Magen zog sich zusammen.

Was war nur los mit ihm?

Ivana stieß ein genervtes Stöhnen aus. »Sie liegen garantiert auf dem Küchentresen. Dort hast du sie doch heute Nachmittag fallen lassen«, rief sie ungeduldig, obwohl Will sie wahrscheinlich gar nicht mehr hören konnte, und schob noch schnell: »Schatz« hinterher, als sie sich ihres Publikums bewusst wurde.

Ohne auf ihren Gatten zu warten, stöckelte sie weiter zur Limousine und krabbelte hinein. Maggie und Henry folgten ihr mit einigem Abstand. Dennoch konnten sie hören, wie Ivana den Produktionsleiter überschwänglich begrüßte.

»Ich kann nicht glauben, dass wir tatsächlich zur Verleihung der *Edgar-Awards* eingeladen sind«, quietschte sie los, während Maggie und Henry ebenfalls einstiegen. »Was für eine Ehre!«

Frank gluckste amüsiert. »Dann ist die Überraschung ja geglückt.«

»Und wie!« Ivana nahm freudig ein Glas Champagner entgegen. »Ich bin dir so unendlich dankbar.«

»Eigentlich waren die Karten für die Kandidaten einer anderen Show bestimmt«, erwiderte Frank und zwinkerte ihr verschwörerisch zu.

Ivanas Augen funkelten begierig. »Für welche denn?«

Triumphierend antwortete Frank: »Shoppingqueen.«

Ivana kreischte: »Wir haben höhere Einschaltquoten als *Shoppingqueen*?«

»Jepp.« Frank überreichte Henry und Maggie ebenfalls zwei gefüllte Gläser, bevor er schmunzelnd weiter zu Ivana sprach: »Wenn ich es recht bedenke, solltest du lieber deinem Ehemann danken. Nur aufgrund der jüngsten Medienberichte hat die Leitung des Senders kurzfristig entschieden, lieber uns zur Preisverleihung zu schicken.«

Schlagartig verdüsterte sich Ivanas Miene. Auch Maggie war sofort klar, dass Frank auf die Schlagzeilen in dem Klatschmagazin anspielte. Nur Henry guckte irritiert hin und her.

»Du solltest das positiv sehen, meine Liebe«, fuhr Frank fort, lehnte sich entspannt im Ledersitz zurück und prostete ihr zu. »Je mehr Publicity wir für *The Wedding Project* kriegen, umso besser für dich – und dein Label.«

Dieses Argument schien seine Wirkung nicht zu verfehlen. Dollarzeichen leuchteten in Ivanas Augen auf, während sie zustimmend nickte.

Will schob sich zu ihnen in den Wagen und quetschte sich rechts neben Maggie auf die Sitzbank.

»Na endlich!«, murrte Ivana und neigte sich vor, um ihrem Ehemann einen missbilligenden Blick zuzuwerfen.

»Entschuldigt die Verzögerung«, sagte Will gepresst, nahm von Frank ein Glas entgegen und genehmigte sich einen gierigen Schluck, bevor die Limousine sich in Bewegung setzte.

Frank quasselte ohne Punkt und Komma. Den ganzen Weg zum *Chicago Theatre* gab er Instruktionen, wie sie sich auf dem roten Teppich zu verhalten hatten, wie sie sich am besten in Szene setzten und wie ihre Antworten bei Interviewfragen idealerweise lauten sollten.

Maggie hörte Frank nur halbherzig zu. Stattdessen war jedes einzelne ihrer Nervenenden auf den Mann zu ihrer Rechten ausgerichtet. Will berührte sie an so vielen Stellen und strahlte eine solche Hitze ab, dass Maggie ganz heiß wurde. Im Augenwinkel konnte sie jedoch sehen, dass er stur aus dem Fenster sah.

Als sie vor dem Eingang des Theaters hielten, klatschte Frank fröhlich in die Hände. »Showtime!«

Da Will zuletzt eingestiegen war, kroch er als Erster aus der Limousine und hielt Maggie die Hand hin, um ihr zu helfen.

Allein die kurze Berührung seiner Fingerspitzen löste einen Adrenalinstoß in ihr aus, und nicht etwa der Umstand, dass sie plötzlich von Blitzlichtgewitter und kreischenden Fans umgeben waren.

Für den Bruchteil einer Sekunde trafen sich ihre Blicke. Aber Will ließ sie sofort los und hielt nach Ivana Ausschau.

Nur schwer widerstand Maggie dem Impuls, erneut nach Wills Hand zu greifen. Sicherheitshalber wandte sie sich daher nach Henry um, der angesichts des Trubels käseweiß im Gesicht geworden war. Einmal mehr regte sich Maggies Mutterinstinkt. Sie hakte sich in seinem Arm unter, der schlaff an seiner linken Seite herabhing, und betete im Stillen, dass er nicht aus den Latschen kippte.

Ivana und Will schritten Hand in Hand an ihnen vorbei und wurden gleich von einer Frau mit einem Mikrofon gestoppt. Obwohl Maggie wusste, dass ihr Getue bloß Show war, durchfuhr sie ein Stich der Eifersucht, als sie sah, wie Ivana sich selig an Will schmiegte.

»Komm, Henry.« Maggie zwang ihre Mundwinkel in die Höhe und schleifte ihren Gatten so unauffällig wie möglich über den roten Teppich.

»Möglicherweise war Amy einfach nicht die Richtige«, meinte Ivana just in dem Moment zu der Reporterin, als sie an den Scotts vorbeikamen. »Ich kenne meinen Will jedenfalls gut genug, um voller Überzeugung sagen zu können, dass er ein echter Traumtyp ist, der einfach alles für mich tun würde.« Kichernd tätschelte sie seine Brust. »Glauben Sie mir, ich bin ganz verrückt nach diesem Mann. Abgesehen davon hat doch jeder eine zweite Chance verdient.«

Zum Dank für ihre lobenden Worte legte Will den Arm um Ivanas Schultern und drückte ihr einen Kuss auf die Schläfe. »Du bist ein Engel.«

Die Leute, die hinter der Reporterin standen und das Interview verfolgten, seufzten verzückt.

Ein scharfer Schmerz fuhr Maggie in die Brust. Sie keuchte leise auf. Mit letzter Kraft zerrte sie Henry zum Eingang, bevor ihr aufgesetztes Lächeln in sich zusammenfiel.

Sichtlich unzufrieden wuchs Frank neben ihnen aus dem Boden. »Was zum Teufel macht ihr denn?«, fuhr er Maggie mit hochrotem Kopf an. »Ihr sollt euch *präsentieren*!«

»Tut mir leid.« Mit der freien Hand rieb Henry sich über den Bauch. »Ich fühle mich etwas unwohl. Ich glaube, ich habe den Champagner nicht vertragen.«

Kaum hatte er den Satz zu Ende gesprochen, stürzte er schon in Richtung Toiletten davon.

Frank verdrehte die Augen, bevor er mahnend den Zeigefinger hob. »Nach der Preisverleihung werdet ihr euch den Fragen der Reporter stellen. Ist das klar?«

»Natürlich«, erwiderte Maggie sofort. »Entschuldige mich. Ich gehe mal nach ihm sehen.«

Genervt wedelte Frank mit der Hand in der Luft herum, als wollte er eine lästige Fliege verscheuchen.

Mehr Ermutigung brauchte Maggie nicht. Sie eilte davon, um sich irgendwo abseits der vielen Kameras zu sammeln. Kurz bevor sie in den Gang zu den Toiletten einbog, spürte sie eine Berührung am Handgelenk und drehte sich erschrocken um.

Zu Maggies Überraschung stand Henry vor ihr, und er machte keineswegs den Eindruck, als würde er gleich in den nächsten Kübel reihern. Abgesehen von seiner bleichen Gesichtsfarbe wirkte er erstaunlich gut gelaunt.

»Geht es dir besser?«, fragte Maggie irritiert.

Henry nickte. »Alles in Ordnung. Ich wollte uns bloß aus der Schusslinie bringen. Du hast nämlich ziemlich gestresst gewirkt.« Er lächelte sie schief an. »Hat auch seine Vorteile, wenn der Produktionsleiter einen für einen Waschlappen hält.«

Maggie lachte verblüfft auf. »Stimmt.«

»Suchen wir unsere Plätze«, schlug Henry vor und bot ihr den Arm an.

Erleichtert hakte Maggie sich wieder bei ihm unter und begleitete ihn in den großen Saal. Bis die Preisverleihung begann, vertrieben sie sich die Zeit damit, über die anderen Gäste zu reden. Besonders viele kannte Henry nicht. Aber das war wohl auch nicht weiter verwunderlich, da er so gut wie niemals fernsah.

Als der Gong zum dritten Mal ertönte, stießen Will, Ivana und Frank zu ihnen.

»Na, das ist doch wunderbar gelaufen«, meinte Frank zufrieden, woraufhin der *Engel* blöde kicherte.

Maggie biss vor Wut die Zähne zusammen und konzentrierte sich auf die Bühne, um sich ja nicht durch einen abfälligen Seitenblick zu verraten.

Die Verleihung der *Edgars* schien sich ewig in die Länge zu ziehen. Am Ende der Show hatte Maggie sich so sehr in ihre Wut hineingesteigert, dass sie nur noch von ihrem Sitz hochschoss und quasi aus dem Saal floh. Im Vorraum wartete bereits eine Vielzahl von Kellnern darauf, die Gäste während der After-Show-Party zu verköstigen.

Kurz überlegte Maggie, sich ein Glas Champagner von einem Tablett zu stibitzen. Aber dann entschied sie sich dagegen. Sie musste einen kühlen Kopf bewahren. Denn wenn sie weiter mit ansehen musste, wie Will und Ivana vor den Kameras miteinander turtelten, konnte sie für nichts mehr garantieren.

Deshalb ging sie weiter und bog in einen Gang zu den Logen ab. Ein paar Gäste, die ihr entgegenkamen, musterten sie neugierig, doch die meisten waren in Gespräche vertieft und beachteten sie nicht weiter.

Erst als sich der Gang fast vollständig geleert hatte, hielt Maggie an, lehnte sich gegen die Wand und rieb sich über die Stirn. Sie fühlte sich wahnsinnig erschöpft. Der Trubel der Veranstaltung, die Aufregung, die Eifersucht, die Sehnsucht – das alles erdrückte sie mit einem Mal.

Sie wollte ... nach Hause.

In ihr kleines, stilles Cottage im Stadtteil *Beverly*, wo sie allein die Herrin über den Verlauf einer Liebesgeschichte war. Wo es keine gefakten Ehen gab oder heimliche Affären. Wo sich zwei Menschen begegneten, ineinander verliebten und miteinander glücklich wurden.

Die Wirklichkeit war doch einfach nur großer Mist!

»Mag!«

Erschrocken schaute Maggie auf. Eine Welle unterschiedlicher Gefühle fegte über sie hinweg, als Will entschlossenen Schrittes durch den menschenleeren Gang auf sie zukam.

»Will«, sagte sie tonlos und stieß sich von der Wand ab. »Was machst du hier?«

Unmittelbar vor ihr blieb er stehen. »Ich habe dich gesucht.«

»Warum?«

»Ich wollte mich entschuldigen«, erklärte er und fuhr sich mit beiden Händen durchs Haar. »Für gestern … und heute.«

Schnaubend verschränkte Maggie die Arme. »Was willst du jetzt von mir hören?«, fragte sie scharf und musterte ihn abwägend. »Dass es okay für mich ist, wenn du mich einfach fortschickst? Dass ich *kein* Problem damit habe, wenn du mich ignorierst und mit Ivana flirtest?« Maggie lachte bitter auf. »Nein, Will. Das ist ganz und gar nicht okay!«

»Das weiß ich doch selbst«, knurrte er und streckte die Hand nach ihr aus.

Aber weil sie seine Berührung gleichermaßen ersehnte und fürchtete, wich sie zurück. »Lass das! Ich bin gerade nicht in Stimmung für deine Spielchen.«

Will stieß einen Laut der Frustration aus. »Verdammt noch mal, ich spiele nicht mit dir, Mag!«

»Ach nein?«, fauchte Maggie. Inzwischen war es ihr egal, dass sie vielleicht entdeckt wurden. Sie war zu aufgewühlt, zu verletzt. Ihre Stimme bebte vor Zorn. »Warum hast du mich dann den ganzen Abend lang kaum angesehen?«

»Weil sonst alle Welt gesehen hätte, dass ich mich Hals über Kopf in die falsche Braut verliebt habe«, brüllte er zurück.

Maggie blieb keine Zeit, etwas zu erwidern, denn Will streckte erneut die Hände nach ihr aus. Dieses Mal wehrte sie sich nicht, als er sie in die Arme zog und seine Lippen auf ihren Mund presste, als könnte er gar nicht anders.

Denn ihr ging es genauso.

~ WILLIAM ~

Fröhliches Stimmengewirr wehte durch den Flur heran und erinnerte Will schlagartig an die Realität. Hastig löste er sich von Maggie und blickte sich alarmiert um. Weil niemand zu sehen war, legte er erleichtert den Kopf in den Nacken und lachte befreit.

»Was stellst du nur mit mir an?«, murmelte er und strich Maggie über die Wange.

»War das eben dein Ernst?«, flüsterte sie perplex.

Er prüfte nochmals die Umgebung.

»Ja, das war mein Ernst«, sagte er überzeugt und beugte sich erneut zu ihr hinab, um seine Worte mit einem Kuss zu besiegeln, diesmal sanft und kontrolliert, obwohl es ihn sämtliche Selbstbeherrschung kostete, sich nicht im Geschmack ihrer Lippen zu verlieren. »Ich hätte es dir zwar gern unter anderen Umständen gesagt, aber wo es schon mal raus ist ...«

Will tat einen Schritt rückwärts und lehnte sich gegen die gegenüberliegende Wand. Maggie betrachtete ihn eingehend. Ihre Finger waren so fest um die kleine Handtasche geklammert, dass ihre Knöchel weiß wurden. Gerade noch war er froh über seine spontane Beichte gewesen, doch nun wurde er mit jedem Wimpernschlag nervöser.

»Jetzt sag schon was«, bat er leise.

Maggie sah auf den Boden und schüttelte den Kopf. »Tut mir leid, aber ich weiß nicht …« Sie seufzte schwer. »Ich bin gerade etwas überfordert.«

»Dann sind wir schon zu zweit«, meinte er und lächelte vorsichtig. »Hör zu, ich habe keine Ahnung, wo uns das hinführen wird. Momentan weiß ich nur, dass du für mich viel mehr bist als nur eine Affäre. Und das überfordert mich deswegen so sehr, weil ich seit meiner ersten Ehe nie mehr so etwas für eine Frau empfunden habe. Amy hat in ihrem Interview dezent verschwiegen, dass sie *mir* das Herz gebrochen hat. Ich will ehrlich sein, Mag. Diese Erfahrung habe ich immer noch nicht ganz überwunden.«

Will verstummte. Maggie hatte ihm aufmerksam zugehört. Ihre dunklen Augen waren ihm nicht eine Sekunde ausgewichen. Ihr Blick schien eine merkwürdige Wirkung auf ihn zu haben, denn mit einem Schlag begriff er, was er ihr da eigentlich gerade erzählt hatte.

Er rieb sich den Nacken und atmete hörbar aus. »Wow, du bringst mich dazu, Dinge auszusprechen, die kaum jemand weiß. Das ist offen gestanden etwas beunruhigend.«

Sie lächelte einfach. Liebevoll und so voller Verständnis, dass sich ein warmes Gefühl in seinem Brustkorb ausbreitete. Sie legte ihm eine Hand an die Wange und flüsterte: »Du kannst mir vertrauen, Will. Genauso wie ich dir vertraue.«

Dann stellte sie sich auf die Zehenspitzen und küsste ihn. In diesem Kuss lag so viel Zuneigung, dass sein Herz für einen Moment aussetzte. Er vergaß alles um sich herum und gab sich den wundervollen Gefühlen hin, die Maggie in ihm hervorrief.

Bis sein Herzschlag mit einem Rumpeln wieder einsetzte und ein gewisser Satz durch seinen Verstand hallte.

Genauso wie ich dir vertraue …

* * *

Er musste es ihr sagen.

So schnell wie möglich.

Doch er schaffte es einfach nicht.

Seit der Preisverleihung war knapp eine Woche vergangen. Will hatte jede unbeobachtete Minute mit Maggie verbracht und Gelegenheit um Gelegenheit verstreichen lassen, bei der er ihr die ganze Wahrheit hätte sagen können. Weil er am Donnerstagabend überhaupt nicht mehr wusste, wo ihm der Kopf stand, beschloss er, Rat bei dem einzigen Mann zu suchen, der seine Probleme nachvollziehen konnte.

»Schöne Scheiße«, kommentierte Mark, nachdem Will die Karten auf den Tisch gelegt hatte.

Sie saßen in der hintersten Ecke ihres Lieblingspubs und hatten einen Pitcher Bier auf dem Tisch stehen, den Will ganz sicher noch brauchen würde.

Mark musste die Geschichte wohl erst sacken lassen, denn es dauerte einen Moment, bis er sich zu einem weiteren Kommentar genötigt sah. »Richtig schöne Scheiße.«

Genervt angelte Will nach seinem Glas. »Das ist nicht sehr hilfreich.«

»Was soll ich denn bitte sonst dazu sagen?«, gab Mark zurück. »Dass du gute Arbeit geleistet hast?«

»Glaub mir, so war das Ganze nicht geplant«, erwiderte Will trocken und kippte sein halbvolles Glas auf ex hinunter.

Mark beobachtete ihn und lehnte sich zurück. »Traust du Maggie denn zu, dass sie dich auffliegen lässt?«

Will zuckte mit den Schultern. »Nein, aber ich hätte auch Amy damals so einiges nicht zugetraut. Prinzipiell sind die beiden natürlich absolut nicht miteinander zu vergleichen, doch ich weiß einfach nicht mehr, ob ich meinem Urteilsvermögen trauen kann. Wenn ich mit ihr zusammen bin, dann … keine Ahnung.«

»Dann hörst du nicht mehr auf deinen Kopf, sondern auf dein Herz«, vervollständigte Mark und grinste ihn an. »Der

Eiskönig wurde also zum Schmelzen gebracht. Hätte nicht gedacht, dass ich das noch erleben darf.«

Will betrachtete seinen Freund mit abschätziger Miene. »Wieder nicht sehr hilfreich, Mann.«

»Komm schon, Will. Du weißt genau, wie ich das meine. Und ich hoffe, du weißt auch, dass ich mich für dich freue. Sehr sogar.«

Ja, das wusste Will. Er selbst hätte sich auch gerne gefreut. Aktuell wollte er aber nur noch schreien, weil es ihm vorkam, als hätte sich das Schicksal einen miesen Scherz erlaubt.

»Und jetzt?«, fragte Will verbittert.

Mark musterte ihn nachdenklich, bevor er mit sorgfältig abgewogenen Worten antwortete: »Als dein Boss rate ich dir, das Risiko nicht einzugehen und die letzten zwei Wochen der Show noch abzuwarten, denn darauf wird's jetzt auch nicht mehr ankommen. Als dein Freund kann ich dir leider nur sagen, dass du diese Entscheidung selbst treffen musst. Allerdings bin ich der Meinung, dass Maggie es verstehen wird, wenn du es ihr erst später erklärst. Zumindest sollte sie das, wenn ihr wirklich etwas an dir liegt.«

Eine Weile dachte Will über Marks Standpunkt nach, der im Grunde bestätigte, was er selbst die ganze Zeit gedacht hatte. Wenn Maggie die war, wofür er sie hielt, würde sie nachvollziehen können, was ihn zu seiner Lüge bewogen hatte. Außerdem hatte Mark auch in dem Punkt recht, dass es auf die zwei Wochen nun auch nicht mehr ankam.

Will langte nach dem Pitcher und füllte ihre Gläser auf. Anschließend hob er sein Glas an, um mit Mark auf seinen Entschluss anzustoßen.

»Sie wird es verstehen«, sagte Will, bevor die Gläser aneinanderklirrten.

Hoffentlich, fügte er in Gedanken noch hinzu.

* * *

Am Freitagmorgen saß Will mit Maggie beim Frühstück auf der Terrasse seiner Haushälfte. Das gemeinsame Frühstück war schnell zu einem Ritual geworden, bei dem Will jede einzelne Sekunde genoss.

Es war wirklich verrückt, aber in dieser Zeit vergaßen sie beide einfach die Realität und verhielten sich so, als würden sie eine ernste Beziehung führen. Sie deckten gemeinsam den Tisch, bereiteten sich gegenseitig den Kaffee zu, so wie sie ihn gerne tranken, und nutzten jede Chance, um sich verliebte Blicke zuzuwerfen. Innerhalb weniger Tage war Maggie ein fester Bestandteil von Wills Leben geworden, den er sich gar nicht mehr wegdenken wollte.

Maggie kratzte die letzten Reste Pancake von ihrem Teller und schob sich mit genießerischem Seufzen die Gabel in den Mund. »Mmh, ich muss schon sagen, deine Pancakes sind phänomenal.«

Er hielt seine Kaffeetasse in beiden Händen und musterte Maggie amüsiert über den Rand hinweg. »Pancakes erfordern nicht unbedingt das Können eines Meisterkochs.«

»Das sagst *du* vielleicht«, antwortete sie vergnügt. »Du hast aber auch noch nie welche von mir probiert, die entweder voller Klümpchen sind oder deren Konsistenz der von Gummi ähnelt.«

»Das bezweifle ich«, widersprach er belustigt. »Wer so ein köstliches Tiramisu zaubern kann, kriegt auch ordentliche Pancakes hin.«

Sie lachte leise, doch im selben Moment schweiften ihre Gedanken offenbar in eine andere Richtung. Sie schaute hinüber zum Pool, genau zu der Stelle, wo sie vor Wochen unterm Sternenhimmel zusammen das Dessert verputzt hatten.

»Denkst du an Henry?«, fragte Will nach einer Weile.

Maggie nickte. »Ich muss ihm sagen, dass ich mich in der Finalshow gegen unsere Ehe entscheiden werde.«

Wills Herz schlug übermütige Purzelbäume, denn damit hatte Maggie von sich aus eine Frage beantwortet, die er bisher nicht zu stellen gewagt hatte. Natürlich hatte er bereits mit ihrer Entscheidung gerechnet, doch sie aus ihrem Mund zu hören, war noch mal etwas anderes. Am liebsten wäre er aufgesprungen und hätte Maggie vor Freude in die Arme gezogen, doch ihr ernster Gesichtsausdruck mahnte ihn zur Zurückhaltung.

»Das ist nur fair«, sagte er daher besonnen. »Mit Ivana werde ich die Sache auch noch besprechen, wobei wir uns bestimmt ohnehin einig sind. Allerdings ist es meiner Meinung nach weiter klüger, wenn sie nichts von uns weiß. Sie würde darin nur eine Gefahr fürs Ranking sehen.«

Beunruhigt strich Maggie sich eine Strähne hinters Ohr. »Ich glaube, sie ahnt es.«

»Ivana?« Will musste laut lachen. »Ganz sicher nicht. Die kümmert sich nur um sich selbst. Sie ist viel zu sehr auf ihr Business fixiert.«

»Aber wenn man mit jemandem zusammenwohnt, merkt man so was doch«, gab Maggie zu bedenken.

»So was?«, hakte Will schmunzelnd nach.

Maggie beugte sich leicht vor und senkte die Stimme. »Dass man in Gedanken nur bei diesem einen Menschen ist. Dass man dem Gefühl seiner Hände auf der nackten Haut nachhängt. Und die Kratzer auf dem Rücken nicht zu vergessen.«

Ihr lasziver Tonfall ging wahrlich nicht spurlos an Will vorüber. Ebenso wenig wie ihre Hände gestern nicht spurlos an ihm vorübergegangen waren. Er beugte sich ebenfalls vor.

»Die Kratzer sind schon wieder weg«, flüsterte er rau. »Du darfst beim nächsten Mal also ruhig fester zupacken, denn deine Spuren auf meiner Haut trage ich mit Stolz.«

Sofort spiegelte sich seine Erregung in ihren Pupillen. Er spannte bereits die Muskeln an, um sich zu erheben und Maggie zu geben, wonach es sie zweifellos verlangte, doch da drang ein Geräusch durch die Terrassentür.

Sie sahen sich erschrocken an und lehnten sich hastig in den Stühlen zurück.

»Ivana?«, wisperte Maggie.

»Keine Ahnung. Aber wir sind Nachbarn, die gemeinsam frühstücken, okay?«, antwortete Will möglichst ruhig.

Maggie presste die Lippen aufeinander und nickte aufgeregt.

Beinahe im gleichen Moment ging die Glastür auf. Wills Puls verdreifachte sich, als ein Kameramann zum Vorschein kam. Die Linse der Kamera blitzte kurz in der Sonne auf. Fast schon höhnisch, als wolle sie sagen: »Haha, erwischt!«.

Heilige Scheiße!

Seit wann lungerte das Produktionsteam wohl schon hinter den Gardinen herum? Hatten sie etwas gesehen, was sie besser nicht sehen sollten?

Wills Gedanken überschlugen sich. Er spielte in Windeseile durch, was zwischen Maggie und ihm geschehen war, nachdem sie sich an den Tisch gesetzt hatten. Sie hatten sich nur unterhalten. Keine Küsse, keine intimen Berührungen.

Klar, sie hatten heftig miteinander geflirtet, aber da die Türen zu gewesen waren, dürfte man ihre Worte im Inneren des Hauses nicht verstanden haben.

Der Kameramann stand da, ohne die Linse von ihren fassungslosen Gesichtern zu nehmen. Hinter ihm erschien Frank, der sich irritiert über den Bart strich und sie tadelnd ansah.

»Leute, ihr schaut uns ja an, als wären wir Gespenster!«, rief er. »Entspannt euch mal wieder! Diese Szene können wir hervorragend für die nächste Show verwenden.« Er hob bedeutsam die Hand und machte eine visionäre Geste. »*Kollegialität statt Konkurrenzkampf* ... was für ein spektakulärer Untertitel.«

INTERVIEW MIT DEN SCOTTS

Hat sich die erste Verliebtheit schon gelegt?

Ivana: Ganz im Gegenteil!
Will: Ich merke keine Veränderung.

Fühlt sich die Ehe so an, wie du es dir vorgestellt hast?

Ivana: Noch sehr viel besser.
Will: Es ist anders, aber nicht unbedingt auf negative Weise.

Im Ranking wurdet ihr inzwischen fast eingeholt. Macht dich das nervös?

Ivana: Nein. Meinen wahren Gewinn habe ich bereits erhalten.
Will: Überhaupt nicht. Außerdem ist noch alles möglich.

Zufall oder Wissenschaft – was denkst du?

Ivana: Ganz klar, Wissenschaft.
Will: Ich denke, an der Wissenschaft besteht keinerlei Zweifel mehr.

14

Maggie fühlte sich innerlich zerrissen.

Einerseits genoss sie die Tage an Wills Seite, die jedoch viel zu schnell vorüberzogen. Andererseits bereitete ihr eben jenes Glücksgefühl zunehmend ein schlechtes Gewissen.

Weil sie sah, wie sehr Henry hoffte, dass sie sich dauerhaft für diese Ehe entschied. Aber das war für Maggie unvorstellbar.

Obwohl sie Henry inzwischen in gewisser Weise sogar liebte, war sie einfach nicht in ihn verliebt. Er war ihr Gefährte, genau wie er vorausgesagt hatte. Zusammen standen sie die Ausflüge vor laufender Kamera durch, und Seite an Seite hielten sie dem wahnsinnigen Publikum stand, das mit jeder ausgestrahlten Episode von *The Wedding Project* aufdringlicher wurde.

Hinter verschlossenen Türen teilten sie ihren Alltag jedoch eher wie beste Freunde. Von Will einmal abgesehen gab es kaum etwas, das Henry nicht über Maggie wusste. Wobei, selbst was das betraf, war sie sich oft nicht ganz sicher. Henry mied dieses Thema, wann immer Maggie es zur Sprache bringen wollte. Stattdessen kochten sie zusammen, diskutierten über Bücher, die

Arbeit und alles, was sie sonst bewegte. Manchmal lümmelten sie auch einfach nur auf dem Sofa herum und schauten Indiefilme.

Inzwischen war Maggie froh darüber, dass Henry sie nicht begehrte. Nichtsdestotrotz begann sie den Moment zu fürchten, in dem sie ihn zurückweisen würde. Sie wollte ihm nicht wehtun, und doch war es unausweichlich.

Eine Woche vor dem Finale hatte Maggie es noch immer nicht über sich gebracht, mit Henry über die Zukunft zu sprechen.

Es war Montagnachmittag. Seit das Produktionsteam spontan beim Frühstück aufgetaucht war, waren Maggie und Will noch vorsichtiger geworden. Ständig erfanden sie für Frank Ausflüchte, um sicherzugehen, dass sie nicht gestört wurden.

Heute hatte Will eine Besprechung in der Stadt vorgetäuscht. Er sprach generell nicht viel über seinen Job und hatte ihr kaum etwas über das IT-Projekt verraten, an dem er zurzeit arbeitete. Das ganze Thema schien ihm unangenehm zu sein, weil sein Kunde eine Großbank war, die auf Geheimhaltung pochte. Deshalb hatte Maggie nicht weiter nachgehakt.

»Wie lange geht dein imaginäres Meeting noch?«, fragte sie, während Will eine Spur aus Küssen in ihre Halsbeuge tupfte. Wie üblich hatten sie es sich mit einem Berg von Kissen auf seinem Wohnzimmerfußboden gemütlich gemacht. Sonnenstrahlen fielen schräg durch die Fenster herein und brachen sich auf ihrer nackten Haut.

»Mindestens noch eine Stunde«, murmelte er direkt an ihrer Haut. Sein Atem löste einen wohligen Schauer auf ihrem Rücken aus.

Seufzend legte Maggie den Kopf zurück. »Ich bin so froh, wenn dieses Versteckspiel endlich ein Ende hat.«

Will richtete sich auf, um ihr in die Augen zu sehen. »Ich auch, Mag. Das kannst du mir glauben.«

»Was denkst du, wie lange wir warten müssen, bis wir uns in der Öffentlichkeit zusammen zeigen können?«

Belustigt stupste er sie auf die Nase. »Willst du das denn?«

Maggie grinste. »Zumindest ziehe ich es in Erwägung.«

»Wie bitte?«, stieß Will mit gespielter Entrüstung hervor und bohrte ihr den Zeigefinger in die Seite.

Quietschend zappelte Maggie unter ihm herum, aber natürlich hatte sie keine Chance, als er begann, sie richtig zu kitzeln.

Sein warmes Lachen füllte das Wohnzimmer und vermischte sich mit ihrem Kichern. Es dauerte nicht lange, bis ihr Übermut umschlug und sie einander leidenschaftlich küssten.

»Ich muss los«, nuschelte Maggie irgendwann an seinen Lippen, weil sie spürte, dass sie schon wieder kurz davor waren, die Beherrschung zu verlieren.

Nachdrücklich schüttelte Will den Kopf. »Noch nicht.«

»Wir können nicht riskieren, kurz vor dem Finale in flagranti erwischt zu werden. Vielleicht schaut Frank noch einmal vorbei. Schließlich wird heute Abend die letzte Folge ausgestrahlt.« Bedauernd streichelte Maggie ihm über die Wange und wand sich unter ihm, um zu entkommen, aber er bewegte sich keinen Millimeter.

Entschlossen hielt er Maggie gefangen, weshalb sie leise auflachte. »Ich meine es ernst, Will. Lass mich gehen.«

»Nein!«, widersprach er trotzig. »Noch zehn Minuten.«

»Fünf«, hielt Maggie dagegen. Schließlich war es ja nicht so, dass sie unbedingt fortwollte.

Mit einem triumphierenden Grinsen beugte Will sich hinab. »Das schaffen wir.«

Maggie öffnete den Mund, um etwas zu erwidern. Aber schon nahm Will ihre Lippen erneut in Besitz, während seine Hand über ihre Seite zu ihren Schenkeln strich.

Einmal mehr verlor Maggie sich in seinen Liebkosungen. Sie vergaß die Welt um sich herum. Stattdessen wurde Will zum Zentrum ihres Daseins.

Als sie sich nicht fünf oder zehn, sondern fünfzehn Minuten später mit einem innigen Kuss von Will verabschiedete, konnte sie sich kaum von ihm losreißen. Trotzdem siegte am Ende die Vernunft und sie verabredeten sich für den kommenden Morgen.

Maggie ging duschen und setzte sich anschließend an den Esstisch, um an ihrem Roman weiterzuschreiben, da das *Frühstück* mit Will unzählige neue Ideen hervorgebracht hatte.

Inzwischen sprach Maggie ganz offen mit ihm über ihre Arbeit, und obwohl er sich mit Sicherheit niemals vollauf für ihr Genre erwärmen würde, hörte er ihr stets aufmerksam zu und diskutierte mit ihr auf Augenhöhe. Nur manchmal machte er sich über das Kitschlevel in ihrem neuen Plot lustig, das zugegebenermaßen beträchtlich gestiegen war, seit ihre Affäre begonnen hatte.

Maggies Mutter indes liebte die neue Geschichte, und auch ihre Verlegerin war hellauf begeistert von den ersten Seiten, weshalb Maggie dem Abgabetermin nun optimistisch entgegensah.

* * *

Wie üblich kam Henry pünktlich nach Hause. Zur Begrüßung drückte er ihr ein Küsschen auf die Wange. »Kommst du voran?«

»Jepp.« Lächelnd dehnte Maggie den Nacken. »Die Hälfte ist im Kasten.«

»Das freut mich.« Er hielt eine prall gefüllte Tüte in die Höhe. »Ich habe uns was vom Chinesen mitgebracht.«

Prompt sackte Maggie der Magen in die Kniekehle. »Das wäre doch nicht nötig gewesen. Ich hätte uns auch etwas gekocht.«

»Ist doch keine große Sache«, erwiderte er verlegen und stellte die Tüte auf dem Küchentresen ab. »Hältst du es noch ein paar Minuten aus? Dann mache ich mich kurz frisch, bevor die Show losgeht.«

»Klar.« Maggie zwang sich zu einem Lächeln, das gleich wieder in sich zusammenfiel, sobald er im Schlafzimmer verschwunden war.

Verzweifelt rieb Maggie sich über die Schläfen. Henry war viel zu gut zu ihr. Sie konnte ihn nicht länger hinhalten.

Heute nach der Sendung würde sie mit ihm reden und ihn auf den Ausgang der Finalshow vorbereiten. Er verdiente Aufrichtigkeit – selbst wenn sie im ersten Moment schmerzhaft war.

Zwei Stunden später lag Maggie pappsatt auf dem Sofa. Vor lauter Nervosität angesichts des bevorstehenden Gespräches hatte sie zu viel gegessen, während die letzte Folge von *The Wedding Project* über den Bildschirm flimmerte. Ihre Füße lagen überkreuzt auf Henrys Schoß. Henry wiederum hatte sich entspannt zurückgelehnt und die Beine auf dem Couchtisch ausgestreckt, während seine linke Hand auf Maggies Fußrücken ruhte.

Mit den Fingerspitzen massierte er ihre Knöchel, während er geistesabwesend in den Fernseher starrte. Seine Berührung war angenehm vertraut, jedoch kein bisschen vergleichbar mit Wills Berührungen, die jedes Mal eine Flut an Emotionen in ihr auslösten. Vielmehr fühlte es sich an, als würde sie mit ihrem Bruder zusammensitzen.

»Maggie und Henry scheinen sich gesucht und gefunden zu haben«, schwadronierte eine Stimme aus dem Off. Dazu wurden Momentaufnahmen von ihnen beim romantischen Strandspaziergang im Licht der untergehenden Sonne eingeblendet. »Vieles verbindet das sympathische Paar, das nun hoffnungsvoll auf das Finale am kommenden Samstag blickt. Wenn Sie ebenfalls davon überzeugt sind, dass Maggies und Henrys Liebe kein Zufall ist und ihnen eine glückliche gemeinsame Zukunft bevorsteht, dann rufen Sie an und stimmen Sie noch heute für die beiden.«

Auf dem Bildschirm wurde die Nummer der Hotline eingeblendet sowie das aktuelle Ranking, nach dem Ivana und Will nur noch läppische fünf Prozentpunkte vorn lagen.

Überrascht schnappte Maggie nach Luft. »Oh, mein Gott! Sieh dir das an, Henry! Wir sind fast gleichauf mit den Scotts.«

Henry lächelte milde. »Manchmal braucht es eben nur etwas Geduld. Dann findet sich der Rest von selbst.«

Der vielsagende Unterton in seiner Stimme sorgte dafür, dass sich Maggies Herz zusammenzog. Langsam nahm sie die Beine von seinem Schoß und setzte sich auf. Dann schaltete sie den Fernseher aus, holte tief Luft und sah ihren Ehemann an.

»Henry«, begann Maggie leise und suchte nach den richtigen Worten, um ihre Gefühle auszudrücken. Sie war sich sicher, dass ihr die Schuldgefühle, weil sie Henry gleich enttäuschen würde, ins Gesicht geschrieben standen. Dennoch musste sie es laut aussprechen. Es länger aufzuschieben, war einfach nicht fair. »Ich bin dir noch eine Antwort schuldig.«

»Hat das Zeit bis morgen?«, fragte Henry unvermittelt und rappelte sich vom Sofa auf. »Es war ein langer Tag und ich bin schrecklich müde.«

»Aber …«

»Bitte, Maggie.« Betrübt blickte er auf sie hinab. »Lass uns morgen reden.«

Seine Verzweiflung ließ Maggie einknicken. »Okay, dann morgen.«

Henry nickte. »Gute Nacht.«

Er schlurfte davon wie ein geprügelter Hund. Als er fort war, sank Maggie stöhnend zurück in die Kissen.

Na, das war ja super gelaufen. Wirklich, ganz toll.

Sie hegte keinen Zweifel daran, dass Henry bereits wusste, wie ihre Entscheidung ausfiel. Trotzdem behagte es ihr nicht, dass sie keine Gelegenheit bekam, sich zu erklären.

Ob sie ihm einen Brief schreiben sollte?

Eine Zeit lang blieb Maggie liegen und formulierte im Geiste verschiedene Sätze, die ihre Gefühlslage zum Ausdruck brachten.

Plötzlich klopfte es leise von irgendwoher.

Reflexartig setzte Maggie sich auf und schaute zur Terrasse. Die Jalousien waren nicht heruntergelassen, weshalb sie die Silhouette vor der Tür gut erkennen konnte.

Mit rasendem Puls stand sie auf, tappte zur Tür und schob sie leise auf.

»Was machst du hier?«, fragte sie kaum hörbar und widerstand nur schwer dem Impuls, die Arme um Will zu schlingen und ihn zu küssen.

»Schläft Henry schon?«, flüsterte er.

Maggie nickte. »Er ist schon vor einer Weile ins Bett gegangen.«

»Gut.« Will trat einen Schritt zurück. »Komm kurz mit nach draußen. Ich muss etwas mit dir besprechen.«

Der angespannte Klang seiner Stimme beunruhigte Maggie. »Ist alles in Ordnung?«

Will stieß ein kurzes harsches Lachen aus. Anstatt ihr zu antworten, ergriff er ihre Hand und zog sie mit sich zum hinteren Ende des Gartens, wo sie von der Dunkelheit verschluckt wurden.

Es war so finster, dass Maggie kaum die Hand vor Augen sah. Plötzlich bekam sie ein ungutes Gefühl. »Was willst du besprechen?«

Will ließ sie los, als hätte er sich die Finger verbrannt. Fahrig raufte er sich die Haare. Er holte mehrfach tief Luft. Und dann ließ er die Bombe platzen. »Ich denke, es ist besser, wenn wir uns bis zur Finalshow am Samstag nicht mehr treffen.«

Ein scharfer Schmerz fuhr Maggie ins Herz. »Was?«

Sie musste sich verhört haben. Anders konnte es nicht sein. Ungläubig kniff sie die Augen zusammen, um Wills Gesicht besser zu erkennen. Aber er senkte den Kopf, sodass es von Schatten erfüllt war.

»Wir sollten uns aus dem Weg gehen, Mag«, wiederholte er tonlos und schob die Hände in die Hosentaschen.

Maggie verstand es immer noch nicht. »Aber ... aber warum?«, stotterte sie.

»Glaub mir, es ist für alle Beteiligten das Beste.«

Fassungslos schüttelte Maggie den Kopf. »Wie kann es das Beste sein, wenn wir uns nicht sehen, Will?« Sie streckte die Hände nach ihm aus, doch er wich zurück.

»Der Abstand wird uns guttun«, fuhr er fort und zuckte mit den Schultern. »So können wir uns über ein paar Dinge klar werden.«

»Was denn für Dinge?«, fragte Maggie verständnislos. Sie kam sich vor wie im falschen Film. Das Atmen fiel ihr zunehmend schwerer.

Wills Schweigen war ohrenbetäubend laut in der Nacht. Es wurde nur übertönt von dem Klang ihres brechenden Herzens. Tränen fluteten Maggies Augen. »Ich verstehe das einfach nicht. Heute Nachmittag war doch noch alles in Ordnung.«

Will seufzte schwer. »Ich weiß, es kommt ziemlich plötzlich. Aber, bitte, Mag, vertrau mir einfach. Es ist besser so.«

Damit wandte er sich ab und ließ sie zurück, ohne sich noch einmal umzudrehen.

Will setzte alles daran, Maggies Gesichtsausdruck vollständig auszublenden, während er zurück ins Haus ging. Die Hände hatte er so fest zu Fäusten geballt, dass sie schmerzten, doch das lenkte ihn wenigstens von dem Wunsch ab, sich noch einmal umzudrehen.

Er trat in die dämmrig beleuchtete Wohnung und schloss die Tür hinter sich mit heftigem Schwung, sodass die Scheibe klirrte. Jeder einzelne Muskel seines Körpers vibrierte vor Zorn. Er hatte Mühe, sich nicht einfach den nächstbesten Gegenstand zu schnappen und ihn gegen die Wand zu pfeffern.

Wie lange er danach in der Küche stand und seine Wut niederrang, konnte er nicht recht sagen. Es dauerte jedenfalls eine Weile, bis er sich wieder so weit unter Kontrolle hatte, dass er eine ausdruckslose Miene aufsetzen und die Hände lockern konnte. Schließlich knipste er hinter sich das Licht aus und ging mit steifen Schritten ins Schlafzimmer.

Ivana saß im Bett und cremte sich gelassen die Hände ein. Ihr Gesicht lag im Schatten, was hervorragend zu ihrer Bösartigkeit passte.

»Hast du die Sache geregelt?«, fragte sie, als spräche sie von einer kaputten Abflussleitung.

Will stand nur da und starrte sie reglos an. Der süßliche Geruch ihrer Handcreme stieg ihm trotz der Entfernung derart penetrant in die Nase, dass ihm richtig schlecht wurde.

»Du strafst mich also mit Schweigen«, stellte Ivana fest. »Na, von mir aus. Aber dir ist ja selbst klar, dass du nicht nur meinen, sondern auch deinen eigenen Plan aufs Spiel gesetzt hast. Sei froh, dass ich dich zur Vernunft bringen konnte, bevor die Kameras eure gierigen Blicke eingefangen hätten.«

Zur Vernunft bringen. So nannte sie das also.

Will bezeichnete es vielmehr als Erpressung. Immerhin hatte sie ihm angedroht, ihn auffliegen zu lassen, wenn er die Sache mit Maggie nicht sofort beendete.

Er gab sich einen Ruck und stapfte zum Bett. Unter größter Beherrschung nahm er sein Kopfkissen, damit er es sich auf dem Sofa bequem machen konnte. An der Tür hielt er aber noch einmal an.

»Wie hast du es eigentlich herausgefunden?«, fragte er tonlos, ohne Ivana anzusehen.

»Dein Verhältnis oder wer du wirklich bist?«, entgegnete sie.

»Beides.«

Ivana knipste die Nachttischlampe aus und suchte sich in aller Ruhe eine bequeme Liegeposition.

»Dein Laptop ist nicht passwortgeschützt«, erklärte sie gleichmütig und zeigte nicht mal im Ansatz ein schlechtes Gewissen. »Ich weiß es also seit der ersten Woche, habe aber nichts gesagt, weil die Show sonst vielleicht abgebrochen worden wäre. Außerdem bin ich schnell zu der Erkenntnis gekommen, dass ich nach der Show meinen Nutzen daraus ziehen kann, denn es wird sicherlich einen großen Wirbel auslösen.«

Will starrte auf seine Hände hinab, die das Kissen viel zu fest umklammerten, und fragte sich, wie es sein konnte, dass er trotz all seiner Erfahrung wieder einmal unterschätzt hatte, wie skrupellos Frauen von Ivanas Schlag sein konnten.

»Bei der anderen Sache habe ich ein wenig länger gebraucht«, erzählte sie munter weiter. »Besser gesagt – ich habe es eine Zeit lang beobachtet, bis ich nun doch die Reißleine ziehen musste. Die subtilen Anzeichen hätte ich noch großherzig dulden können, aber ihr habt es echt zu weit getrieben. Schon bald hätte jeder Idiot gemerkt, dass du mit diesem Flittchen was am Laufen hast.«

»Sie ist kein Flittchen!«, entgegnete er scharf.

Er spürte Ivanas Blick wie einen brennenden Dorn auf der Haut. Seine Finger waren kurz davor, das Kissen zu zerfetzen, weil er bereits wusste, dass ihm ihre Erwiderung nicht gefallen würde.

»Ich weiß«, sagte sie jedoch.

Ihre beinahe weichen Worte schockierten ihn regelrecht. Überrascht sah Will auf. Seine Augen hatten sich bereits an die Dunkelheit gewöhnt, doch die Einzelheiten ihres Gesichtsausdrucks blieben ihm verborgen. Er erkannte aber, dass sie lächelte.

»Mir ist klar, wie du über mich denkst«, sagte Ivana leise. »Und zu großen Teilen bin ich wohl auch das Miststück, das du in mir siehst. Wäre ich das nicht, dann wäre ich niemals dahin gekommen, wo ich jetzt bin. Ich kann gut damit leben, wenn du mich von jetzt an hasst. Trotzdem sollst du wissen, dass ich durchaus zwischen einer sexuellen Affäre und einer Liebesbeziehung unterscheiden kann. Und genau darum musste ich einschreiten. Eine Sexbeziehung kann man verbergen, während verliebte Blicke sich nie verstecken lassen.«

Will war sprachlos. Er wusste nicht, was er davon halten sollte. Zwei Monate wohnten sie jetzt zusammen, und nun fragte er sich ernsthaft, wer diese Frau wirklich war, die da vor ihm im Bett lag.

Ivana zog ihr Kissen ein Stück tiefer und bettete ihren Kopf in eine andere Position. »Wir sind uns ziemlich ähnlich, Will. Wir verfolgen strikt unsere Ziele, auch wenn wir dabei vorgeben müssen, jemand anderes zu sein. Du bist ebenfalls jemand, der sorgfältig abwägt, wen er hinter seine Fassade blicken lässt. Ich konnte dich letztlich nur deswegen so schnell durchschauen, weil ich genauso bin.«

Er wollte ihr gern widersprechen, wusste aber, dass es die Wahrheit war. Nachdenklich ließ er von dem Kissen ab und legte es zurück aufs Bett.

»Ich hasse dich nicht«, sagte er schließlich. »Vielleicht würde ich es gerne, aber ich tue es nicht, weil ich dich verstehen kann. Allerdings hätte ich wahrscheinlich nicht mit Erpressung reagiert.«

»Leider neige ich zu Affekttaten, wenn ich wütend bin«, gestand Ivana ein. »Aber mal ehrlich, Will. Dir ist inzwischen auch klar, dass es am besten ist, wenn ihr euch die letzten Tage vor dem Finale nicht seht, oder? Die Gefahr ist viel zu groß, dass die Produktion Wind davon kriegt, und ich habe keine Ahnung, wie sie mit eurer Beziehung umgehen würden. Ich will diese Show nicht nur mit einem Lachen im Gesicht verlassen, sondern sie auch gewinnen und keinesfalls am Ende als gehörnte Ehefrau dastehen. Nach dem Finale kannst du deine Bombe gern platzen lassen, denn wie ich schon sagte, *diese* Art von Aufmerksamkeit kann mir nur recht sein.«

Sorgfältig glättete Will sein Kopfkissen, schlug die Decke zurück und setzte sich an den Bettrand. Er hatte gerade die Wahrheit gesagt. Eigentlich wäre er gerne weiterhin wütend auf Ivana gewesen, doch er konnte ihre Denkweise nur zu gut nachvollziehen. Ihm wurde langsam klar, dass er ihrer Forderung zu einem Großteil nur deshalb nachgekommen war, weil sein Verstand ihm schon die ganze Zeit zugeflüstert hatte, er solle sich von Maggie fernhalten. Sein Herz wollte etwas ganz anderes, und im Endeffekt war Will nur wütend auf sich selbst, weil er sich aus freien Stücken in diese verfahrene Situation hineinmanövriert hatte.

»Wir hätten uns viel früher mal ehrlich unterhalten sollen«, meinte er gedehnt. »Das hätte vieles erleichtert.«

Ivana lachte leise. »Oder auch nicht. Am Ende hättest du dich noch in mich verknallt.«

»Tja, dafür ist es jetzt leider zu spät«, scherzte er.

Allmählich bezweifelte Will, dass Ivana ihre Drohung wirklich wahrgemacht hätte. Nicht unbedingt seinetwegen, sondern weil sie sich damit schließlich ihr eigenes Ziel verbaut hätte.

Maggie ...

Was dachte sie wohl jetzt über ihn? Hatte er die richtigen Worte gewählt?

Vorhin am Pool war er viel zu aufgewühlt gewesen, als dass er sich noch an die Details des Gesprächs erinnern konnte. Die Wut hatte ihm im wahrsten Sinne den Verstand vernebelt. Er hasste sich dafür, dass er wieder nicht den Mut aufgebracht hatte, Maggie die ganze Wahrheit zu sagen.

Stattdessen hatte er ihr eine fadenscheinige Erklärung dafür aufgetischt, warum sie sich bis zur Finalshow nicht mehr sehen sollten.

Ivana hatte recht. Verliebte Blicke konnte man weder unterdrücken noch verstecken. Frank würde nicht zögern, die heimliche Affäre als Aufhänger für die Show auszuschlachten. Vermutlich würde er sie als ›spektakuläre Entwicklung‹ betiteln.

Will hatte kein Problem damit, in der Öffentlichkeit als Ehebrecher dazustehen. Aber Maggie wollte er das gewiss nicht antun. Das könnte sich schließlich auch negativ auf ihr Image als Liebesromanautorin auswirken, und das hatte sie wirklich nicht verdient.

Oder sollte er noch mal zu ihr gehen und die Karten endlich auf den Tisch legen? Doch wie würde sie reagieren?

Er traute ihr nach wie vor nicht zu, ihn zu verraten. Andererseits wusste man ja nie, zu was eine Frau in blinder Wut fähig war. Ivana hatte es eben mit eigenen Worten illustriert.

Und Maggie *würde* wütend sein. Sie hatte auch jedes Recht dazu, und er würde sich ihrer Wut stellen.

Nach der Show. Damit Maggie ebenfalls die Chance bekam, das Finale mit einem lachenden Gesicht und eventuell dem Hauptgewinn zu verlassen. Denn Ivanas Bestreben, die letzten Filmaufnahmen als überzeugendes Liebespaar hinter sich zu bringen, kam nicht von ungefähr. Die heutige Sendung hatte gezeigt, dass ihr Vorsprung nur noch verschwindend gering war. Es war also absolut nicht abzusehen, welches Paar am Ende gewinnen würde.

Will war es inzwischen egal, wen die Zuschauer zu ihrem Traumpaar erwählten. Er gönnte den Coopers die beachtliche Siegesprämie von Herzen, denn sie würde Henry vielleicht ein wenig darüber hinwegtrösten, dass aus seiner Ehe nichts wurde. Er selbst wollte die Show nur noch sauber abschließen, ob nun mit Gewinn oder ohne.

Apropos ...

»Ivana?«, flüsterte er in die Dunkelheit hinein.

»Hm?«, murmelte sie schlaftrunken.

»Bleibt es bei unserer Abmachung bezüglich unserer Eheannullierung?«

»Klar«, nuschelte sie und drehte ihm den Rücken zu.

Eine Weile lauschte er ihren regelmäßigen Atemzügen. Sie hatten vereinbart, das Finale als Ehepaar zu verlassen und die Ehe ein paar Wochen später zu annullieren. Maggie wusste bereits von diesem Plan, darum musste er sie nicht vorwarnen.

Will legte sich ins Bett, rollte sich auf die Seite und deckte sich zu. Auf seinem Nachttisch konnte er die Silhouette von Maggies Buch erkennen. Er war längst mit dem Roman durch, ließ ihn aber mit Absicht dort liegen, weil er den Autorennamen auf dem Buchrücken so gerne ansah.

Die kommenden Tage würden schwer werden, denn er vermisste Maggie jetzt schon. Er musste unbedingt vermeiden, ihr über den Weg zu laufen, weil er es bestimmt nicht schaffen würde, die Finger von ihr zu lassen, wenn sie alleine waren.

Kaum schloss er die Lider, tauchte auch schon ihr zauberhaftes Gesicht vor seinem inneren Auge auf. An diesem Bild würde er sich festklammern, bis dieser ganze Irrsinn ein Ende fand. Dann konnte er endlich er selbst sein und Maggie die Wahrheit sagen.

Und sosehr er diesen Tag auch fürchtete, sehnte er ihn mehr als alles andere herbei.

DAS LETZTE INTERVIEW

Nur noch wenige Tage bis zum großen Finale. Bist du schon aufgeregt?

Ivana: Ich mache mir eigentlich kaum Gedanken darüber.
Will: Ich kann es kaum erwarten.
Maggie: Ja, sehr.
Henry: Ehrlich gesagt würde ich es am liebsten auslassen.

Sei ehrlich – habt ihr darüber gesprochen, wie ihr euch entscheiden werdet?

Ivana: Das wäre ja völlig unromantisch!
Will: Ich denke, es ist uns auch ohne Gespräch klar, wie wir uns entscheiden werden.
Maggie: Nein, aber ich gebe zu, ich habe darüber nachgedacht.
Henry: Ich halte es für besser, dies nicht zu tun. Bis zum Finale kann schließlich noch viel passieren.

Hast du Pläne geschmiedet, was du im Fall der Fälle mit der Siegerprämie anstellen würdest?

Ivana: Ich möchte einen Großteil an ein Kinderhilfswerk spenden. Etwas Gutes tun. Genau.

Will: Nein.

Maggie: Offen gestanden bin ich nicht hier, um zu gewinnen. Ich wollte inspiriert werden – und das hat geklappt.

Henry: Ich würde das Geld in Sammlerstücke anlegen, denke ich.

Zufall oder Wissenschaft – was denkst du?

Ivana: Wissenschaft.

Will: Das werden wir bald herausfinden.

Maggie: Zufall.

Henry: Ich weiß nicht.

15

~ MAGGIE ~

Maggie war am Boden zerstört.

Immer wieder ging sie in Gedanken die Begegnung mit Will durch und auch die Stunden, die sie zuletzt miteinander verbracht hatten. Nichts hatte vorher darauf hingedeutet, dass er Abstand brauchte. Stattdessen hatte er sogar ständig ihre wenige gemeinsame Zeit in die Länge gezogen.

Und dann hatte er ihr mitten in der Nacht das Herz aus der Brust gerissen.

Normalerweise war Maggie niemand, der sich jemandem aufdrängte. Trotzdem fand sie sich am Dienstagmorgen nach einer schlaflosen Nacht auf seiner Terrassenhälfte wieder. Sie musste einfach wissen, wieso Will es plötzlich für eine gute Idee hielt, sie nicht mehr zu treffen. Das Beste für *alle* Beteiligten war es nämlich ganz bestimmt nicht. Im Gegenteil.

Entschlossen klopfte Maggie gegen die Glasscheibe und lauschte. Nichts rührte sich im Inneren des Hauses.

»Will?«, rief sie und drückte sich die Nase an der Fensterscheibe platt. »Ich weiß, dass du da bist. Mach auf!«

Sie starrte in das leere Wohnzimmer, während der Puls in ihren Ohren rauschte.

Will ließ sich nicht blickten. Dabei war Maggie sich sicher, dass er da war, denn sein Laptop stand aufgeklappt auf dem Küchentresen und daneben eine Tasse Kaffee. Er musste vor ihr geflohen sein, als er sie kommen sah.

Maggies Stirn fiel gegen die kühle Glasscheibe, während sich ihre Augen mit Tränen füllten. »Bitte«, krächzte sie, weil ihre Kehle wie zugeschnürt war.

Das konnte alles nicht wahr sein. Warum tat er ihr das an? Warum zerstörte er ihr heimliches Glück?

Sie hatte ihm doch noch nicht einmal gesagt, dass sie ihn liebte …

Ohne Vorwarnung wurde von innen die Schiebetür zur Seite gerissen. Maggie schrie auf und fiel beinahe kopfüber ins Wohnzimmer. Erst im letzten Moment bekam sie den Türrahmen zu fassen und fing sich ab.

Als sie aufschaute, zuckte sie zusammen.

In einen seidenen Morgenmantel gehüllt stand Ivana vor ihr und musterte sie abschätzig. »Du siehst furchtbar aus.«

Maggie starrte sie wie vom Donner gerührt an. Für den Bruchteil einer Sekunde empfand sie aufrichtige Reue gegenüber Wills Ehefrau.

Doch dann neigte diese belustigt den Kopf. »Was hast du mit deinen Haaren angestellt? Du siehst aus wie eine Vogelscheuche. Von deiner fleckigen Haut ganz zu schweigen. Da werden die Stylisten eine ganze Menge zu tun haben, wenn du das bis zum Wochenende nicht in den Griff kriegst.«

»Keine Sorge«, fauchte Maggie, weil sie nicht gekommen war, um sich von Ivana demütigen zu lassen. Sie wusste auch so, wie scheußlich sie aussah. »Ist nur so eine Vierundzwanzig-Stunden-Grippe.«

Verärgert kniff Ivana die Augen zusammen. »Was willst du hier, Maggie?«

Um wenigstens ein bisschen Selbstbewusstsein auszustrahlen, richtete Maggie sich auf. »Ist Will da? Ich habe ein Problem mit … mit meinem Laptop und hatte gehofft, er könnte mir helfen.«

Ivana lachte auf. »Das bezweifle ich.«

»Aber er ist doch Programmierer. Ich müsste ihn wirklich nur ganz kurz sprechen.«

Nach einem kurzen Blick über die Schulter verschränkte Ivana die Arme. »Will duscht gerade.«

Eifersucht meldete sich in Maggies Magen. Sie hatte Will nie danach gefragt, wie intim er je mit Ivana geworden war. Erstens, weil es sie nichts anging. Und zweitens, weil sie sich wirklich nicht sicher war, ob sie die Wahrheit verkraften könnte. Angesichts seiner hübschen Frau lief ihre Fantasie jedoch Amok.

Ivana bedachte Maggie mit einem überlegenen Lächeln. »Hör zu, wir wissen doch beide, dass es kein Problem mit deinem Laptop gibt. Warum ersparen wir uns also nicht dieses peinliche Hin und Her und du gehst einfach wieder? Ich werde Will nicht sagen, dass du hier warst. So behältst du wenigstens einen letzten Rest Würde.«

Maggie keuchte entsetzt auf, doch Ivana fuhr unerbittlich fort: »Akzeptier es einfach. Dann wird es leichter.«

Ihre Worte quälten sie wie Peitschenhiebe und zerschmetterten jeden Funken Hoffnung, den Maggie noch in sich getragen hatte. Wie paralysiert wandte sie sich ab und ging zurück nach nebenan. Sie hatte die Tür noch nicht erreicht, da liefen ihr bereits die ersten Tränen über die Wangen.

Mit letzter Kraft schleppte sie sich ins Schlafzimmer, kroch unter die Decke und rollte sich auf der Matratze zusammen. Dann ließ sie ihrem Schmerz freien Lauf.

Stunden später kam Henry nach Hause und fand Maggie im Bett vor. Er stellte keine Fragen. Stattdessen legte er sich wortlos neben sie, zog sie in seine Arme und hielt sie fest, bis das Tosen in ihrem Inneren in Stille überging.

* * *

In den folgenden Tagen durchlebte Maggie ein Wechselbad der Gefühle. Mal war sie verzweifelt, mal wütend und gelegentlich kehrte auch ein kleiner Hoffnungsschimmer zurück, der ihr zuflüsterte, dass Ivana eine blöde Kuh und alles nur ein dummes Missverständnis war.

Leider erwies sich ihr Optimismus als vergebens.

Nicht ein einziges Mal ließ Will sich auf der Terrasse blicken, obwohl Maggie den gesamten Garten fast rund um die Uhr im Auge behielt. Dass sie stalkerische Tendenzen entwickelte, gab ihr jedoch nicht ansatzweise so viel zu denken wie die Tatsache, dass sie Will mit qualvoller Intensität vermisste. Obwohl er ihr Herz in winzig kleine Stücke zerfetzt hatte.

Rückblickend konnte es kein Zufall gewesen sein, dass Will ausgerechnet an dem Abend um Abstand gebeten hatte, an dem die letzte Folge von *The Wedding Project* vor dem großen Finale ausgestrahlt worden war. Sicherlich hatte er sich die Show zusammen mit Ivana angesehen und realisiert, dass ihre gemeinsame Zeit nun bald ein Ende fand.

Ab Samstag wären sie keine Nachbarn mehr. Sie würden sich nicht mehr jeden Tag sehen und standen nicht mehr andauernd im Fokus der Kameras. Sie erhielten ihre Freiheit zurück.

Und allem Anschein nach wollte Will eben nicht mit ihr an der Seite die Show verlassen, sondern doch weiterhin seine Fake-Ehe mit Ivana aufrechterhalten. Oder zu Chicagos begehrtestem Junggesellen des Jahres aufsteigen. Oder was auch immer.

So oder so schienen seine Gefühle für sie bei Weitem nicht so tief und aufrichtig zu sein, wie er behauptet hatte. Andernfalls hätte er doch wenigstens *einmal* versucht, sie zu kontaktieren. Oder nicht?

Wütend stopfte Maggie einen Stapel Pullover in ihren Koffer. Sie hockte auf dem Schlafzimmerfußboden mitten in einem Berg Klamotten und versuchte, wenigstens das Kleiderchaos zu bändigen, wenn sie schon ihre Emotionen nicht in den Griff bekam.

Mittlerweile war es ohnehin Freitagnachmittag, was bedeutete, dass sowohl die Coopers als auch sie und Henry in exakt zwei Tagen auszogen. Das war gut. Denn Maggie wollte nur noch raus aus diesem Höllenhaus. Die Wände schienen sie und ihren Liebeskummer pausenlos zu verspotten.

Gut möglich, dass sie es auch nicht anders verdient hatte, weil sie die Ehe mit Henry schon bald beenden würde.

Zwar hatte das klärende Zukunftsgespräch aufgrund ihres Ausnahmezustandes nie stattgefunden, aber Henry war kein Vollidiot. Er wusste, dass Maggie einfach nicht für eine offene Ehe geschaffen war.

Sie wünschte sich nicht bloß einen Mann, der bestrebt war, ihr alles recht zu machen, sondern einen, der seinen eigenen Kopf hatte, sich nach ihr verzehrte und sie als *die Seine* betrachtete. Natürlich nicht im fanatischen Sinn, sondern in einem gesunden Maß. Schließlich wollte sie nicht das Püppchen eines Spinners sein.

Maggie war so vertieft in ihre Überlegungen, dass sie gar nicht mitbekam, wie Henry das Haus betrat. Erst als es leise raschelte und er in der Tür erschien, schaute sie überrascht auf.

In der Hand hielt er einen Strauß Margeriten, ihre Lieblingsblumen. Das Lächeln auf seinen Lippen verblasste jedoch zusehends, je länger er sich im Schlafzimmer umschaute.

»Was machst du denn da?«, fragte er entsetzt, obwohl das eigentlich offensichtlich war.

Schuldbewusst sah Maggie ihn an. »Du bist früh zurück. Ich wollte den Kram eigentlich noch wegräumen.«

Henry verzog gequält das Gesicht. »Es wird Zeit, nicht wahr?«

Plötzlich fühlte Maggie sich unsagbar traurig. Dennoch nickte sie tapfer. »Ich werde dich vermissen.«

Ein Ruck ging durch ihren Ehemann. Er sank vor Maggie auf die Knie und hielt ihr mit zitternden Händen den Strauß vor die Nase. »Aber du musst mich doch gar nicht vermissen. Wenn du mich willst, bleibe ich bei dir. Ich würde alles tun, um dich glücklich zu machen.«

Bedauernd schüttelte Maggie den Kopf. »Es würde trotzdem nicht funktionieren, Henry.«

»Woher willst du das denn wissen?«, fragte er mit erstaunlich fester Stimme. »Ich weiß, dass du mich liebst. Oder etwa nicht?«

Leicht überfordert wich Maggie seinem eindringlichen Blick aus. »Natürlich empfinde ich etwas für dich. Du bist mein bester Freund. Aber darüber hinaus …«

»Braucht es denn unbedingt mehr?«, unterbrach Henry sie aufgewühlt und erhob sich wieder. »Sieh doch nur, was dir deine Gefühle für Will gebracht haben. Ja, sie sind weit stärker als das, was du für mich empfindest. Aber dafür hat er dich tief verletzt.«

Fassungslos schaute Maggie auf. »Du weißt von mir und Will?«

»Selbstverständlich.« Henry lächelte gequält. »Was dachtest du denn?«

Maggies Wangen wurden heiß vor Verlegenheit. Ihre Augen begannen zu brennen. »Es tut mir so leid.«

»Das muss es nicht, ehrlich. Eine Zeit lang war ich froh, dass du jemanden hast, mit dem du …« Er wedelte hilflos mit der Hand in der Luft herum. »Na, du weißt schon.«

Am liebsten wäre Maggie im Erdboden versunken. Offensichtlich stand ihr dieser Wunsch ins Gesicht geschrieben, denn ein amüsiertes Grinsen huschte über Henrys Lippen.

Er lehnte sich ein Stück vor. »Das muss dir wirklich nicht peinlich sein.«

Maggie konnte es kaum glauben. In seiner Stimme lag nicht der kleinste Vorwurf. »Trotzdem will ich wirklich nicht mit meinem Ehemann über meine Affäre diskutieren. Das ist irgendwie zu schräg.«

»Glaub mir, so groß ist mein Wissensdurst ohnehin nicht«, konterte er verschmitzt, bevor seine Miene wieder ernst wurde. »Worauf ich auch eigentlich hinaus wollte, ist Folgendes: Es mag sein, dass deine Gefühle für mich weniger intensiv sind, aber du musst begreifen, dass das etwas Gutes ist.«

Zweifelnd runzelte Maggie die Stirn. »Ach ja?«

»Aber ja!«, bestätigte Henry, und nickte nachdrücklich. »Denn dadurch hätte ich niemals die Macht dazu, dir das Herz zu brechen. So wie er.«

Seine Worte klangen so verlockend, nachdem Maggie tagelang in ihrem Kummer versunken war. Sogar jetzt noch fühlte sie die Enttäuschung mit ganzer Kraft.

Als Henry eine Träne entdeckte, die ihr offenbar über die Wange rollte, blitzte ehrliche Wut in seinen Augen auf. »Ich sehe deine Verzweiflung, Maggie, und deinen Schmerz. Ich kann dich davor bewahren.« Einladend hielt er ihr die Hand hin. »Wenn du mich lässt.«

~ WILLIAM ~

Hinter den Kulissen der großen Finalshow herrschte ein einziges Durcheinander. Leute mit Headsets rannten scheinbar ziellos durch die Flure, Frank hörte gar nicht mehr auf, jedem, der ihm über den Weg lief, Anweisungen zuzuschnauzen ... alles wirkte also höchst chaotisch. Dabei hatte die Show noch gar nicht angefangen.

Will saß mit Ivana in einem Raum namens *Maske 1* und lauschte dem Heckmeck jenseits der geschlossenen Tür. Die Visagistin hatte sich gerade verabschiedet und nun sollten sie hier drin warten, bis sie abgeholt wurden.

Der Raum hatte kein Fenster, und mit jeder verstrichenen Minute fühlte Will sich mehr wie ein Insasse in einem abstrusen Gefängnis. Seine Gedanken kreisten dabei einzig um Maggie und die Frage, wo sie eigentlich steckte. Als er und Ivana im Studio ankamen, sah er die Coopers in einem Flur um die Ecke biegen, doch seither blieben sie verschwunden. Vielleicht war Maggie ja gleich nebenan?

Am liebsten hätte Will diese Theorie überprüft, aber er hielt sich dann doch zurück. Was hätte er auch zu ihr sagen sollen? Viel Glück? Hals- und Beinbruch? Weidmannsheil?

Grundgütiger! Seine Nervosität angesichts der bevorstehenden Liveshow nahm langsam ungeahnte Ausmaße an. Ivana trug auch nicht gerade zu seiner Beruhigung bei. Ganz im Gegenteil. Sie schien sogar noch mehr unter Lampenfieber zu leiden als er. Zumindest hatte sie seit einer ganzen Weile keinen Mucks mehr von sich gegeben und starrte geistesabwesend an die Wand gegenüber. Man hätte meinen können, sie sei eine Statue, reglos wie sie dasaß. Vielleicht sorgte sie sich, das Meisterwerk zu zerstören, das die Stylistin aus ihr gemacht hatte. Sie hätte sich mit der verspielten Hochsteckfrisur und dem kleinen Schwarzen ohne Probleme auf einen Gucci-Laufsteg begeben können.

Wie Maggie wohl aussehen würde?

Gott, er wünschte sich, sie wäre bei ihm. Mit einem einzigen Lächeln hätte sie all seine Nervosität weggefegt ...

Die Tür wurde aufgerissen und Frank winkte sie aufgeregt zu sich. »Los, los! Es geht los!«

Ivana und Will erhoben sich schweigend. Frank scheuchte sie durch die Flure, als wäre es ihr Vergehen, dass sie scheinbar zu spät dran waren. Die Show hatte bereits begonnen, denn die Stimme der Moderatorin schallte ihnen aus den kleinen Lautsprechern, die überall hingen, entgegen.

»Wo stecken die Coopers?«, bellte Frank in sein Funkgerät und schubste Will vor den Durchgang, der auf die Bühne führte.

Will schraubte sich hastig sein Showlächeln ins Gesicht und straffte die Schultern. Ivana hakte sich bei ihm unter.

»Begrüßen wir unser Ehepaar Nummer eins«, kündigte die Moderatorin an. »Willkommen, Mister und Mrs Scott!«

Tosender Applaus setzte ein. Die ersten Schritte auf der Bühne war Will geblendet vom grellen Scheinwerferlicht und hatte es wohl nur Ivana zu verdanken, dass er die richtige Richtung beibehielt.

Monica Murphy, die bereits letztes Jahr die Finalshow von *The Wedding Project* moderiert hatte, trug ein blaues Glitzerkleid und das braune Haar in einer schwindelerregend hohen Turmfrisur. Sie erwartete die Scotts vor zwei Sofas, die sich gegenüberstanden. Dahinter prangte eine große Leinwand, die von einem kitschigen Rosenherz umfasst wurde. Rechts erspähte Will zwei Stehpulte, an denen sie später vermutlich ein paar Fragen beantworten sollten. Gegenüber befand sich ein Podest, auf dem es sich die Expertenjury bequem gemacht hatte. Will war noch immer leicht geblendet, darum konnte er auf die Schnelle nicht sagen, ob es dieselben drei Personen waren wie im letzten Jahr.

»Wie geht es euch?«, fragte Monica mit einem strahlenden Lächeln, als sie bei ihr angekommen waren.

»Das ist alles so aufregend!«, antwortete Ivana und betrachtete mit glänzenden Augen die Zuschauertribüne. »Ich bin zum ersten Mal in einer Livesendung.«

Ihre Aufregung war nicht vorgetäuscht, denn Will spürte am Arm, dass Ivana zitterte wie ein Chihuahua während eines Gewitters. Weil Monica ihren Blick abwartend auf ihn richtete, nickte er bestätigend. »Mir geht es genauso.«

»Das ist natürlich verständlich«, meinte Monica besonnen.

Sie wies einladend auf das linke Sofa, was wohl bedeutete, dass sie Platz für die Begrüßung der Coopers machen sollten. Ivana löste sich erst von Wills Arm, als sie sich nur noch fallen lassen musste. Sie schlug die Beine übereinander und verschränkte die Finger um ein Knie. Aus der Ferne war ihre wahre Anspannung sicher nicht zu erkennen, doch Will merkte an ihrer verkrampften Haltung, dass sie kurz vor einem Nervenkoller stand. Mit der Liveshow hatte sie ein wichtiges Lebensziel erreicht, und sie war so sehr darauf bedacht, alles richtig zu machen, dass sie teilweise das Atmen vergaß.

Will rutschte ein wenig näher zu ihr und legte ihr die Hand auf den Unterarm, um sie ein bisschen zu beruhigen. Sie lehnte sich dankbar gegen seine Schulter.

»Willkommen, Mister und Mrs Cooper!«, hörte er in dem Moment die Stimme der Moderatorin.

Wieder klatschte das Publikum begeistert. Will drehte sich um, damit er den Einzug der Coopers auf die Bühne verfolgen konnte. Bei Maggies Anblick schlug sein Herz automatisch schneller. Sie war zweifellos die schönste Frau im Studio und stellte sogar Monica Murphy in den Schatten. Sie trug ein dunkelblaues Abendkleid von schlichter Eleganz. Die dunklen Locken fielen ihr weich über die rechte Schulter. Ihr Lächeln überstrahlte die hellsten Scheinwerfer, während sie elegant neben Henry auf die Moderatorin zu schritt.

Grundgütiger, wie sehr er sie vermisst hatte!

Bald würde alles gut werden. Gleich nach der Show würde er zu ihr gehen und ihr alles erklären. Wirklich alles.

»Und wie geht es euch?«, fragte Monica die Coopers. »Seid ihr auch so nervös wie die Scotts?«

Henry brauchte nicht zu antworten. Es war für die ganze Welt offensichtlich, dass er kurz davor war, aus den Latschen zu kippen. Schweißperlen bedeckten seine Stirn und sein

Teint hatte ein besorgniserregendes Weiß angenommen, im Scheinwerferlicht mutete er wie ein Gespenst an. Neben ihm wirkte Maggie geradezu wie ein *Avenger*, stark und unerschrocken, voller Entschlossenheit.

»Natürlich!«, antwortete sie und lachte. »Immerhin werden wir heute über unsere Zukunft entscheiden. Wer wäre da nicht nervös?«

Irgendwas stimmte hier nicht …

Stirnrunzelnd verfolgte Will, wie die Coopers auf dem Sofa gegenüber Platz nahmen. Maggie vermied geflissentlich jeden Augenkontakt zu ihm. Mit einem Dauerlächeln verfolgte sie Monicas Einführungsrede und schmiegte sich dabei eng an Henrys Schulter. Seine Hand tastete nach der ihren, und als sich ihre Finger vertraut miteinander verwoben, fuhr Will ein schmerzhafter Stich durchs Herz.

Was hatte das zu bedeuten?

Sein letzter Stand war, dass Maggie die Ehe mit Henry noch in der Show annullieren wollte. Wozu diente dann nun dieses Schauspiel der innigen Vertrautheit? Hatte sie sich etwa umentschieden?

Plötzlich zwickte Ivana ihn in den Unterarm und funkelte ihn warnend an. Da wurde ihm klar, dass er Maggie die ganze Zeit über angestarrt hatte, obwohl unzählige Kameras auf ihn gerichtet waren. Er musste sich schleunigst zusammenreißen und versuchte, sich auf Monica zu konzentrieren, die soeben die Expertenjury vorstellte.

»Wie bereits im letzten Jahr werden wir unsere Paare von ausgewählten Experten überprüfen lassen«, erklärte die Moderatorin. »Mit Albert Gripp haben wir einen hervorragenden Psychoanalytiker an unserer Seite. Auch Sofia Montez, Professorin für Sozialwissenschaften, wird uns wieder mit ihrer Einschätzung beehren. Neu im Expertenteam ist Cornelia

Wild, renommierte Sexualforscherin, auf deren Meinung wir natürlich sehr gespannt sind. Herzlich willkommen!«

Das Publikum klatschte artig.

Will versuchte, sich auf Monicas Worte zu konzentrieren, doch seine Gedanken kreisten einzig um Maggie und die Frage, was sie vorhatte. Aus dem Augenwinkel heraus konnte er sehen, dass sie keinen Zentimeter von Henry abgewichen war. Auch das Dauerlächeln lag beständig auf ihren Lippen.

Monica bat alle Anwesenden, ihre Aufmerksamkeit auf die Leinwand zu richten. Daraufhin flackerten verschiedene Szenen der vergangenen Sendungen vorüber, die von der Expertenjury bis ins kleinste Detail analysiert wurden.

Will hörte nur mit halbem Ohr hin, denn er nutzte die Gelegenheit, um kurz einen klaren Blick auf Maggie zu werfen.

Da erkannte er kleine Details, die ihm einiges zu denken gaben. Ihr Lächeln war unecht und starr. Es erreichte ihre Augen nicht, die merkwürdig dumpf die Bilder auf der Leinwand verfolgten. Ihre Gedanken waren wahrscheinlich gar nicht da, wo sie sein sollten. Blieb die Frage, wo sie denn tatsächlich waren.

»Eine sexuelle Anziehung ist bei den Scotts in jedem Fall vorhanden«, erklärte die Sexualforscherin in diesem Moment. »In der letzten Szene war auch ziemlich offensichtlich, dass ein entsprechender Kontakt stattgefunden haben muss.«

Ivana kicherte hinter vorgehaltener Hand und gab sich peinlich berührt von den nüchternen Worten der Expertin.

Will erkannte gerade noch, dass eine Kamera zu ihnen schwenkte, darum schaffte er es rechtzeitig, sein souveränes Grinsen aufzulegen und mit den Schultern zu zucken, obwohl er sich im gleichen Augenblick zutiefst schämte.

Außerdem entging ihm am Rande seines Sichtfelds nicht, dass Maggie die Augen auf ihn richtete. Es kostete ihn verdammt viel Kraft, ihren Blick nicht zu erwidern, da die Kamera sonst jede seiner Regungen im Großformat live auf die Leinwand projiziert hätte.

Die Experten gaben weiterhin hohle Phrasen von sich, die Will heldenhaft über sich ergehen ließ. Im Endeffekt war es absoluter Schwachsinn, was diese Experten erzählten. Keiner von ihnen kratzte auch nur am Rande der Wahrheit. Bis auf diese Sexualforscherin, die tatsächlich eine erschreckende Auffassungsgabe besaß, was die Feinheiten zwischenmenschlicher Beziehungen betraf, und die ihre Erkenntnisse knallhart weitergab.

»Bei den Coopers gibt es keine sexuellen Spannungen«, sagte Cornelia und rückte die Hornbrille auf ihrer Nase zurecht. »Ich würde sogar fast so weit gehen zu behaupten, dass es nur sehr wenig intimen Kontakt gab, wenn überhaupt. Nichtsdestotrotz haben die beiden zweifellos ein hohes Vertrauen zueinander aufgebaut, was immerhin die Basis für jede innige Beziehung ist.«

Will mahnte sich zu tiefen und ruhigen Atemzügen. Er wagte es nicht, Maggies Reaktion auf die Einschätzung der Expertin zu überprüfen. Die Erkenntnis, dass er selbst jenes Vertrauen zwischen sich und Maggie verhindert hatte, machte ihm schwer zu schaffen.

»Wow, da waren ja sehr interessante Erkenntnisse dabei«, flötete Monica in dramatischem Tonfall. »Da nutzen wir doch gleich die erste Werbepause, um das Gehörte sacken zu lassen. Liebe Zuschauer zu Hause, die Leitungen für die Abstimmung sind nun freigeschaltet. Wir sehen uns gleich wieder!«

Der Jingle von *The Wedding Project* schallte durchs Studio. Von allen Seiten stürmten Leute auf die Bühne und kamen geschäftig ihren Aufgaben nach. Die Visagistin puderte Ivana und Will ab, gleichzeitig drückte ihnen jemand ein Glas Wasser in die Hand. Sobald sich der Puderstaub vor Wills Augen lichtete, suchte er nach Maggies Augen, jedoch befand sich nun sie in den Fängen der Visagistin. Eine Assistentin tupfte hektisch mit Kosmetiktüchern über Henrys verschwitztes Gesicht.

Will war im Begriff aufzustehen, damit er Maggie für einen Moment sprechen konnte, doch da krallte sich Ivanas Hand in seinen Unterarm.

»Stopp«, zischte sie. »Die sehen uns immer noch zu!«

Er hielt inne und sah vielsagend auf das kleine Mikro, das am Träger ihres Kleides befestigt war. Sie folgte seinem Blick und winkte ab. »Die werden in den Werbepausen abgeschaltet. Keine Sorge.«

»Dann ist es doch erst recht kein Problem, wenn ich kurz zu ihr gehe«, murmelte Will.

»Tu das nicht«, flüsterte Ivana. »Bitte, Will. Du weißt, was auf dem Spiel steht. Halte noch ein wenig durch. Bitte.«

Das Flehen in Ivanas Stimme konnte er nicht einfach ignorieren. Leider wurde er das Gefühl nicht los, dass inzwischen etwas weit Wichtigeres auf dem Spiel stand als ein erfolgreicher Abschluss der Show.

Obwohl seine Gedanken rasten, wurde ihm die Entscheidung letztlich abgenommen. Die Gläser wurden ihnen entrissen und sämtliche Leute rannten von der Bühne, weil von der Seite eine laute Stimme verkündete: »Wir sind wieder live in – fünf, vier, drei ...«

~ *MAGGIE* ~

Angespannt starrte Maggie auf Monica, die sich mit einem strahlenden Lächeln in Richtung Publikum drehte, kaum dass der Countdown zu Ende war.

»Willkommen zurück, liebe Zuschauer. Wie ich sehe, haben Sie fleißig für Ihre Favoriten angerufen. Werfen wir doch mal einen Blick auf den aktuellen Zwischenstand unseres Votings.«

Maggie hob den Kopf und schaute dabei zu, wie sich zwei Säulen aus kleinen Herzchen auftürmten. Über der linken Säule erschien die Zahl zweiundfünfzig, über der rechten achtundvierzig.

»Oh!«, quietschte Monica aufgeregt. »Es scheint, als hätten unsere Experten den Coopers weiteren Aufwind beschert. Wer hätte gedacht, dass die Vertrautheit zwischen Maggie und Henry mehr überzeugt als das Knistern zwischen Ivana und William?« Sie kicherte dümmlich. »Also ich nicht. Wie steht's mit dir, Ivana?«

Es kostete Maggie einiges an Selbstbeherrschung, neutral zu Ivana hinüberzusehen. Diese schien überhaupt nicht erfreut darüber zu sein, dass sich die Differenz weiter verringert hatte. Zumindest ließ ihr verkrampftes Lächeln darauf schließen.

»Ehrlich gesagt, ich auch nicht«, meinte sie bedächtig. »Allerdings kann ich dir versichern, Monica, dass unsere Ehe nicht nur aus einem wilden Sexmarathon besteht. Will und mich verbindet natürlich ebenso viel Vertrautheit wie die Coopers. Ich bin überzeugt, das Publikum wird das noch im Laufe des Abends erkennen.«

»Ganz bestimmt«, erwiderte Monica in süffisantem Ton, bevor sie sich Maggie und Henry zuwandte und einen Schritt auf sie zukam. »Was bei den Scotts offensichtlich ist, wirft bei euch noch eine große Frage auf, liebe Coopers. Hand aufs Herz, wie nah seid ihr euch wirklich gekommen?«

Sprachlos starrte Maggie die Moderatorin an. Es war ihr ein Rätsel, wie man so dreist sein konnte. Sie wusste beim besten Willen nicht, wie sie darauf antworten sollte. Zumal sie von diesem dumpfen Schmerz in ihrer Herzgegend gerade gewaltig aus dem Konzept gebracht wurde.

Leider war Henry bei Monicas Worten stocksteif geworden. Da er ganz sicher nicht auf diese Frage antworten würde, blieb Maggie gar nichts anderes übrig, als vielsagend den Kopf zu wiegen.

»Wir verstehen eure Neugier nur zu gut«, sagte sie schmunzelnd. »Aber Henry und ich haben entschieden, gewisse Details unseres Liebeslebens nicht mit aller Welt zu teilen. Wir bedeuten einander sehr viel, und deshalb würde es sich anfühlen, als würden wir dadurch die intimen Momente unserer Ehe beschmutzen. Ich hoffe, ihr habt Verständnis dafür.«

Mit einer theatralischen Geste, die keinesfalls ernst gemeint sein konnte, griff Monica sich ans Herz. »Natürlich verstehen wir das, Maggie. Danke für deine Aufrichtigkeit.«

Liebe Güte! Die Frau war wirklich ein Profi. Sie ließ sich kein bisschen anmerken, dass sie sich über die Abfuhr ärgerte. Trotzdem war Maggie überzeugt davon, dass ihr die Entscheidung missfiel, denn ihre Augen sprühten bedrohliche Funken, bevor sie sich wieder den Kameras zuwandte.

»In der heutigen Zeit ist Privatsphäre ein hohes Gut«, bemerkte Monica äußerst tiefsinnig. »Das haben auch die Teilnehmer des letzten Jahres auf die harte Tour lernen müssen, nachdem sich unsere Show zum Quotenhit gemausert hat. Zur Feier des Tages haben wir sie jedoch aus ihrem Versteck locken können. Begrüßen Sie recht herzlich die Gewinner der ersten Staffel: John und Claire Bricks!«

Tosender Applaus donnerte von den Zuschauerreihen. Pfiffe und Gekreische mischten sich mit Fußstampfen, als das Ehepaar Bricks Hand in Hand die Bühne betrat.

Beide winkten lächelnd dem Publikum zu. Das Paar war auch bei ihrer Hochzeit vor zwei Monaten zu Gast gewesen. Allerdings hatte sich für Maggie damals keine Gelegenheit ergeben, sich in Ruhe mir ihnen zu unterhalten. Nun bedauerte sie diesen Umstand, denn die beiden waren so sympathisch, dass sie ihr sicherlich einige Tipps mit auf den Weg gegeben hätten.

Claire hatte ein festliches grünes Abendkleid an, das perfekt zu ihrem kupferroten Haar passte und ihre grünen Augen zum

Leuchten brachte. Obwohl sie recht hohe Absatzschuhe trug, wirkte der Mann an ihrer Seite riesig. Johns hellgrauer Anzug saß wie maßgeschneidert. Sein Gang war aufrecht und stolz, während seine hellblauen Augen aufmerksam die Umgebung sondierten.

Johns Blick huschte kurz zu seiner Frau, und darin war so viel Liebe und Zuneigung zu erkennen, dass Maggie einen fiesen Stich der Enttäuschung verspürte. *So* hätte diese Show für sie ausgehen sollen. Und nicht mit einem gebrochenen Herzen, das künftig von ihrem besten Freund beschützt werden sollte.

»Hallo, meine Lieben, ihr seht großartig aus«, flötete Monica, nachdem sie die obligatorischen Wangenküsschen verteilt hatte.

John lachte ein raues, amüsiertes Lachen. »Uns geht es ja auch großartig.«

»Das freut mich«, erwiderte Monica, diesmal sogar aufrichtig. »Erzählt! Wie ist es euch in dem Jahr ergangen? Nach der Show hat sich die Presse ja wie verrückt auf euch gestürzt.«

»Es war in der Tat eine verrückte Zeit«, stimmte Claire ein und strich sich eine Haarsträhne hinters Ohr. Dann plauderte sie bestimmt fünf Minuten lang völlig entspannt mit Monica über die Ereignisse des letzten Jahres, bevor die Moderatorin diesen Programmpunkt abhakte und zur aktuellen Staffel zurückkehrte. Sie deutete vielsagend auf die beiden Sofas. »Und was glaubt ihr, wer ist unser Formelpaar und wer wird die Show gewinnen?«

John grinste. »Darüber diskutieren wir bereits seit der Trauung vor acht Wochen.«

»Und wir sind uns immer noch nicht einig«, fügte Claire belustigt hinzu.

»Dann wird es wohl Zeit, dass wir es herausfinden. Bitte nehmt doch so lange auf unserer Ehrentribüne Platz. Meine Damen und Herren, Mister und Mrs Bricks!«

Erneut tobte das Publikum los, während Claire und John sich in die erste Reihe der Zuschauertribüne setzten. Anschließend riss Monica die Aufmerksamkeit aller Anwesenden wieder an sich.

»Noch haben wir etwas Zeit bis zum großen Showdown. Wie wäre es daher mit einem kleinen Spiel? Meine lieben Ehepaare, kommt doch bitte mal zu mir.«

Maggie atmete tief durch. Sie hatte schon damit gerechnet, dass auch in ihrer Finalshow das alberne Frage-Antwort-Spiel stattfände. Damit würde sie klarkommen. Schließlich kannte sie Henry gut genug und er sie ebenfalls.

Hand in Hand gingen sie nach vorn. Dabei achtete Maggie darauf, Will keinesfalls anzusehen. Sie wandte sich umgehend Monica zu, welche sie jedoch nicht wie erwartet zu den Stehpulten geleitete, sondern von einem Assistenten ein kleines Stoffknäuel entgegennahm.

Ein teuflisches Grinsen stahl sich in ihr Gesicht, bevor sie das Knäuel entwirrte und zwei Augenbinden präsentierte. »Wollen wir doch einmal sehen, wie gut ihr euren Partner wirklich kennt.«

Entgeistert schnappte Maggie nach Luft, während Ivana sichtlich zufrieden dreinschaute. Der Assistent zupfte theatralisch eine Augenbinde aus der Hand der Moderatorin.

»Wenn ich bitten dürfte, meine Damen«, sagte Monica, woraufhin die Welt um Maggie schwarz wurde.

Hilflos tastete sie nach Henry, aber der war verschwunden. Sie hörte nur noch Murmeln und Kichern, bevor eine unerbittliche Hand sie ein Stück nach vorn dirigierte.

»Du hast vor dir mehrere rechte Männerhände, Maggie«, erklärte Monica gut gelaunt. »Welche gehört zu deinem Henry?«

Nervös befeuchtete Maggie die Lippen, als sie die erste Hand zu fassen bekam. Sie war warm, groß und kräftig. Sofort schnellte ihr Puls in die Höhe. Denn sie kannte diese Hand. Nur gehörte sie nicht ihrem Ehemann.

Was für eine miese Nummer!

Als Wills Daumen leicht über ihren Handrücken strich, machte Maggies Herz einen weiteren Satz. Entsetzt fuhr sie zurück. »Die nicht!«

Der Applaus bestätigte ihr, was sie ohnehin wusste.

»Und Kandidat Nummer zwei?«, erkundigte sich Monica fröhlich.

Die zweite Hand war kleiner und rau. Viel rauer als Henrys Hand jedoch. Seine Haut war weich – und gegenwärtig sicher auch etwas klamm.

»Diese ist es auch nicht«, meinte Maggie.

»Bravo! Und wie ist es mit Kandidat Nummer drei?«

Diesmal musste Maggie nicht überlegen. »Diese gehört Henry!«

»Ganz sicher? Vielleicht ist es ja auch Kandidat Nummer vier?«, gab Monica zu bedenken.

Sicherheitshalber strich Maggie noch einmal über die Handinnenfläche. Dann schüttelte sie den Kopf. »Nein! Das hier ist mein Henry.«

»Sehr gut, Maggie. Ein Punkt für euch!«

Das Publikum johlte. Dann war Ivana dran. Sie tastete sich in Windeseile durch die ersten drei Kandidaten und war jedes Mal überzeugt, dass dieser nicht *ihr* Will war.

»Tja, Ivana, einen vierten Kandidaten gibt es leider nicht.«

»Aber … aber du hast doch gesagt, es wären vier«, stotterte sie perplex.

Monica kicherte. »Und selbst wenn es zehn wären, Will steht an zweiter Stelle. Du hast ihn leider nicht erkannt. Händchenhalten war wohl eher nicht so euer Ding, was?«

Diebische Freude zupfte an Maggies Mundwinkeln, allerdings nur so lange, bis Monica fortfuhr: »Behaart oder nicht behaart, das ist hier die Frage. Maggie, du solltest jetzt besser in die Knie gehen.«

Bitte was?

Maggie wollte nicht in die Knie gehen, sondern auf der Stelle im Erdboden versinken. Nie im Leben würde sie im Schritt eines fremden Mannes herumwühlen. Am liebsten hätte sie sich diese dämliche Augenbinde vom Gesicht gerissen. Ihre Wangen wurden kochend heiß bei der Vorstellung, was für einen peinlichen Anblick sie gleich abgeben würde. Wie zur Bestätigung ihrer schlimmsten Befürchtung stießen einige Zuschauer die schrillsten Bauarbeiterpfiffe aus.

Monica lachte. »Keine Bange, Maggie. Die Herren haben sich umgedreht.«

Oh, Gott sei Dank! Andererseits war es vielleicht trotzdem besser, auf Nummer sicher zu gehen.

Stocksteif blieb sie stehen. »Was genau soll ich denn ertasten?«

»Nur die Waden, sonst nichts, meine Liebe«, erklärte Monica in unschuldigem Ton.

Okay, das könnte zu schaffen sein. Zumindest glaubte Maggie das, bis ihr schlagartig bewusst wurde, dass sie noch nie Henrys Beine berührt hatte. »Dürfte ich zuerst alle Waden befühlen?«, fragte sie vorsichtig.

»Oh, oh. Höre ich da etwa eine leichte Unsicherheit heraus?«

Maggie lachte, obwohl sie keineswegs amüsiert war. »Vielleicht ein bisschen.«

»Also gut, dann wollen wir mal nicht so sein«, stimmte Monica großmütig zu.

Erleichtert hockte Maggie sich hin und streckte die Hand aus. Den ersten Mann kannte sie nicht. Der zweite war zweifelsfrei Will. Nur gab es für ihn dummerweise keine Punkte.

Als Maggie das dritte Unterbein befummelte, war sie ratlos. Letztlich blieb ihr nichts anderes übrig, als zu raten.

»Ich denke, es ist Kandidat Nummer eins.«

»Hervorragend, Maggie. Noch ein Punkt für euch!«

Als Nächstes war Ivana an der Reihe. Sie fand Wills Waden mit einer solchen Sicherheit, dass es schon wieder in Maggie zu brodeln begann.

»Kommen wir nun zu meinem Lieblingskörperteil«, fuhr Monica fort, schnappte sich Maggies Hand und drückte sie auf etwas Weiches in Hüfthöhe. Als Maggie entsetzt zurückweichen wollte, hielt die Moderatorin sie unerbittlich fest.

»Komm schon, Maggie. Drei knackige Hinterteile stehen dir zur Verfügung. Triff deine Wahl!«

Maggie wollte sterben. Mit hochrotem Kopf, sie spürte die Hitze in ihren Wangen genau, betastete sie zaghaft die Kehrseiten der Herren. Diesmal war Will wieder der Erste. Blieben noch zwei, die Maggie *nicht* kannte.

Verdammter Mist!

Hintern Nummer zwei war klein und rund, Hintern Nummer drei flach und schlaff.

Du lieber Himmel!

»Henry ist Nummer zwei«, riet Maggie und betete, dass sie richtiglag.

Monica zischte durch die Zähne. »Leider nicht! Diesmal kein Punkt für euch, so leid es mir tut.«

Vor Enttäuschung sackten Maggies Schultern herab.

»Du darfst die Augenbinde jetzt abnehmen und Ivana zusehen«, bot Monica ungerührt an.

Sofort befreite Maggie sich von dem grässlichen Ding und blinzelte mehrere Male gegen das grelle Scheinwerferlicht an. Als sie wieder klar sah, wünschte sie sich, sie hätte das Teil aufbehalten, denn in diesem Moment schmiegte Ivana sich mit ihrer ganzen Länge an Wills Rücken und begrapschte dabei aufreißend seinen Hintern.

Am liebsten hätte Maggie vor Wut laut aufgeschrien, und sie verlor beinahe endgültig die Beherrschung, als Ivana bei Henry ein Lachen unterdrückte. Der dritte Mann war ein Mitglied der TV-Crew, den Maggie zuvor neben dem Kameramann gesehen hatte. Er ließ Ivanas Gefummel stoisch über sich ergehen.

»Will ist der Erste«, rief sie kurz darauf und riss sich ohne Erlaubnis die Augenbinde vom Kopf.

Als sie sah, dass sie richtiglag, quietschte sie vor Freude.

»Unentschieden«, rief Monica zufrieden. »Das wird ja immer spannender. Nehmt bitte wieder Platz, und dann sehen wir, wie sich das Voting nach diesem Spiel entwickelt hat.«

Dieses Mal schaffte Maggie es nicht, Will auszuweichen, als sie zu den Sofas zurückkehrten.

Er sah sie direkt an. Etwas Dringliches lag in seinem Blick. Eine stumme Botschaft, die Maggie einfach nicht verstand, nachdem er sie eiskalt absorbiert hatte.

Bei der Erinnerung wurde ihr schwindlig. Sie schlug die Augen nieder, weil sie ihn nicht sehen lassen wollte, wie tief er sie verletzt hatte.

Zurück auf dem Sofa ergriff Henry ihre Hand und drückte sie fest. Seine Miene spiegelte seine aufrichtige Sorge um sie wider. »Alles okay?«, formten seine Lippen.

Maggie nickte mit einem tapferen Lächeln, während Monica die Experten ein weiteres Mal um ihre Meinung bat.

Sexualexpertin Cornelia Wild zeigte sich höchst zufrieden mit der Taststudie, da sie ihre Theorie hinsichtlich des intimen Kontaktes beider Paare bestätigt sah. Für sie waren die Scotts definitiv das Formelpaar.

Albert Gripp hingegen vertrat die Ansicht, dass die Art des Betastens noch viel aussagekräftiger sei als das Erkennen des

Partners an sich. Ihm zufolge hatten Maggie und Henry durch die magische Formel zusammengefunden.

Und Sofia Montez ... sie hielt einen Monolog über Fremdwahrnehmung, der so einschläfernd war, dass es Maggie schwerfiel, zuzuhören.

Hinzu kam, dass Henry eine beruhigende Wirkung auf sie ausübte. Mittlerweile schien er sich an die ganze abstruse Situation der Liveshow gewöhnt zu haben und wirkte weit weniger nervös als zu Beginn der Sendung. Offenbar war es seine feste Absicht, als Maggies Fels in der Brandung zu fungieren. Natürlich verstand er auch ohne große Erklärung, wie aufwühlend die Begegnung mit Will für sie war.

»Ach du liebe Zeit!«, rief Monica plötzlich. »Einundfünfzig zu neunundvierzig. Ist das spannend!«

Überrascht betrachtete Maggie die Leinwand, auf der zwischenzeitlich erneut das Live-Voting eingeblendet wurde. Sie konnte kaum glauben, dass sie nach dieser peinlichen Nummer wirklich aufgeholt hatten.

Monica fächelte sich Luft zu, als stünde sie vor lauter Aufregung kurz vor einem Kreislaufkollaps. »Viele von Ihnen erinnern sich sicher noch daran, dass es im letzten Jahr einen Moment in der großen Finalshow gab, der zu einer dramatischen Wendung führte.« Sie zwinkerte den Bricks vielsagend zu. »Ihr erinnert euch ganz bestimmt daran, nicht wahr?«

Wer tat das nicht?

Der legendäre Treuetest, geschickt vom Produktionsteam arrangiert, hatte damals einen Riesenwirbel veranstaltet.

Fast schon entspannt lehnte Maggie sich zurück. Schließlich hatte sie jeden Versuch, ihr einen Seitensprung anzuhängen, sofort durchschaut. Da war dieser niedliche Typ im Supermarkt gewesen, der sie schüchtern bequatscht hatte. Dann war der Techniker vorbeigekommen, der die Klimaanlage endlich wieder instand gesetzt hatte – in einem klischeehaften Arbeitsoutfit bestehend aus einer Latzhose ... ohne Shirt. Und einmal hatten sie einen Paketboten vorbeigeschickt, der Maggie mit Komplimenten überhäufte.

Maggie seufzte leise.

Immerhin würde dieser Teil keine peinlichen Enthüllungen bringen. Bei Henry genauso wenig, das wusste Maggie hundertprozentig. Was Ivana betraf, war hingegen alles möglich. Und in Bezug auf Will ebenso, wie Maggie sich nur widerwillig eingestand.

»Meine Damen und Herren, in diesem Jahr haben wir die Treue der Paare nicht auf die Probe gestellt«, verkündete Monica, woraufhin das Publikum enttäuscht aufstöhnte.

Die Augen der Moderatorin leuchteten begierig auf. »Denn das war nicht nötig ...«

Ohne eine weitere Erklärung deutete sie auf die Leinwand.

Maggie erkannte sich selbst in der Aufnahme und erfasste innerhalb eines Wimpernschlages die komplette Szene.

Ihr Herz begann zu rasen.

Es war der Abend der Preisverleihung im Chicago Theatre, Sekunden bevor Will sie in dem menschenleeren Korridor an sich zog und küsste.

Als sich ihre Lippen auf der Leinwand berührten, ging ein Raunen durch das Publikum. Manche schrien auch vor Entrüstung auf.

Aber das war leider noch nicht alles.

Man sah Maggie und Will in inniger Umarmung im Pool, flirtend beim Frühstück und in unzähligen anderen zweisamen Momenten. Teilweise waren die Bilder entstanden, bevor sie sich überhaupt nähergekommen waren. Doch das spielte keine Rolle. Die Show-Crew hatte fast jeden heimlichen Blick, jeden gestohlenen Kuss und jede verbotene Berührung gefilmt und so geschickt zusammengeschnitten sowie mit dramatischer Musik unterlegt, dass dieses Video genau das zeigte, was es in Wirklichkeit war: eine stürmische Affäre zwischen zwei Menschen, die vor lauter Anziehung nicht mehr wussten, wo ihnen der Kopf stand.

Gemurmel erhob sich im Studiosaal und wurde mit jeder Minute lauter, während Maggie fassungslos auf die Leinwand starrte. Sie und Will, sie hatten wirklich geglaubt, das Team bekäme von dem ganzen Drama zwischen ihnen nichts mit.

Noch nie in ihrem Leben hatte Maggie so falschgelegen – und nun zahlte sie den Preis dafür. Live und vor einem Millionenpublikum.

~ WILLIAM ~

»Oje«, trällerte Monica fröhlich. »Das müssen wir wohl alle erst mal verdauen. Wir sehen uns gleich wieder, nach der Werbepause!«

Das verhaltene Gemurmel auf den Zuschauerrängen schwoll zu einem lauten Surren an. Will starrte immer noch auf die Leinwand, über die nun bunte Werbespots flackerten. Seine Gedanken überschlugen sich. Sie vermischten sich mit einer Flut diverser Emotionen zu einem absoluten Chaos, sodass es ihm unmöglich war, die Sachlage auch nur annähernd zu erfassen.

Er spürte, dass Ivana neben ihm aufsprang. Automatisch erhob er sich ebenfalls. Entgegen seiner Erwartung richtete sich ihre Aufmerksamkeit jedoch nicht auf ihn, sondern auf Frank, der auf sie zugeeilt kam. Hinter ihm folgten zwei Sicherheitsleute, die beide Paare genau beobachteten, jederzeit bereit, eine handgreifliche Auseinandersetzung sofort zu unterbinden. Die Visagistin versuchte trotz der obskuren Situation, ihre Runde mit der Puderquaste zu drehen, wobei sie geflissentlich einen Bogen um Ivana machte, die kurz vor einer Explosion stand.

»Wie konntest du nur?«, fauchte Ivana den Produktionsleiter an. »Wie konntest du mir das nur antun, Frank?«

»Ich?«, fragte er und hob abwehrend die Hände. »Meine Liebe, *ich* hab dich nicht betrogen.«

Ivana sog scharf die Luft ein. »Nein, aber du lässt mich vor der ganzen Welt als gehörnte Ehefrau dastehen! Das ist wirklich das Allerletzte!«

Will stand weiterhin leicht neben der Spur. Er wagte es, zu Maggie hinüberzuspähen, die zusammengesackt neben Henry auf dem Sofa saß und sich entsetzt die Hand auf den Mund presste. Ihre Augen richteten sich direkt auf ihn, doch sie schienen mitten durch ihn hindurchzugehen.

Ein brennendes Gefühl drängte unerbittlich durch Wills inneres Chaos an die Oberfläche: kochende Wut! Weil Frank genau das getan hatte, wovor er Maggie beschützen wollte.

»Das ist Showbiz, Ivana«, erklärte der Produktionsleiter in diesem Moment. »Was erwartest du denn? Die Leute wollen Drama und Skandale. Wir wären schön blöd, diese Entwicklung nicht zu nutzen.«

»Und wie es uns damit geht, zählt dabei nicht?«, fragte Will zornig.

Er baute sich dicht vor Frank auf. Obwohl der Produktionsleiter um die zwei Köpfe kleiner war, blieb er seelenruhig stehen und schaute unbeeindruckt zu ihm hoch. Allerdings bemerkte Will, dass sich die Sicherheitskräfte im Hintergrund unauffällig heranbewegten.

»Eure Privatsphäre habt ihr mit dem Vertrag aufgegeben«, erläuterte Frank nüchtern. »Ihr solltet eure Wut nicht auf mich richten, sondern lieber überlegen, was ihr als Nächstes tut.«

Ivana lachte schrill auf. Sie bebte vor Rage und zornige Tränen schillerten in ihren Augen. Sie sah nicht so aus, als wäre sie auch nur annähernd dazu in der Lage, nachzudenken.

»DU hättest lieber überlegen sollen, Frank!«, donnerte sie und richtete drohend den Zeigefinger auf ihn. »Es ist ja wunderbar, dass du so sehr auf Drama stehst, denn schon bald wirst du dein eigenes erleben. Du wurdest ebenfalls betrogen, mein Freund Will ist nämlich kein kleiner, unbedeutender Programmierer, sondern Enthüllungsjournalist beim *Chicago Globe Magazine*. Er wird dir schon bald den Arsch aufreißen!«

Will konnte nicht glauben, was er da hörte. Entsetzt starrte er Ivana an, die sich mit hämischer Freude in ihrem kleinen Racheakt gegen Frank suhlte und sich mit grimmiger Zufriedenheit eine Strähne hinters Ohr strich.

Frank stand der Mund offen, während er wohl abzuwägen versuchte, ob sie die Wahrheit sprach oder bloß leere Drohungen von sich gab. Ihr Gesichtsausdruck ließ jedoch keinen Raum für Zweifel, und zu dieser Erkenntnis kam Frank schließlich auch. Er atmete einmal durch und wandte sich wieder an Will.

»Das wird …«, begann er grollend, stoppte jedoch abrupt, weil hinter den Kameras ein Mann wild auf seine Armbanduhr zeigte. Er atmete noch einmal tief durch, straffte sich und senkte bedrohlich die Stimme. »In eurem Vertrag steht, dass ihr das hier bis zum Schluss durchziehen müsst, und das werdet ihr gefälligst tun! Wenn vor laufender Kamera auch nur einmal das Wort *Reporter* fällt, dann verklag ich euch, sodass ihr euer ganzes Leben nicht mehr froh werdet. Und jetzt reißt euch zusammen!« Bevor er auf dem Absatz kehrtmachte, bedachte er Will noch mit einem letzten zornigen Blick. »Wir beide sprechen uns später!«

»Setzt euch hin!«, zischte Monica von der Seite.

Ivana zog geräuschvoll die Nase hoch, kam der Aufforderung aber umgehend nach. Will brauchte einen Moment länger, denn nun traf ihn die Erkenntnis, wer unweigerlich Zeuge dieses Gesprächs geworden war. Die Coopers saßen nur zwei Schritte hinter ihnen und mussten alles mit angehört haben.

Großer Gott …

»William!«, herrschte Monica ihn an.

Wie betäubt setzte Will sich in Bewegung. Ivana griff ihn am Unterarm und zerrte ihn neben sich aufs Sofa, nur um gleich demonstrativ ein Stück von ihm wegzurücken.

»Wir sind live in fünf, vier …«

Will strich sich einmal mit der Handfläche über beide Augen. Maggie sah ihn ausdruckslos an. Das war noch viel schlimmer als jede emotionale Regung. Sie war offenbar nicht nur überrascht oder erschrocken, sondern vollkommen geschockt darüber, wie sehr er sie getäuscht hatte.

»Mag«, flüsterte er.

»Drei, zwei …«

Maggie schüttelte kaum merklich den Kopf. Dann wandte sie sich ab und richtete ihre Aufmerksamkeit auf die Moderatorin.

»Willkommen zurück!«, flötete Monica bestens gelaunt in die Kamera. »Huiuiui – na, das ist ja ein starkes Stück! Als Erstes würde ich gerne die Meinungen unserer Experten dazu hören.«

Die Statements der Jury zogen völlig ungehört an Will vorbei. Er starrte nur Maggie an, in der Hoffnung, dass sie ihm noch mal in die Augen sah und sein stummes Flehen erkannte. Neben ihm schniefte Ivana in regelmäßigen Abständen. Ihm war klar, dass sie sich gezwungen sah, nun die erschütterte, gebrochene Ehefrau zu mimen. Sollte sie doch. Es war ihm scheißegal, wie sie diese verdammte Show jetzt hinter sich brachten. Hauptsache, sie ging so schnell wie möglich vorbei, damit er mit Maggie reden konnte.

»Interessant«, vernahm er Monica schließlich. »Aber noch interessanter finde ich persönlich ja, was Ivana und Henry dazu zu sagen haben. Ivana, wie fühlst du dich? Was denkst du gerade?«

Ivana erinnerte sich vermutlich an die lächerliche Eskalation von Sandy Frinkman im letzten Jahr, darum versuchte sie es mit einer anderen Strategie. Sie richtete sich kerzengerade auf, wobei sie leicht von Will abgewandt blieb, und gab sich als zutiefst verletzte Frau, die Stärke zu wahren versuchte.

»Denken fällt mir im Moment ein wenig schwer«, sagte sie belegt und fing eine Träne aus ihrem Augenwinkel auf. »Und ich fühle zu vieles, um es in Worte zu fassen. Ich weiß nur, dass ich noch nie so sehr enttäuscht wurde. Und das tut weh, Monica. Verdammt weh.«

»Das glaube ich dir, Darling«, pflichtete Monica ihr mit-fühlend bei. »Henry, wie geht es dir?«

»Nun, es ist …«, begann Henry heiser. Er stockte und sah Maggie an, die beschämt zu Boden blickte. Dann räusperte er sich und redete mit ungewohnter Festigkeit weiter: »Ich wusste es.«

Ein Raunen ging durch die Zuschauerränge. Maggie blickte Henry überrascht an.

»Maggie hat es mir selbst gesagt«, sprach er unumwunden weiter.

Monica riss ungläubig die Augen auf. »Wirklich?«

Henry nickte. »Sie hat es mir gestanden, weil sie im Grunde ihres Herzens sehr aufrichtig ist.« Entschlossen ergriff er Maggies Hand. »Du bist gütig und freundlich, jemand, der anderen stets aufgeschlossen und vorurteilsfrei entgegentritt. Das sind nur ein paar der Eigenschaften, die ich wahnsinnig an dir bewundere.«

Maggies Unterlippe begann zu zittern, bevor Henry sich wieder an die Moderatorin wandte, diesmal mit einem Ausdruck im Gesicht, den Will noch nie an ihm gesehen hatte.

»Die Sache ist die, Monica«, fuhr Henry in kühlerem Ton fort. »Wenn man so ein optimistischer Mensch ist wie Maggie, kommt es leider hin und wieder vor, dass man arglistig getäuscht wird und die Wahrheit nicht gleich erkennt. Auch ich bin nicht perfekt. Ich für meinen Teil glaube aber nach wie vor an unsere gemeinsame Zukunft und wäre der glücklichste Mann der Welt, wenn Maggie mir heute Abend die Ehre erweist, meine Frau zu bleiben.«

Will wusste nicht, wie ihm geschah, während das gesamte Studio kollektiv aufseufzte. Claire Bricks fasste sich ergriffen an die Brust. Nur ihr Mann John runzelte zweifelnd die Stirn und war damit der Einzige im Publikum, der nicht vollauf in Verzückung schwelgte.

Will wusste nicht, was er von dem halten sollte, was sich gegenüber auf dem Sofa gerade abspielte. Er hätte Henry gar nicht zugetraut, die Wahrheit so geschickt zu verdrehen, denn so wie in seiner Schilderung war die Sache ja nicht ganz abgelaufen. Nichtsdestotrotz hatte er damit Maggie geschickt aus der Schlinge gezogen, worüber Will ihm ehrlich dankbar war. Ob Henry in seiner Rede bewusst auf Geheimnisse und Ehrlichkeit angespielt hatte, konnte Will nicht recht einschätzen. Fakt war, dass sich sein Brustkorb schmerzhaft zusammenzog, während er Maggie beobachtete.

Sie lächelte Henry an. Dankbar und warmherzig. Außerdem legte sie ihre freie Hand auf ihre ineinander verwobenen Finger. Abermals seufzten einige Zuschauer angesichts dieser Geste auf.

»Wow!«, hauchte Monica entzückt. »So einen verständnisvollen Ehemann kann man sich nur wünschen, nicht wahr? Liebe Zuschauer, es bleiben nur noch wenige Minuten, bis die Leitungen geschlossen werden. Nutzen Sie die letzte Gelegenheit, während wir vor der finalen Entscheidung dem neuen Song der *Groovers* lauschen. Bühne frei!«

Die Leinwand wurde hochgefahren. Dahinter kam eine Band zum Vorschein, die umgehend zu spielen begann. Will spürte den Bass in seinem Bauch vibrieren, ohne die Musik bewusst wahrzunehmen. Er war damit beschäftigt, Maggie anzustarren, die ihm jedoch geflissentlich auswich.

Das lief hier alles vollkommen falsch. Die innige Verbundenheit der Coopers war keineswegs ein Schauspiel. Sie war echt.

In Will fochten so viele Emotionen miteinander, dass sein Unterbewusstsein sie schließlich alle verbannte. Zurück blieb eine tiefe Leere, die ihm wenigstens erlaubte zu atmen.

Die letzten Klänge des Popsongs hallten durch das Studio. Applaus geleitete die Musiker zurück hinter die Leinwand, die sich unerbittlich wieder herabsenkte. Monica gab einige reißerische Phrasen von sich, um die Spannung vor dem letzten Abstimmungsergebnis zu steigern.

»Ich bitte nun die Experten, ihre Stimme abzugeben«, sagte sie und drehte sich zur Leinwand um, auf der bereits die Rankingskala eingeblendet wurde. »Und jetzt sind wir gespannt auf das Endergebnis. Wer wurde zum Gewinnerpaar der diesjährigen Staffel von *The Wedding Project* gewählt?«

Dramatischer Trommelwirbel setzte ein, während die beiden Säulen langsam nach oben kletterten. Bis etwa zur Mitte blieben sie gleich auf, doch dann stoppte die Skala der Scotts und die der Coopers stieß gegen das pulsierende Herz am Ende der Säule.

»Die Coopers haben gewonnen!«, rief Monica gegen den tosenden Jubel im Studio an. »Herzlichen Glückwunsch!«

Flitterherzen regneten auf das Sofa der Coopers hinab. Henry nahm Maggie in die Arme, darum konnte Will ihr Gesicht nicht sehen.

»Scheiße«, fluchte Ivana, woraufhin sie sich erschrocken umsah.

Der tosende Applaus verschluckte ihren Fluch. Zum ersten Mal seit der Enthüllung sahen Ivana und Will sich an. Er glaubte, einen Anflug von Reue in ihren Augen zu sehen, doch dann erinnerte sie sich wohl wieder an die Kameras und wandte sich geschwind von ihm ab.

Monica ergriff wieder das Wort, woraufhin die Zuschauerränge sich wieder beruhigten. »Anders als im letzten Jahr werden wir noch vor der großen Entscheidung bekannt geben, welches der Paare durch Zufall und welches anhand der sagenumwobenen Formel ermittelt wurde, um die es in dieser Show ja geht. Also, stimmt das Zuschauer-Voting mit dieser Formel überein?«

Auf der Leinwand erschien eine neue Grafik. Unter unnötigem Gedöns wurde schließlich offenbart, dass die Coopers das Zufallspaar waren. Für Will kam das wenig überraschend, denn er wusste längst, wie sehr sich Ivana und er ähnelten. Beide hatten den Bewerbungsbogen gewiss möglichst medienwirksam ausgefüllt, wodurch sich garantiert einige Übereinstimmungen ergeben hatten. Es war allerdings fraglich, wie das Ergebnis ausgesehen hätte, wenn sie ehrliche Angaben gemacht hätten.

»Ob sich die wahre Liebe anhand einer Formel ermitteln lässt, bleibt also weiterhin offen«, sagte Monica. »Ein entscheidender Faktor fehlt uns auch noch. Nämlich die Entscheidung unserer Paare. Ehe oder Annullierung? Ich bin sehr gespannt und bitte als Erstes die Scotts an unser Entscheidungspult.«

Die Leere in Will hielt nach wie vor an, und seine Beine fühlten sich seltsam taub an, während er wie automatisiert neben Ivana zu dem genannten Entscheidungspult stapfte. Sie stellten sich einander gegenüber auf. Ein Sichtschutz verhinderte, dass man die Hände des anderen sah. Allerdings reichte Ivanas Gesichtsausdruck vollkommen aus, um zu wissen, welchen Knopf sie gleich drücken würde.

Will legte den Finger auf Rot, und nach einem kurzen Countdown entschieden sie sich beide gegen die Ehe, was mit einem dramatischen Jingle bekannt gegeben wurde. Fast hätte Will laut aufgelacht, weil trotz allem, was in der

Show geschehen war, ein enttäuschtes Ooooh von den Zuschauerrängen heruntertönte.

»Wie schade«, sagte Monica auch noch aalglatt. »Sehen wir nun, wie die Coopers sich entscheiden.«

Ivana und Will machten Platz und stellten sich mit großem Abstand zueinander an den Rand der Showbühne. Während Ivana nach wie vor die verletzte Ehefrau mimte, suchte Will ein letztes Mal nach Maggies Blick.

Er fand ihn nicht, denn sie richtete die Augen beim Gehen stur auf das Entscheidungspult, bis sie und Henry Stellung bezogen hatten. Will konnte Maggies Augen nicht sehen, doch in ihrem Gesicht stand plötzlich eine Entschlossenheit, die sich wie eine Kralle um seinen Brustkorb legte.

»Seid ihr bereit?«, fragte Monica.

Der Countdown setzte ein. Maggie blickte auf und sah Henry an.

Nur einen Wimpernschlag später verschluckte tosender Applaus das Zerbersten von Wills Herz.

Von oben regnete Flitter auf Mrs und Mr Cooper herab.

Maggie hatte sich entschieden.

Für Henry.

16

~ MAGGIE ~

»Hast du den Verstand verloren?« Mit hochrotem Kopf warf Maggies Verlegerin Shawna einen Stapel Papiere auf den Konferenztisch und ließ sich wütend gegenüber in den Stuhl fallen. »Was soll dieser Mist?«

Mit großem Unbehagen rutschte Maggie auf ihrem Sitz herum. »Es gefällt dir also nicht.«

Shawna schnaubte und blies dabei ihre ohnehin recht vollen Wangen auf, sodass sie regelrecht pausbäckig wirkte. »Niemand ... und ich betone, wirklich niemand will lesen, wie der Protagonist eines Liebesromans brutal von seinem Erzfeind aufgespießt wird.«

»Wäre eine Enthauptung besser gewesen?«, fragte Maggie trocken.

»Herrgott noch mal«, fluchte Shawna. »Was ist denn bloß los mit dir? Du bist vor drei Wochen trotz deiner kleinen Liaison mit dem Nachbarn als Publikumsliebling und *mit* Ehemann aus dieser Show spaziert, und alles, was dir einfällt, ist Mord und Totschlag?«

Maggie lachte bitter auf. Nun ja, sie hatte Inspiration gesucht und gefunden. Nur leider nicht so, wie sie es sich erhofft hatte.

Shawna sah sie grimmig an. »Ich werde diesen Schund unter keinen Umständen verlegen, Maggie. Entweder du änderst den Plot oder ich lasse unseren Deal platzen.«

Erschöpft schloss Maggie die Augen. Sie hatte schon befürchtet, dass sie mit dem Manuskript nicht durchkommen würde. »Ich schreibe es um. Zufrieden?«

»Ich gebe dir Zeit bis Freitag«, fauchte Shawna und scheuchte sie aus dem Büro.

Na, das war ja wirklich großartig gelaufen.

Missmutig verließ Maggie das Verlagshaus und spazierte den Fußgängerweg entlang zur nächsten Metro-Station.

Der September war genauso heiß wie der ganze Sommer bisher. Die Sonne stand an diesem Montagmorgen längst nicht im Zenit, dennoch war die Luft zwischen den gewaltigen Hochhäusern bereits so dick, dass man kaum atmen konnte. Auf der dicht befahrenen Straße hupte ständig irgendein Wagen. Und die Menschen, die Maggies Weg kreuzten, waren durchweg verschwitzt und schienen ebenso schlecht gelaunt zu sein wie sie.

Von wegen *Sommer macht glücklich*.

Frustriert überquerte Maggie die Fahrbahn an einer Ampel und dachte weiter über das Gespräch mit ihrer Verlegerin nach. Sie hatte wirklich keinen blassen Schimmer, wie sie ihrem Roman zu einem fröhlicheren Ende verhelfen sollte. Schließlich war der männliche Protagonist ausgerechnet dem Mann nachempfunden, der sie gleich mehrfach so bitter enttäuscht hatte wie noch nie jemand zuvor in ihrem Leben.

Heute wusste Maggie, dass Will mit seiner Bitte um Abstand lediglich ihr Herz angeknackst hatte. Wirklich gebrochen war es erst während des Finales, als herauskam, dass er ihr die ganze Zeit über nur etwas vorgemacht hatte.

Er war gar nicht in die Show gekommen, um seiner demenzkranken Großmutter zu helfen. Stattdessen hatte er die Absicht, der ganzen Welt zu zeigen, was hinter den Kulissen der Realityshow wirklich vor sich ging. Um ein solches Ziel zu erreichen, brauchte ein Enthüllungsjournalist natürlich jemanden, den er aushorchen konnte.

Es überraschte Maggie nicht einmal, dass seine Wahl dabei auf sie gefallen war. Ivana war viel zu abgebrüht und hatte stets ihre eigenen Interessen verfolgt. Sie suhlte sich seit dem Showfinale in der Opferrolle und pries ganz nebenbei ihre Ware in diversen Talkrunden an.

Maggie hingegen war perfekt für Will gewesen. Denn nachdem sich ihre Skepsis erst einmal aufgrund der herzzerreißenden Omi-Geschichte gelegt hatte, hatte sie sich ihm bereitwillig geöffnet. Sie hatte ihm ihr Vertrauen geschenkt und ihn Stück für Stück in ihr Herz gelassen, während er sich im Geiste vermutlich regelmäßig Notizen für seinen Artikel machte.

Gott! Wie hatte sie nur so naiv sein können?

Das Telefon riss sie aus ihren Gedanken, und wie üblich fuhr ihr zuerst der Schreck in die Knochen, weil sie kurz befürchtete, dass Will anrief.

In den ersten Tagen nach der Show hatte er unzählige Male versucht, sie zu erreichen. Aber sie war nicht ein einziges Mal schwach geworden und ans Telefon gegangen. Sie wusste außerdem von Henry, dass Will ihr am Tag des Auszugs aufgelauert hatte. Allerdings war sie noch vor Sonnenaufgang in ein Taxi gestiegen, um einer Konfrontation zu entgehen.

Seither hatte Maggie sich in ihrem Cottage verschanzt und geschrieben, bis sie zu keinem klaren Gedanken mehr fähig gewesen war. Es war leichter für sie, in ihre eigene, fiktive Welt einzutauchen, anstatt sich der Realität zu stellen. Aber seit sie

Shawna gestern Abend die letzten Seiten geschickt hatte, funktionierte die Sache mit dem Verdrängen nicht mehr so gut.

Nervös zog Maggie das Handy aus ihrer Handtasche und atmete erleichtert auf, als sie den Namen *Henry* auf dem Display las.

»Hey«, begrüßte sie ihn lächelnd.

»Wie ist es gelaufen?« Wie üblich kam er direkt zum Punkt, denn er war kein Freund von stundenlangen Telefonaten.

»Es ging so.«

Henry schwieg einen Moment. »Heißt das, du brauchst noch mehr Zeit?«

Mitten auf dem Fußweg blieb Maggie stehen und beobachtete ein Seniorenpärchen, das ihr Hand in Hand entgegenkam. Sie schienen die Einzigen zu sein, die bei der Affenhitze die Ruhe weg hatten.

In der Nacht nach der Finalshow hatten Henry und Maggie lange zusammengesessen und über die Zukunft geredet. Allem voran hatten sie sich darauf geeinigt, dass Henry zu ihr zog, sobald sie den Abgabetermin hinter sich gebracht hatte. Heute Nachmittag war es also so weit – es sei denn, sie bat ihn um etwas Aufschub.

Der alte Mann neigte sich schmunzelnd zu seiner Frau und raunte ihr etwas ins Ohr, woraufhin diese kicherte wie eine Hexe.

»Habe ich dir schon mal gesagt, wie sehr ich dein hübsches Lachen schätze?«, fragte er in dem Moment, als sie an Maggie vorbeigingen. »Seit ich dich kenne, versüßt es mir jeden Tag.«

Wieder kicherte die Alte. »Du meine Güte! Was für Tabletten hat Doktor Jacobs dir da aufgeschrieben?«

Die Antwort verstand Maggie nicht mehr. Was sie aber sah, war die innige Verbundenheit der beiden. Freundschaft und Liebe lagen dicht beieinander und nicht selten folgte das eine auf das andere.

»Nein«, hörte sie sich selbst sagen. »Ich brauche keine Zeit mehr. Die letzten Änderungen kann ich genauso gut machen, wenn du im Antiquariat bist.«

Henry sog geräuschvoll die Luft ein. »Sicher? Ich würde es verstehen, wenn ...«

»Nein«, unterbrach sie Henry energisch. »Ich habe mich für unsere Ehe entschieden. Jetzt lass es uns durchziehen.«

»In ... in Ordnung«, stammelte Henry. »Dann bis nachher.«

Maggie beendete das Gespräch und setzte mit neuer Entschlossenheit den Heimweg fort. Bis zu ihrem Cottage in Beverly brauchte sie nicht länger als eine halbe Stunde.

Dort versuchte sie zuallererst, das Chaos in den Griff zu kriegen, das sie in den letzten Wochen verursacht hatte. Überall lagen Klamotten herum, in der Küche stapelte sich das Geschirr und der Boden in ihrem Arbeitszimmer war übersät mit Papierkram. Auch das Bad im ersten Stock war eine einzige Katastrophe.

Maggie brauchte Stunden, um ihr Heim einigermaßen einladend herzurichten. Viel Platz für Henrys Sachen boten die Kommoden im Schlafzimmer nicht. Nichtsdestotrotz räumte Maggie einige Fächer frei.

Heute Abend würden sie sich mal darüber unterhalten müssen, welche seiner Möbel Henry gern hier hätte. Hoffentlich nicht diesen monströsen Sessel, der aktuell noch sein Wohnzimmer dominierte. Andererseits, das hier sollte genauso sein Zuhause werden wie ihres. Im Zweifel musste Maggie eben Kompromisse eingehen und sich von ein paar Möbelstücken trennen, um Raum zu schaffen.

Als sie gerade dabei war, eine Kanne Kaffee aufzusetzen, klingelte es an der Haustür.

Maggies Herz machte einen Satz. Überrascht sah sie zur Wanduhr. Es war erst kurz vor fünf. Sie hatte frühestens in zwei Stunden mit Henry gerechnet.

Trotzdem musste sie lächeln, eilte zur Tür und riss sie auf.

Henry stand vor ihr, eine Hand in der Tasche seiner Leinenhose vergraben. Mit der anderen winkte er scheu. »Hallo.«

Maggie kicherte nervös. »Als Erstes sollte ich dir wohl einen Schlüssel besorgen, was?«

Henry lachte leise, aber sonderlich fröhlich klang er nicht.

Erst jetzt bemerkte Maggie, dass sich zu seinen Füßen keine Koffer und Kartons stapelten. Alles, was er bei sich trug, war seine Arbeitstasche.

»Wo sind denn deine Sachen?«, fragte sie irritiert.

Mit einer unsicheren Geste deutete Henry hinter sie. »Darf ich hereinkommen?«

»Natürlich.« Verwirrt trat Maggie einen Schritt beiseite und sah, wie Henry einen wehmütigen Blick durch ihr Wohnzimmer schweifen ließ.

Maggie schloss die Tür, folgte ihm und legte ihm behutsam die Hand auf den Oberarm. »Was ist denn los? Stimmt etwas nicht?«

Henry holte tief Luft. »Ich bin ein Egoist.«

»Was? Wovon redest du?«

Mit festem Blick sah Henry sie an. »Ich weiß, dass du dich schuldig fühlst, Maggie, und dies auszunutzen, macht mich zu einem Egoisten.«

»Aber ich fühle mich nicht schuldig.«

Henry lächelte traurig. »Doch, natürlich tust du das.«

Abwehrend schüttelte Maggie den Kopf. »Du hast mich aufgefangen, nachdem die Beziehung mit Will zerbrochen ist. Du hast mich vor einem Millionenpublikum verteidigt, als das Produktionsteam darauf aus war, mich zu demütigen, und auch in der Zeit nach der Show hast du mich bestärkt, sobald ich einem schwachen Moment erlegen bin. Das ist nicht egoistisch, sondern selbstlos, Henry.«

»Und wie fühlst du dich dabei?«

Maggie runzelte die Stirn. »Dankbar, natürlich. Und ...«

Sie verstummte, als ihr klar wurde, dass noch ein anderes Wort durch ihr Inneres flimmerte.

»Schuldig«, sprach Henry es an ihrer Stelle aus und musterte sie betrübt. »Du glaubst, du machst es wieder gut, indem du mir nun meinen Wunsch erfüllst und bei mir bleibst, aber ist das wirklich das, was *du* willst?«

»Ich ...« Verwirrt sah Maggie ihn an. »Ich habe es dir versprochen.«

»Dann entbinde ich dich hiermit von deinem Versprechen.«

Maggie schnappte nach Luft. »Aber das kannst du doch nicht machen!«

»Alles andere wäre falsch, Maggie«, erwiderte Henry. Seine Stimme war so sanft und verständnisvoll, dass ihr Tränen in die Augen schossen.

Behutsam umfing er ihr Gesicht mit beiden Händen. »Uns beide verbindet eine Art von Liebe, die niemals an das heranreichen wird, was du für Will empfindest. Ich dachte, ich könnte damit leben. Aber wie sich herausgestellt hat, kann ich das nicht. Es ist nicht fair. Dir gegenüber nicht und mir gegenüber auch nicht, weil wir uns beide die Chance auf die einzig wahre Liebe verbauen, indem wir uns hinter dieser Ehe verstecken. Und mit dieser Schuld will *ich* nicht leben. Verstehst du das?«

Eine Träne stahl sich aus Maggies Augenwinkel, als sie langsam nickte. »Ja«, krächzte sie.

Henry küsste sie zärtlich auf die Wange. Dann ließ er sie los, kramte in seiner Umhängetasche und zog eine Zeitschrift hervor. Obwohl sie zerknittert war, erkannte Maggie sofort, dass es sich um den *Chicago Globe* handelte.

Maggies Herz geriet ins Stolpern, während sie das Cover musterte. Eine Welle unterschiedlicher Gefühle schwappte über sie hinweg. Schmerz, Wut, Enttäuschung, aber auch eine verzweifelte Sehnsucht.

»Möglicherweise haben wir uns alle in ihm getäuscht«, sagte Henry, bevor er das Magazin auf dem Bestelltisch ablegte und Maggie zum Abschied liebevoll anlächelte. »Ich rufe dich morgen an.«

Damit machte er auf dem Absatz kehrt und verließ ihr Heim.

Schockiert starrte Maggie auf die Tür. Sie konnte nicht glauben, dass Henry sie verließ. Aber es musste wohl so sein. Andernfalls stünde sie ja nicht allein inmitten ihres Wohnzimmers herum.

Sie atmete tief durch. Dann schlug sie mit zitternden Fingern die Zeitschrift auf. Als sie das Portrait von William auf der Titelseite betrachtete, zog sich ihr Magen schmerzhaft zusammen. Obwohl er sie so tief verletzt hatte, brandete die Liebe glühend heiß in ihren Adern auf. Ihr stockte der Atem, als sie die Überschrift las: *Wie ich mich in die falsche Braut verliebte.*

Erneut verschwamm Maggie die Sicht. Sie blinzelte heftig gegen die Tränen an, und dann las sie …

Es ist eine weit verbreitete Tatsache, dass TV-Studios lügen, manipulieren und so ziemlich alles tun, um die Einschaltquoten ihrer Shows in himmlische Sphären zu treiben. Als besonders kreativ zeigten sich dabei die Macher der Realityshow The Wedding Project, *deren erste Staffel im letzten Jahr sämtliche Rekorde brach.*

Was haben die Zuschauer mitgelitten mit der sympathischen Claire und ihrem charismatischen John sowie dem anderen Paar, dessen Name mittlerweile in der Versenkung verschwunden ist.

Erinnern Sie sich noch?

Natürlich tun Sie das. Denn selbst wenn Sie keiner der rund zehn Millionen Zuschauer waren, die am Abend des 1. Juli zum fulminanten Showfinale eingeschaltet hatten, können die Ereignisse in den Wochen davor unmöglich spurlos an Ihnen vorbeigegangen sein.

Landesweit diskutierten Menschen unabhängig von Alter, Geschlecht und kulturellem Hintergrund darüber, wie wahr die Liebe zwischen den Ehepartnern wirklich sei.

Interessant ist, dass sich — abgesehen von ein paar wenigen kritischen Stimmen — niemand daran zu stören schien, dass Reality-TV keineswegs so real und unverfälscht ist, wie stets behauptet wird. Stattdessen geriet das halbe Land in einen Liebestaumel, nachdem die Bricks den Ja-Buzzer gedrückt hatten.

Die Begeisterung für das Showkonzept blieb seither ungebrochen, was in Zeiten, in denen größtenteils die Medien das Meinungsbild der Bevölkerung lenken, eine äußerst fragwürdige Entwicklung ist.

Mit der festen Absicht, die Machenschaften des Produktionsteams aufzudecken, stellte ich mich also freiwillig als Versuchsobjekt für die nächste Staffel zur Verfügung, und — siehe da — der kalkuliert ausgefüllte Bewerbungsbogen und ein hübsches Foto, aufgenommen bei meinem letzten Strandurlaub in Florida, reichten aus, um mich direkt vor den Traualtar zu katapultieren.

Schon bei der Vermählung wurde klar, dass die mir angetraute Ehefrau Ivana keineswegs der Liebe wegen vor der Kamera stand.

Aber ich schätze, die Konkurrenz ist hart im Schönheitsgeschäft, und Einfallsreichtum zahlt sich aus.

Dass wir beide von Anbeginn der Show maximal höflichen Respekt füreinander empfanden, hinderte das Produktionsteam allerdings nicht daran, eine hübsche, rosarote Romanze aus unserer Ehe zu basteln. Hervorragend ausgewählte Szenenbilder, ein geschickter Zusammenschnitt des Filmmaterials und natürlich die akustische Untermalung mit den schlimmsten Popschmonzetten der letzten zwanzig Jahre trugen dazu bei, dass Sie, liebe Zuschauer, schon bald überzeugt waren, Ivana und ich seien ein echtes Traumpaar.

Dabei hätten wir nicht weiter von der Wahrheit entfernt sein können.

Nichtsdestotrotz absolvierten wir brav unser Programm. Ivana bewarb fleißig ihre Produkte. Ich sammelte meine Beweise. Eigentlich lief alles nach Plan.

Und dann kam Maggie.

Wenn es eines gab, womit ich bei der Show nicht gerechnet hatte, dann war es eine Liebesromanautorin auf der Suche nach Liebe. Jeden Tag schaute ich in diese ausdrucksstarken Augen, die zu Beginn der Show noch voller Hoffnung glühten und dann im Laufe der Zeit jedoch zunehmend ernster wurden. Die Ehe mit einem Fremden zwang sie zum Umdenken, was gewiss nichts Schlechtes ist – es sei denn, man gibt dabei einen Teil seiner selbst auf.

Maggie sah mich an und durchschaute

mich im Bruchteil einer Sekunde. Das verwirrte mich. Schließlich war ich davon überzeugt, dass niemand so leicht meine sorgsam errichteten Mauern durchbrechen könnte. Aber sie durchbrach sie nicht nur, sie legte sie in Schutt und Asche.

Um den Schein zu wahren, belog ich sie und verstrickte mich nach und nach in ein ganzes Netz aus Lügen. Mein Verstand riet mir, Distanz zu wahren. Dennoch gingen mir ihr Scharfsinn und ihr Humor unter die Haut. Sie berührte mich mit ihrer warmherzigen Art, und es passierte etwas, was ich zu Beginn dieser Show niemals für möglich gehalten hätte: Ich verliebte mich.

Es traf mich heftig und vollkommen unvorbereitet, und offen gestanden wäre mir jeder andere Zeitpunkt lieber gewesen. Aber je mehr Zeit wir miteinander verbrachten, desto mehr zog sie mich in ihren Bann, bis ich mich nicht mehr dagegen wehren konnte.

Mit Maggie verbrachte ich die schönsten Stunden meines Lebens, und ich hoffte auf eine gemeinsame Zukunft, sobald die Show im Kasten wäre.

Leider kam es anders.

Nach dem Finale, in dem unsere Affäre – nebenbei bemerkt auf Initiative des Produktionsteams – offengelegt wurde, um eine möglichst skandalträchtige Show zu liefern, erreichten mich unzählige empörte Zuschauerbriefe. Ich erspare Ihnen an dieser Stelle konkrete Details, aber es sei Ihnen versichert, dass der Entrüstung mancher Verfasser recht bildhaft und erstaunlich wortgewandt Ausdruck verliehen wurde. Unter anderem wirft man mir vor, dass ich mich in eine funktionierende Ehe eingemischt hätte, was zum Teil vermutlich sogar stimmt. Henry ist ein guter Mensch, der Maggie auf seine Weise aufrichtig liebt und beschützen will. Dafür bin ich ihm dankbar.

Aber wissen Sie was, liebe Leserinnen und Leser?

Ich bereue trotzdem nicht, was zwischen Maggie und mir passiert ist. Das Einzige, was mir aufrichtig leidtut, ist, dass ich die Frau belogen habe, die ich liebe. Das kann ich nicht rückgängig machen, und obgleich sie sich für eine Zukunft mit Henry entschieden hat, bitte ich sie auf diesem Weg um Vergebung.

Wenn mich diese Show eins gelehrt hat, dann dass ich falschlag: Der Rahmen mag ein Fake sein, aber das, was wir fühlen, ist echt.
William Scott

~ WILLIAM ~

Am Mittwochvormittag stand Will vor dem Schlafzimmerspiegel und knöpfte gedankenverloren sein Hemd zu. Die dunklen Schatten unter seinen Augen waren seit dem Showfinale seine ständigen Begleiter. So lange war es her, dass er eine ganze Nacht durchgeschlafen hatte. Meistens fiel er todmüde ins Bett, nur um nach wenigen Stunden von grausigen Träumen gequält wieder aufzuwachen und sich bis zum Morgengrauen in einem merkwürdigen Zustand zwischen Wachsein und Schlafen herumzuwälzen.

Will hob die Hände zum Gesicht und klatschte sich ein paarmal gegen die Wangen, in der Hoffnung, wenigstens einigermaßen Farbe in sein fahles Antlitz zu bringen. Gleichzeitig fragte er sich, wofür eigentlich. Wem wollte er denn gefallen? Ivana vielleicht?

Heute war der Tag ihrer Eheannullierung. In genau einer Stunde konnte er den Schlussstrich ziehen und sein Leben langsam wieder in den Griff bekommen. Das würde dauern, gewiss, aber er würde es schaffen. Er hatte es immer geschafft.

Will wandte sich von seinem Spiegelbild ab und ging ins Wohnzimmer, wo Mark auf der Couch saß und aufmerksam einer Diskussionsrunde im TV folgte. Will vermied es bewusst, auf den Bildschirm zu sehen, denn was er hörte, genügte ihm bereits.

»... finde schon interessant, was er da schreibt«, bemerkte eine Frauenstimme. »Noch interessanter finde ich aber, dass das Magazin diesen Text gedruckt hat. Immerhin sind Liebeserklärungen nicht gerade typisch für das *Chicago Globe Magazine*.«

»Allerdings!«, pflichtete Mark den TV-Stimmen vergnügt bei. Er drehte sich zu Will. »Ich hoffe, du würdigst es, dass ich den Artikel trotzdem freigegeben habe.«

»Was natürlich sehr selbstlos war«, entgegnete Will zynisch. »Dir war nämlich absolut nicht klar, welche Aufmerksamkeit mein Artikel und somit unser Magazin erhalten würde.«

Mark stellte den Fernseher ab und betrachtete Will ernst. »Du weißt, dass das nicht der ausschlaggebende Grund war.«

Ja, das wusste Will. Er wusste auch, dass Mark lange überlegt hatte, bevor er den Artikel freigab. Letztlich war aus der ursprünglichen Idee der Enthüllungsreportage etwas ganz anderes geworden. Etwas, das viel mehr in ein Klatschmagazin passte als in eine Zeitschrift, die sich normalerweise strikt von trivialer Berichterstattung distanzierte. Er wusste, warum Mark seine Zeilen letztlich durchgewunken hatte.

Und zwar ihm zuliebe. Weil Mark verstanden hatte, dass in diesem Artikel genau das stand, was Will Maggie unbedingt noch sagen wollte, bevor er mit allem abschließen konnte. Da Maggie jeglichen Kontaktversuch abgeblockt hatte, war das die einzige Möglichkeit, ihr seine Gedanken in Worten zu überbringen.

Wann Maggie den Artikel lesen würde, konnte Will nicht einschätzen. Früher oder später tat sie es aber bestimmt, denn ein verdeckter Reporter in einer beliebten Realityshow schlug gewaltige Wellen. Das Internet quoll über von Diskussionen, und die Klatschblätter wurden ohnehin nicht müde, sich über ihn das Maul zu zerreißen. Mit seinem Artikel hatte er den Redakteuren nur zusätzlichen Wind in die Segel gesetzt. Die Berichte im TV waren anfangs eher spärlich gestreut gewesen, doch die hatten seine Geschichte nun ebenfalls als medienwirksam erkannt. Täglich trudelten Interviewanfragen bei Will ein, die er geflissentlich ignorierte.

Er hatte alles gesagt.

»Danke«, sagte er zu Mark. »Ich weiß es sehr zu schätzen, dass du mir diese Möglichkeit, das Ganze zu Ende zu bringen, geschaffen hast.«

Mark wirkte einen Moment, als wollte er noch etwas dazu sagen, doch dann stand er wortlos auf.

Will bedeutete ihm, voran in den Flur zu gehen. »Ich hab alles. Wir können los. Danke, dass du mich fährst.«

»Kein Problem.« Mark winkte ab. »Wir haben die Sache gemeinsam angefangen, also beenden wir sie auch gemeinsam. Und wenn ich dich so ansehe, wäre es wirklich nicht klug, wenn du dich hinters Steuer setzt. Du brauchst dringend Schlaf, mein Freund.«

Da konnte Will nicht widersprechen. Von sich aus hätte er Mark wahrscheinlich nicht gebeten, doch er hatte keine Sekunde gezögert, das Angebot anzunehmen, als er vorschlug, ihn zu begleiten. Will war zwar nicht sonderlich nervös, aber seinen Freund an der Seite zu wissen, gab ihm trotzdem ein gutes Gefühl.

Sie redeten nicht viel miteinander, während sie das Apartmenthaus verließen und zu Marks Wagen gingen. Auch den Großteil der Fahrt zum Gerichtsgebäude verbrachten sie in einvernehmlichem Schweigen.

Will bereitete sich in Gedanken darauf vor, ein letztes Mal Ivana gegenüberzutreten. Er konnte nicht recht einschätzen, was er bei ihrem Anblick empfinden würde. In den vergangenen drei Wochen hatte er sie mal gehasst, mal Verständnis gespürt, mal war er wütend gewesen und dann wieder nur enttäuscht. Und bei jedem Emotionswechsel war ihm letztendlich klarer geworden, dass sämtliche Gefühle im Grunde ihm selbst galten.

Wäre es anders gelaufen, wenn Ivana sein Geheimnis nicht in ihrer Wut preisgegeben hätte? Wenn Will es Maggie selbst gesagt hätte? Wäre ihre Enttäuschung dann milder ausgefallen?

All diese Fragen beschäftigten Will pausenlos, obwohl er wusste, dass es keine Antworten gab. Und wenn – was hätte es geändert? Er konnte die Zeit nicht zurückdrehen. Sosehr er es auch wollte.

Das Vernünftigste war nun, die Sache abzuhaken. Maggie hatte ihn bereits abgehakt. Nicht nur durch ihre Entscheidung für die Ehe mit Henry, sondern auch indem sie sich weigerte, Will anzuhören. Sie hatte ihn aus ihrem Leben verbannt. Und so schmerzhaft es für Will auch war, er konnte es nachvollziehen. Immerhin wusste er genau, wie es sich anfühlte, getäuscht und belogen zu werden. Er hatte es verdient, von ihr verachtet zu werden.

Trotzdem war es ihm ein Bedürfnis gewesen, sich ihr durch seinen Artikel zu erklären. Sie sollte wissen, dass es niemals seine Absicht gewesen war, sie in irgendeiner Weise auszunutzen. Dass seine Gefühle für sie echt waren und er zutiefst darunter litt, sie in höchstem Maße verletzt zu haben. Wie der Rest der Welt über ihn dachte, war ihm egal. Aber Maggie sollte ihn nicht als gewissenloses Arschloch in Erinnerung behalten.

Mark lenkte den Wagen ruhig durch den zäh fließenden Stadtverkehr. Sie fuhren an dem Gebäude des *Chicago Globe Magazines* vorbei, das nur wenige Schritte neben Maggies Lieblingsbuchhandlung lag. Wills Kehle schnürte sich zu, als er die Schaufenster vorbeiziehen sah. Er würde diese Straße nie wieder entlanggehen können, ohne dabei an Maggie zu denken.

Gott, wie sehr er sie vermisste … jeden Tag, jede Stunde, jede einzelne Minute verbrachte er damit, sich dafür zu hassen, dass er es verbockt hatte. Für ihn bestand kein Zweifel, dass er nie wieder eine Frau treffen würde, die ihr auch nur annähernd das Wasser reichen konnte. Maggie hatte sich einen Platz in seinem Herzen ergattert, sich tief darin verankert, viel tiefer noch als Amy damals. Das war vermutlich auch der Grund dafür, dass Maggie in seinem Herzen nicht nur einen heftigen Schmerz, sondern eine gewaltige Lücke hinterließ. Mit ihr fehlte ihm ein Teil von sich selbst.

»Hör auf«, sagte Mark plötzlich.

Verwundert sah Will zu ihm hinüber. »Womit denn?«

»Hör auf, dir selbst einzureden, dass du aufgegeben hast«, antwortete Mark, ohne den Blick von der Straße zu nehmen.

Will betrachtete ratlos sein Profil und versuchte, aus den zusammenhangslosen Worten schlau zu werden. Bevor er einen Sinn darin erkannte, erbarmte Mark sich schließlich zu einer näheren Erläuterung.

»Du bezeichnest deinen Artikel immer als Abschluss«, erklärte Mark. »Deine letzten Worte, bevor du den Fall

The Wedding Project ad acta legst. Dein Abschlussplädoyer, sozusagen.«

»So ist es auch«, bestätigte Will stirnrunzelnd.

»Ist es nicht«, behauptete Mark jedoch prompt. »Also hör bitte auf, dir einzureden, es wäre so.«

Will schüttelte verständnislos den Kopf. »Ehrlich, Mark. Ich hab keine Ahnung, was du mir eigentlich sagen willst.«

Marks Mundwinkel zuckte kurz, doch ansonsten blieb sein Gesichtsausdruck ernst. Er setzte den Blinker und ordnete den Wagen in die Abbiegespur ein.

»Vielleicht solltest du deinen Artikel noch mal lesen«, schlug Mark vor und bog an der Kreuzung links ab. »Was du als Abschied bezeichnest, klingt für den Rest der Welt nämlich nach der ultimativen Liebeserklärung. Du ersuchst damit keine Absolution. Du schöpfst alle Möglichkeiten aus, um Maggie zurückgewinnen. Du hast sie längst nicht aufgegeben, und nur aus diesem Grund habe ich den Artikel freigegeben. Damit du diese Frau verdammt noch mal zurückgewinnen kannst.«

Verblüfft schaute Will seinen Freund an. Im ersten Moment wollte er alles abstreiten, aber dann wurde ihm selbst klar, dass dies sinnlos war. Mark hatte recht. Will hatte die Hoffnung noch nicht aufgegeben. Er wollte sie jedoch gerne aufgeben, weil er schlichtweg nicht wusste, ob und wie er weitermachen sollte.

Natürlich wollte er Maggie zurück, doch zu welchem Preis? Er hatte einfach nicht das Recht dazu, sich weiterhin als störender Faktor in die Ehe der Coopers einzumischen. Wenn er aus voller Überzeugung hätte sagen können, dass er der Mann war, der Maggie glücklich machen würde, dann hätte er es längst getan. Bei Henry war sie vor Verletzungen und Enttäuschungen in Sicherheit. Anfangs hatte er Henry vielleicht noch belächelt, doch unlängst hatte er sich eingestehen müssen, dass er für Henry eine vollkommen neue Schublade erfinden musste, wenn er ihn überhaupt irgendwo einsortieren wollte. Denn er hätte nie im Leben gedacht, dass es wahrhaftige Selbstlosigkeit tatsächlich gab.

Maggie mit allen Mittel zurückzuerobern wäre gewiss kein selbstloser Akt. Es würde weiterhin genau dem Egoismus entsprechen, der schuld an dem ganzen Desaster war. Darum versuchte Will sich einzureden, dass er Maggie freigeben wollte, damit sie mit Henry glücklich werden konnte. So würde das nämlich ein selbstloser Mensch machen.

Das alles erklärte Will seinem Freund schließlich, der geduldig zuhörte und kurz darüber nachdachte. Dann räusperte Mark sich leise.

»Zwischen Egoismus und Selbstlosigkeit liegt sehr viel Raum«, sagte er bedächtig. »Dazwischen führt der gesündeste Weg hindurch, und genau den würde uns das Herz zeigen, wenn wir denn mal darauf hören würden.«

Will zog skeptisch die Brauen zusammen. »Sorry, aber das klingt so gar nicht nach dir.«

»Stimmt, ich hab das mal irgendwo gelesen«, gab Mark schmunzelnd zu. »Aber streite jetzt ja nicht ab, dass da etwas Wahres dran ist.«

»Na ja, wenn man auf solche Konfuzius-Weisheiten steht ...«, meinte Will gedehnt, obwohl er durchaus über die Worte nachdachte.

Mark lenkte den Wagen in die Straße, in der sich das Gerichtsgebäude befand. »Jedenfalls wollte ich dich darauf hinweisen, dass du dich selber belügst und dass das ganz bestimmt nicht der richtige Weg ist. Wie du weitermachen solltest, kann ich dir auf die Schnelle auch nicht sagen, aber wir werden ganz sicher eine Lösung finden, um ... ach, du Schande!«

»Scheiße«, entschlüpfte es auch Will im selben Moment.

Auf den Stufen zum Eingang des Gerichtsgebäudes, der von pompösen Steinsäulen flankiert wurde, tummelte sich eine ganze Schar von Sensationsreportern und Paparazzi. Wie die Geier drängten sie sich in einem bunten Haufen zusammen. Erst hoffte Will noch, dass dieser Auflauf nicht etwa seiner Wenigkeit galt, denn schließlich konnte niemand wissen, wann der Termin der Eheannullierung anberaumt war. Innerhalb eines Atemzuges zerplatzte diese Hoffnung jedoch wie eine Seifenblase, denn er erhaschte einen Blick auf Ivana, die sich erhobenen Hauptes im Zentrum der Aufmerksamkeit aalte.

»Verdammt!«, fluchte Will und rutschte automatisch tiefer in den Beifahrersitz, obwohl die begrünte Umrandung des Parkplatzes genügend Sichtschutz bot. »Gibt's hier einen Nebeneingang?«

»Keine Ahnung.« Mark parkte ein und stellte den Motor ab. »Ich fürchte, da müssen wir jetzt durch.«

»Nein, *ich* muss da durch. Wenn du mich vorgehen lässt, sollten sie genug abgelenkt sein, damit du dich an ihnen vorbeischleichen kannst.«

Mark lachte vergnügt auf. »Machst du Witze? Ich wollte schon immer mal auf der anderen Seite sein. Endlich kann ich auch mal *Kein Kommentar!* rufen. Schade, dass es so heiß ist, sonst hätte ich meinen Mantelkragen hochgeschlagen.«

Will war ehrlich dankbar für den Humor seines Freundes. Mark setzte sein Vorhaben auch tatsächlich um und geleitete Will mit gebieterisch ausgestreckter Hand und inbrünstigen Kein-Kommentar-Rufen zwischen den Säulen hindurch. Die Wachleute gaben zudem ihr Bestes, ihnen eine einigermaßen bequeme Passage bis zum Eingang zu verschaffen. Ob die Reporter durch das hektische Blitzlichtgewitter das amüsierte Grinsen auf Marks Lippen erkennen konnten, war fraglich. Wahrscheinlich sah es nur Will, und genau das verhalf ihm dazu, völlig unbeeindruckt von den verzweifelten Rufen der Pressegeier voranzuschreiten, bis die Türen des Gebäudes das Durcheinander hinter ihnen aussperrten.

Ivana hatte sich wohl die Ablenkung durch seine Ankunft zunutze gemacht, denn sie wartete bereits in der kühlen Eingangshalle auf ihn. Sie war wie immer perfekt gestylt und trug ein schickes Businesskostüm. Will musterte sie einen Moment lang und stellte sich bereits darauf ein, gleich wieder eine unbändige Wut auf diese Frau niederringen zu müssen, doch es kam anders.

Er fühlte … nichts. Ivanas Anblick rührte absolut nichts in ihm. Weder im positiven noch im negativen Sinne.

»Hallo«, begrüßte sie ihn hörbar vorsichtig.

»Hi«, antwortete Will bloß. Er deutete mit dem Daumen hinter sich zur Eingangstür. »Musste das sein?«

Mark gab Ivana keine Gelegenheit, auf seine Frage zu antworten, sondern trieb sie beide zur Eile an, weil der Termin in einer Minute stattfinden sollte und Richter generell nicht gerne warteten.

Als Will den schlichten Verhandlungsraum des Familienrichters betrat, fühlte er eine beklemmende Kälte in der Brust, weil ihn alles an seine erste Scheidung erinnerte. Doch zu seiner eigenen Überraschung konnte er problemlos in seine stoische Gelassenheit zurückkehren, mit der er im Folgenden sämtliche Formalitäten regelte.

Erst als er seine Unterschrift auf das Papier setzte, regte sich pure Erleichterung in ihm, weil er mit dieser Signatur wenigstens einen Punkt auf seiner Liste hinter sich gebracht hatte. Mit der Trennung von Ivana entfernte er sich automatisch ein Stück von *The Wedding Project*, und das fühlte sich mehr als nur gut an. Damit fiel zumindest schon mal einer der Brocken ab, die derzeit auf seinen Schultern lasteten.

Ivana hatte die gesamte Prozedur lang versucht, Blickkontakt zu ihm herzustellen. Er merkte sehr wohl, dass sie ihm noch etwas sagen wollte, was ihr jedoch sehr schwerzufallen schien.

Er indes fragte auch nicht nach. Wenn sie ihm etwas mitteilen wollte, dann war das ihre Sache.

Bis zum Schluss kam kein Wort über ihre geschminkten Lippen. Auch nicht, als Will und Mark vor ihr das Gerichtszimmer verließen und zum Ausgang schritten.

Durch die Glasscheiben der Eingangstüren sah Will wieder die Reporter, die sich die Hälse verrenkten, um an den Wachleuten vorbei in die Halle zu spähen. Mark warf Will einen fragenden Blick zu. Will straffte sich und wollte ihm gerade zunicken, zum Zeichen, gemeinsam loszustürmen, als er eine Hand auf der Schulter spürte.

Fragend drehte er sich um. Ivana zupfte einen winzigen Fussel von seinem Hemd und blickte ernst zu ihm auf.

»Es tut mir leid, Will«, sagte sie leise. »So hätte es für dich und Maggie nicht laufen sollen, und mir ist klar, dass das zum Teil meine Schuld ist. Wenn ich irgendetwas für dich tun kann, vielleicht mit ihr sprechen oder …«

Will unterbrach sie mit einer saloppen Handbewegung. »Nein, Ivana. Das Einzige, was du jetzt noch tun könntest, ist, die Sache ab jetzt ruhen zu lassen. Kannst du das?«

Ihre Augen flogen zu der Reporterschar hinter seinem Rücken. Sie presste die Lippen zusammen, was Antwort genug war.

»Das dachte ich mir«, meinte Will emotionslos. »Mach's gut, Ivana.«

Daraufhin drehte er sich um, schritt entschlossen an Mark vorbei und stellte sich der sensationslüsternen Meute. Obwohl die Sonne hell am Himmel strahlte, wurde er sofort vom Blitzlichtgewitter geblendet, das ihn auf der obersten Treppenstufe empfing. Hunderte Fragen prasselten auf ihn ein, während grelle Punkte vor seinen Augen tanzten. Noch vor einer Minute hatte Will sich kommentarlos hindurchkämpfen wollen, aber aus irgendeinem Grund hielt er nun doch an und hob beschwichtigend beide Hände, um zu Wort zu kommen.

Schneller als gedacht verstummte die Meute und starrte ihn fast schon gierig an. Sogar das Blitzlicht stoppte, als wartete es gebannt darauf, was er nun zu sagen hatte.

Leider wusste Will selbst nicht so genau, was das sein sollte.

»Ist es wahr?«, hörte er plötzlich eine zarte Stimme, die er überall wiedererkennen würde.

»Mag?«, murmelte Will und blinzelte heftig, um die Sternchen zu vertreiben, die ihm nach wie vor die klare Sicht nahmen.

»Ist es wahr?«, wiederholte die Frauenstimme, diesmal laut und klar. »Der Rahmen mag ein Fake sein, aber das, was wir fühlen, ist echt?«

Fieberhaft suchte Will die Menschentraube ab. Als er endlich das schönste Gesicht auf Erden entdeckte, pochte sein Herz so schnell, dass die Schläge nahtlos ineinander überzugehen schienen. Maggie stand abseits des Tumults auf dem Vorplatz des Gerichtsgebäudes und blickte zu ihm hoch. Ihre dunklen Augen zogen ihn sofort in ihren Bann. Seine Beine setzten sich wie von selbst in Bewegung und trugen ihn die Stufen hinab. Nur am Rande bemerkte er, dass die Reporter und Fotografen ihm völlig selbstverständlich Platz machten.

»Ja, es ist wahr«, antwortete Will heiser, noch bevor er bei ihr angekommen war. Er blieb auf dem unteren Absatz der Treppe stehen. »Was ich geschrieben habe, ist die absolute Wahrheit. Die ganze Welt darf diese Wahrheit erfahren, doch im Grunde habe ich diesen Artikel einzig und allein für dich geschrieben.«

In Maggies Augen schillerten Tränen. Alles in ihm schrie danach, zu ihr zu stürmen und diese Tränen hinfortzuküssen, doch er traute sich nicht. Er war vollkommen verunsichert, wie er ihren Gesichtsausdruck deuten sollte.

Mit bebender Stimme sprach er weiter: »Leider gibt es nicht genügend Worte, um auch nur annähernd zu beschreiben, wie sehr ich mich schäme. Ich habe so viele Fehler gemacht, dass ich verstehen würde, wenn du mir nicht verzeihen kannst. Trotzdem bitte ich dich noch einmal, hier und vor allen anwesenden Kameras: Vergib mir, Maggie. Vergib mir, dass ich ein Idiot war. Vergib mir, dass ich dich so sehr liebe, obwohl ich nicht das Recht dazu habe.«

Ein Ruck ging durch Maggies Schultern. Sie kam beherzt auf ihn zu. »Das stimmt.«

Sein Herz setzte aus. Sie war also ebenfalls der Meinung, dass er nicht das Recht hatte, sie zu lieben …

»Du bist wirklich ein Idiot«, fuhr sie jedoch fort, woraufhin sein Herzschlag rumpelnd wieder einsetzte.

Maggie stand nun so dicht vor ihm, dass sie den Kopf zurücklegen musste, um ihm in die Augen zu sehen. Ein zartes Lächeln umspielte ihre Lippen, deren Anblick ihn schon so oft um den Verstand gebracht hatte.

»Dummerweise habe ich mich genau in diesen Idioten verliebt«, flüsterte sie.

Mehr brauchte es nicht, um jegliche Zurückhaltung in Will zerbersten zu lassen. Er schlang die Arme um Maggie, zog sie an sich und senkte sich hinab auf diese verheißungsvollen Lippen.

Sofort verlor alles um ihn an Bedeutung. Die begeisterten Rufe der Reporter, der Applaus, das Sirren der Blitzlichter …

Alles, was zählte, war die Frau in seinen Armen. Die Frau, ohne die er nie wieder sein wollte. Die Frau, die er aus tiefstem Herzen liebte.

Maggie Moonlight.

Epilog

An jedem dritten Wochenende lud Abigail Moonlight zum obligatorischen Sonntagskaffee. Da der April allerdings noch immer recht wankelmütig erschien, hatte sie ihr Lieblingsporzellan mit den handgemalten Blütenmotiven auf einem kleinen Tisch im vollgestopften Wintergarten arrangiert und nicht draußen auf der Terrasse. Die alte Polstergarnitur war umringt von dicht bewachsenen Pflanzkübeln, und durch die zahlreichen Messingstatuen, die überall verteilt waren, gab es kaum ein Durchkommen. Aber es war der gemütlichste Ort im Haus, weshalb Abigail die Wahl nicht schwergefallen war.

Als sie den frisch gebackenen Apfelkuchen auf der gedeckten Tafel abstellte, kündigte die Türglocke den ersten Gast an.

»Es ist offen«, rief Abigail und klopfte sich die Hände an ihrem Batikkleid ab, bevor sie ihrer Besucherin entgegenging.

Petunia stand bereits mit einer Schachtel Butterkeksen unter dem Arm im Wohnzimmer. Ihre feuerrote Kurzhaarfrisur bildete einen krassen Kontrast zu ihrer blassen Haut. Aber in Verbindung mit der lässigen Garderobe, heute eine Caprihose und eine bunt gemusterte Bluse, wirkte sie höchstens wie Mitte vierzig und nicht wie knapp sechzig, die sie eigentlich war. Verwirrt schaute Petunia sich um. »Hast du schon wieder umgeräumt?«

Schulterzuckend deutete Abigail auf den Fußboden, wo unzählige Tarotkarten zur *Großen Tafel* gelegt waren. »Ich brauchte Platz.«

Nach einem kurzen Blick auf das Arrangement rümpfte Petunia missbilligend die Nase. »Du hast es deiner Tochter versprochen, Abigail.«

»Ich weiß«, erwiderte sie schuldbewusst. »Aber du wirst nicht glauben, was ich alles über Maggie und Will herausgefunden habe.«

Petunia seufzte schwer, doch das bremste Abigail nicht in ihrer Begeisterung. Ergriffen fasste sie sich an die Brust. »Es wird noch in diesem Monat passieren, Petty! Ganz bestimmt.«

Neugierig beugte Petunia sich über die Karten und musterte sie nun doch interessiert. »Sicher?«, fragte sie. »Bedenke, wie großartig die Dinge im Moment für sie laufen.«

Das stimmte wohl.

Seit ihrer Versöhnung am Tag von Williams Eheannullierung waren die beiden glücklich miteinander, und verliebt bis über beide Ohren waren sie auch nach wie vor. Daher hatte es nicht lange gedauert, bis Will zu Maggie gezogen war. Nun lebten sie zusammen in dem gemütlichen Cottage und genossen ihre wilde Ehe.

Maggies Roman war vor Kurzem erschienen, und da der männliche Protagonist überleben durfte, war Maggies Fangemeinde weiter gewachsen. Will arbeitete weiterhin für das *Chicago Globe Magazine*, hatte sich allerdings vom Enthüllungsjournalismus abgewandt und widmete sich nunmehr sozialkritischen Themen. Nur eines fehlte noch zu ihrem Glück – zumindest wenn es nach Abigail ging.

Petunia gluckste leise. »Also ich sehe da erst mal nur einen Hund.«

»Einen Hund?«, rief Abigail schrill vor Entsetzen.

Petunia grinste spöttisch und neigte den Kopf. »Ja, so einen winzig kleinen Wadenbeißer, dem das Fell am Hintern fehlt.«

»Von wegen!« Vehement schüttelte Abigail den Kopf, kniete sich hin und tippte ungeduldig auf das *Ass der Stäbe*. »Da! Leidenschaft, Leidenschaft und noch mal Leidenschaft. Bei so viel Leidenschaft lässt der Nachwuchs ganz bestimmt nicht auf sich warten.«

Belustigt tippte Petunia sich gegen die Unterlippe. »Ich bin mir ziemlich sicher, deine Tochter weiß mit so viel Leidenschaft umzugehen. Gab es da nicht mal in der Regenbogenpresse dieses Foto von ihr vor einem Regal kunterbunter Präservative?«

Abigail verdrehte die Augen. »Erinnere mich bloß nicht daran.«

Petunia lachte. »Wieso? Damals warst du heilfroh, da sie noch mit Henry verheiratet war.«

Verlegen richtete Abigail sich auf. »Tja, nun, immerhin kannten die beiden sich noch nicht lange.«

»Papperlapapp! Als das Foto aufgetaucht ist, war dir sofort klar, woher der Wind weht.« Vielsagend wackelte Petunia mit den Brauen. »Oder sollte ich eher sagen, wo er *nicht* wehte?«

Als Abigail den Spott ihrer Freundin vernahm, fühlte sie sich sofort genötigt, Maggies Exmann zu verteidigen. »Sei nicht so gehässig! Henry ist ein äußerst anständiger Mann. Nur war er nicht der Richtige für meine Kleine. Trotzdem bin ich froh, dass er noch immer eng mit Maggie und Will befreundet ist. Das ist wirklich keine Selbstverständlichkeit, nach allem, was passiert ist.«

»Das ist wohl wahr.«

»Maggie hat mir übrigens gestern erzählt, dass er eine Frau kennengelernt hat«, berichtete Abigail eifrig.

Prompt riss Petunia die Augen auf. »Tatsächlich?«

Abigail nickte. »Da sein Antiquariat besser denn je läuft und er seinen Teil des Preisgeldes genutzt hat, um zu expandieren, brauchte er dringend eine Assistenzkraft und hat sich für eine bezaubernde junge Frau aus England entschieden. Maggie sagt, die beiden passen zusammen wie Buch und Deckel.«

»Du meinst Deckel und Topf.«

»Was auch immer.« Abigail warf ihrer Freundin einen wehmütigen Blick zu. »Ich will endlich Enkelkinder.«

»Nun sei doch nicht immer so ungeduldig«, tadelte Petunia. »Was wäre denn so schlimm, wenn die beiden Turteltauben ihr Liebesnest noch ein wenig für sich genießen? Sobald die Zwillinge da sind, ist es vorbei mit dem Frieden.«

Abigail klappte die Kinnlade runter.

»Ach, hatte ich das noch nicht erwähnt?«, fragte Petunia betreten.

»Zwillinge!«, rief Abigail fassungslos aus. »Du liebe Güte! Woher weißt du das?«

Petunia wurde feuerrot im Gesicht, sodass sie kaum noch von ihrer Haarfarbe zu unterscheiden war. »Gut möglich, dass ich letzte Woche mal meine Glaskugel befragt habe«, nuschelte sie und fummelte beschämt an der Keksverpackung herum.

»Ha!« Triumphierend deutete Abigail auf ihre Freundin. »Ich wusste, dass du es nicht lassen kannst.«

»Aber doch nur, weil …«

Die Tür flog auf und Mim stürzte herein. Ihre Augen, von dem gleichen strahlenden Grau wie ihr Haar, leuchteten vor Begeisterung. »Mädels, es geht wieder los!«

»Was denn?«, fragten Abigail und Petunia unisono.

»Oh, ist das aufregend!«, lautete Mims unbestimmte Antwort. »Wir brauchen auf jeden Fall den Rat der Steine und mindestens einen Schicksalszauber. Wenn das nichts hilft, könnten wir aber auch noch jemanden bestechen. Maggie hat doch sicher Kontakte, nicht wahr, Abi?«

Ratlos musterte Abigail ihre überdrehte Freundin. »Kontakte?«

»Natürlich!« Mim grinste. »Ich und mein lieber Neffe wären ihr auf ewig dankbar. Der arme Kerl sehnt sich schon so lange nach seiner besseren Hälfte. Deshalb dürfen wir diese Chance keinesfalls verstreichen lassen.«

Obwohl Abigail bereits eine vage Ahnung bekam, wovon die verrückte Mim sprach, schien es Petunia längst noch nicht zu dämmern.

»Bist du jetzt völlig übergeschnappt?«, fragte sie besorgt.

»Natürlich nicht! Ich war selten klarer im Kopf.« Mit zitternden Fingern durchsuchte Mim ihre Handtasche, bis sie das Smartphone fand. Fahrig tippte sie darauf herum und hielt es schließlich triumphierend in die Höhe.

»Was steht da?« Petunia schnaubte entrüstet. »Diese Zwergenschrift kann doch kein Mensch lesen.«

»Blöde Technik«, grummelte Mim und glitt mit den Fingern über das Display. »So! Da – jetzt geht's.«

Ungeduldig hielt sie Petunia das Smartphone vor die Nase.

Abigail lehnte sich über ihre Schulter, um ebenfalls etwas zu erkennen. Sowie eine wohlbekannte Melodie erklang, lachte sie amüsiert auf und überflog gespannt die digitale Werbeanzeige:

Liebe auf das erste Jawort?
Hochzeit auf den ersten Blick?
Kann das funktionieren?

Welche Formel bestimmt,
ob ein Paar füreinander geschaffen ist?

Die Wissenschaft hat sie gefunden!
Schon zweimal konnten wir die ultimative Gleichung
für die große Liebe auf die Probe stellen.
Einmal überzeugte sie auf ganzer Linie – einmal

funkte das Schicksal dazwischen. Aber alle guten
Dinge sind drei. Daher ist es nun an der Zeit, das
Experiment erneut zu wiederholen.

Und dafür suchen wir SIE!
Wird die Wissenschaft diesmal wieder recht
behalten?
Bewerben Sie sich jetzt für die Neuauflage
der romantischsten Doppelblindstudie aller
Zeiten:
THE WEDDING PROJECT
Staffel 3

WEITERE ROMANE DER AUTORINNEN

~ JOHANNA DANNINGER & GRETA MILÁN ~

The Wedding Project – Ehe auf den ersten Blick
Niemals hätte Claire gedacht, eines Tages einen Wildfremden vor laufender Kamera zu heiraten. Ebenso wenig hätte John es je für möglich gehalten, für eine simple Wette so weit zu gehen. Und dennoch finden sich die beiden unversehens vor dem Traualtar wieder. Bei einer Fernsehshow, in der zwei Paare herausfinden sollen, ob eine Ehe auf den ersten Blick funktionieren kann.

Claire und John sind sich einig – sie wollen diese Show unbedingt gewinnen. Dumm nur, dass sie sich absolut nicht ausstehen können. In ihrem Ehealltag fliegen von Anfang an die Fetzen. Oder sind es vielleicht doch eher die Funken?

Vorhofflimmern

Wenn Lena aus ihrer Vergangenheit eines gelernt hat, dann das: Schöne Männer taugen nichts! Das gilt ihrer Meinung nach auch für den überaus attraktiven Assistenzarzt Desiderio, der es sich ärgerlicherweise in den Kopf gesetzt hat, sie nach allen Regeln der Kunst zu erobern.

Dumm nur, dass sein Charme so gar nicht spurlos an ihr vorübergeht, und seine Hartnäckigkeit hat schon bald gravierende Auswirkungen auf ihren eigentlich so stabilen Herzrhythmus. Für Lena stellt sich die alles entscheidende Frage: Will Desiderio sie nur in die Kiste bekommen oder meint er es am Ende vielleicht doch ernst mit ihr?

Nachbarschaftsverhältnis

Immobilienmaklerin Susanne und ihr dicker Kater Charly, der eigentlich nur schwere Knochen hat, sind rundherum zufrieden. Sie leben in einem großen Haus, haben einen wunderschönen Garten und eine ganz tolle Nachbarin. Bis der plötzliche Tod der geliebten alten Dame von nebenan ihre heile Welt gehörig ins Wanken bringt.

Der neue Hausbesitzer namens Jan kommt nicht alleine, sondern in Begleitung einer reißenden Bestie auf vier Pfoten. Nicht nur, dass Susanne fortan gemeinsam mit ihrem Kater Todesängste im Garten aussteht, sie muss sich auch noch mit geistlosem Humor und unverschämt gut aussehenden Waschbrettbäuchen jenseits des Gartenzauns herumschlagen.

Wie soll aus diesen Umständen denn noch ein gutes Nachbarschaftsverhältnis entstehen?

Schicksalshauch

Knapp ein Jahr ist es her, seit Lina den Schritt vom Land in die unbekannte Welt der Großstadt gewagt hat. Inzwischen sind die geheimnisvollen Tiefen der U-Bahn und exzentrische, strasssteinsüchtige Freunde fest in ihren Alltag integriert. Die junge Modeverkäuferin ist mit ihrem Dasein also mehr als zufrieden.

Das ändert sich jedoch schlagartig, als Luca in ihr Leben tritt. Der geheimnisvolle Mann mit den dunklen Augen bringt Lina nicht nur durcheinander, er lässt sie geradezu an ihrem Verstand zweifeln. Denn davon abgesehen, dass er weder Handy noch Facebook-Account besitzt, scheint Lina die Einzige zu sein, die ihn überhaupt sehen kann. Auf keinen Fall ist Luca ein normaler Mensch. Die Frage ist: Was ist er dann?

Landluftduft

Das niederbayrische Dorf Wammling ist in Aufruhr. Ein Kurhotel mit Golfanlage inmitten der ländlichen Idylle? Das muss verhindert werden! Vor allem Anna stürzt sich in den Kampf gegen das geplante Bauvorhaben, denn dafür soll ausgerechnet der alte Gutshof abgerissen werden, an dem ihr Herz seit Kindheitstagen hängt.

Zu allem Überfluss mietet sich auch noch der selbstgerechte Autor Ben Hager in die Ferienwohnung ihres Opas ein und treibt sie mit seiner Arroganz fast in den Wahnsinn. Als Ben sie dann auch noch zwingt, ihn zu Recherchezwecken in die ländlichen Gepflogenheiten einzuweihen, muss Anna langsam erkennen, dass er ihr nicht nur den letzten Nerv raubt, sondern noch etwas ganz anderes …

~ GRETA MILÁN ~

Julis Schmetterling (Schmetterlingsreihe Band 1)

Bei einer Vernissage begegnet die attraktive Julietta dem unnahbaren Fotografen Bastian. Sofort spürt Juli Schmetterlinge im Bauch. Aber Bastian hegt ein Geheimnis: Seit seiner Geburt leidet er an einer seltenen Hautkrankheit, aufgrund derer er sich außergewöhnlich schnell verletzt.

Sein Leben ist geprägt von Schmerz und Zurückweisung, seine Gedanken werden beherrscht von Selbstzweifeln und Misstrauen. Juli will ihm helfen, seine Befangenheit abzulegen und sich ihr zu öffnen. Doch sie ahnt nicht, wie tief seine Wunden tatsächlich sind.

Elenas Schmetterling (Schmetterlingsreihe Band 2)

Elena Sommer ist zufrieden mit ihrem Leben. Seit Jahren sorgt sie voller Hingabe für ihren kranken Bruder Felix, arbeitet in einem angesehenen Kunsthandelshaus als Galeristin und hat ihren Alltag gut im Griff.

Mit der Ausgeglichenheit ist es jedoch vorbei, als ausgerechnet Noah Bergström zum neuen Star der Galerie bestimmt wird. Der impulsive Künstler liebt es, zu provozieren, und raubt ihr mit seinem Verhalten den letzten Nerv. Doch schon bald muss Elena erkennen, dass Noah auch eine andere Seite hat und dadurch längst vergessene Gefühle in ihr weckt.

Als die beiden sich näherkommen, gerät Elena immer häufiger in einen Zwiespalt. Hin- und hergerissen zwischen der Sehnsucht nach Noah und dem Wunsch, Felix zu helfen, setzt sie alles daran, für beide Männer da zu sein. Trotzdem spürt sie, dass es nur eine Frage der Zeit ist, bis sie einen von beiden enttäuschen muss.

Bastians Schmetterling (Schmetterlingsreihe Band 3)

Juli und Bastian haben endlich wieder zueinandergefunden und sind überglücklich, als ihre Tochter Matilda unversehrt zur Welt kommt. Alles scheint gut zu sein, und die beiden genießen ihr junges Familienglück. Doch als klar wird, dass Matilda von der gleichen unheilbaren Hautkrankheit wie Bastian betroffen ist, steht das Paar erneut vor einer gewaltigen Herausforderung.

Zu den Sorgen um ihr Kind reißen alte Wunden auf. Bastians Ängste kehren mit voller Wucht zurück, während Juli mit ihrer eigenen Unsicherheit ringt. Und über allem schwebt die Frage, ob ihre Liebe stark genug sein wird oder ob sie endgültig am Leid ihrer Tochter zerbricht.

Jeanes Geheimnis

Als Matthew seine neue Stelle als Kreativleiter in der Londoner Werbeagentur *Anderson & Partner* antritt, ahnt er nicht, dass er wenig später jener Frau gegenüberstehen wird, der er bereits ein Jahr zuvor begegnet ist. Doch anstelle der leidenschaftlichen

Fremden findet er nun die disziplinierte Jeane Catrall vor – die zu allem Überfluss auch noch seine Vorgesetzte ist.

Einzig ihre Augen zeugen davon, dass sich hinter der kühlen Fassade mehr verbirgt, als es auf den ersten Blick den Anschein hat. Da die Anziehung zwischen ihnen noch immer ungebrochen ist, setzt Matt alles daran, um Jeane näher zu kommen. Außerdem will er unbedingt das Geheimnis lüften, das die schöne Abteilungsleiterin umgibt.

Zeitfracht Medien GmbH
Ferdinand-Jühlke-Straße 7
99095 Erfurt, Deutschland
produktsicherheit@kolibri360.de

Druck:
CPI Druckdienstleistungen GmbH
im Auftrag der
Zeitfracht Medien GmbH
Ein Unternehmen der Zeitfracht - Gruppe
Ferdinand-Jühlke-Str. 7
99095 Erfurt